AMANDA QUICK

Heißes Versprechen

Buch

In der ganzen Stadt ist Madeline Deveridge nur als die »Schwarze Witwe« bekannt – Gerüchte kursieren, dass sie ihren Mann ins Jenseits befördert hat. Madeline jedoch hat ein dringenderes Problem,als sich um ihren schlechten Ruf zu kümmern: Sie fühlt sich bedroht und glaubt, dass ihr verstorbener Mann als Geist in ihrem Haus spukt. Um der Sache ein Ende zu bereiten, braucht sie Hilfe. Der geheimnisumwitterte, aber elegante Artemis Hunt scheint ihr da gerade recht, schließlich ist er Besitzer von Londons beliebtestem Vergnügungspark und deshalb durchaus vertraut mit mysteriösen Geschehnissen und magischen Geschöpfen. Artemis, der sich weder von Gerüchten beirren lässt noch schwarze Witwen fürchtet, willigt sofort ein, ihr zu helfen. Und während er sich von den vollen Lippen Madelines in den Bann ziehen lässt, entwickelt sich der angebliche Geist zu einer echten Bedrohung: Er will Madeline für ein tödliches Vorhaben benutzen …

Autorin

Amanda Quick ist das Pseudonym der erfolgreichen, vielfach preisgekrönten Autorin Jayne Ann Krentz. Zusammen mit ihrem Mann Frank lebt sie an der pazifischen Nordwestküste der USA.

Von Amanda Quick sind außerdem im Taschenbuch erschienen

Verstohlene Küsse. Roman (35257) · Liebe ohne Skrupel. Roman (35328) · Im Sturm erobert. Roman (35093) · Geliebte Rebellin. Roman (35103) · Verhext. Roman (35085) · Zärtliche Teufelin. Roman (35050) · Entfesselt. Roman (42666) · Gefährliche Küsse. Roman (42620) · Rendezvous. Roman (42628) · Süßer Betrug. Roman (42621) · Verlangen. Roman (42444)

AMANDA QUICK

Heißes Versprechen

Roman

Deutsch von Inez Meyer

BLANVALET

Die Originalausgabe erschien unter dem Titel
»Wicked Widow« bei Bantam Books,
an imprint of The Bantam Dell Publishing Group,
a division of Random House, Inc., New York

Umwelthinweis:
Alle bedruckten Materialien dieses Taschenbuches
sind chlorfrei und umweltschonend.

Blanvalet Taschenbücher erscheinen im Goldmann Verlag,
einem Unternehmen der Verlagsgruppe Random House.

Taschenbuchausgabe Oktober 2001

Umschlaggestaltung: Design Team, München
Umschlagfoto: Agt. Schlück/Daeni
Redaktion: Petra Zimmermann
Satz: DTP Service Apel, Hannover
Druck: Elsnerdruck, Berlin
Verlagsnummer: 35453
KvD · Herstellung: Heidrun Nawrot
Made in Germany
ISBN 3-442-35453-6
www.blanvalet-verlag.de

1 3 5 7 9 10 8 6 4 2

Erster Prolog

Ein Albtraum …

Das Feuer fraß sich unheimlich knisternd die Hintertreppe hinunter. Die Flammen warfen ein teuflisch zuckendes Licht in den Flur. Die Zeit wurde knapp. Sie hob den Schlüssel auf, der ihren zitternden Fingern entglitten war, und versuchte erneut, ihn in das Schloss zum Schlafzimmer zu stecken. Der tote Mann, der neben ihr in einer Blutlache lag, lachte. Wieder entglitt der Schlüssel ihren Händen.

Zweiter Prolog

Rache ...

Artemas Hunt steckte den letzten mit der Gravur einer Siegeluhr versehenen Bogen in den dritten Briefumschlag und legte diesen neben die beiden anderen auf den Schreibtisch. Lange Zeit betrachtete er die drei vor ihm liegenden Umschläge. Ein jeder war an einen Mann adressiert. Seine geplante Rache hatte lange gebraucht, um heranzureifen, doch jetzt hatte er alles Notwendige zusammen. Den drei Männern diese Briefe zu senden bildete dabei nur den ersten Schritt. Sie sollten ihnen einen Vorgeschmack der Angst geben, auf dass sie in dunklen, nebligen Nächten rückwärts über ihre Schulter blickten. Den zweiten Schritt bildete ein ausgefeilter Finanzplan, der sie letztlich alle drei in den finanziellen Ruin treiben sollte.

Einfacher wäre es gewesen, die drei umzubringen. Sie hatten sich den Tod allesamt redlich verdient, und mit seinen einmaligen Fertigkeiten hätte er diese Möglichkeit leicht in die Tat umsetzen können. Die Wahrscheinlichkeit, dabei ertappt zu werden, war denkbar gering. Schließlich war er nichts Geringeres als ein Meister.

Seinem Willen nach jedoch sollten die drei für das, was sie verbrochen hatten, büßen müssen. Zunächst wollte er sie verunsichern und sie später der nackten Angst aussetzen. Er würde ihnen ihre Hochnäsigkeit austreiben. Er würde sie des Gefühls der Sicherheit und der Geborgenheit berauben, dessen sie sich dank ihrer gesellschaftlichen Stellung erfreuten. Und dann würde er ihnen die Grundlage entziehen, die es ihnen momentan erlaubte, jene Menschenleben zu zerstören, die weniger privilegierten Verhältnissen entstammten.

Bevor alles sein Ende gefunden haben würde, sollte ihnen reichlich Gelegenheit geboten werden, die Tatsache zu erkennen, dass sie in den Augen der Gesellschaft rein gar nichts mehr galten. London würden sie fluchtartig verlassen müssen, und zwar nicht nur, um dem Zugriff ihrer Gläubiger zu entrinnen, sondern auch, um dem unbändigen Zorn der Gesellschaft zu entfliehen. Ihre Clubs würden ihnen den Zutritt verweigern. Nicht nur würden sie die Vergnügungen und Privilegien ihrer Klasse entbehren müssen, zusätzlich würde man sie auch jeglicher Hoffnung berauben, ihr Vermögen durch eine günstige Vermählung wieder ins Lot zu bringen.

Am Schluss würden sie möglicherweise an Geister glauben. Fünf Jahre waren seit Catherines Tod vergangen. Dem Anschein nach war genügend Zeit verstrichen, damit sich die drei verantwortlichen tugendlosen Taugenichtse sicher fühlen konnten. Vermutlich hatten sie die Ereignisse jener Nacht bereits vergessen.

Die Briefe mit den darin befindlichen Siegeln würden ihnen klar machen, dass die Vergangenheit so lebendig wie die Frau tot war, deren Leben sie mutwillig zerstört hatten.

Er würde ihnen ein paar Monate Zeit lassen, um sich daran zu gewöhnen, vor jedem Schritt ängstlich über die Schulter zu schauen. Erst dann würde er den nächsten Schritt wagen, überlegte Artemas. Er würde genügend Zeit verstreichen lassen, um ihre Wachsamkeit zu trüben. Dann erst würde er zur endgültigen Tat schreiten.

Er erhob sich und ging zu der Kristallkaraffe, die auf einem Tisch stand. Er schenkte sich ein Glas Weinbrand ein und prostete im Geiste Catherine zu.

»Sehr bald«, versprach er ihr feierlich, »wird es vollbracht sein. Im Leben bin ich Ihnen nicht gerecht geworden, aber ich schwöre, dass ich Sie im Tod nicht enttäuschen werde. Sie haben lange genug auf Ihre Rache gewartet. Ich werde sie Ihnen verschaffen. Es ist das Einzige, was ich noch für Sie tun kann. Danach, so hoffe ich, werden wir beide befreit sein.«

Er leerte das Glas, setzte es ab und hielt kurz inne. Doch nichts hatte sich verändert.

Die kalte innerliche Leere war noch genauso da, wie sie es die letzten fünf Jahre über gewesen war. Jemals im Leben wirkliches Glück zu erfahren gehörte nicht zu seinen Hoffnungen. Ganz im Gegenteil war er sogar davon überzeugt, dass ein solch unbeschwertes Gefühl einem Mann seines Temperaments überhaupt nicht entspräche. Seine Lehrjahre hatten ihm ohnehin gezeigt, dass Freude, genau wie alle anderen starken Gefühle, auf einer Scheinwahrheit beruhte. Dennoch hoffte er, dass die geplante Rache ihm ein Gefühl der Befriedigung, ja vielleicht sogar so etwas wie Frieden verschaffen würde.

Im Moment verspürte er nichts weiter als den unwiderstehlichen Drang, die Sache durchzuziehen. Der Verdacht regte sich in ihm, auf ihm könne ein Fluch liegen.

Dennoch würde er das zu Ende führen, was er mit den drei Briefen begonnen hatte. Ihm blieb keine andere Wahl. Er galt als Händler von Träumen, von Illusionen, man nannte ihn den Traum-Händler. Den drei Stutzern, die Catherine ermordet hatten, würde er beweisen, dass er ihnen Blut gefrierende Albträume verkaufen könnte.

1. Kapitel

Man munkelte, sie habe ihren Mann umgebracht, weil er ihr lästig geworden sei. Man munkelte, um ihre Tat zu verschleiern, habe sie das Haus in Brand gesetzt. Und weiter munkelte man, möglicherweise sei sie geisteskrank.

In jedem der Clubs der St. James Street war eine Standardwette in den Wettbüchern eingetragen, die tausend Pfund demjenigen bot, der eine Nacht mit der Verruchten Witwe verbrachte und am nächsten Morgen noch lebend von seinen Erlebnissen zu berichten wusste.

Unzählige Gerüchte kursierten über diese Dame. Artemas Hunt kannte sie alle, denn er hatte es sich zur Gewohnheit gemacht, gut informiert zu sein. Zahlreiche Augen und Ohren waren überall in London für ihn im Einsatz. Ein Netzwerk von Spionen und Informanten lieferte ihm eine nicht enden wollende Flut an Gerüchten und Mutmaßungen.

Manches der Flut, die seinen Schreibtisch überschwemmte, entsprach der Wahrheit; manches war lediglich wahrscheinlich; und manches war ganz offensichtlich falsch. Diese Flut zu durchforsten kostete viel Zeit und Mühe. Er vergeudete nicht die Zeit, allen Dingen nachzugehen, die ihm zugetragen wurden. Vieles beachtete er überhaupt nicht, weil es sein Privatleben nicht berührte.

Bis zum heutigen Abend hatte er keinerlei Veranlassung gehabt, den Gerüchten um Madeline Deveridge viel Aufmerksamkeit zu widmen. Ob die Dame ihren Ehemann in die Nachwelt befördert hatte oder nicht war für ihn ohne Belang. Sein Augenmerk galt ganz anderen Dingen.

Bis zum heutigen Abend hatte er keinerlei Interesse an der Verruchten Witwe gehabt. Doch jetzt, so schien es jedenfalls, zeigte sie Interesse an ihm. Die meisten würden das als ausgesprochen schlechtes Zeichen deuten. Ihn selbst amüsierte jedoch die Feststellung, dass er es als eines der aufregendsten Vorkommnisse empfand, die ihm seit langer, langer Zeit widerfahren waren. Das wiederum zeigte einmal mehr, wie eingeschränkt und beengt sein Leben in letzter Zeit verlaufen war.

Er stand auf der nächtlichen Straße und betrachtete die kleine, elegante Kutsche, die im Nebel stand. Die Lampen des Gefährtes leuchteten unheimlich in dem dichten, die Kutsche umwabernden Nebel. Die Gardinen waren zugezogen und verbargen das Innere der Kutsche. Die Pferde standen regungslos. Der Kutscher war auf seinem Bock kaum zu erkennen.

Artemas erinnerte sich an das Sprichwort, das er vor Jahren bei den Mönchen in den Tempelgärten gelernt hatte. Sie waren es gewesen, die ihn in der alten Philosophie und der Kampfkunst des Vanza ausgebildet hatten. *Das Leben bietet eine Unzahl von Köstlichkeiten. Weisheit aber ist es zu wissen, welche davon munden und welche sich als giftig erweisen.*

In seinem Rücken wurde die Tür des Clubs erst geöffnet und dann wieder geschlossen. Lautes, trunkenes Lachen hallte in der Dunkelheit. Abwesend trat er weiter in den Schatten des Torbogens und beobachtete, wie zwei Männer die Treppe hinuntertaumelten. Sie bestiegen eine wartende Pferdekutsche und ließen sich in eine der Spielhöllen der Rotlichtbezirke chauffieren. Langeweile war ihr Todfeind, und sie würden alles in Bewegung setzen, um ihr zu entkommen.

Artemas wartete, bis das abgetakelte Gefährt die Straße hinunter verschwunden war. Dann betrachtete er erneut die dunkle, im Nebel fast geisterhaft wirkende zierliche Kutsche. Ein Problem des Vanza war es, dass es trotz seines kabbalistischen Wissens der menschlichen Neugier nur wenig Spielraum ließ.

Wenig Spielraum für *seine* Neugier jedenfalls.

Artemas fällte eine Entscheidung. Er trat aus dem Torbogen hervor und ging durch die Nebelschwaden auf die Kutsche der Verruchten Witwe zu. Seine steigende Erwartung war das einzige Anzeichen dafür, dass er seine Entscheidung möglicherweise bereuen sollte. Er missachtete dieses Gefühl.

Der Kutscher rutschte ein wenig zur Seite und erstarrte, als er sich näherte.

»Kann ich Ihnen behilflich sein, Sir?«

Obwohl die Frage höflich gestellt war, hörte Artemas die unterschwellige Anspannung heraus. Er schloss daraus, dass der Mann, der unter seinem Cape zusammengesunken dagesessen und einen Hut bis über die Ohren gezogen hatte, sowohl als Kutscher als auch als Leibwächter arbeitete.

»Mein Name ist Hunt. Artemas Hunt. Ich gehe davon aus, mit der Dame eine Verabredung zu haben.«

»Dann sind Sie also derjenige, ja?« Der Mann entspannte sich immer noch nicht. Wenn überhaupt, so schien sich seine Anspannung noch zu vergrößern. »Bitte, steigen Sie ein. Sie werden erwartet.«

Angesichts des strengen Befehlstons zog Artemas die Augenbrauen hoch, schwieg jedoch. Er drückte den Türgriff und öffnete die Kutsche.

Das warme, bernsteinfarbene Licht der Lampe leuchtete ihm entgegen. Auf einem der beiden mit schwarzem Samt bezogenen Sitzen saß eine Frau. Sie trug einen edel wirkenden schwarzen Umhang, der bis auf das schwarze Kleid darunter fast alles verdeckte. Ihr Gesicht war lediglich ein blasser, verschwommener Flecken hinter dem schwarzen Spitzenschleier. Er konnte ihren zarten Körperbau erkennen. Sie strahlte eine geschmeidige, selbstsichere Eleganz aus, die ihm bestätigte, dass es sich nicht um ein unerfahrenes und ungelenkes Schulmädchen handelte. Er hätte den Gerüchten mehr Aufmerksamkeit schenken sollen, die ihm während des letzten Jahres zu Ohren gekommen waren, doch war es dafür jetzt leider zu spät.

»Es war sehr freundlich von Ihnen, so schnell auf meine Nachricht zu reagieren, Herr Hunt. Zeit ist Gold wert.« Ihre Stimme besaß einen rauchigen Unterton, der tief in seinem Inneren etwas Sinnliches berührte. Doch obwohl ihre Worte hastig gesprochen waren, konnte er keinerlei Anzeichen für eine entfachte Leidenschaft bei ihr entdecken. Offenbar hatte die Verruchte Witwe ihn nicht in seine Kutsche gebeten, um ihn zu einer ungestümen, wilden Liebesnacht zu verführen. Artemas setzte sich, schloss die Tür und sann darüber nach, ob ihn dies enttäuschen oder aber erleichtern sollte.

»Ihre Nachricht erreichte mich just in der Minute, als ich eine Runde Karten spielte, bei der ich mit großer Wahrscheinlichkeit gewonnen hätte«, eröffnete er das Gespräch. »Was immer Sie mir zu sagen haben, gnädige Frau, wird hoffentlich die paar hundert Pfund wettmachen, die ich um dieses Treffen willen habe aufgeben müssen.«

Sie richtete sich kerzengerade auf. Ihre Finger, in Ziegenlederhandschuhe gekleidet, schlossen sich um die große schwarze Handtasche auf ihrem Schoß. »Gestatten Sie mir, mich vorzustellen, Sir. Ich bin Madeline Reed Deveridge.«

»Ich weiß, wer Sie sind, Frau Deveridge. Und da Sie offenbar auch wissen, wer ich bin, schlage ich vor, die Formalitäten beiseite zu lassen und unverzüglich zum geschäftlichen Teil vorzudringen.«

»Aber natürlich.« Unter dem Schleier blitzten ihre Augen auf, möglicherweise weil sie sein Verhalten verärgerte.

»Meine Magd, Nellie, ist vor noch nicht einmal einer Stunde in der Nähe des westlichen Tors der Vergnügungsgärten entführt worden. Ich erwarte, dass Sie die volle Verantwortung für jegliche kriminelle Vorkommnisse übernehmen, die sich auf oder in der Nähe Ihrer Grundstücke abspielen. Ich möchte Sie bitten, mir bei der Suche nach Nellie behilflich zu sein.« Artemas hatte das Gefühl, in einen eisigen Teich geworfen worden zu sein. *Sie wusste von seiner Verbindung zu den Vergnügungspavillons.* Wie war das möglich? Nachdem er ihre Nachricht erhalten hatte, hatte er ein halbes Dutzend von Gründen für das unverhoffte Rendezvous heute Abend erwogen und wieder verworfen. Keine seiner Überlegungen jedoch hatte diese Möglichkeit auch nur gestreift. Wie konnte sie erfahren haben, dass er der Besitzer der Gärten war?

Von Anfang an waren ihm die Risiken der Aufdeckung bekannt gewesen. Doch hatte er die Strategien der Geheimhaltung und der Ablenkung so geschickt angewandt, dass niemand – mit der einzig möglichen Ausnahme eines anderen Vanza-Meisters – die Wahrheit hätte aufdecken können. Doch gab es keinerlei Anlass, weswegen ein anderer Vanza-Meister nach ihm Ausschau halten sollte.

»Herr Hunt?« Madelines Stimme klang scharf. »Haben Sie gehört, was ich gesagt habe?«

»Wort für Wort, Frau Deveridge.« Um seine Beunruhigung zu verbergen, ließ er seine Stimme etwas überdrüssig klingen, so wie man es von einem über alle Maßen gelangweilten Gentleman erwarten würde. »Doch ich muss gestehen, ich begreife nicht ganz. Möglicherweise haben Sie sich an die falsche Adresse gewandt. Wenn Ihre Magd tatsächlich entführt wurde, müssen Sie Ihren Kutscher beauftragen, Sie in die Bow Street zu bringen. Dort werden Sie sicherlich einen Laufburschen auftreiben können, um sie zu suchen. Hier in St.James jedoch vertreiben wir uns auf andere und nicht ganz so aufreibende Art und Weise die Zeit.«

»Spielen Sie Ihre Vanza-Spielchen nicht mit mir, Sir. Mir

ist es gleichgültig, ob Sie darin ein Meister sind. Als Inhaber der Vergnügungspavillons unterliegt es Ihrer Verantwortung, die Sicherheit derer zu gewährleisten, die sich auf Ihrem Gelände vergnügen. Ich erwarte von Ihnen, dass Sie unverzüglich Maßnahmen ergreifen, um Nellie zu finden.«

Sie wusste, dass er ein Vanza war. Das war noch bestürzender als die Tatsache, dass sie ihn als Eigentümer der Vergnügungspavillons kannte.

Die eisige Kälte in seinem Magen begann sich auszubreiten. Urplötzlich hatte er die verrückte Vorstellung, dass sich sein so sorgfältig ausgearbeiteter Plan in Luft auflösen könne. Diese außergewöhnliche Frau hatte, auf welche Art auch immer, eine gefährliche Fülle von Wissen über ihn erlangt.

Um seine Wut und seine Fassungslosigkeit zu verbergen, lächelte er. »Die Neugier treibt mich zu fragen, wie Sie zu der seltsamen Schlussfolgerung gelangt sind, ich könne in irgendeiner Weise etwas mit den Vergnügungspavillons oder der Vanza-Gemeinschaft zu tun haben.«

»Das ist hier ohne Belang, Sir.«

»Da irren Sie sich, Frau Deveridge«, erwiderte er kaum hörbar. »Es ist von Belang.«

Etwas in seiner Stimme hatte sie offenbar berührt. Zum ersten Mal, seit er die Kutsche betreten hatte, schien sie zu zögern. Damit hatte sie sich auch weiß Gott lange genug Zeit gelassen, dachte er verbittert.

Als sie ihm jedoch endlich antwortete, war sie erstaunlich kühl. »Ich bin mir der Tatsache bewusst, dass sie nicht nur der Vanza-Gemeinschaft angehören, sondern auch ein Meister dieser Kunst sind, Sir. Als ich so viel über Sie herausgefunden hatte, wusste ich, dass ich auch unter die Oberfläche würde schauen müssen. Diejenigen, die in dieser Philosophie unterrichtet wurden, entsprechen nur selten dem, was sie zu sein vorgeben. Sie lieben die Illusion und tendieren ein wenig zur Exzentrizität und Absonderlichkeit.«

Das alles war um vieles schlimmer, als er es befürchtet hatte. »Ich verstehe. Darf ich fragen, wer Sie über mich unterrichtet hat?«

»Niemand, Sir. Jedenfalls nicht auf die Weise, die Sie hier ansprechen. Ich bin auf Grund eigener Anstrengungen auf die Wahrheit gestoßen.«

Nicht sehr wahrscheinlich, dachte er. »Bitte führen Sie das doch etwas weiter aus, gnädige Frau.«

»Ich habe jetzt wirklich nicht die Zeit, dieses Thema zu vertiefen, Sir. Nellie ist ernsthaft in Gefahr. Ich bestehe darauf, dass Sie mir bei der Suche nach ihr behilflich sind.«

»Warum sollte ich mir die Mühe machen, Ihnen bei der Suche nach Ihrer durchgebrannten Magd zur Seite zu stehen, Frau Deveridge? Sicherlich können Sie ohne großes Aufheben Ersatz finden.«

»Nellie ist nicht durchgebrannt. Wie ich Ihnen bereits dargelegt habe, ist sie von Schurken entführt worden. Ihre Freundin Alice hat alles mit angesehen.«

»Alice?«

»Die beiden hatten sich heute Abend die neuesten Attraktionen in einem der Pavillons angeschaut. Als sie die Gärten durch das westliche Tor verließen, schnappten sich zwei Männer Nellie. Noch bevor jemand den Vorfall überhaupt bemerken konnte, hatten sie sie in eine Kutsche gezerrt und sind auf und davon.«

»Ich halte es für wesentlich wahrscheinlicher, dass Ihre Nellie mit einem jungen Mann durchgebrannt ist«, beharrte Artemas. »Im Nachhinein hat sich ihre Freundin diese Entführungsgeschichte ausgedacht. Auf diese Weise würden Sie sie wieder bei sich aufnehmen, falls Nellie ihre Meinung ändern sollte.«

»Unsinn. Nellie wurde von der Straße weg entführt.« Zu spät erinnerte er sich, dass man die Verruchte Witwe auch als verrückt betrachtete. »Warum sollte jemand Ihre Magd entführen?«, stellte er die Frage, die er unter den Umständen für durchaus gerechtfertigt hielt.

»Ich fürchte, sie ist von jenen widerlichen Männern entführt worden, die Bordelle mit unschuldigen jungen Frauen versorgen.« Madeline hob ihr schwarzes Schirmchen auf. »Genug der Erläuterungen. Wir haben keine Zeit zu verlieren.«

Artemas fragte sich, ob sie ihn mit der Schirmspitze zur Tat antreiben wollte. Erleichtert stellte er fest, dass sie ihn am Griff hielt und mit der Spitze gegen das Dach der Kutsche stieß. Auf dieses Signal hatte der Kutscher offenbar gewartet, denn das Gefährt setzte sich unverzüglich in Bewegung.

»Was zum Teufel erlauben Sie sich?«, erkundigte sich Artemas. »Ist es Ihnen nicht in den Sinn gekommen, dass ich für meinen Teil einer Entführung ebenfalls nicht zustimmen könnte?«

»Ihre Einwände sind mir recht gleichgültig.« Madeline lehnte sich auf ihrem Sitz zurück. Ihre Augen glitzerten durch den Schleier hindurch. »Nellie zu finden ist im Moment mein einziges Anliegen. Später werde ich mich bei Ihnen entschuldigen, falls sich das als nötig erweisen sollte.«

»Dem sehe ich jetzt schon mit Freude entgegen. Wohin fahren wir?«

»Zurück zum Ort der Entführung. Zum westlichen Tor Ihres Vergnügungspavillons, Sir.«

Artemas' Augen wurden schmal. Geisteskrank wirkte sie nicht. Im Gegenteil, sie schien genau zu wissen, was sie wollte.

»Was genau erwarten Sie von mir, Frau Deveridge?«

»Sie sind Inhaber der Vergnügungspavillons. Und Sie sind ein Vanza. Beides zusammengenommen wird Ihnen das an Orten Beziehungen verschaffen, an denen ich über keine verfüge.«

Er betrachtete sie lange. »Wollen Sie damit andeuten, ich unterhielte Beziehungen zu Kriminellen, gnädige Frau?«

»Ein Urteil über das Ausmaß, ganz zu schweigen über die Qualität ihrer Beziehungen würde ich mir nicht anmaßen wollen.«

Der Zorn in ihrer Stimme war besonders interessant, da er zusätzlich zu ihrem beunruhigenden Wissen über seine privatesten Belange entstanden schien. Eines jedoch war sicher: Unmöglich konnte er jetzt aus der Kutsche springen und ihr damit den Rücken kehren. Ihr Wissen darüber, dass ihm die Pavillons gehörten, reichte für sich allein genommen schon aus, seine langjährig ausgearbeiteten Pläne zu zerstören.

Seine Neugier und Erwartung amüsierten ihn mittlerweile nicht mehr. Nicht nur musste er unbedingt herausfinden, wie viel Madeline Deveridge wusste, er musste zusätzlich in Erfahrung bringen, wie sie derart umsichtig tief verborgene Tatsachen hatte aufdecken können.

»Also gut, Frau Deveridge«, sagte er. »Ich werde alles tun, um Ihre vermisste Magd wieder zu finden. Aber machen Sie es nicht mir zum Vorwurf, falls sich herausstellen sollte, dass die junge Nellie gar nicht gefunden werden möchte.«

Sie hob eine Ecke der Gardine an und starrte auf die neblige Straße. »Ich versichere Ihnen, dass sie auf ihre Rettung wartet.«

Ein paar Sekunden war seine Aufmerksamkeit von der eleganten Hand im Handschuh gefangen genommen, die die Gardine hielt. Unwillkürlich war er von der zarten Biegung ihres Handgelenks fasziniert. Er bemerkte den kaum wahrnehmbaren Duft irgendwelcher Blumenblätter, die sie für ihr Badewasser benutzt haben musste. Sich selbst ermahnend, widmete er sich wieder den momentan drängenden Aufgaben. »Unabhängig vom Ausgang dieser Angelegenheit möchte ich Sie doch warnen, dass ich im Anschluss ein paar Erklärungen von Ihnen erwarte.«

Sie wandte sich ihm abrupt zu und fixierte ihn.

»Erklärungen? Was für Erklärungen?«

»Verstehen Sie mich nicht falsch, Frau Deveridge. Ich bin über alle Maßen von der Fülle und der Genauigkeit Ihres Wissens über meine Person beeindruckt. Sie müssen über ausgezeichnete Quellen verfügen. Doch fürchte ich, dass Sie ein wenig zu viel über mich und meine Belange haben in Erfahrung bringen können.«

Es war ein verzweifelter Schritt gewesen, doch sie hatte gewonnen. Jetzt saß sie dem geheimnisvollen Traum-Händler gegenüber, dem heimlichen Eigentümer von Londons exotischstem Vergnügungspark. Madeline war sich sehr wohl des hohen Risikos bewusst, ihn in ihre Kenntnis seiner Identität einzuweihen. Ihrer Meinung nach hatte er allen Grund zur Besorgnis. Er bewegte sich in den obersten Kreisen der Gesellschaft. Sein Name stand auf der Gästeliste jeder einflussreichen Gastgeberin der Stadt, und er war Mitglied der vornehmsten Clubs. Doch selbst sein Vermögen würde ihn nicht vor der gesellschaftlichen Katastrophe bewahren können, falls eben diese Gesellschaft erfahren sollte, dass sie in ihre obersten Ränge einen Mann aufgenommen hatte, der als Geschäftsmann arbeitete.

Sein wagemutiges Auftreten jedoch musste sie anerkennen. Hunt hatte sich eine Rolle erarbeitet, die des großartigen Edmund Kean würdig gewesen wäre. Er hatte es erfolgreich verstanden, seine Identität als Händler von Träumen und Illusionen geheim zu halten. Niemand hinterfragte die Quelle seines Reichtums. Gentlemen ließen derlei Dinge unerwähnt, es sei denn, einem von ihnen war für andere sichtbar das Geld ausgegangen. In diesem Fall wurde er zur Zielscheibe unverhohlenen Spotts und gehässiger Nachrede. Nicht wenige von ihnen hatten sich lieber die Kugel gegeben, als dem Skandal finanziellen Ruins die Stirn zu bieten.

Man konnte es nicht anders bezeichnen: Heute Abend hatte sie Hunt praktisch dazu erpresst, ihr zu helfen, doch hatte sie keine andere Wahl gehabt. Sicherlich würde sie dafür noch bezahlen müssen. Artemas Hunt war ein Vanza-Meister, und noch dazu einer der gebildetsten Gentlemen, die jemals diese geheime Kunst erlernt hatten. Solche Männer waren bereits von Natur aus sehr verschlossen.

Hunt hatte keine Mühe gescheut, seine Vanza-Vergangenheit zu verheimlichen – ein ausgesprochen verdächtiges Verhalten. Doch anders als sein Besitz der Vergnügungspavillons würde ihm die Mitgliedschaft der Vanza-Gemeinschaft keine gesellschaftliche Unbill eintragen. Schließlich war das Erlernen dieser Kunst ausschließlich Gentlemen vorbehalten. Dennoch bestand er darauf, eine geheimnisvolle Aura um seine Person aufrechtzuerhalten. Das wiederum versprach nichts Gutes.

Ihrer Erfahrung nach waren die meisten Mitglieder des Vanza-Zirkels harmlose Spinner. Andere wiederum konnte man nur als leidenschaftliche Sonderlinge bezeichnen. Einige wenige unter ihnen waren schlicht verrückt. Und andere wirklich gefährlich. Artemas Hunt, so schien es ihr, musste wohl dieser letztgenannten Kategorie angehören. Wenn diese Nacht hinter ihr lag, würde sie noch ganz andere Probleme zu lösen haben.

Als ob sie nicht ohnehin schon mit genügend Dingen beschäftigt wäre. Wenn sie andererseits ihre Schlaflosigkeit in letzter Zeit in Betracht zog, dann konnte sie sich allerdings auch gleich mit irgendetwas beschäftigen.

Ein Schauer durchfuhr sie. Sie war sich wohl bewusst, dass Hunt einen Großteil des Innenraums der kleinen Kutsche für sich beanspruchte. Er war wohl kaum so groß wie ihr Kutscher, Latimer, doch waren seine Schultern beeindruckend breit, und seine gefährliche Geschmeidigkeit verstörte sie auf eine Art und Weise, die sie sich selbst nicht erklären konnte. Die wachsame Intelligenz seiner Augen verstärkte noch dieses verstörende Gefühl.

Trotz allem, was sie über ihn wusste, war sie fasziniert von ihm.

Sie schlang ihren Umhang noch enger um ihren Körper. *Sei kein Dummkopf* ermahnte sie sich. Denn das Allerletzte, wonach ihr der Sinn stand, war, sich noch einmal mit einem Vanza-Mitglied einzulassen.

Jetzt jedoch war es zu spät, ihre Meinung zu ändern. Sie hatte ihre Entscheidung gefällt, nun musste sie ihren Plan auch ausführen. Nellies Leben hing von dieser Entscheidung ab.

Die Kutsche hielt an und schüttelte sie aus ihren sorgenvollen Gedanken. Artemas drehte das Licht der Kutsche herunter. Dann fasste er die Gardine und schob sie zur Seite. Gegen ihren Willen war sie von seinen kontrollierten Bewegungen fasziniert, als er in die Nacht hinausspähte.

»Gnädige Frau, wir sind am Westtor angekommen. Wie Sie selbst sehen können, ist es sogar zu dieser Stunde noch recht belebt hier. Ich kann nicht glauben, dass ein junges Mädchen vor den Augen so vieler Menschen in eine Kutsche hätte gezerrt werden können. Jedenfalls nicht, wenn sie es nicht selbst auch gewollt hätte.«

Madeline lehnte sich vor, um die Szene zu betrachten. Eine Unzahl von farbenprächtigen Lampen erleuchtete die Gegend. Der geringe Eintrittspreis ermöglichte allen gesellschaftlichen Schichten den Zutritt, um sich einen Abend lang in den Vergnügungspavillons zu amüsieren. Ehrwürdige Damen und Gentlemen, Mitglieder des Landadels, Ladenbesitzer, Lehrlinge, Mägde und Diener, Dandys, Offiziere, Schurken und Taugenichtse – alle kamen hierher und traten durch die hell erleuchteten Tore.

Hunts Beobachtung hatte einiges für sich, dachte sie. Zahlreiche Leute und Gefährte waren zu sehen. Eine Frau gegen ihren Willen in eine Kutsche zu zerren wäre sicherlich kaum möglich gewesen, ohne dass es jemandem aufgefallen wäre.

»Die Entführung hat nicht unmittelbar vor dem Tor stattgefunden«, erläuterte Madeline. »Alice sagte, Nellie und sie hätten an der nächsten Straßenkreuzung gestanden und auf die Kutsche gewartet, die ich für sie geschickt hatte, als die Wüstlinge auf der Bildfläche erschienen.« Sie betrachtete die enge, düstere Straße. »Sie wird die Ecke dort drüben gemeint haben, wo die jungen Kerle herumlümmeln.«

»Hmm.«

Seine Zweifel waren nur zu offensichtlich. Madeline betrachtete ihn bestürzt. Ohne dass er die Sache ernst nahm, würden sie heute Abend rein gar nichts ausrichten können. Und die Zeit wurde allmählich knapp. »Sir, wir müssen uns sputen. Wenn wir nicht unverzüglich etwas unternehmen, wird Nellie in den Rotlichtbezirken verschwinden. Dann wird es nicht mehr möglich sein, sie zu finden.«

Artemas ließ die Gardine wieder vor das Fenster gleiten. Seine Hand legte sich auf den Türknauf. »Bleiben Sie hier. In wenigen Minuten werde ich wieder zurück sein.«

Sie schnellte vor. »Wohin gehen Sie?«

»Beruhigen Sie sich, Frau Deveridge. Ich habe nicht die Absicht, die Suche abzubrechen. Ich werde zurückkommen, nachdem ich ein paar Dinge in Erfahrung gebracht habe.«

Geschickt sprang er aus der Kutsche und schloss die Tür, noch bevor sie ihm weitere Fragen stellen konnte. Beunruhigt und verschreckt durch die Art, dass er plötzlich das Geschehen dominierte, beobachtete sie ihn, wie er auf die dunkle Gasse zuging.

Sie sah, wie er energisch einige Änderungen an seinem Cape und Hut vornahm, und war über das Ergebnis verblüfft. Innerhalb nur weniger Schritte hatte er sein Aussehen vollkommen verändert.

Obwohl er jetzt nicht mehr wie ein Gentleman aussah, der eben aus seinem Club getreten war, bewegte er sich doch immer noch mit jener geschmeidigen Selbstsicherheit, die sie überall wiedererkannt hätte. Es ähnelte so sehr der Art und Weise, wie Renwick sich bewegt hatte, dass ihr ein Schauer über den Rücken lief. Für alle Zeiten würde sie den geschmeidigen, pirschenden Gang mit den hervorragend in der Kampfkunst des Vanza Ausgebildeten verbinden. Erneut fragte sie sich, ob sie nicht einen großen Fehler begangen hatte. *Hör damit auf* maßregelte sie sich selbst. *Als du die Note in seinen Club schicktest, hast du genau gewusst, worauf du dich einlässt. Du wolltest seine Hilfe. Welche Folgen sich auch immer daraus ergeben mögen, seine Hilfe hast du jetzt.* Positiv war andererseits zu verbuchen, dass Hunts Aussehen in keinster Weise dem ihres verstorbenen Ehemanns glich. Unerfindlicherweise beruhigte sie diese Tatsache. Mit seinen blauen Augen, dem hellen Haar und den romantisch ansprechenden Gesichtszügen hatte Renwick die goldgelockten Engelsgestalten alter Gemälde großer Meister in den Schatten gestellt.

Hunt dagegen hätte ebenso gut als der Teufel persönlich durchgehen können.

Nicht nur sein fast rabenschwarzes Haar, die grünen Augen und das strenge, asketische Gesicht verliehen ihm eine unergründliche Tiefe. Es war der kalte, wissende Blick, der ihre Nerven erstarren ließ. Dies war der Mann, der durch die Hölle gegangen war. Anders als Renwick, der jeden in seiner Nähe mit der Leichtigkeit eines Magiers verzauberte, wirkte Hunt tatsächlich so gefährlich, wie er es zweifellos tatsächlich war.

Er verschwand in der Dunkelheit, die sich hinter der Insel der hell erleuchteten Vergnügungspavillons auftat.

Latimer kletterte vom Kutschbock. Sein breites, vor Besorgnis zerfurchtes Gesicht erschien vor dem Fenster.

»Die Sache gefällt mir nicht, gnädige Frau«, sagte er. »Wir hätten doch in die Bow Street fahren und einen Laufburschen anheuern sollen.«

»Vielleicht haben Sie Recht, doch ist es jetzt für diese Vorgehensweise zu spät. Ich kann nur hoffen …« Sie brach ab, als Hunt hinter Latimer auftauchte. »Ach, da sind Sie ja wieder, Sir. Wir haben uns schon Sorgen gemacht.«

»Das hier ist der Kurze Hans.« Artemas deutete auf einen mageren, drahtigen und ungepflegten Jungen, der nicht älter als zehn oder elf Jahre sein mochte. »Er wird uns begleiten.«

Madeline runzelte beim Anblick des Kurzen Hans die Stirn. »Es ist schon recht spät. Sollten Sie nicht im Bett sein, junger Mann?«

Der Kurze Hans hob angewidert den Kopf und spuckte gekonnt auf der Straße aus. »Diese Art von Arbeit mache ich nicht, gnädige Frau. Ich gehe einem anständigen Gewerbe nach, jawohl.«

Madeline musterte ihn. »Verzeihen Sie, aber was verkaufen Sie?«

»Auskünfte«, erwiderte der Kurze Hans unbekümmert. »Ich bin einer von Zacharys Augen und Ohren.«

»Wer ist Zachary?«

»Zachary arbeitet für mich«, erwiderte Artemas und kürzte so eine sicherlich ausführliche Erklärung ab. »Kurzer Hans, erlauben Sie mir, Ihnen Frau Deveridge vorzustellen.«

Der Kurze Hans grinste, riss sich die Kappe vom Kopf und machte einen überraschend galanten Diener. »Zu Ihren Diensten, gnädige Frau.«

Als Antwort neigte Madeline leicht den Kopf. »Es ist mir ein Vergnügen, Kurzer Hans. Ich hoffe, Sie werden uns helfen können.«

»Ich werde mich bemühen, gnädige Frau.«

»Genug jetzt, wir können keine Zeit mehr verschwenden.«

Artemas warf Latimer einen Blick zu, während er den Türknauf der Kutsche umfasste. »Beeilung, junger Mann. Der Kurze Hans wird Ihnen den Weg weisen. Wir fahren zu einer Schänke in der Blister Lane, dem ›Gelben Hund‹. Ist sie Ihnen bekannt?«

»Die Schänke nicht, mein Herr, die Blister Lane jedoch kenne ich.« Latimers Gesicht verdunkelte sich. »Haben die Gauner meine Nellie etwa dorthin gebracht?«

»So jedenfalls hat es mir der Kurze Hans berichtet. Er wird mit Ihnen auf dem Bock fahren.« Artemas öffnete die Tür und glitt in die Kutsche. »Fahren wir.«

Latimer warf sich auf seinen Sitz, und der Kurze Hans kletterte hinter ihm auf den Bock. Noch bevor Artemas die Tür hatte schließen können, setzte sich die Kutsche schon in Bewegung.

»Ihr Kutscher ist wirklich sehr erpicht darauf, Nellie aufzutreiben«, bemerkte er, als er sich setzte.

»Latimer und Nellie sind ein Liebespaar«, erläuterte Madeline. »Sie wollen bald heiraten.« Sie versuchte, seine Miene zu entschlüsseln. »Woher wissen Sie, dass man Nellie in diese Schänke gebracht hat?«

»Der Kurze Hans war Augenzeuge des gesamten Vorfalls.«

Sie musterte ihn erstaunt. »Warum in aller Welt hat er das Verbrechen dann nicht angezeigt?«

»Wie er Ihnen schon sagte, ist er Geschäftsmann. Er kann es sich nicht leisten, seine Ware zu verschenken. Er wartete gerade auf Zachary, der seine gewohnte Runde dreht und Auskünfte einsammelt. Am nächsten Morgen wäre es dann mir zugetragen worden. Da ich heute jedoch selbst aufgetaucht bin, hat der Junge seine Ware mir verkauft. Er weiß, dass ich Zachary seinen gewohnten Lohn dafür zahlen werde.«

»Gütiger Gott, Sir, wollen Sie mir sagen, dass Sie über ein

ganzes Netzwerk solcher Informanten wie dem Kurzen Hans verfügen?«

Er zuckte mit den Schultern. »Ich zahle ihnen weit mehr dafür als die Händler, denen sie früher gelegentlich eine gestohlene Uhr oder einen Kerzenhalter verschachert haben. Und wenn Zachary und seine Augen und Ohren mit mir ihre Geschäfte machen, riskieren sie dabei nicht, im Gefängnis zu landen, wie das bei den Arbeitgebern ihrer früheren Tätigkeiten der Fall gewesen ist.«

»Das begreife ich nicht. Weshalb sollten Sie für diese Art von Gerüchten und Klatsch, den ein paar junge Raufbolde auf der Straße auflesen, Geld bezahlen wollen?«

»Es würde Sie erstaunen, was man aus solchen Quellen lernen kann.«

Sie rümpfte leicht die Nase. »Zweifelsohne sind derlei Auskünfte über alle Maßen erstaunlich, doch frage ich mich, weshalb ein Gentleman in Ihrer Position etwas davon wissen möchte?«

Schweigend blickte er sie an. Erst leuchteten seine Augen kühl und belustigt, dann zog er sich an einen dunklen Ort in seinem Inneren zurück.

Was hatte sie denn erwartet, fragte sie sich. Dass er durch und durch absonderlich war, hätte sie voraussagen können. Sie räusperte sich. »Ich will Ihnen nicht zu nahe treten, Sir. Es klingt nur alles ein wenig, nun ja, ein wenig ungewöhnlich.«

»Und so sehr rätselhaft, unübersichtlich und geheimniskrämerisch, wollen Sie das damit zum Ausdruck bringen?« Artemas' Stimme war viel zu höflich. »So sehr nach Vanza vielleicht?«

Madeline hielt es für besser, das Thema zu wechseln. »Und wo ist dieser Zachary heute Abend?«

»Er ist älter, als man annehmen möchte«, erwiderte Artemas trocken. »Heute Abend macht er seiner jungen Dame den Hof. Sie arbeitet bei einem Hutmacher, und heute ist ihr freier Abend. Es wird ihm Leid tun zu erfahren, was er verpasst hat.«

»Immerhin wissen wir jetzt, was passiert ist. Ich sagte Ihnen doch, dass Nellie nicht mit einem Mann durchgebrannt ist.«

»Richtig, das haben Sie. Erinnern Sie Ihre Umgebung dauernd daran, wenn Sie einmal Recht gehabt haben?«

»Ich rede nur ungern um den heißen Brei herum, Sir. Jedenfalls nicht dann, wenn etwas so Wichtiges wie die Sicherheit einer jungen, unschuldigen Frau auf dem Spiel steht.« Stirnrunzelnd überlegte sie. »Woher kannte der Kurze Hans den genauen Ort, an den Nellie entführt worden ist?«

»Er ist der Kutsche zu Fuß gefolgt. Das sei nicht weiter schwierig gewesen, denn der Verkehr habe sich wegen des Nebels ohnehin nur schleppend vorwärts bewegt.« Artemas grinste bitter. »Der Kurze Hans ist ein heller Kopf. Ihm war klar, wenn eine junge Frau in der Nähe einer der Eingänge zu den Pavillons entführt wird, so gehört dies genau zu jenen Vorkommnissen, für die ich gut zahle.«

»Ich möchte hoffen, dass Sie über kriminelle Vorkommnisse in der Nähe Ihres Geschäftes unterrichtet sein wollen. Schließlich tragen Sie als Eigentümer der Pavillons eine gewisse Verantwortung.«

»Wohl wahr.« Artemas schien sich noch weiter in die Schatten zurückzuziehen. »Solche Dinge sollten nicht vorkommen, schließlich schaden sie dem Geschäft.«

2. *Kapitel*

Die dicken Glasfenster des »Gelben Hundes« schimmerten unheimlich. Das Kaminfeuer entfesselte bedrohliche Schatten, die wie trunkene Geister umhertorkelten. Zweifelsohne waren die Gäste betrunken, doch harmlos waren sie mit Sicherheit nicht. Vermutlich waren die meisten von ihnen bewaffnet. Der »Gelbe Hund« war einer jener Orte, an denen sich die raubeinigsten Gestalten des Rotlichtbezirks einfanden.

Madeline betrachtete durch das Fenster der Kutsche hindurch aufmerksam das Geschehen. »Gott sei Dank habe ich nicht versäumt, meine Pistole mitzubringen.«

Es gelang ihm, sein Stöhnen zu unterdrücken. Zwar kannte er sie erst seit einer Stunde, doch wusste er genügend über die Dame Bescheid, dass ihn diese Neuigkeit nicht in Erstaunen versetzte.

»Sie wollen so freundlich sein und sie in Ihrer Handtasche belassen«, erwiderte er bestimmt. »Ich greife nicht gerne zu Waffen, wenn es sich vermeiden lässt. Im Allgemeinen sind sie der Auftakt eines recht unangenehmen Durcheinanders.«

»Dessen bin ich mir wohl bewusst«, erwiderte sie.

Ihm fielen die Gerüchte wieder ein, die er über den plötzlichen Tod ihres Mannes vernommen hatte. »Das kann ich mir gut vorstellen.«

»Dennoch«, fuhr Madeline fort, »eine junge Frau einfach so auf der Straße zu entführen kann man wohl kaum als angenehmes Verbrechen bezeichnen, Sir. Und wie ich vermute, wird es auch keine angenehme Lösung dafür geben.«

Er malmte mit den Zähnen. »Wenn Ihre Nellie sich in diesem Etablissement befindet, sollte es mir möglich sein, sie ohne die Hilfe einer Pistole zu befreien.«

Madeline schien immer noch nicht überzeugt. »Das halte ich kaum für möglich, Herr Hunt. Die Gäste scheinen mir rechte Raufbolde zu sein.«

»Ein Grund mehr, laute Geräusche zu vermeiden, die ihre Aufmerksamkeit erregen würden.« Er warf ihr einen bedeutungsvollen Blick zu. »Mein Vorhaben wird nur dann gelingen, wenn Sie meinen Anordnungen folgen, gnädige Frau.«

»Ich habe eingewilligt, Ihrem Plan zu folgen, und daran werde ich mich auch halten.« Sie hielt inne. »Es sei denn natürlich, etwas läuft aus dem Ruder.«

Mit diesem halbherzigen Versprechen würde er sich wohl oder übel abfinden müssen, dachte er. Die Verruchte Witwe war es offenbar gewohnt, Anordnungen zu erteilen, und nicht, ihnen zu folgen. »Nun denn, gehen wir die Sache an. Sie sind sich über Ihre Aufgabe im Klaren?«

»Machen Sie sich keine Sorgen, Sir. Der Kurze Hans und ich werden mit der Kutsche am Eingang der Gasse warten.«

»Ich bitte darum. Ich würde sehr ungehalten darüber sein, wenn ich mit Nellie aus der Hintertür komme und keine Möglichkeit erkenne, die Gegend zu verlassen.« Artemas warf seinen Hut auf den Sitz und verließ die Kutsche. Latimer übergab dem Kurzen Hans die Zügel und kletterte vom Bock, um Artemas zu begleiten. Stehend wirkte er noch größer als zusammengesunken auf dem Kutschbock. Die ausladenden Schultern des Kutschers verdeckten fast das gesamte Licht der einzigen an der Kutsche befestigten Lampe.

Artemas erinnerte sich an seinen ersten Eindruck von Latimer. *Mehr Leibwächter denn Kutscher.*

»Ich habe meine Pistole dabei«, versicherte ihm Latimer.

»Gehen Ihre Dienstherrin und Sie denn niemals aus dem

Haus, ohne bis an die Zähne bewaffnet zu sein?« Latimer schien die Frage zu überraschen. »Aber nein doch, Sir.«

Artemas schüttelte den Kopf. »Und sie hält mich für absonderlich. Nichts für ungut. Sind Sie bereit?«

»Ja, Sir.« Latimer musterte die Fenster des »Gelben Hundes«. »Gnade ihnen Gott, falls sie meiner Nellie etwas angetan haben sollten. Dann werde ich jeden Einzelnen dafür bluten lassen.«

»Ich bezweifle, dass sie ausreichend Zeit hatten, um dem Mädchen etwas anzutun.« Artemas überquerte die Straße. »Um es ganz deutlich zu sagen, wenn sie tatsächlich mit dem Ziel entführt worden ist, sie an ein Bordell zu verkaufen, werden die Kerle nichts getan haben, was ihren, sagen wir, Wert in diesem bestimmten Markt schmälern würde, wenn Sie verstehen, was ich meine.«

Latimer erstarrte vor Groll und Widerwillen. »Ich habe Sie sehr wohl verstanden, Sir. Wie ich höre, werden Mädchen auf Auktionen wie Pferde verkauft. Die armen Dinger gehen an denjenigen, der den höchsten Preis für sie bietet.«

»Keine Angst, wir werden sie noch rechtzeitig retten können«, meinte Artemas leise.

Latimer wandte ihm das Gesicht zu. In dem gelblichen, aus der Schänke dringenden Licht wirkte es wie eine schaurige Maske. »Wenn Sie meine Nellie heute Nacht hier unversehrt herausbekommen können, werde ich den Rest meines Lebens in Ihrer Schuld stehen, Sir.«

Der arme Mann ist verliebt, dachte Artemas. Unfähig, noch weitere Beschwichtigungen zu finden, drückte er lediglich kurz Latimers Schulter. »Nicht vergessen«, meinte er, »mir fünfzehn Minuten zu geben, aber nicht mehr, und dann ein Ablenkungsmanöver zu verursachen.« Er verschwand in der Dunkelheit.

»Jawohl, Sir.« Latimer schritt auf die Eingangstür zu, öffnete diese und trat in die Schenke.

Artemas lief zu der Gasse, die sich auf der Rückseite der Gaststätte befand. Nach nur wenigen Schritten schlug ihm eine Flut übel riechender Gerüche entgegen. Die enge Gasse war offenbar sowohl zur Verrichtung der Notdurft als auch als Müllhalde benutzt worden. Nachdem er seinen erzwungenen Auftrag erledigt hatte, würden seine Stiefel eine gründliche Reinigung nötig haben.

Er gelangte zum Ende der Gasse, bog um die Ecke und fand sich in etwas wieder, was ehemals ein Garten gewesen sein musste. Die Toilette der Schänke stand in einer der Ecken. Die Tür zur Küche stand offen, um etwas von der nächtlichen Luft hereinzulassen. Ein Stockwerk darüber brannte in einem der Fenster Licht.

Artemas schlug den Kragen seines Capes hoch, um so sein Profil zu verstecken. Dann näherte er sich der Küchentür. Falls ihm jemand begegnen sollte, so würde man ihn lediglich für einen dieser trunkenen Rüpel halten, die sich auf der Suche nach Laster und Unterhaltung im Rotlichtbezirk herumdrückten.

Er fand die Hintertreppe und vernahm die gedämpften Stimmen zweier Männer. Hinter einer der Türen war ein heftiger Streit im Gange.

»Sie ist erste Sahne, sag ich dir. Von der alten Puffmutter in Rose Lane könnten wir glatt das Doppelte bekommen.«

»Ich habe einen Handel abgeschlossen, verdammt noch eins, und daran werde ich mich auch halten. Ich muss schließlich an meinen Leumund denken.«

»Wir sind hier in ein Geschäft verwickelt, du verdammter Idiot, und nicht in ein Spiel der vornehmen Gesellschaft, wo es festgelegte Regeln und dergleichen gibt. Wir wollen doch Gewinn daraus schlagen, und ich sage dir, die wird uns einiges mehr eintragen, wenn wir sie der alten Schachtel in Rose …«

Die Auseinandersetzung wurde von einem plötzlichen

Durcheinander im unteren Stockwerk gestört. Schreie und Rufe hallten im Treppenhaus wider. Artemas erkannte die lauteste unter den Stimmen. Sie gehörte Latimer.

»Feuer! In der Küche brennt es! Rennt um euer Leben, das Ding brennt wie eine Strohhütte!«

Ein donnerndes Geräusch folgte. Schwere Stiefel kamen auf die Tür zu, wie Artemas erwartet hatte. Er hörte ein Scharren, dann etwas splittern, ein Tisch vielleicht, den man umgeworfen hatte.

Er versuchte die erste Tür im Flur. Der Knauf ließ sich leicht drehen. Er öffnete die Tür einen Spalt und hielt inne. Sein Gespür sagte ihm, dass das nicht erleuchtete Zimmer leer sein musste. Er trat ein und ließ die Tür leicht angelehnt.

»Löst Alarm aus!«, hörte er Latimers gedämpfte Stimme rufen. »Der Rauch in der Küche ist so dicht, dass man seine eigene Hand nicht vor Augen sehen kann.« Die zweite Tür auf dem oberen Flur schlug krachend auf. Artemas beobachtete aus dem Schatten heraus, wie ein breiter, kräftig gebauter Mann erschien. Ihm folgte sein schmächtiger Kumpan mit einem hageren Gesicht. Das Licht, das vom Inneren des Zimmers herausdrang, beleuchtete ihre grobe Kleidung und verunsicherten Mienen.

»Was in aller Welt geht hier vor?«, richtete der große Mann seine Frage an niemand Bestimmten.

»Du hast doch das Rufen gehört.« Der schmächtige Mann versuchte, sich an dem Breitschultrigen vorbeizudrängen. »Es ist ein Feuer ausgebrochen. Ich kann den Rauch riechen. Wir müssen hier raus.«

»Und was ist mit dem Mädchen? Sie ist zu viel wert, als dass wir sie zurücklassen können.«

»Mein Leben jedenfalls ist sie nicht wert.« Dem Schmächtigen war es endlich gelungen, sich den Weg in den Flur zu bahnen. Er rannte auf die Treppe zu. »Du kannst sie ja über die Schulter nehmen, wenn du dir die Mühe machen willst.«

Der große Mann zögerte. Er blickte zu dem erleuchteten Zimmer zurück. Ärger und Verzweiflung mischten sich auf seinem Gesicht. »Gott verdammt noch mal!«

Leider gewann die Gewinnsucht die Oberhand. Der Mann wandte sich um und kehrte zu der kleinen Kammer zurück. Eine Minute später kam er mit einer ohnmächtigen Frau über seinen breiten Schultern wieder heraus.

Artemas trat auf den Flur hinaus. »Gestatten Sie mir, Ihnen bei der Rettung der Dame behilflich zu sein.«

Der große Mann reagierte wütend. »Gehen Sie mir verdammt noch eins aus dem Weg.«

»Entschuldigung.« Artemas trat zur Seite.

Der Hüne rannte an ihm vorbei auf die Treppe zu. Artemas stellte ihm ein Bein und versetzte ihm gleichzeitig einen knappen Schlag auf die empfindliche Stelle zwischen Hals und Schulter.

Der Mann schrie auf, und sein linker Arm und der überwiegende Teil seiner linken Körperseite wurden empfindungslos. Er strauchelte und fiel der Länge nach über Artemas' vorgestreckten Stiefel. Im vergeblichen Bemühen, seinen Sturz abzufedern, ließ er Nellie fallen.

Noch ehe Nellie auf dem Boden aufschlug, hatte Artemas sie aufgefangen. Er schulterte das Mädchen und lief zur hinteren Treppe. Von unten hörte er die Geräusche derer, die durch die Küchentür zu entkommen versuchten.

Ein Mann kam ihm im Treppenhaus entgegen.

»Haben Sie sie?«, fragte Latimer. Dann bemerkte er Artemas' Last. »Nellie! Sie ist tot!«

»Sie schläft nur. Vermutlich hat man sie mit Laudanum oder etwas Ähnlichem betäubt. Kommen Sie, wir müssen uns sputen.«

Dagegen hatte Latimer nichts einzuwenden. Er machte kehrt und führte die beiden die Treppe hinunter. Artemas folgte ihm auf dem Fuße.

Als sie das Erdgeschoss erreicht hatten, merkten sie, dass sie zu den Letzten gehörten, die das Gebäude verließen. Rauch quoll aus der Küche.

»Sie haben es vielleicht ein wenig übertrieben, das Lampenöl in die Kochstellen zu gießen«, bemerkte Artemas.

»Sie haben mir nicht gesagt, welche Menge ich verwenden sollte«, brummte Latimer.

»Wie auch immer, es hat Wirkung gezeigt.«

Sie eilten durch den Garten auf die Gasse zu. Mehrere Menschen standen auf der Straße herum, doch die allgemeine Panik legte sich bereits. Dass keine Flammen zu sehen waren, war der Täuschung abträglich, dachte Artemas. Er bemerkte einen Mann, möglicherweise den Inhaber der Schänke, der sich vorsichtig wieder in das Gebäude hineinwagte.

»Jetzt aber schnell«, befahl Artemas.

»Jawohl, Sir.«

Die Kutsche stand genau dort, wo Artemas sie hinbestellt hatte. Anweisungen befolgte die Frau zumindest. Der Kurze Hans saß mit den Zügeln in der Hand auf dem Bock. Als Artemas sich näherte, flog die Tür der Kutsche auf.

»Sie haben sie!«, rief Madeline. »Gott sei gedankt!«

Sie half Artemas, Nellie durch die schmale Öffnung zu bekommen, dann sprang Latimer auf den Bock, um die Führung zu übernehmen.

Artemas, der Nellie durch die Tür geschoben hatte, wollte gerade selbst einsteigen.

»Keine Bewegung, du gemeiner Dieb. Sonst schieß ich dir in den Rücken.«

Artemas erkannte die Stimme wieder. Sie gehörte dem schmächtigen Mann.

»Latimer, Beeilung.« Artemas zwängte sich durch die Tür und zog sie hinter sich zu.

Er wollte gerade Madeline von ihrem Sitz auf den Boden zerren, damit man ihre Umrisse nicht durch das Fenster erkennen konnte. Doch aus irgendeinem unerfindlichen Grund widersetzte sie sich ihm. Artemas fühlte, wie sie sich ihm entwand, als die Kutsche losfuhr. Sie hob den Arm. Er sah eine kleine Pistole in ihrer Hand, nur wenige Zentimeter von seinem Ohr entfernt.

»Nein!«, schrie er. Doch er wusste, dass es zu spät war. Er ließ von ihr ab und bedeckte mit den Händen seine Ohren. Ein Lichtblitz schoss durch die Dunkelheit. In der kleinen Kutsche wirkte das Knallen der Pistole so laut wie Kanonenfeuer.

Artemas erkannte, dass sich die Kutsche ruckartig in Gang setzte, doch nahm er die dazugehörigen Geräusche der Räder und Hufe nur wie aus großer Entfernung wahr. Er öffnete die Augen und sah, dass Madeline besorgt auf ihn herabblickte. Ihre Lippen bewegten sich, doch konnte er kein Wort von dem verstehen, was sie sagte.

Sie rüttelte an seinen Schultern. Ihr Mund öffnete und schloss sich wieder. Ihm wurde klar, dass sie ihn fragte, ob alles in Ordnung sei.

»Nein«, erwiderte er. Jetzt nahm er ein Klingeln in den Ohren wahr. Er konnte seine eigene Lautstärke nicht einschätzen. Er hoffte, dass er brüllte. »Nein, es geht mir nicht gut. Verdammt noch mal, gnädige Frau, ich kann nur zum Himmel beten, dass Sie mich nicht für immer taub gemacht haben.«

3. Kapitel

Die Dämpfe, die durch die geöffnete Tür des Destillierzimmers drangen, rochen nach Essig, Kamille und Holunderblüten. Madeline hielt inne und lugte um die Ecke in das kleine Zimmer.

Mit seiner Ansammlung von Flaschen, Mörsern und Gläsern verschiedener Größen, dazu die reichliche Sammlung getrockneter Kräuter und Blüten, erinnerte Madeline dieses Zimmer stets an ein Laboratorium. Ihre Tante, die sich mit umgebundener Schürze eifrig über eine köchelnde Flasche beugte, hätte man auch für eine närrische Alchemistin halten können.

»Tante Bernice?«

»Einen Augenblick, meine Liebe«, erwiderte Bernice, ohne von ihrer Arbeit aufzusehen. »Ich bin gerade mitten in der Zubereitung eines bestimmten Elixiers.«

Madeline blieb geduldig in der Tür stehen. »Es tut mir Leid, dich unterbrechen zu müssen, aber ich wollte dich in einer sehr wichtigen Angelegenheit um deinen Rat bitten.«

»Selbstverständlich. Nur eine Sekunde noch. Die Wirkung dieser bestimmten Tinktur beruht ausschließlich darauf, wie lange man die Blüten in der Essiglösung belässt.«

Madeline verschränkte die Arme und lehnte sich mit einer Schulter gegen den Türrahmen. Es hatte keinen Sinn, ihre Tante zur Eile zu drängen, wenn sie gerade mit der Zubereitung einer ihrer Tinkturen beschäftigt war. Bernice war es zu verdanken, dass dieser Haushalt vermutlich über die größte

Ansammlung beruhigender Destillate, stärkender Teeaufgüsse, medizinischer Cremes und ähnlichen Dingen in ganz London verfügte.

Bernice hatte eine äußerst leidenschaftliche Beziehung zu ihren Aufgüssen und Elixieren. Sie behauptete, unter schwachen Nerven zu leiden, weshalb sie ständig über therapeutischen Maßnahmen gegen diese Schwäche brütete. Zusätzlich nahm sie sich auch der Heilung anderer mit ähnlichem Leiden an. Für diese fertigte sie,je nach deren Gemütsbeschaffenheit, besondere Essenzen an.

Bernice verbrachte Stunden mit dem Studium alter Rezepte, die Nervenleiden zu heilen versprachen. Sie kannte jeden Arzneimittelhändler der Stadt, ganz besonders die wenigen, die die seltenen Vaganza-Kräuter anboten.

Madeline hätte sich dem Freizeitvertreib ihrer Tante sicherlich als weniger geduldig erwiesen, hätten nicht zwei Dinge zugetroffen. Zum einen zeitigten Bernice' Heilmittel oftmals eine ganz erstaunliche Wirkung. Der Kräutertee, den sie Nellie am Morgen verabreicht hatte, hatte eine ausgesprochen beruhigende Wirkung auf deren angegriffene Nerven gehabt.

Zum anderen verstand kaum einer besser als Madeline, dass diese Dinge manches Mal dringend vonnöten waren. Die Ereignisse jener dunklen Nacht vor fast einem Jahr waren schlimm genug gewesen, um selbst die kräftigsten Nerven zu schwächen. Und die Besorgnis erregenden Ereignisse der letzten Tage hatten die Sache wieder verschlimmert.

Bernice war Anfang vierzig, eine lebhafte und attraktive Frau mit hoher Intelligenz. Vor Jahren hatte sie eine Rolle in der Gesellschaft gespielt, doch hatte sie deren schillernde Vergnügungen aufgegeben, um sich nach dem Tod von Elizabeth Reed um das noch sehr kleine Kind ihres Bruders zu kümmern.

»Fertig.« Bernice zog die Flasche von der Feuerquelle und

schüttete deren Inhalt durch ein Sieb in einen Topf. »Jetzt muss es eine Stunde lang abkühlen.«

Sie wischte sich die Hände an der Schürze ab und wandte sich Madeline zu. Ihre silbrig blauen Augen leuchteten zufrieden. »Was wolltest du mit mir besprechen, meine Liebe?«

»Ich fürchte, Herr Hunt wird sein Versprechen einhalten und uns heute Nachmittag einen Besuch abstatten«, meinte Madeline vorsichtig.

Bernice zog die Augenbrauen hoch. »Uns wird er wohl kaum besuchen kommen, meine Liebe. Du bist es, die er besuchen möchte.«

»Nun gut. Nachdem er uns gestern Nacht sicher nach Hause gebracht hat, hat er mir recht unmissverständlich zu verstehen gegeben, dass er mir noch einige Fragen stellen möchte.«

»Fragen?«

Madeline atmete langsam aus. »Aus welchem Grund ich so viel über ihn und seine geschäftlichen Verbindungen weiß.«

»Aber natürlich, meine Liebe. Das kann man dem Mann kaum verübeln. Immerhin hat er sich große Mühe gegeben, bestimmte Aspekte seines Privatlebens zu verheimlichen. Und dann erscheint eines Nachts aus dem Nichts eine Frau, der er noch niemals zuvor begegnet ist, und verlangt seine Hilfe bei der Rettung ihrer Magd. In ihre Bitte lässt sie nicht nur einfließen, sie wisse sehr wohl, dass er der Besitzer der Vergnügungspavillons ist, sondern klärt ihn ebenfalls darüber auf, dass er ein Meister des Vanza ist. Jeder Mann in seiner Lage wäre darüber wohl beunruhigt.«

»Erfreut jedenfalls war er nicht, so viel ist sicher. Die Unterhaltung wird sich wohl kaum sonderlich angenehm gestalten. Doch nach dem, was er gestern Abend für uns getan hat, würde ich es als ausgesprochen unhöflich empfinden, ihm ein Treffen heute abzuschlagen.«

»Das allerdings wäre sehr unhöflich«, bekräftigte Bernice. »Wie sich die Sache anhört, haben ihn die gestrigen Ereignisse zum Helden gekürt. Latimer hat sich während des ganzen Vormittags über Herrn Hunts Taten ausgelassen.«

»Latimer hat gut reden, wenn er ihn zum Helden kürt. Ich aber bin es, die ihm heute gegenübertreten und ihm erläutern muss, weshalb ich derart vertrauliche Kenntnisse seiner geschäftlichen Gepflogenheiten besitze.«

»Ich kann nachvollziehen, dass das sicherlich eine unangenehme Sache sein wird.« Bernice musterte sie aufmerksam. »Du bist besorgt, dass du gestern Abend zwar seine Fähigkeiten hast nutzen wollen, du heute aber nicht mehr weißt, was du mit ihm anfangen sollst.«

»Er ist ein Vanza.«

»Das macht ihn nicht unbedingt einem Teufel gleich. Nicht alle Gentlemen, die der Vanza-Gemeinschaft angehören, ähneln Renwick Deveridge.« Bernice legte eine Hand auf Madelines Arm. »Du musst dir nur deinen Vater vor Augen führen, um die Richtigkeit dieser Aussage anzuerkennen.«

»Ja, aber …«

»Nichts bei deinen Nachforschungen hat darauf verwiesen, dass Hunt zum Bösen tendiert, nicht wahr?«

»Nun ja, das nicht. Aber …«

»Im Gegenteil, gestern Abend schien er ausgesprochen vernünftig gehandelt zu haben.«

»Ich habe ihm auch kaum eine andere Möglichkeit gelassen.«

Bernice zog eine Augenbraue in die Höhe. »Da sei dir nur nicht allzu sicher. Mein Gefühl sagt mir, Hunt hätte sich viel dickköpfiger verhalten können, wenn er das gewollt hätte.«

Ein Hoffnungsschimmer flackerte in Madeline auf. »Weißt du,Tante Bernice, möglicherweise hast du sogar Recht. Hunt zeigte sich gestern Abend ausgesprochen kooperativ.«

»Sicher kannst du ihm heute alles für ihn zufrieden stellend erklären.«

Madeline erinnerte sich an den Ausdruck der Hartnäckigkeit in seinen Augen, als er sie gestern Nacht zur Tür begleitet hatte. Das Gefühl der Erleichterung verflüchtigte sich.

»Dessen bin ich mir nicht so sicher.«

»Dein Problem ist lediglich das deiner zu aufgeriebenen Nerven.« Bernice griff nach einer kleinen blauen Flasche auf dem Tisch. »Nimm einen Löffel hiervon, wenn du deinen Tee einnimmst. In kürzester Zeit wirst du dich wieder taufrisch fühlen.«

»Danke,Tante Bernice.« Madeline nahm die Flasche. »Herrn Hunts wegen würde ich mir nicht allzu große Sorgen machen«, meinte Bernice. »Sein hauptsächliches Anliegen wird es sein, dass du seine Identität als Traum-Händler und Inhaber der Vergnügungspavillons nicht preisgibst. Das kann man ihm nicht verdenken. Zurzeit bewegt er sich in ausgesprochen hohen gesellschaftlichen Kreisen.«

»Ja.« Madeline runzelte die Stirn. »Ich frage mich, weswegen. Er scheint mir sonst nicht zu jenen zu gehören, die sich aus dieser Art der Gesellschaft viel machen würden.«

»Vermutlich sieht er sich nach einer Frau um«, erwiderte Bernice mit Bestimmtheit. »Wenn es herauskäme, dass er als Geschäftsmann tätig ist, würde das die Möglichkeiten seiner Wahl ganz erheblich einschränken.«

»Eine Frau?« Madeline war selbst über ihre Reaktion auf Bernice' Annahme verblüfft. Weshalb sollte ihr die Vorstellung widerstreben, dass Hunt seine Geschäftsverbindungen geheim halten wollte, weil er sich nach einer Ehefrau umsah? Das war eine vollkommen vernünftige Schlussfolgerung. »Ja, natürlich. Diese Möglichkeit hatte ich noch gar nicht in Erwägung gezogen.«

Bernice warf ihr einen bedeutungsvollen Blick zu. »Weil du viel zu beschäftigt bist, an Verschwörungen zu denken, und auch in die kleinsten und alltäglichsten Dinge dieser Tage große Bedeutung hineinliest. Kein Wunder, dass deine Nerven zu angespannt sind, um nachts Schlaf zu finden.«

»Damit magst du Recht haben.« Madeline wandte sich zum Gehen. »Eines aber ist sicher, ich muss Hunt davon überzeugen, dass seine Geheimnisse bei mir sicher sind.«

»Das wird dir sicherlich mühelos gelingen, meine Liebe. Mangelnden Einfallsreichtum kann man dir nun wirklich nicht nachsagen.«

Madeline ging in die Bibliothek. Sie hielt kurz inne, um den Inhalt der blauen Flasche in den Topf einer vor dem Fenster wachsenden Palme zu schütten. Dann setzte sie sich an ihren Schreibtisch und dachte über Artemas Hunt nach. Bernice hatte Recht. Hunt hatte sich gestern Abend wirklich als sehr hilfreich und zudem noch als überdurchschnittlich geschickt erwiesen. Vielleicht konnte man ihn dazu überreden, in Zukunft noch hilfreicher zu sein.

Artemas ruhte in seinem Sessel. Er hatte ein Bein über das Knie geschlagen und klopfte mit einem Brief gegen seinen Stiefel. Er betrachtete den kräftig gebauten Mann, der ihm auf der anderen Seite des breiten Tisches gegenübersaß. Henry Leggett war Artemas' geschäftlicher Berater gewesen, noch bevor er überhaupt so etwas wie nennenswerte Geschäfte geführt hatte. Er hatte ihn mehr oder weniger von seinem Vater übernommen.

Nicht dass Carlton Hunt seine Dienste häufig in Anspruch genommen hätte. Artemas hatte seinen Vater sehr gemocht, doch konnte man nicht abstreiten, dass Carlton geringes Interesse gezeigt hatte, in die Zukunft zu investieren. Nach dem Tod seiner Frau hatte sich das bisschen Interesse, das er dem verbliebenen Vermögen der Hunts gegenüber an den Tag gelegt hatte, vollkommen in Luft aufgelöst.

Henry und Artemas hatten beide hilflos mit ansehen müssen, wie all die fundierten Ratschläge Henrys von dem Mann in den Wind geschlagen wurden, der seine Zeit mit dem Glücksspiel und ausschweifenden Abenteuern in den Rotlichtbezirken verbrachte. Schließlich war es Henry gewesen, der nach Oxford gefahren war und Artemas davon in Kenntnis gesetzt hatte, dass Carlton in einem Duell wegen eines Kartenspiels ums Leben gekommen war. Und es war Henry, der die traurige Mitteilung hatte machen müssen, dass das Familienvermögen aufgebraucht war.

Allein in der Welt, hatte auch Artemas in den Spielhöllen sein Glück versucht, um zu überleben. Anders als sein Vater zeigte er für das Kartenspiel eine gewisse Begabung. Doch das Leben eines Spielers war gefährlich.

Eines Abends war Artemas einem älteren Gentleman begegnet, der mit methodischer Effizienz gewonnen hatte. Die anderen spielten alle mit ihrer Flasche Claret neben sich, der alte Mann jedoch trank nichts. Anders als seine Kumpels, die ihre Karten mit einer lässig zur Schau getragenen Gleichgültigkeit auf den Tisch warfen, hatte der Gewinner seinen eigenen Karten die größte Aufmerksamkeit geschenkt. Nach einer Weile hatte sich Artemas vom Spiel entschuldigt. Ihm war klar, dass sie am Schluss alle an den unbekannten Gentleman verlieren würden. Schließlich hatte der Fremde seine Gewinnscheine eingesammelt und den Club verlassen. Artemas war ihm auf die Straße gefolgt.

»Was würde es mich kosten, das Kartenspiel so zu erlernen, wie Sie es können, Sir?«, fragte er just in der Sekunde, als der Mann seine wartende Kutsche besteigen wollte.

Der Fremde musterte Artemas kühl und abschätzend. »Der Preis wäre sehr hoch«, erwiderte er. »Nicht viele junge Männer sind bereit, ihn zu zahlen. Doch wenn es Ihnen wirklich ernst ist, können Sie mich morgen besuchen kommen. Dann können wir Ihre Zukunft erörtern.«

»Viel Geld habe ich nicht.« Artemas lächelte entschuldigend. »Um genau zu sein, habe ich jetzt noch um einiges weniger als noch am Anfang des Abends. Das habe ich Ihnen zu verdanken, Sir.«

»Sie haben als Einziger die Vernunft besessen aufzuhören, als Sie sahen, dass die Dinge nicht gut standen«, meinte der Fremde. »Sie besitzen vielleicht das Zeug zu einem ausgezeichneten Schüler. Ich freue mich darauf, Sie morgen wieder zu sehen.«

Um elf Uhr früh hatte Artemas auf der Treppe des Hauses des Fremden gestanden. Sobald er eingelassen worden war, war ihm klar gewesen, dass er sich nicht in der Umgebung eines professionellen Spielers, sondern eines Gelehrten befand. Bald schon sollte er erfahren, dass George Charters mit Herz und Seele Mathematiker war.

»Ich habe lediglich mit einer Annahme gespielt, die mir vor einigen Monaten gekommen war, nämlich der Wahrscheinlichkeit, dass sich bestimmte Zahlen bei bestimmten Karten wiederholen«, hatte er ausgeführt. »Ich habe jedoch wenig Interesse, meinen Lebensunterhalt an Spieltischen zu verdienen. Viel zu wenig vorhersehbar für meinen Geschmack. Und wie steht es mit Ihnen, Sir? Haben Sie die Absicht, Ihr Leben in Spielhöllen zu verbringen?«

»Nicht, wenn ich es vermeiden kann«, hatte Artemas ehrlich geantwortet. »Auch ich würde eine mehr vorhersehbare Karriere für mich anstreben.«

George Charters war ein Vanza gewesen. Es hatte ihm gefallen, Artemas in den grundlegenden Dingen dieser Philosophie zu unterweisen. Als ihm klar geworden war, dass er einen fähigen und gelehrigen Schüler vor sich hatte, hatte er angeboten, Artemas' Reise zur Insel Vanzagara zu bezahlen. Henry Leggett hatte ihn ermutigt, diese Chance beim Schopf zu ergreifen.

Alles in allem hatte Artemas vier Jahre in den Tempelgärten verbracht. Jeden Sommer war er nach England zurückgekehrt, um dort George und Henry und seine Geliebte Catherine Jensen zu besuchen.

Während seines letzten Besuchs musste er erfahren, dass George an Herzversagen gestorben war und Catherine bei einem mysteriösen Fall über die Klippen ums Leben gekommen war.

Henry hatte ihm bei beiden Begräbnissen zur Seite gestanden. Danach hatte Artemas verkündet, er wolle nicht mehr nach Vanzagara zurückkehren. Er wolle in England bleiben, ein Vermögen erarbeiten und seine Rache ausführen. Henry war mit den Rachepläne nicht einverstanden, doch befürwortete er den Aufbau eines Vermögens und akzeptierte somit auch das Angebot eines Postens.

Henry sollte sich schon bald als sehr nützlich erweisen. Nicht nur verwaltete er die Investitionen mit größter Diskretion, er erkundete auch die finanziellen Belange anderer bis ins letzte Detail. Henry bot Artemas die Art von Information, die ihm Zacharys Augen und Ohren auf den Straßen nicht verschaffen konnten. Es waren die Art von Auskünften, die nur ein angesehener Verwalter überhaupt hoffen konnte zu ergründen.

Heute Morgen jedoch empfand Artemas dies als unzulänglich. »Ist das alles, was Sie über Frau Deveridge in Erfahrung bringen konnten, Henry? Gerüchte, Klatsch und Berichte von Skandalen aus zweiter Hand? Wovon Sie mir eben berichteten, weiß ich zumeist bereits. In den Clubs ist es Allgemeinwissen.«

Henry sah von seinen Notizen auf und betrachtete Artemas über den goldenen Rand seiner Brille hinweg. »Sie haben mir nicht gerade viel Zeit zur Verfügung gestellt, Artemas.« Er warf einen bedeutungsvollen Blick auf die Standuhr. »Ungefähr um acht heute Morgen habe ich Ihre Note erhalten. Jetzt ist es halb drei. Sechseinhalb Stunden reichen für die von Ihnen gewünschten Nachforschungen einfach nicht aus. In ein paar Tagen werde ich Ihnen mehr bieten können.«

»Verdammt noch mal, mein Schicksal liegt in der Hand der Verruchten Witwe, und alles, was Sie mir sagen können, ist, dass sie die Angewohnheit habe, ihre Ehemänner umzulegen.«

»Einen Ehemann, nicht mehrere«, korrigierte Leggett entnervend präzise. »Und die Geschichte beruht auf Gerüchten, nicht auf Fakten. Ich möchte Sie daran erinnern, dass Frau Deveridge nicht als Verdächtige mit dem Tod ihres Mannes in Zusammenhang gebracht wurde. Sie wurde noch nicht einmal vernommen, ganz zu schweigen von irgendwelchen Beschuldigungen gegen sie.«

»Weil es keine Beweise gab, lediglich Spekulationen.«

»Genau.« Henry blickte auf seine Notizen. »Die Fakten, derer ich habhaft werden konnte, besagen, dass Renwick Deveridge am späten Abend allein in seinem Haus war, als der Einbrecher eindrang. Der Halunke erschoss Deveridge, legte anschließend ein Feuer, um die Spuren zu verwischen, und verschwand mit allen Wertgegenständen.«

»In den höheren Kreisen schenkt niemand dieser Version auch nur den geringsten Glauben.«

»Es war kein Geheimnis, dass Deveridge und seine Frau sich einander entfremdet hatten. Frau Deveridge ist sechs Wochen nach der Hochzeit aus dem Haus ausgezogen. Sie weigerte sich, mit ihrem Ehemann wie Mann und Frau zu leben.« Henry hielt inne, um sich zu räuspern. »Man sagt, sie habe, nun ja, einen rechten Dickschädel.«

»Allerdings, dafür kann ich bürgen.« Artemas klopfte mit dem Brieföffner gegen seinen Stiefel. »Was können Sie mir über den unglückseligen Ehemann erzählen?«

Henrys buschige Augenbrauen zogen sich zusammen, als er sich über seine Notizen beugte. »Ich muss gestehen, sehr wenig. Wie Sie wissen, war sein Name Renwick Deveridge.

Keine Familie, die ich hätte auftreiben können. Anscheinend hat er während des Krieges einige Zeit auf dem Kontinent verbracht.«

»Ja und?« Artemas blickte ihn vielsagend an. »Das haben Sie auch getan.«

Henry räusperte sich. »Sicherlich kann man davon ausgehen, dass er nicht als Spion für Napoleon gearbeitet hat. Wie auch immer, vor ungefähr zwei Jahren ist Deveridge wieder nach London zurückgekehrt. Dort machte er die Bekanntschaft mit Winton Reed und verlobte sich alsbald mit dessen Tochter. Kurze Zeit darauf wurden Madeline Reed und Deveridge vermählt.«

»Keine sonderlich lange Verlobungszeit.«

»Sie wurden sogar durch eine besondere Verfügung vermählt.« Henry raschelte missbilligend mit seinen Unterlagen. »Wie ich bereits erwähnte, sagt man der Dame nach, sie sei etwas sehr ungestüm. Wie es sich dann fügte, war Deveridge zwei Monate nach der Hochzeit bereits tot, und das Gerücht, sie habe ihn umgebracht, begann sich zu verbreiten.«

»Deveridge muss als Ehemann ausgesprochen enttäuschend gewesen sein.«

»Es kursiert das Gerücht«, fuhr Henry in delikatem Tonfall fort, »dass, noch bevor Deveridge auf derart praktische Weise entledigt worden war, Frau Deveridges Vater Winton Reed sich um eine Auflösung, zumindest aber um eine förmliche Trennung bemüht hatte.«

»Eine Eheauflösung!« Artemas warf den Brieföffner auf den Tisch und beugte sich vor. »Sind Sie sich sicher?«

»So sicher, wie ich es angesichts der wenigen Fakten sein kann. Bedenkt man die großen Schwierigkeiten und hohen Ausgaben, die mit einer Scheidung verbunden sind, so ist eine Auflösung, wenn auch Zeit raubend, doch die einfachere Verfahrensweise.«

»Für Deveridge allerdings nicht sehr schmeichelhaft. Für

eine Auflösung gibt es schließlich nur sehr wenige Gründe. In diesem Falle würde ich davon ausgehen, dass der einzige Grund der gewesen wäre, Deveridge der Impotenz zu beschuldigen.«

»Zweifelsohne. In gesellschaftlichen Kreisen geht man davon aus, dass sie die Geduld für eine gerichtliche Auseinandersetzung nicht hatte aufbringen wollen.« Henry hielt inne. »Vielleicht aber entdeckte sie auch, dass ihr Vater die Kosten nicht hat erbringen können.«

»Also hat sie die Ehe auf ihre eigene Art und Weise beenden wollen, wollen Sie das damit sagen?«

»Den Gerüchten zufolge ist genau das der Fall.«

Artemas hatte gestern Abend genug von ihr kennen gelernt, um zu wissen, dass sie eine Dame mit ausgeprägtem Willen war. Wenn sie wirklich verzweifelt gewesen war und ihre Ehe hatte beenden wollen, wäre sie so weit gegangen, Deveridge umzubringen?

»Sie sagten, Deveridge sei erschossen worden, ehe man das Feuer gelegt hatte?«

»Dem Leichenbeschauer zufolge war das der Fall.«

Artemas stand auf und trat zum Fenster. »Ich muss Ihnen berichten, dass Frau Deveridge gestern Abend eine gewisse Fertigkeit im Umgang mit Feuerwaffen an den Tag gelegt hat.«

»Kaum die Art von Fähigkeit, die einer Dame ansteht.« Artemas blickte lächelnd in seinen von einer hohen Mauer umgebenen Garten hinaus. Henry hatte eine sehr herkömmliche Meinung darüber, wie sich die weibliche Welt zu verhalten hatte. »Nein. Haben Sie sonst noch etwas für mich?«

»Frau Deveridges Vater war einer der ersten Mitglieder der Vanza-Gemeinschaft. Er hatte den Rang eines Meisters.«

»Das ist mir bekannt.«

»Er war schon recht betagt, als er ehelichte und Vater einer Tochter wurde. Man sagt, nach dem Tod seiner Frau habe er Madeline sehr verwöhnt. Er ging so weit, sie sogar in jenen Dingen zu unterrichten, die sich eigentlich für eine junge Dame nicht geziemen.«

»Wie beispielsweise der Gebrauch einer Pistole.«

»So scheint es. Reed hatte sich in den letzten Jahren ziemlich zurückgezogen und sich ganz dem Studium toter Sprachen gewidmet.«

»Ich glaube, er war ein geschätzter Experte der alten Sprache des Vanza«, meinte Artemas. »Fahren Sie fort.«

»Reed starb am frühen Morgen, nachdem das Feuer ausgebrochen war. Den Skandalgerüchten zufolge soll ihm die Nachricht, seine Tochter sei durchgedreht und habe ihren Mann umgebracht, einen solchen Schock versetzt haben, dass ihm das Herz versagte.«

»Verstehe.«

Henry hüstelte diskret. »Als Geschäftsmann obliegt es mir, darauf hinzuweisen, dass auf Grund einer Reihe von unglücklichen Todesfällen in der Familie Frau Deveridge jetzt die Alleinerbin sowohl ihres Vaters als auch ihres Mannes ist.«

»Großer Gott.« Artemas starrte ihn an. »Sie wollen doch nicht etwa unterstellen, sie habe beide Männer umgebracht, um an deren Vermögen zu kommen?«

»Natürlich nicht.« Henrys Mund verzog sich angewidert. »Es ist nur schwer vorstellbar, dass überhaupt eine Tochter jemals zu solcher unnatürlichen Tat fähig sein sollte. Ich wollte lediglich auf das Ergebnis der ... äh ... leidigen Vorfälle hinweisen.«

»Danke, Henry. Ich weiß, dass ich für diese tief greifenden Betrachtungen auf Sie angewiesen bin.« Artemas ging zu seinem Schreibtisch zurück und lehnte sich dagegen. »Wenn wir schon bei den nackten Tatsachen sind, so muss ich in diesem Zusammenhang noch eine weitere erwähnen.«

»Und die wäre, Sir?«

»Renwick Deveridge hatte das Vanza erlernt. Es konnte kein leichtes Unterfangen gewesen sein, ihn umzubringen.«

Henry blinzelte mehrmals hinter seinen Brillengläsern, während er dies einzuordnen suchte. »Ich verstehe, was Sie sagen wollen. Die Vorstellung, eine Frau hätte das bewerkstelligen können, fällt nicht leicht.«

»Aber auch kein normaler Einbrecher.«

Henry warf ihm einen besorgten Blick zu. »Wohl wahr.«

»Wenn ich im Zusammenhang mit Deveridges Tod unter den beiden möglichen Verdächtigen wählen müsste, so würde ich auf die Dame setzen.«

Henry schien das zu schmerzen. »Ich kann nur sagen, bei der Vorstellung, eine Frau könne zu solch gewalttätigen Mitteln greifen, läuft es mir eiskalt den Rücken hinunter. Darin stimmen Sie mir doch zu, nicht wahr?«

»Mit dem eiskalten Schauer bin ich mir nicht so sicher, doch zweifelsohne wirft dies ein paar hochinteressante Fragen auf.«

Henry stöhnte laut auf. »Genau das hatte ich befürchtet.«

Artemas musterte ihn. »Was wollen Sie damit sagen?«

»Von der Minute an heute Morgen, als ich Ihre Nachricht erhielt, wusste ich, dass irgendetwas mit der ganzen Sache nicht stimmt. Was Madeline Deveridge betrifft, sind Sie viel zu neugierig.«

»Sie bereitet mir Probleme. Ich bemühe mich, Auskünfte zu sammeln, die dieses Problem berühren. Sie kennen mich, Henry. Ich habe gerne alle Informationen zusammen, ehe ich zur Tat schreite.«

»Bemühen Sie sich nicht, mich mit derart wässrigen Erklärungen abzulenken. Diese Sache ist mehr als nur rein geschäftlich für Sie, Artemas. Wie ich sehe, sind Sie von Frau Deveridge fasziniert. Deutlicher gesagt, habe ich Sie seit sehr langer Zeit kein derart heftiges persönliches Interesse an einer weiblichen Person bekunden sehen.«

»Sie sollten sich für mich freuen, Henry. Seit langem schon mahnen Sie mich, meine Rachepläne würden mich zu sehr vereinnahmen. Zumindest wird meine Bekanntschaft mit Frau Deveridge meinen Interessenshorizont und meine Aktivitäten eine Zeit lang leicht erweitern.«

Henry blickte ihn ernst an. »Leider gehe ich nicht davon aus, dass sie sich auf positive Art und Weise erweitern werden.«

»Wie dem auch sei, ich habe etwas Zeit totzuschlagen, bis meine anderen Pläne so weit vollendet sind.« Artemas hielt inne. »Ich werde mich wohl mit einer etwas genaueren Ermittlung über Frau Deveridge befassen.«

4. Kapitel

Während er die Treppe emporstieg, musterte er das kleine, am Ende einer Straße gelegene Häuschen. Es war zwar nicht groß, doch besaß es wohlproportionierte Fenster, die reichlich Licht einließen und einen guten Ausblick auf den Park boten. Die Gegend schien ruhig und abgeschieden, doch als *en vogue* konnte man sie mitnichten bezeichnen.

Frau Deveridge mochte die nicht unwesentlichen Erbvermögen ihres Vaters und ihres Mannes verwalten, doch hatte sie das Geld nicht für eine üppige Villa in einem der zurzeit begehrten Bezirke ausgegeben. So weit Henry hatte herausfinden können, lebte sie zurückgezogen mit ihrer Tante zusammen.

Artemas war sich bewusst, dass die die Dame umgebenden Geheimnisse von Minute zu Minute interessanter wurden. Dem entsprach auch seine Erwartungshaltung, sie zum ersten Mal bei vollem Tageslicht zu Gesicht zu bekommen. Die Erinnerung an ihre von einem schwarzen Schleier provozierend verdeckten Augen hatte ihm letzte Nacht mehrere Stunden Schlaf gekostet.

Die Tür wurde geöffnet, und Latimer füllte den schmalen Flur aus. Bei Tageslicht wirkte er noch größer, als es gestern Nacht bei Nebel den Anschein gehabt hatte.

»Herr Hunt.« Latimers Augen leuchteten auf.

»Guten Tag, Latimer. Wie geht es Ihrer Nellie?«

»Dank Ihnen gesund und munter, Sir. Sie erinnert sich kaum an das Geschehene, und das ist sicherlich nur gut so.«

Latimer zögerte. »Ich möchte Ihnen nochmals versichern, Sir, wie dankbar ich Ihnen für das bin, was Sie getan haben.«

»Wir waren doch ein ausgezeichnetes Gespann, nicht wahr?« Artemas betrat das Haus. »Bitte unterrichten Sie Frau Deveridge von meiner Ankunft. Ich werde erwartet.«

»Jawohl, Sir. Sie ist in der Bibliothek. Ich werde Sie ankündigen, Sir.« Er drehte sich um und wies den Weg.

Artemas warf einen Blick zurück auf die Rollläden vor den Fenstern. Sie waren gut verbarrikadiert und mit breiten Schlössern versehen. Zusätzlich waren kleine Glöckchen angebracht, die bei dem Versuch, sie zu öffnen, sofort zu schellen beginnen würden. Wenn sie des Nachts geschlossen waren, würden sie einen guten Schutz gegen Eindringlinge bieten. Fürchtete sich die Dame vor ganz gewöhnlichen Einbrechern oder ängstigte sie sich vor einer größeren Bedrohung? Er folgte Latimer den langen Flur entlang bis zum hinteren Teil des Hauses. Der riesige Mann hielt vor der Tür zu einem Zimmer inne, das vom Boden bis zur Decke mit in Leder gebundenen Büchern, Zeitschriften, Notizbüchern und Papieren jeder Art voll gestopft war. Die schönen Fenster, die auf den gepflegten, doch stark zurückgestutzten Garten wiesen, waren ebenfalls mit Läden, Schlössern und Glöckchen versehen.

»Gnädige Frau, Herr Hunt möchte Sie sprechen.«

Hinter dem schweren Eichenschreibtisch erhob sich Madeline. »Danke, Latimer. Treten Sie ein, Herr Hunt.«

Eine beunruhigende Mischung aus Intelligenz, Willenskraft und Wachsamkeit lag in ihren klaren blauen Augen. Sie trug ihr dunkles Haar in der Mitte gescheitelt. Am Hinterkopf war es schlicht zusammengebunden. Sie besaß weiche, volle Lippen, ein festes Kinn und eine Selbstsicherheit, die seine Männlichkeit herausforderte.

Latimer verharrte in der Tür. »Werden Sie meine Dienste benötigen, gnädige Frau?«

»Nein, danke«, erwiderte Madeline. »Sie können uns alleine lassen.«

»Jawohl, gnädige Frau.« Latimer verließ die Bibliothek und schloss die Tür hinter sich.

Madeline wandte sich Artemas zu. »Setzen Sie sich doch, Herr Hunt.«

»Danke.« Er nahm auf einem japanisch lackierten und mit Gold versehenem Sessel Platz, den sie ihm angeboten hatte. Ein Blick auf die dicken Teppiche, die schweren Gardinen und den elegant geschwungenen Schreibtisch bestätigte Leggetts Einschätzung ihrer finanziellen Lage. Das Haus war zwar klein, doch die Einrichtung war von ausgezeichneter Qualität.

Sie nahm hinter ihrem Schreibtisch Platz. »Wie ich hoffe, ist Ihr Gehör wieder gänzlich hergestellt, Sir?«

»Meine Ohren klingelten noch eine Weile, doch bin ich glücklich, Ihnen mitteilen zu können, dass meine Sinne wohl samt und sonders wieder hergestellt sind.«

»Gott sei gedankt.« Sie schien tatsächlich erleichtert. »Nur sehr ungern wäre ich für eine Verletzung Ihrer Person verantwortlich gewesen.«

»Wie es sich fügt, ist keinerlei bleibender Schaden weder bei mir noch ...« – er hob ansatzweise die Brauen – »... bei jenem Wüstling entstanden, den sie zu erschießen versuchten.«

Ihre Lippen wurden schmal. »Eigentlich bin ich kein übler Schütze, Sir. Doch die Kutsche bewegte sich, es war dunkel, und Sie hielten meinen Arm fest, wie Sie sich erinnern wollen. Das Zusammentreffen so vieler Beeinträchtigungen hat mich mein Ziel verfehlen lassen.«

»Ich hoffe, Sie verzeihen mir, gnädige Frau. Gelegentlich mögen gewaltsame Lösungen etwas für sich haben, im Allgemeinen jedoch bemühe ich mich, derlei Vorkommnisse zu vermeiden.«

Sie blinzelte. »Bei Ihrer Ausbildung überrascht mich das allerdings ein wenig.«

»Wenn Sie sich so gut in der alten Kunst des Vanza auskennen, so wissen Sie sicherlich, dass in dieser Philosophie immer der Zurückhaltung der Vorzug gegeben wird. Gewalt jedoch kann kaum als zurückhaltend bezeichnet werden. Wenn die Situation es erfordert, so erarbeitet man sich eine Strategie und führt diese präzise und ohne Spuren zu hinterlassen aus, die wiederum direkt zu demjenigen zurückführen würden, der die Sache veranlasst hat.«

Sie verzog das Gesicht. »Sie sind tatsächlich ein Anhänger des Vanza, Herr Hunt. Ihre Herangehensweise in diesen Dingen ist einfallsreich, ausgefeilt und raffiniert.«

»Ich bin mir darüber im Klaren, gnädige Frau, dass die Tatsache, dass ich ein Vanza bin, mir in Ihren Augen nicht mehr Ansehen verschafft. Aber gestatten Sie mir, Sie darauf hinzuweisen, dass das Erschießen eines Mannes auf offener Straße gestern Abend eine ganze Palette von Problemen aufgeworfen hätte, durch die sich unserer beider Lage heute Morgen wohl sehr unangenehm gestaltet hätte.«

»Was wollen Sie damit sagen?« Ihre Augen weiteten sich überrascht. »Sie waren mir bei der Rettung einer jungen Frau behilflich. Wer könnte daran etwas auszusetzen haben?«

»Ich ziehe es vor, keine Aufmerksamkeit zu erregen, Frau Deveridge.«

Sie errötete. »Aber natürlich. Sie fürchten sicher, dass sich Ihre Beziehung zu den Vergnügungspavillons herumsprechen könnte. Seien Sie versichert, dass ich diesbezüglich niemandem gegenüber etwas erwähnen werde.«

»Ich danke Ihnen für Ihre Versicherung. Wie es sich fügt, steht zurzeit für mich einiges auf dem Spiel.«

»Ich habe nicht die geringste Absicht, mich in Ihre … äh … finanziellen Belange einzumischen.«

Er erstarrte. Was genau wusste diese Frau? Konnte es sein, dass sie auch über seine so umsichtig geschmiedeten Rachepläne etwas in Erfahrung gebracht hatte? »Sie haben nicht die Absicht, sich einzumischen, sagten Sie?«, wiederholte er ruhig.

Sie machte eine abweisende Handbewegung. »Um Himmels willen, nicht doch, Sir. Ihr Ansinnen, sich in den höheren gesellschaftlichen Kreisen nach einer Gemahlin umzusehen, ist für mich gänzlich ohne Belang. Heiraten Sie, wen Sie wollen, Herr Hunt. Der Segen sei mit Ihnen beiden.«

Er entspannte sich ein wenig. »Sie erleichtern mich, Frau Deveridge.«

»Ich verstehe sehr wohl, dass Ihre Suche nach einer gut situierten Frau stark beeinträchtigt würde, sollte man von Ihrer Tätigkeit als Geschäftsmann erfahren, Sir.« Sie hielt inne und zog leicht besorgt die Brauen zusammen. »Aber sind Sie sich sicher, dass es eine kluge Entscheidung ist, eine Ehe unter, wie man es auslegen könnte, falschen Voraussetzungen einzugehen?«

»In diesem Licht hatte ich die Angelegenheit bisher noch nicht beleuchtet«, erwiderte er ohne Umschweife.

»Was werden Sie tun, wenn die Wahrheit ans Tageslicht kommt?« In ihrer Frage schwang mehr als nur eine Andeutung kühler Missbilligung mit. »Erwarten Sie von Ihrer Frau, dass sie Ihre geschäftliche Tätigkeit einfach nicht beachtet?«

»Hmmm.«

Sie beugte sich vor und fixierte ihn. »Gestatten Sie mir, Ihnen einen Ratschlag mit auf den Weg zu geben, Sir. Wenn Sie die Absicht haben sollten, Ihre Ehe auf der Basis von gegenseitigem Respekt und Zuneigung einzugehen, dann sollten Sie Ihrer zukünftigen Gemahlin von Anbeginn an ehrlich gegenübertreten.«

»Da ich nicht die geringste Absicht habe, diese Art von

Vermählung in der unmittelbaren Zukunft einzugehen, werde ich mich wohl kaum der feineren Schattierungen Ihrer Lektion zu diesem Thema widmen müssen.«

Sie zuckte überrascht zusammen. Dann ließ sie ihre Hände fallen und lehnte sich eilig zurück. »Gütiger Himmel, ich habe Ihnen tatsächlich eine Lektion erteilen wollen, nicht wahr?«

»So jedenfalls wollte es mir scheinen.«

»Verzeihen Sie mir, Herr Hunt.« Sie stützte ihre Ellenbogen auf den Schreibtisch und lehnte ihren Kopf auf die Hände. »Ich schwöre, selbst auch nicht zu wissen, was in mich gefahren ist. Ich hatte keinerlei Recht, mich in Ihre persönlichen Angelegenheiten einzumischen. Meine Gedanken sind in letzter Zeit nicht so recht klar. Meine einzige Entschuldigung ist es, dass ich in letzter Zeit schlecht schlafe und …« Sie brach ab, hob den Kopf und zuckte zusammen. »Und jetzt plaudere ich einfach nur noch.«

»Machen Sie sich deswegen keine Sorgen.« Er hielt kurz inne. »Aber ich möchte klarstellen, dass ich sehr unzufrieden darüber wäre, wenn meine geschäftlichen Belange zum jetzigen Zeitpunkt durcheinander gerieten. Sicherlich verstehen Sie, dass ich es mit ein paar ausgesprochen delikaten Angelegenheiten zu tun habe.«

»Aber ja, natürlich. Sie haben sich unmissverständlich ausgedrückt, Sir. Es gibt jedoch keinerlei Veranlassung, mir zu drohen.«

»Ich war mir nicht der Tatsache bewusst, irgendwelche Drohungen ausgesprochen zu haben.«

»Sir, Sie sind ein Vanza.« Sie warf ihm einen eisigen Blick zu. »Sie haben es nicht nötig, Ihre Drohungen auch auszusprechen. Ich versichere Ihnen, dass sie dennoch klar und deutlich sind.«

Aus irgendeinem Grund begann es ihn zu irritieren, dass ihr alles, was das Vanza betraf, zuwider zu sein schien. »Für eine Dame, die sich nicht zu schade war, erpresserische Maßnahmen zu ergreifen, um sich gestern Abend meine Hilfe zu sichern, zeigen Sie wirklich einigen Mut, mich heute zu beleidigen.«

»Erpressung?« Ihre Augen weiteten sich empört. »Ich habe nichts dergleichen getan.«

»Sie haben durchblicken lassen, dass Sie von meinem Besitz der Vergnügungspavillons oder, wie sie auch genannt werden, der Traumpavillons wissen. Weiterhin wussten Sie, dass ich keinerlei Gerüchte diesbezüglich in Umlauf bringen möchte. Verzeihen Sie mir, wenn ich Ihr Anliegen falsch ausgelegt haben sollte, aber ich hatte ganz eindeutig den Eindruck, dass Sie Ihr Wissen dazu einsetzten, mich zu zwingen, Ihnen zu helfen.«

Sie errötete heftig. »Ich habe lediglich auf Ihre Verantwortlichkeiten in dieser Angelegenheit hingewiesen.«

»Nennen Sie es, wie Sie wollen. Ich nenne es Erpressung.«

»Nun gut. Es steht Ihnen natürlich frei, diese Meinung zu vertreten.«

»Richtig. Hinzufügen möchte ich noch, dass Erpressung nicht gerade zu meinem Lieblingszeitvertreib gehört.«

»Ich bedaure die Notwendigkeit …«

Das panische Aufflackern ihrer Augen befriedigte ihn. Er unterbrach ihre Ausführungen mit einer Handbewegung. »Wie geht es Ihrer Magd?«

Für einen Moment schien Madeline über den plötzlichen Themenwechsel etwas überrascht. Sie versuchte sichtlich, sich zusammenzureißen. »Nellie geht es sehr gut, obwohl die Entführer ihr offenbar eine große Menge Laudanum eingeflößt haben. Sie ist immer noch etwas wackelig auf den Beinen, und ihre Erinnerung an die Vorkommnisse ist ausgesprochen verschwommen.«

»Wie Latimer mir sagte, weiß sie kaum etwas davon.«

»Nein. Das Einzige, was sie mit Bestimmtheit sagen kann,

ist, dass zwei Männer sich darüber stritten, wie sie den höchsten Preis für sie erzielen konnten. Ihrem Eindruck zufolge schienen sie mit ihrer Entführung beauftragt worden zu sein, doch einer der beiden meinte, man könne sie einem anderen Kunden zu einem höheren Preis verkaufen.« Madeline schauderte. »Die Vorstellung, dass Bordellbesitzer aktiv am Kauf und Verkauf junger Frauen beteiligt sind, ist einfach Ekel erregend.«

»Nicht nur von jungen Frauen. Sie handeln auch mit jungen Burschen.«

»Es ist ein schreckliches Geschäft. Man würde meinen, dass die Polizei ...«

»Viel gibt es da nicht, was die Polizei tun könnte.«

»Gott sei Dank ist es uns gelungen, Nellie noch rechtzeitig zu finden.« Ihre Blicke kreuzten sich. »Wenn Sie uns nicht geholfen hätten, hätten wir sie verloren. Gestern Abend hatte ich nicht die Gelegenheit, Ihnen ausreichend dafür zu danken. Bitte gestatten Sie mir, das jetzt nachzuholen.«

»Sie können es mir dadurch danken, indem Sie meine Fragen beantworten«, erwiderte er kaum hörbar.

Sie sah ihn stirnrunzelnd an und griff nach der Tischkante, als ob sie sich wappnen wolle. »Etwas anderes hatte ich auch nicht erwartet. Wie dem auch sei. Sie haben das Recht auf einige Erklärungen. Ihr Hauptinteresse gilt sicher dem Umstand, weshalb ich so viel über Ihre Beziehung zu den Vergnügungspavillons habe erfahren können.«

»Verzeihen Sie, Frau Deveridge, aber meine Neugier diesbezüglich war groß genug, mich letzte Nacht lange Zeit nicht schlafen zu lassen.«

»Tatsächlich?« Ihre Miene erhellte sich mit einem Ausdruck, der ihre Sympathie in dieser Angelegenheit bezeugte. »Leiden Sie häufig unter Schlafstörungen?«

Er lächelte schwach. »Nachdem ich die Antworten auf

meine Fragen erhalten habe, werde ich sicherlich schlafen wie ein Toter.«

Das Wort *Toter* ließ sie kurz zusammenzucken, doch hatte sie sich sofort wieder im Griff. »Nun, ich sollte vielleicht damit beginnen, Ihnen zu erzählen, dass mein Vater ebenfalls ein Mitglied der Vanza-Gemeinschaft war.«

»Diese Tatsache ist mir bereits bekannt. Auch weiß ich, dass er den Rang eines Meisters hatte.«

»Richtig. Doch hauptsächlich interessierten ihn die Lehren des Vanza, weniger die metaphysischen Aspekte und die körperliche Ertüchtigung. Über viele Jahre hinweg hat er die uralte Sprache auf der Insel Vanzagara erlernt. Für diese Sache war er innerhalb dieser Gemeinschaft sogar ein ausgewiesener Experte.«

»Das ist mir bekannt.«

»Verstehe.« Sie räusperte sich. »Durch seine Arbeit bedingt stand er mit vielen anderen Vanza-Gelehrten in England, auf dem Kontinent und Amerika in Verbindung. Hier in London korrespondierte er häufig mit Ignatius Lorring persönlich.« Madeline hielt kurz inne. »Das war natürlich, bevor Lorring so krank wurde und er seine alten Freunde und Kollegen nicht mehr empfangen konnte.«

»Als Großmeister der Gemeinschaft wusste Lorring mehr über dessen Mitglieder als irgendwer sonst. Wollen Sie andeuten, ihr Vater habe über diese Dinge mit ihm gesprochen?«

»Bedauerlicherweise muss ich sagen, dass sie weit mehr taten, als nur über die persönlichen Belange der Mitglieder zu sprechen. Kurz vor seinem Tod war Lorring ganz und gar versessen darauf, mehr Informationen über gewisse Gentlemen der Gemeinschaft zu erhalten.« Sie rollte mit den Augen. »Man könnte behaupten, er habe sich zum großen exzentrischen Meister einer Gruppierung von Exzentrikern und Außenseitern gemausert.«

»Könnten wir vielleicht Ihre persönliche Einschätzung der Mitglieder der Vanza-Gemeinschaft außer Acht lassen?«

»Verzeihen Sie.«

Es schien ihr jedoch nicht im geringsten Leid zu tun, dachte er, verärgert darüber, sie mitten in ihren Ausführungen unterbrochen zu haben.

»Ich verstehe, dass Sie ganz dezidierte Meinungen zu diesem Thema vertreten«, bemerkte er höflich. »Doch befürchte ich, wenn Sie sich die Zeit nehmen, sie detailliert darzulegen, werden wir bei Anbruch der Dunkelheit unser Gespräch immer noch nicht abgeschlossen haben.«

»Damit mögen Sie Recht haben«, stimmte sie ihm zu. »Schließlich gibt es so zahlreiche Dinge, die man gegen die Gemeinschaft einwenden könnte, nicht wahr? Doch um der Kürze willen werde ich mich auf das Wesentliche konzentrieren. Lorrings Wunsch, auch noch die kleinsten Details über die Mitglieder herauszufinden, veranlasste ihn, meinen Vater mit der Niederschrift dieser Dinge zu beauftragen.«

»Welche Art von Niederschrift?«

Sie zögerte, als ob sie innerlich einen heftigen Disput mit sich selbst führen würde. Dann sprang sie plötzlich auf. »Ich zeige sie Ihnen.«

Sie löste die goldene Kette um ihren Hals. Er sah einen kleinen Schlüssel, der unter ihrem Schal verborgen gewesen war und an einer zarten Goldkette hing. Dann durchquerte sie das Zimmer und trat zu einem kleinen Bücherbord, das mit einem Messingschloss versiegelt war.

Sie öffnete das Bücherbord mit dem Schlüssel, holte ein in dunkles Leder gebundenes Bändchen hervor, kehrte zum Schreibtisch zurück und legte das Buch mit größter Behutsamkeit ab.

»Dies sind die Aufzeichnungen, die Lorring meinen Vater gebeten hatte zu sammeln und aufzubewahren.« Sie öffnete das Buch und betrachtete die erste Seite. »Seit meines Vaters Tod ist es nicht mehr auf den neuesten Stand gebracht worden, so dass die Informationen über die Mitglieder ein volles Jahr in Verzug sind.«

Ein Gefühl der Abwehr erfasste ihn. Er erhob sich und betrachtete ebenfalls die erste Seite des Buches. Sofort erkannte er, dass es sich bei diesen Unterlagen um eine Auflistung aller Namen handelte, die weit zurück bis zur Gründung der Vanza-Gemeinschaft reichten. Behutsam blätterte und las er darin. Jeder Eintrag war mit ausführlichen Aufzeichnungen versehen. Diese Aufzeichnungen enthielten weit mehr als nur das genaue Datum, wann ein bestimmtes Mitglied der Gemeinschaft beigetreten war und welchen Grad derjenige erlangt hatte. Geschäftliche und private Dinge sowie Kommentare über das Temperament und ausgesprochen persönliche Neigungen des betreffenden Mitglieds waren ebenfalls angegeben.

Artemas war sich der Tatsache bewusst, dass das meiste ausgezeichnetes Skandalmaterial abgeben würde, um es milde auszudrücken. Manches war bestens zur Erpressung geeignet. Er hielt inne, um die Notizen zu seiner eigenen Person zu studieren. Seine Affäre mit Catherine Jensen war dort nicht vermerkt, auch wurden nicht die drei Männer erwähnt, die er zu zerstören gedachte. Für den Moment jedenfalls schienen seine Rachepläne nicht gefährdet. Dennoch befanden sich viel zu viele Vermerke seiner persönlichen Belange in dem verfluchten Buch. Angesichts einiger Sätze am Ende der Seite runzelte er die Stirn.

Hunt ist ein wirklicher Meister des Vanza. Sein Denken bewegt sich auf dunklen und verschlungenen Bahnen.

»Wem sonst ist dieses Buch noch bekannt?«, erkundigte er sich.

Sie trat einen Schritt zurück. Er spürte, dass es sein Tonfall und nicht seine einfache Frage war, die sie beunruhigte.

»Lediglich mein Vater und Ignatius Lorring kannten diese Aufzeichnungen«, beeilte sie sich zu sagen. »Und beide sind tot.«

Er betrachtete die Seite, auf der sein Name stand. »Sie vergessen sich selbst, Frau Deveridge«, murmelte er leise. »Sie machen mir einen ausgesprochen lebhaften Eindruck.«

Sie schluckte und blinzelte. Dann zauberte sie ein zittriges Lächeln auf ihr Gesicht und kicherte künstlich. »Aber ja, selbstverständlich. Doch müssen Sie sich keine Gedanken machen, dass dieses alte Buch sich nunmehr in meinem Besitz befindet, Sir.«

Artemas schlug das Buch zu. »Ich wünschte, ich könnte mir dessen ganz sicher sein.«

»Aber das können Sie, Sir. Vollkommen sicher sogar.«

»Das wird sich zeigen.« Er nahm das Buch und trug es zum Bücherregal zurück. »Alte, das Vanza betreffende Bücher können sich als gefährlich erweisen. Es ist nicht lange her, dass Gerüchte über einen alten Text mehrere geheimnisvolle Tode nach sich gezogen haben.«

Er hörte ein Geräusch, als ob etwas Schweres auf den Teppich gefallen sei. Das Geräusch wurde von scharfem Einatmen gefolgt. Er beachtete beides nicht, während er das Buch zurückstellte. Er schloss und verriegelte die Tür und wandte sich wieder Madeline zu.

Sie kniete auf dem Teppich und hob eine silberne Figur auf, die vom Schreibtisch heruntergefallen war. Wie er sehen konnte, bebten ihr beim Aufstehen die Hände, als sie die kleine Figur wieder neben das Tintenfass stellte.

»Wie ich annehme, beziehen Sie sich auf das so genannte *Buch der Geheimnisse,* Sir«, bemerkte sie leichthin. Sie rieb sich die Hände. »Vollkommener Unsinn.«

»Diese Meinung teilen jedoch nicht alle Mitglieder.«

»Ich möchte Sie darauf hinweisen, Sir, dass die Mitglieder dieser Gemeinschaft eine ganze Reihe ausgesprochen merkwürdiger Meinungen vertreten.« Sie schien sehr angespannt. »Das *Buch der Geheimnisse*, so es denn überhaupt jemals existiert hat, wurde in einem Feuer zerstört, das in einer bestimmten italienischen Villa ausgebrochen war.«

»Ich kann nur hoffen, dass dem tatsächlich so ist.« Artemas stellte sich neben das gut gesicherte Fenster und spähte in den kleinen Garten hinaus. Dort standen weder große Bäume, Hecken oder andere Laubgewächse, die einem Eindringling Schutz geboten hätten. »Wie schon erwähnt, können Bücher sich als sehr gefährlich erweisen. Sagen Sie mir, Frau Deveridge, gedenken Sie die von Ihrem Vater niedergeschriebenen Informationen zu erpresserischen Zwecken zu nutzen? Sollte dem so sein, so muss ich Sie darauf hinweisen, dass dies gewisse Risiken birgt.«

»Würden Sie so liebenswürdig sein und das Wort *Erpressung* nicht bei jeder sich bietenden Gelegenheit einfließen lassen?«, gab sie zurück. »Es ist ausgesprochen ärgerlich.«

Über die Schulter hinweg sah er zu ihr hinüber. Unter anderen Umständen wäre ihre heftige Entrüstung amüsant gewesen. »Verzeihen Sie mir, gnädige Frau, aber da sich meine Zukunft in Ihrer Hand befindet, bedarf ich ständig Ihrer Rückversicherung.«

Ihre Lippen spannten sich verunsichert. »Ich habe Ihnen bereits versichert, dass ich keinerlei schlechte Absichten im Schilde führe, Sir. Gestern Abend war ich gezwungen, zu verzweifelten Maßnahmen zu greifen, doch wird eine derartige Situation sich wohl kaum wiederholen.«

Er betrachtete die kleinen Glöckchen, die an den gut gesicherten Läden hingen. »Mir scheint, Sie sind nicht ganz so selbstsicher, wie Sie mich glauben machen wollen, gnädige Frau.«

Stille sank über die Bibliothek. Artemas wandte sich jetzt

ganz Madeline zu. Ihr Gesichtsausdruck verriet nichts als uneingeschränkte Willenskraft, doch konnte er den darunter verborgenen Ausdruck der Angst gut erkennen.

»Sagen Sie mir, Frau Deveridge«, meinte er leise. »Vor wem oder vor was haben Sie Angst?«

»Ich kann mir nicht vorstellen, worauf Sie anspielen, Sir.«

»Mir ist bewusst, dass ich als Vanza zumindest als Sonderling, wenn nicht gar als vollkommen Umnachteter gelte, doch gestehen Sie mir bitte die Fähigkeit zu ganz elementaren Schlussfolgerungen zu.«

Allmählich machte sie den Eindruck eines in eine Ecke gedrängten Rehs. »Was wollen Sie damit sagen?«

»Sie haben einen bewaffneten Kutscher, der eindeutig auch als Ihr Leibwächter eingestellt ist. Sie schirmen Ihre Fenster mit Läden ab, die Eindringlinge abhalten sollen. Ihr Garten ist von jeder Art von Laub befreit, so dass niemand sich, ohne gesehen zu werden, Ihrem Haus nähern kann. Und Sie selbst haben gelernt, eine Pistole zu handhaben.«

»London ist ein gefährliches Pflaster, Sir.«

»Wohl wahr. Doch scheint es mir, dass Sie sich für gefährdeter halten, als andere Leute es tun.« Er hielt ihrem Blick stand. »Wovor fürchten Sie sich, gnädige Frau?«

Sie sah ihn lange an. Dann kehrte sie hinter ihren Schreibtisch zurück und ließ sich auf den Stuhl fallen. Ihre Schultern waren verkrampft.

»Meine persönlichen Belange gehen Sie nichts an, Herr Hunt.«

Er musterte ihr abgewandtes Gesicht, auf dem sich Stolz und Mut spiegelten. »Wir alle haben Träume, Frau Deveridge. Wie mir scheint, ist der Ihre der, frei von der Angst zu leben, die von Ihnen Besitz ergriffen hat.«

Ihr Blick wurde seltsam nachdenklich. »Was glauben Sie, könnten Sie für mich tun, Sir?«

»Wer weiß.« Er lächelte flüchtig. »Doch bin ich schließlich ein Traumhändler. Vielleicht kann ich Ihren Traum wahr machen.«

»Ich bin nicht zum Spaßen aufgelegt.«

»Ich versichere Ihnen, dass auch mir momentan nicht zum Spaßen ist.«

Ihre Hand klammerte sich um das kleine Papiergewicht aus Messing. Sie unterzog es einer genauen Musterung. »Selbst wenn es stimmt, was Sie sagen, so könnten Sie mir möglicherweise tatsächlich von Nutzen sein, Sir. Ich gehe davon aus, dass für derlei Dienste ein Preis zu entrichten sein wird.«

Er zuckte mit den Schultern. »Alles hat seinen Preis. Manchmal ist es die Sache wert, ihn zu bezahlen. In anderen Fällen wiederum ist es das nicht.«

Ein paar Sekunden schloss sie die Augen. Als sie sie wieder öffnete, war ihr Blick direkt und völlig klar. »Ich gebe zu, dass mir gestern Nacht nach unserer Rückkehr ein Gedanke gekommen ist«, begann sie vorsichtig.

Jetzt hatte er sie, dachte er. Sie hatte den Köder geschluckt. »Und welcher Gedanke war das?«

Sie legte den Papierbeschwerer wieder zurück. »Ich habe lange über ein paar alte Sprichwörter nachgedacht. Eines davon besagt, es sei am besten, Feuer mit Feuer zu bekämpfen; ein anderes, ein Dieb sei vonnöten, um einen Dieb zu fangen.«

Er verstand sofort. »Donnerwetter, gnädige Frau, Ihr Anliegen hat etwas mit dem Vanza zu tun, nicht wahr?«

Angesichts seiner schnellen Auffassungsgabe zuckte sie zusammen und runzelte die Stirn. »In gewisser Weise ja, zumindest ist es möglich.« Sie seufzte. »Sicher jedoch kann ich mir nicht sein.«

»Was ist Ihr Vorhaben? Wollen Sie einen Vanza-Meister einsetzen, um eine Vanza-Angelegenheit zu bereinigen? Ist das Ihr logischer Schluss?«

»So in etwa könnte man es ausdrücken.« Sie trommelte

mit den Fingern auf die Tischplatte. »Ich denke noch über die Angelegenheit nach, aber es scheint mir, dass Sie wie kein Zweiter dazu geeignet wären, mir bei der Lösung einer Angelegenheit behilflich zu sein, die mich sehr beschäftigt.«

»Sie erwägen also, meine Fähigkeiten als Meister zur Lösung Ihres Problems einzusetzen?«

»Sollten wir uns einigen«, sagte sie freiheraus, »dann würde ich unser Verhältnis als das zwischen Arbeitgeber und Arbeitnehmer sehen. Selbstverständlich würde ich Sie für Ihre Bemühungen entschädigen.«

»Die Angelegenheit wird immer spannender. Wie zum Teufel wollen Sie mich denn entlohnen, Frau Deveridge?« Er hob eine Handfläche in die Luft. »Bevor Sie antworten, sollten wir in einem ganz klar sehen. Wie Sie bereits bemerkt hatten, bin ich als Geschäftsmann tätig und in diesem Bereich ausgesprochen erfolgreich. Weder wünsche noch benötige ich Ihr Geld, gnädige Frau.«

»Mein Geld vielleicht nicht.« Ihre Augen wurden schmal. »Jedoch besitze ich etwas, das Sie durchaus haben möchten, Sir.«

Er musterte sie kühl. »Ist dem so? Ich gestehe, das Angebot interessiert mich.« Er dachte an die kursierende Wette in den Clubs. »Das hätte durchaus seine Reize.« Sie starrte ihn an. »Verzeihen Sie?«

Ihr Ausdruck vollkommener Verständnislosigkeit sagte ihm, dass sie von der Existenz dieser Wette keine Ahnung hatte.

»Es kommt nicht alle Tage vor, dass man die Möglichkeit einer Affäre mit der Verruchten Witwe angeboten bekommt. Sagen Sie, gnädige Frau, darf ich davon ausgehen, lebendig aus einer solchen Erfahrung hervorzugehen? Oder gehen Ihre Liebhaber dieselben Risiken wie Ihre Ehemänner ein?«

Ihr klappte der Mund auf. Dann wurde sie von eisiger Wut ergriffen. »Wenn ich mich dazu entscheide, Sie einzustellen, Herr Hunt, birgt das allerdings ein gewisses Risiko in sich. Doch wird dieses Risiko nicht von mir ausgehen.«

Er hob die Augenbrauen. »Ich möchte nicht allzu forsch erscheinen, doch was die Natur meiner Belohnung betrifft …?«

Sie warf einen bedeutungsvollen Blick in Richtung des Bücherbords, auf dem das Büchlein über die Vanza-Mitglieder stand. »Aus Ihrem Gesichtsausdruck schloss ich, dass es Ihnen gar nicht behagt, derart aufschlussreiche Informationen über Ihre persönlichen Belange in einem Buch niedergeschrieben zu finden.«

»Damit liegen Sie richtig. Es gefällt mir überhaupt nicht.« So oder so würde er einen Weg finden, den verdammten Band in die Finger zu bekommen. Er warf einen Blick auf die albernen kleinen Glöckchen an den Fensterläden. Für seine Fähigkeiten würden sie keinerlei Hindernis darstellen.

Sie musterte ihn aufmerksam. »Sollten wir uns einigen, Sir, werde ich Sie für die aufgewandte Zeit und die Unannehmlichkeiten mit jenem Buch entschädigen.«

»Wollen Sie damit sagen, dass Sie mir das Buch geben, wenn ich Ihnen helfe?«

»Ja.« Sie zögerte. »Zunächst jedoch muss ich entscheiden, ob ich Ihrer Dienste bedarf oder nicht. Ich werde noch etwas länger darüber nachdenken müssen, ehe ich zu einer Entscheidung komme. Es steht eine Menge auf dem Spiel.«

»Zu Ihrem eigenen Vorteil, Frau Deveridge, möchte ich Ihnen raten, mit Ihrer Entscheidung nicht allzu lange zu warten.«

Sie hob das Kinn. »Eine weitere Drohung, Sir?«

»Mitnichten. Ich weise lediglich auf Ihre Versuche hin, Ihr Haus zu verschanzen.« Er trat an die Fensterläden heran. »Wenn das, wovor Sie Angst haben, etwas mit Vanza zu tun hat, so kann ich Ihnen versichern, dass diese Glöckchen zu spät ertönen werden, um noch von Nutzen zu sein.«

Sie erblasste und klammerte sich so fest an die Stuhllehne, dass ihre Knöchel weiß hervorstachen. »Sie sollten jetzt besser gehen, Sir.«

Er zögerte, dann neigte er höflich den Kopf. »Wie Sie wünschen, gnädige Frau. Sie wissen, wo Sie mich erreichen können, wenn Sie zu einer Entscheidung gekommen sind.«

»Ich werde Ihnen Bescheid geben, wenn ich …«

Als die Tür zur Bibliothek ohne Warnung aufgerissen wurde, brach sie ab und schaute auf den Neuankömmling. »Tante Bernice.«

»Tut mir Leid, meine Liebe.« Bernice strahlte Artemas an. »Ich wusste nicht, dass du immer noch Besuch hast. Möchtest du uns nicht einander vorstellen?«

»Aber ja doch, natürlich«, murmelte Madeline.

Unwillig und recht hastig stellte sie sie einander vor. Artemas ließ sich jedoch nicht zur Eile antreiben. Bernice Reed gefiel ihm auf den ersten Blick. Sie war eine elegante, nicht mehr ganz junge Frau, die offenbar ein Gefühl für Mode und Stil besaß. Das Lachen in ihren leuchtend blauen Augen sagte ihm zu. Er beugte sich über ihre Hand und wurde mit einer grazilen Handbewegung belohnt, die ihm verriet, dass die Dame über einige Erfahrung auf dem Tanzparkett verfügte.

»Wie mir meine Nichte berichtete, haben wir allen Grund, uns für Ihre Hilfe gestern Abend zu bedanken«, sagte Bernice. »In diesem Haushalt werden Sie heute als Held gefeiert.«

»Danke, Frau Reed. Ihre gütigen Worte weiß ich wohl zu schätzen.« Er warf Madeline einen flüchtigen Blick zu. »Doch hat mich Frau Deveridge darüber aufgeklärt, dass ich mich in der Angelegenheit nicht gerade heldenhaft benommen habe. Ich hätte lediglich meine Verantwortlichkeiten als Eigentümer des Etablissements wahrgenommen, vor dem die Entführung stattgefunden hatte, wenn Sie verstehen.«

Madeline fuhr zusammen. Artemas befriedigte ihr Gesichtsausdruck zutiefst.

Bernice starrte Madeline entsetzt an. »Gütiger Himmel, meine Liebe, ich hoffe doch, dass du dem armen Herrn Hunt gegenüber niemals solches hast verlauten lassen. Es scheint mir unmöglich zu behaupten, dass er für diese Situation auch nur die geringste Verantwortung trägt. Nellie wurde vor den Vergnügungsgärten entführt und nicht auf dem Grundstück selbst.«

»Ich habe sehr deutlich zum Ausdruck gebracht, dass Herrn Hunts Dienste durchaus geschätzt wurden«, brachte Madeline hinter zusammengebissenen Zähnen hervor.

»Das allerdings entspricht der Wahrheit«, pflichtete ihr Artemas bei. »Ich habe mich sogar als so nützlich erwiesen, dass sie nun darüber nachdenkt, meine Dienste auch für eine andere Aufgabe in Anspruch zu nehmen. Etwas, das damit zu tun hat, einen Dieb mit Hilfe eines Diebes zu fangen.«

Bernice rang nach Luft. »Sie hat Sie als *Dieb* bezeichnet, Sir?«

»Nun ja«, setzte Artemas an.

Madeline wedelte mit den Händen durch die Luft. »Ich habe Sie keinesfalls jemals als solchen bezeichnet, Sir.«

»Wohl wahr«, gab Artemas zu und wandte sich wieder Bernice zu. »Sie hat mich nicht wirklich als Dieb bezeichnet.«

»Das möchte ich auch hoffen«, bekräftigte Bernice. Madeline stöhnte auf.

»Da ich selbst Geschäfte tätige«, meinte Artemas, »sehe ich der Möglichkeit einer Anstellung natürlich mit Aufregung entgegen.« Als er sich der Tür näherte, blinzelte er Madeline zu. »Ganz unter uns, Frau Reed, ich habe allen Grund zu der Annahme, dass ich den Posten bekommen werde. Wie Sie wissen, gibt es nur sehr wenige andere geeignete Kandidaten.« Er trat in den Flur und verließ das Haus durch die Eingangstür, noch bevor eine der beiden Damen ihren Mund wieder hatte schließen können.

5. Kapitel

»Er ist ein Vanza«, sagte Madeline. »Das bedeutet, dass er ein verzwicktes, undurchsichtiges Spiel spielt. Ihn zu unserer Hilfe anzuheuern ist recht riskant.«

»Ich halte es für wenig klug,Worte wie *anheuern* oder auch *einstellen* zu benutzen, wenn wir über die Möglichkeit sprechen, dass Herr Hunt uns helfen soll.« Bernice zog einen Schmollmund. »Es fällt schwer, ihn sich als einen bezahlten Dienstleister vorzustellen, wenn du verstehst, was ich meine.«

»Ganz im Gegenteil. Herrn Hunt als bezahlten Dienstleister zu sehen ist die einzig vernünftige Herangehensweise an irgendeine Verbindung mit ihm.« Madeline lehnte sich auf dem Stuhl hinter ihrem Schreibtisch vor und musterte das Papiergewicht aus Messing, als ob es ein uraltes Orakel sei. »Wenn wir meinen Plan in die Tat umsetzen, dann müssen wir sehr genau darauf achten, dass Hunt seinen zugewiesenen Platz kennt.«

Bernice nippte an ihrem Tee, den Nellie serviert hatte. »Hmm.«

»Meine größte Sorge ist die, dass wir in der Angelegenheit keine Wahl mehr haben.«

Bernice blinzelte. »Wie bitte?«

»Er weiß von der Existenz von Papas Buch.«

»Ach du meine Güte.«

»Sicher war es ein Fehler, es ihm zu zeigen.« Madeline erhob sich unruhig. »Ich habe ihm davon erzählt, als ich ihm erklärte, woher ich von seiner Verbindung zu den Vergnügungspavillons erfahren habe. Ich glaubte, es würde ihn beruhigen zu erfahren, dass ich ihn nicht vorsätzlich ausspioniert hatte.«

Bernice' Augen leuchteten nicht länger amüsiert. »Wo er nun weiß, dass einige seiner Geheimnisse niedergeschrieben sind, wird er um jeden Preis das Buch in seinen Besitz bringen wollen.«

»Ich fürchte, mit dieser Einschätzung wirst du Recht behalten.« Madeline starrte in den stark zurückgestutzten Garten hinaus. »Ich habe seinen Blick gesehen, als er zu der Seite des Buches kam, auf der sein Name vermerkt war. Sofort war mir klar, dass ich einen großen Fehler begangen hatte.«

»Also hast du ihm einen Handel angeboten.« Bernice nickte. »Keine schlechte Idee. Er schien willens, eine solche Lösung in Erwägung zu ziehen.«

»Ein wenig zu willens, wenn du mich fragst. Aber ich weiß nicht, was ich, außer diesen Weg weiterzuverfolgen, hätte tun sollen.« Madeline blickte Bernice an. »Es besteht kein Zweifel, dass er uns von Nutzen sein könnte. Gestern Abend habe ich ihn in Aktion gesehen. Der Plan, den er zu Nellies Rettung aus der Schänke ausgeheckt hatte, war sehr einfallsreich. Und dann hat er sie den ganzen Weg aus der Gasse über der Schulter getragen. Für einen Mann seines Alters schien er recht gut beieinander zu sein.«

»Er ist wohl kaum als alt zu bezeichnen.«

»Nein, natürlich nicht«, warf Madeline hastig ein. »Ich wollte damit lediglich darauf hinweisen, dass er kein junger Spund mehr ist.«

»Nein, das ist er nicht.«

»Noch sonderlich alt, wie du gerade mit Recht bemerkt hast«, fuhr sie geknickt fort. »Man könnte sogar behaupten, er sei im besten Alter. Reif, jedoch noch recht beweglich.«

»Reif und beweglich«, wiederholte Bernice den Satz wertfrei. »Meiner Meinung nach trifft das Hunt recht gut.«

»Ich hege Zweifel über deine Schlussfolgerungen der Gründe Herrn Hunts, seinen Besitz der Vergnügungspavillons geheim zu halten.«

»Tatsächlich?«

»Ja. Ich bin mir nicht länger sicher, den Grund darin zu suchen, dass er eine reiche, gesellschaftlich hoch stehende Ehefrau sucht.«

Bernice schien überrascht. »Warum? Eine Verbindung mit einer einflussreichen Familie einzugehen erscheint mir für einen ehrgeizigen Gentleman recht vernünftig zu sein.«

»Die Annahme fällt leicht, dass Herr Hunt in mancherlei Hinsicht Ambitionen hegt.« Madeline trommelte mit den Fingern gegen das Fensterbrett. »Doch bin ich mir nicht sicher, dass sie die Schließung einer Ehe beinhalten. Irgendwie habe ich im Gefühl, wenn das tatsächlich sein Ziel gewesen sein sollte, so hätte er dieses schon lange erreichen können.«

»Den Einwand lasse ich gelten.«

»Man hätte von der Ankündigung einer Verlobung hören müssen. Oder zumindest hätten uns Gerüchte zu Ohren kommen müssen, die seinen Namen mit dem einer verfügbaren Dame aus höheren Kreisen in Verbindung gebracht hätten.«

»Richtig.« Bernice hielt inne. »Es ist fürwahr interessant, dass wir noch keine Namen gehört haben. Was geht deiner Meinung nach hier vor?«

»Wer kann das bei einem Vanza-Meister schon sagen?« Madeline fuhr herum und begann, in der Bibliothek auf und ab zu laufen. »Aber irgendetwas hat er.«

»Irgendetwas?«

»Richtig.« Madeline machte eine Handbewegung, während sie nach den richtigen Worten suchte, die ihr Gefühl verdeutlichen sollten. »Ganz sicher kann er nicht als ein typischer Vertreter der höheren Gesellschaft gelten. Er scheint um einiges schwerer zu wiegen als die üblichen Leichtgewichte der Gesellschaft. Er ist ein Raubvogel unter lauter Motten.«

»Vermutlich ein reifer, wenn auch immer noch recht beweglicher Raubvogel unter Motten, sehe ich das richtig?«

Bernice' Augen leuchteten amüsiert. »Was für eine interessante Beschreibung. So poetisch, geradezu metaphysisch.«

Madeline warf ihr einen missbilligenden Blick zu. »Meine Beschreibung Hunts belustigt dich?«

Bernice kicherte. »Meine Liebe, ich betrachte sie als unglaublich erleichternd.«

Madeline hielt abrupt inne. »Was willst du denn damit sagen?«

»Nach deiner Erfahrung mit Renwick Deveridge hatte ich schon befürchtet, du würdest nie wieder ein gesundes Interesse an der männlichen Welt zeigen. Jetzt jedoch erscheint mir diese Sorge als unbegründet.«

Madeline war vor Entrüstung sprachlos. Als sie sich schließlich wieder gefasst hatte, konnte sie immer noch keinen zusammenhängenden Satz bilden.

»Tante Bernice! Also wirklich!«

»Seit über einem Jahr kapselst du dich jetzt schon von der Außenwelt ab. Nach dem, was du durchgemacht hast, ist das durchaus verständlich. Doch wäre die ganze Sache noch tragischer gewesen, wenn du niemals wieder deine weiblichen Gefühle zurückerlangt hättest. Ich werte dein offensichtliches Interesse an Herrn Hunt als ein sehr gutes Zeichen.«

»Um Himmels willen, ich habe aber gar kein Interesse an ihm.« Madeline marschierte zu dem Bücherbord zurück. »Jedenfalls nicht auf die Art und Weise, die dir vorschwebt. Doch bin ich überzeugt davon, dass jetzt, wo er von der Existenz von Papas Aufzeichnungen weiß, es sehr schwer sein wird, ihn abzuschütteln. Also sollten wir unseren Nutzen aus ihm ziehen, wenn du verstehst, worauf ich hinaus möchte.«

»Du könntest Hunt die Aufzeichnungen ganz einfach geben«, bemerkte Bernice trocken.

Madeline hielt vor dem Bücherbord inne. »Glaube mir, diese Möglichkeit hatte ich bereits erwogen.«

»Aber?«

»Aber wir benötigen sein Sachverständnis. Warum also nicht einen Handel eingehen, um uns seiner Hilfe zu versichern und zwei Fliegen mit einer Klappe zu schlagen?« Wie ihr selbst auffiel, bediente sie sich heute Morgen einer ganzen Reihe von Redewendungen.

»Ja, warum auch nicht?« Bernice blickte auf die Glöckchen an den Fensterläden. »Sollten wir Herrn Hunt die Aufzeichnungen nicht im Gegenzug für seine Dienste anbieten, so wird er sie sich in einer dunklen Nacht selbst holen.«

Am nächsten Morgen legte Madeline die Feder, die sie für ihre Aufzeichnungen benutzt hatte, nieder. Dann schlug sie das schlanke, in Leder gebundene Buch zu, das sie zu entziffern versucht hatte.

Entziffern war genau der richtige Ausdruck, dachte sie. Das schmale Büchlein war sehr alt und recht abgenutzt. Darin stand ein Wust mit der Hand geschriebener, offenbar sinnloser Sätze. So weit sie es einschätzen konnte, waren die Worte eine Mischung aus altem Griechisch, ägyptischen Hieroglyphen und der altertümlichen, schon lange toten Sprache des Vanzagara. Vor drei Wochen war es nach einer langen und umwegreichen Reise von Spanien hier abgegeben worden und hatte ihre Aufmerksamkeit schlagartig gefangen genommen. Sie hatte sich sofort an die Arbeit gemacht.

Bisher jedoch hatte sie nicht viel Fortschritte erzielen können. Das Griechisch war zwar einfach, doch die übersetzten Worte ergaben keinerlei Sinn. Die Hieroglyphen waren für sie total unverständlich, doch hatte sie gehört, dass Thomas Young eine interessante Theorie der ägyptischen

Schrift aufgestellt hatte, die auf seiner Arbeit über den Rosetta-Stein beruhte. Leider hatte er seine Ergebnisse bisher noch nicht veröffentlicht. Was die altertümliche Sprache des Vanzagara betraf, so wusste sie, dass sie eine der wenigen Gelehrten war, die diesen Text auch nur teilweise zu übersetzen verstanden. Nur sehr wenige Menschen außerhalb der Familie waren sich ihrer Fähigkeiten bewusst. Das Studium des Vanza und seiner toten Sprache war ausschließlich Gentlemen vorbehalten. Damen waren weder in der Gemeinschaft zugelassen, noch erachtete man es als sinnvoll, sie in irgendeiner diesbezüglichen Weise zu unterrichten.

Selbst als sie darüber aufgeklärt wurden, dass Winton Reed seiner Tochter alles beibrachte, was er selber wusste, hätten doch nur wenige Mitglieder der Vanza-Gemeinschaft eine Frau für fähig gehalten, die Komplexität dieser fremden Sprache aus den alten Büchern zu meistern.

Seit Tagen bereits arbeitete Madeline in ihrer freien Zeit an dem schmalen Band. Das Vorhaben, so schwierig es auch sein mochte, bot ihr eine willkommene Ablenkung von anderen Sorgen. Doch heute Morgen wollte sich diese Ablenkung nicht einstellen.

Häufig sah sie von der Arbeit auf und blickte auf die Uhr. Es behagte ihr nicht, dass sie die Minuten und Stunden zählte, seitdem sie Artemas Hunt eine Nachricht hatte zukommen lassen. Dennoch konnte sie nicht anders.

»Hier ist er!«, ertönte Bernice' Stimme im Eingang. »Er ist angekommen!«

»Wer denn, um Himmels willen?« Madeline blickte auf die Tür und lauschte den Schritten ihrer Tante, die den Gang entlangeilten.

Wenig später wurde die Tür aufgerissen. Bernice schwebte triumphierend ins Zimmer und schwenkte eine weiße Karte. »Es ist ja so aufregend.«

Madeline warf einen Blick auf den Brief. »Was ist das?«

»Herrn Hunts Antwort auf deine Nachricht natürlich.«

Erleichterung durchfuhr Madeline. Sie sprang auf. »Lass mich sehen.«

Bernice reichte ihr die Karte, wie ein Magier eine Taube aus der Luft gezaubert hätte.

Madeline riss den Umschlag auf und überflog hastig den Inhalt. Zunächst glaubte sie, sie habe den Brief nicht richtig verstanden. Überrascht kehrte sie zum Anfang zurück und begann erneut zu lesen. Auch beim zweiten Mal ergab es keinen Sinn. Sie ließ den Brief sinken und blickte Bernice verwirrt an.

»Was ist, meine Liebe?«

»Ich habe Herrn Hunt eine Nachricht geschickt, dass ich die Erörterung unserer geschäftlichen Beziehung fortsetzen möchte. Und er schickt mir nun dieses ... dieses ...«

»Dieses was?« Bernice nahm Madeline den Brief aus der Hand, kramte eine Brille hervor, setzte sie sich auf die Nase und las laut vor.

»Ich bitte um die Ehre, Sie auf den Maskenball begleiten zu dürfen, der am Donnerstagabend in den Vergnügungspavillons stattfinden wird.«

Bernice pustete höchst zufrieden. »Aber meine Liebe, es handelt sich um eine *Einladung*.«

»So viel sehe ich auch.« Madeline entriss Bernice den Brief und starrte auf die kraftvolle, männliche Schrift. »Was in aller Welt hat er vor?«

»Also wirklich, Madeline, für eine Frau deines Alters bist du einfach viel zu misstrauisch. Was ist denn so seltsam daran, von einem ehrenhaften Gentleman zu einem Ball eingeladen zu werden?«

»Wir sprechen hier nicht von einem ehrenhaften Gentleman, sondern von Artemas Hunt. Und ich habe sehr wohl das Recht, misstrauisch zu sein.«

»Du bist überreizt, meine Liebe.« Bernice runzelte die Stirn. »Leidest du wieder unter Schlaflosigkeit? Du nimmst doch mein Elixier, nicht wahr?«

»Aber ja doch. Eine sehr wirksame Sache.« Sie hatte keinerlei Veranlassung, Bernice die Wahrheit zu sagen. Gestern Abend hatte sie das Elixier genau wie an allen anderen Abenden weggeschüttet, weil sie sich nicht traute, es einzunehmen. Das Allerletzte, was sie sich wünschte, war, des Nachts einzuschlafen. Die Träume wurden immer schlimmer.

»Nun, wenn es nicht die Schlaflosigkeit ist, die deine Nerven überanstrengt, so ist es vielleicht etwas anderes«, fuhr Bernice fort.

»Meine Reaktion auf Hunts Brief ist nicht meinen zarten Nerven zuzuschreiben. Es ist eine vollkommen vernünftige Reaktion.« Madeline schlug mit dem Brief gegen ihre Handfläche. »Denk doch nur: Ich sage dem Mann, dass ich seine Dienste zu einem bestimmten Preis in Anspruch nehmen möchte, und er schickt mir als Antwort die Einladung zu einem Maskenball. Was für eine Antwort soll das denn sein?«

»Eine höchst interessante, wenn du mich fragst. Erst recht, da sie von einem reifen, doch immer noch sehr beweglichen Gentleman stammt.«

»Nein.« Madeline musterte sie grimmig. »Ich befürchte, die Antwort ist typisch Vanza. Hunt versucht ganz bewusst, mich vor den Kopf zu stoßen. Wir müssen uns die Frage nach dem Grund stellen.«

»Ich kann mir nur eine Verfahrensweise vorstellen, um die Antwort herauszufinden, meine Liebe.«

»Und die wäre?«

»Du musst seine Einladung annehmen.«

Madeline starrte sie an. »Hast du den Verstand verloren? Ich soll mit Hunt auf einen Maskenball gehen? Was für ein seltsamer Vorschlag!«

Bernice warf ihr einen vielsagenden Blick zu. »Du hast es

mit einem Meister des Vanza zu tun. Du wirst ihm mit großer Umsicht und viel Geschick begegnen müssen. Ich aber habe unbedingtes Vertrauen in deine Fähigkeit, die Wahrheit herauszufinden.«

»Hmm.«

»Wie dem auch sei, ich sehe keinen Schaden für dich, die Einladung zu einem Ball anzunehmen«, fügte Bernice hinzu. »Ich bin mir sicher, dass du etwas Unterhaltung gut gebrauchen kannst. Allmählich wirst du genauso exzentrisch, zurückgezogen und geheimniskrämerisch wie die Gentlemen der Vanza-Gemeinschaft.«

6. *Kapitel*

Wie ich sehe, hat sich Glenthorpe früher als gewöhnlich verabschiedet.« Lord Belstead warf einen missbilligenden Blick auf den Mann, der zusammengesunken vor dem Kaminfeuer in einem Ohrensessel hockte. »Noch nicht einmal zehn Uhr, und mit dem Mann kann man bereits nicht mehr rechnen.«

»Vielleicht sollten wir ihn einladen, Karten mit uns zu spielen.« Sledmere sah nicht von seinen Karten auf. »Glenthorpe ist ein Dummkopf, erst recht, wenn er betrunken ist. Wir könnten ihm heute Abend sicherlich einiges aus der Tasche ziehen.«

»Viel zu einfach.« Artemas betrachtete die Karten in seiner Hand. »Worin liegt der Spaß, mit einem Betrunkenen Karten zu spielen?«

»Spaß hatte ich dabei wohl kaum im Sinn«, erwiderte Sledmere. »Ich dachte eher an den Gewinn.«

Artemas legte seine Karten nieder. »Dann darf ich Sie daran erinnern, dass ich soeben genau diesen für mich verbuchen konnte.«

Belstead blickte schnaubend auf die Karten. »Auf meine Kosten, wie es scheint. Sie haben ein teuflisches Glück, Sir.«

Auf der anderen Seite des Zimmers stellte Glenthorpe sein leeres Glas ab und erhob sich schwankend. Mit Blick auf ihn bemerkte Artemas: »Ich habe das Glück für den heutigen Abend voll und ganz ausgeschöpft. Wenn Sie mich entschuldigen wollen, sonst werde ich mich zu einer Verabredung verspäten.«

Belstead kicherte. »Um welche werte Dame handelt es sich, Hunt?«

»Ihr Name ist mir gerade entfallen.« Artemas erhob sich aus seinem Sessel. »Sicher wird er mir im geeigneten Moment wieder einfallen. Guten Abend, die Herren.«

Sledmere lachte. »Vergewissern Sie sich, den richtigen Namen im richtigen Augenblick parat zu haben, Sir. Aus irgendeinem unerfindlichen Grund nehmen es einem die Frauen übel, wenn man ihre Namen durcheinander bringt.«

»Danke für den Ratschlag«, erwiderte Artemas.

Er verließ das Zimmer und trat in die Eingangshalle, um Umhang, Hut und Handschuhe zu holen.

Glenthorpe stand in der Tür. Leicht schwankend wandte er sich um. »Hunt, Sie gehen?«

»Ja.«

»Würden Sie sich eine Kutsche mit mir teilen wollen?« Glenthorpe blinzelte durch die Fenster nach draußen. »An einem Abend wie diesem sind sie schwer aufzutreiben, wissen Sie. Der verdammte Nebel ist so dicht, dass man ihn mit einem Messer zerschneiden könnte.«

»Einverstanden.« Artemas zog sich den Umhang über und trat hinaus.

»Sehr gut.« Glenthorpes Erleichterung besaß beinahe schon komödiantische Züge. Er beeilte sich, Artemas auf die neblige Straße zu folgen. »Es ist sicherer, gemeinsam zu gehen, wissen Sie. In einer Nacht wie heute gibt es sicher Straßenräuber und andere Gauner.«

»Das jedenfalls wird behauptet.« Artemas winkte einer Kutsche, die ratternd vor den Eingangsstufen des Clubs anhielt. Glenthorpe hievte sich ungeschickt hinein und ließ sich auf einen der Sitze fallen. Artemas folgte ihm und schloss die Tür.

»Habe noch niemals derart viel Nebel im Frühsommer erlebt«, brummte Glenthorpe.

Die Kutsche rumpelte die Straße hinunter.

Artemas musterte Glenthorpe, was diesem jedoch nicht auffiel. Er war viel zu sehr damit beschäftigt, die dunkle Straße zu beobachten. Er wirkte ängstlich. Ein angestrengter, nervöser Ausdruck lag über seinem Gesicht.

»Es geht mich natürlich nichts an.« Artemas ließ sich noch tiefer in die Schatten der Ecke zurückfallen. »Doch kann ich nicht umhin zu bemerken, dass Sie heute leicht nervös erscheinen, Glenthorpe. Beunruhigt Sie denn etwas?«

Glenthorpe riss sich vom Fenster los. Er blickte erst auf Artemas, dann wieder aus dem Fenster. »Hatten Sie schon mal das Gefühl, dass jemand Sie beobachtet, Sir?«

»Mich beobachtet?«

»*Mich.* Nicht Sie.« Glenthorpe schloss die Gardinen vor dem Fenster und ließ sich in die abgewetzten Polster zurückfallen. »In letzter Zeit habe ich das merkwürdige Gefühl, gelegentlich verfolgt zu werden. Drehe ich mich jedoch um, ist niemals jemand zu sehen. Das ist sehr beunruhigend.«

»Warum sollte Ihnen jemand folgen?«

»Woher in aller Welt soll ich das wissen?« Glenthorpe sprach viel zu laut und betont. Er zuckte angesichts der Lautstärke seiner eigenen Stimme zusammen und fuhr leiser fort: »Aber er ist da. Ich spüre es bis auf die Knochen.«

»Wer ist denn dieser Mann, von dem Sie annehmen, dass er Sie verfolgt?«, erkundigte sich Artemas teilnahmslos.

»Sie werden dem keinen Glauben schenken, aber ich denke, es ist …« Glenthorpe brach ab.

»Wer?«, hakte Artemas höflich nach.

»Es ist nicht leicht zu erklären.« Glenthorpes Hände zuckten auf dem Sitz. »Das geht auf etwas zurück, das vor ein paar Jahren vorgefallen ist. Etwas mit einer jungen Frau.«

»Verstehe.«

»Sie war nur eine Schauspielerin, wissen Sie. Niemand

von Rang.« Glenthorpe schluckte schwer. »Etwas Schreckliches ist passiert. So etwas hatte ich natürlich überhaupt nicht beabsichtigt. Die anderen meinten, es wäre sicherlich amüsant. Sie sagten, das Mädchen würde sich lediglich zieren und sich rar machen. Doch das stimmte nicht, wissen Sie.«

»Was ist denn vorgefallen?«, fragte Artemas wie beiläufig.

»Wir haben sie an einen abgelegenen Ort gebracht.« Glenthorpe rieb sich die Nase am Rücken seines Handschuhs. »Wir dachten, wir würden alle zusammen etwas Spaß haben. Aber sie ... hat sich gegen uns gewehrt. Ist weggerannt. Es war nicht unsere Schuld, dass sie ... ach, lassen wir das. Die Sache ist die, dass ich bei der ganzen Sache gar nicht beteiligt war. Die anderen haben sie sich genommen, doch als ich an der Reihe war, konnte ich nicht, wenn Sie mich verstehen. Zu viel getrunken. Vielleicht aber lag es auch an der Art, wie sie mich angesehen hat.«

»Wie hat sie Sie denn angesehen?«

»Als ob sie uns einen Fluch auferlegen wollte. Sie sagte, wir würden alle noch bezahlen müssen. Das war natürlich Unsinn. Mir aber war klar, dass die anderen sich irrten. Sie machte keinen Spaß. Sie wollte keinen von uns. Ich ... ich habe nur ... ich konnte es einfach nicht über mich bringen.«

»Aber Sie waren in jener Nacht mit dabei.«

»Ja, aber nur, weil die anderen mich mitgeschleppt hatten. Es gehört nicht zu jenen Dingen, die mir Spaß machen, wissen Sie. Ich bin nicht ... ich will sagen, mein Naturell ist nicht so ... körperlich wie das anderer Männer.« Glenthorpe wand sich erneut. »Wie dem auch sei, ich habe irgendeine Entschuldigung gefunden. Die anderen lachten mich aus, aber das war mir gleichgültig. Ich wollte nur weg. Doch dem Mädchen gelang es, freizukommen. Sie rannte in die Nacht hinaus. Dann hatte sie einen Unfall, sie ist gestürzt.«

»Was haben Sie getan?«

»Ich?« Glenthorpe machte ein entsetztes Gesicht. »Nun,

nichts. Gar nichts. Das ist es doch gerade, was ich zu erklären versuche. Es gibt überhaupt keinen Anlass, weswegen er mich verfolgen sollte. Ich habe sie überhaupt nicht angerührt.«

»Wer ist Ihnen denn hinterher?«

»Sie sagte …« Glenthorpe fuhr sich mit der Zunge über die Lippen und rieb sich erneut die Nase. »Sie sagte, ihr Geliebter würde uns alle umbringen für das, was wir ihr angetan hätten. Doch das war vor fünf Jahren. *Vor fünf langen Jahren.* Ich dachte, die Sache sei vorbei und vergessen.«

»Und jetzt sind Sie sich nicht mehr so sicher?«

Glenthorpe zögerte und schob eine Hand in die Tasche. Dann kramte er eine Taschenuhr mit einem an einer Goldkette baumelnden Siegel hervor. »Vor ein paar Monaten habe ich dieses hier erhalten. Es lag einfach so vor meiner Tür.«

Artemas warf einen Blick auf das goldene Siegel mit dem Emblem eines sich aufbäumenden Hengstes. »Was ist dabei?«

»Meiner Meinung nach hat *er* es mir zugesandt. Derjenige, von dem sie sagte, dass er sie rächen würde.«

»Warum sollte er das tun?«

Glenthorpe rieb sich die Nase. »Ich habe das unangenehme Gefühl, dass er mit mir spielt. So wie es eine Katze mit einer Maus macht, verstehen Sie? Aber es ist nicht fair.«

»Warum nicht?«

»Weil wir zu dritt waren. Und ich war der Einzige, der ihr nichts angetan hat.« Glenthorpe ließ sich auf seinem Sitz zurückfallen. »Ich war der Einzige, der sie nicht angerührt hat.«

»Aber Sie waren in jener Nacht mit dabei, nicht wahr?«

»Ja, aber …«

»Sparen Sie sich weitere Erklärungen, Glenthorpe. Sie interessieren mich nicht. Vielleicht können Sie sie demjenigen gegenüber äußern, der Ihnen nachstellt.« Artemas klopfte an die Decke, um die Aufmerksamkeit des Kutschers zu erlangen. »Wenn Sie mich entschuldigen, ich werde Sie hier verlassen. Ich ziehe es vor, den restlichen Nachhauseweg alleine zurückzulegen.«

»Aber die Straßenräuber …«

»Ein Mann muss die Wahl treffen, in welcher Gesellschaft er zu verkehren gedenkt.«

Die Kutsche hielt an. Artemas stieg aus und schloss die Tür. Ohne zurückzublicken verlor er sich in der Dunkelheit des Nebels.

7. Kapitel

Heute brach er sämtliche seiner eigenen Regeln. Diese Regeln, nach denen er seit so vielen Jahren sein Leben gestaltete, waren nur wenige, doch waren sie unumstößlich und festgelegt: Zwar verkaufte er Träume, doch beging er niemals den lächerlichen Fehler, selbst an sie zu glauben. Seine Karriere fußte auf der Schaffung von Illusionen, doch selbst verwechselte er nie Fantasie mit Wirklichkeit. Er hatte sich selbst eingeredet, einige Walzer mit der Verruchten Witwe würden nicht mehr bedeuten als ein paar weitere Elemente seiner Vorgehensweise, ein klug gelegter Köder, der sie in seine Falle locken sollte. Die Dame wusste zu viel über ihn, und ihm war klar, dass er die Oberhand über sie gewinnen musste. Das alte Sprichwort der Vanza fasste es treffend zusammen: *Das, was gefährlich ist, muss zunächst verstanden werden, ehe man es in den Griff bekommen kann.*

Madeline blickte durch die Augenlöcher ihrer Federmaske ungeduldig zu ihm auf. »Es ist höchste Zeit, dass wir uns den geschäftlichen Dingen zuwenden, Sir.«

Und er hatte sie mit einem Walzer verführen wollen! »Ich hatte gehofft, dass Sie es sich gestatten würden, zunächst den Abend zu genießen, ehe wir unsere geschäftlichen Arrangements besprechen.« Artemas umfasste sie fester und wirbelte sie ein weiteres Mal auf dem dicht mit Menschen gedrängten Tanzparkett herum. »Ich jedenfalls werde es so halten.«

»Ich weiß nicht, welches Spiel Sie spielen, Herr Hunt, doch was meine Person betrifft, so bin ich nicht zum Tanzen und zum Amüsement hierher gekommen.«

»Ich muss schon sagen, Madeline, Sie entsprechen nicht ganz Ihrem Ruf als verführerische Frau, die einen Mann in ihren Bann zu ziehen versteht. Ich gestehe, etwas enttäuscht zu sein.«

»Selbstverständlich bestürzt es mich zu erfahren, dass ich für Sie nicht anziehend genug bin, doch überrascht es mich nicht, dass Ihnen mein Mangel in dieser Hinsicht aufgefallen ist. Erst gestern hat mich meine Tante darauf hingewiesen, dass ich so zurückgezogen und wunderlich geworden bin wie ein Mitglied der Vanza-Gemeinschaft.«

»Machen Sie sich deswegen keine Sorgen, gnädige Frau. Offenbar bin ich gerade im Begriff, auf den Geschmack von zurückgezogenen und wunderlichen Frauen zu kommen.«

Vor Wut und Überraschung blieb ihr der Mund offen stehen. Noch bevor sie zum Gegenschlag ausholen konnte – den er sich zweifelsohne verdient hatte –, wirbelte er sie erneut herum. Die Falten ihres schwarzen Kleides bauschten sich um ihre Fesseln.

Er hatte sich fest vorgenommen, zumindest einen Teil des Abends zu genießen. Sie fühlte sich genauso angenehm in seinen Armen an, wie er es sich vorgestellt hatte: warm und sinnlich. Ihr Duft war berauschender als das exotischste Parfüm. Eine merkwürdige Unruhe hatte seit dem Gespräch in ihrer Bibliothek von ihm Besitz ergriffen. Heute Abend würde er dieses Gefühl trotz der damit verbundenen Risiken genießen.

Sie brauchte eine Weile, ehe sie sich wieder gefasst hatte. »Warum in aller Welt haben Sie auf der Scharade dieses Walzers bestanden?«, erkundigte sie sich angespannt.

»Eine Scharade ist es nicht, denn wir tanzen tatsächlich einen Walzer, falls Sie es noch nicht bemerkt haben sollten. Anders als bei vielen der Dinge, die man auf dem Gelände der Vergnügungspavillons erleben kann, spielt bei unserem Tanz die Illusion keine Rolle. Nachdem wir den Tanz beendet haben, wird uns die Luft knapp geworden sein.«

»Sie wissen sehr wohl, wovon ich spreche, Sir.«

Er lächelte mild. »Mein Geschäft ist es,Träume und Illusionen zu verkaufen, gnädige Frau. Sie sind dabei, einige meiner Waren zu erstehen. Wie jeder gute Geschäftsmann bestehe ich darauf, dass Sie meine Erzeugnisse zunächst einer Prüfung unterziehen, ehe wir uns den läppischen Details unseres Handels zuwenden.«

Noch bevor sie ihm widersprechen konnte, wirbelte er mit ihr in einer anderen Richtung davon. Wenn er schnell genug Walzer tanzte, würde sie eine Zeit lang vielleicht zu sehr außer Atem sein, um an das Geschäftliche zu denken. Irgendwann würden sie sich diesem Thema jedoch zuwenden müssen. Aber er wollte das Gespräch in einer ihm vertrauten Umgebung und nicht an einem Ort ihrer Wahl führen. Bei Verhandlungen kam es sehr auf derlei Kleinigkeiten an. Und wenn man Geschäfte mit einer Dame abschloss, die im Ruf stand, gewisse Gentlemen zu ermorden, so musste man solcherlei Dingen noch mehr Aufmerksamkeit widmen.

Während er Madeline auf dem Parkett herumschwenkte, stellte er beiläufig fest, dass der Ballsaal des Goldenen Pavillons heute Abend gut besucht war. Die Maskenbälle, die während der Sommermonate jeden Donnerstagabend stattfanden, gehörten zu den beliebtesten Veranstaltungen der Vergnügungsgärten. Sie standen jedem offen, der sich ein Eintrittsbillett leisten konnte. Die einzige Bedingung für den Einlass war die, dass die Tänzer maskiert waren. Diese demokratische Vorgehensweise war vielen ein Dorn im Auge. Dennoch wurden die Maskenbälle sogar von den etwas betagteren Mitgliedern der Gesellschaft als amüsant befunden. Mehr war nicht vonnöten, um die Massen anzuziehen. Die leise Andeutung von Skandalen und Intrigen, die von den Gärten ausging, erwies sich als unendlich verführerisch. An jedem Donnerstagabend trafen sich Dandys, Offiziere und junge Rabauken. Mitglieder des Landadels mischten sich mit Schauspielerinnen, Damen, Kaufleuten und Gaunern auf der Tanzfläche. Sie tanzten vor einer Kulisse, in der die Wunder des Alten Ägyptens und des Alten Roms nachgestellt worden waren.

Das Schatten werfende Licht schillerte an goldbesetzten Säulen, Obelisken und Skulpturen. Am einen Ende des Saals erhob sich der Nachbau eines ägyptischen Tempels, ja sogar Sphinxe aus künstlichem Stein waren dort zu sehen. Am anderen Ende stand ein von stilvoll zerbrochenen römischen Säulen umgebener Brunnen, der sich in ein breites, flaches Becken ergoss. Künstliche Mumien, üppige Throne und eine Unzahl an Urnen waren dazwischen aufgestellt. Ebenso gab es dort eine Anzahl von dunklen Nischen und Einbuchtungen mit kleinen Steinbänken, die gerade für zwei Menschen ausreichend Platz boten.

Als er vor drei Jahren die seinerzeit heruntergekommenen Vergnügungsgärten erstanden hatte, hatte Artemas eine Vorstellung von dem gehabt, was er dort bauen wollte. Henry Leggett hatte seinen Anweisungen getreu die Ausführung begleitet. Es war Henry, der mit den Bauherrn, den Architekten und den Innenausstattern verhandelt hatte. Sie alle hatten die Anweisung erhalten, das weitläufige Areal exotisch, üppig und geheimnisvoll zu gestalten.

Niemand verstand die Anziehungskraft von Träumen besser als der Mann, der sich selbst das Träumen niemals gestattete. Wenn es nach ihm ging, so endete die Musik zu früh. Widerstrebend blieb er mit Madeline stehen. Die Rückenfalten ihres Dominokleides tanzten noch um ihre zierlichen Fesseln, dann wurden sie langsam ruhig. Ihr Blick forderte ihn durch die Maske hindurch heraus.

»Nachdem Sie sich bisher auf meine Kosten amüsiert haben, könnten wir zu den geschäftlichen Dingen kommen, Sir?«

Nun gut, er war sich darüber im Klaren gewesen, dass sie nicht die ganze Nacht würden durchtanzen können.

»Einverstanden, Frau Deveridge, dann wollen wir unsere Vereinbarung einmal durchgehen. Aber nicht hier. Für eine solch unerquickliche Angelegenheit benötigen wir ein wenig Abgeschiedenheit.«

»Unerquicklich ist wohl kaum die treffende Bezeichnung.«

»In den Augen der gehobenen Gesellschaft, gnädige Frau, gibt es nichts, was vulgärer sein könnte als eine geschäftliche Angelegenheit.«

Er nahm ihren Arm und führte sie durch die breiten Doppeltüren in den von Laternen beleuchteten Garten der Vergnügungspavillons. Die laue Nacht hatte viele Menschen dazu bewogen, die leicht skandalösen Attraktionen der Vergnügungsgärten zu genießen.

Die ausgeklügelte Beleuchtung verstärkte noch die unheimliche Wirkung der kolossalen Rundbögen, mythischen Szenen und klassischen Ruinen, die entlang des sich windenden Fußweges angelegt worden waren. Hoch über ihren Köpfen balancierte ein Akrobat auf einem Seil. Unten schloss eine Gruppe von Dandys Wetten ab über die Illusionen, die ein Zauberer in einem orientalischen Kostüm zu kreieren verstand. Leute schlenderten mit heißen Fleischküchlein und Kuchenstückchen herum, die sie an Buden erstanden hatten. Männer und Frauen flirteten in den schattigen Nischen und entschwanden auf dunklen Pfaden. Musik, Gelächter und gelegentlich aufbrausender Applaus waren zu hören.

Madeline betrachtete eine Gruppe lautstarker junger Leute, die sich vor der Gruft der Einsiedlerin versammelt hatten. »Diese Gruft ist von einer echten kaum zu unterscheiden.«

»Genau das ist Sinn und Zweck der Übung, Frau Deveridge.« Er umfasste ihren Arm fester und führte sie zum

Ende des Gartens, wo ein Wäldchen aus der Dunkelheit auftauchte. Sie kamen am Eingang des Kristallpavillons vorbei, wo sich eine Menge versammelt hatte, um Spielzeugsoldaten in einem vorgetäuschten Angriff zu erleben.

Applaus drang aus dem benachbarten Pavillon herüber. Madeline wandte sich um und betrachtete den beleuchteten Eingang. »Welche Zerstreuung wird in diesem Saal geboten?«

»Das ist ein Silberpavillon. Ich habe einen Hypnotiseur angeheuert, der sein Können demonstrieren wird.«

»Ach ja, richtig. Es war auch der Hypnotiseur, den Alice und Nellie an jenem Abend so unbedingt hatten sehen wollen.« Sie musterte ihn neugierig. »Glauben Sie an die Kräfte der Hypnose, Sir?«

Er lauschte den begeisterten Zurufen, die aus dem Silberpavillon drangen. »Ich glaube an den Verkauf von Eintrittskarten, gnädige Frau. Und ein Hypnotiseur kann das gut gewährleisten.«

Anstatt seine Ironie mit einem Lächeln zu belohnen, zogen sich ihre Lippen zu einer besorgten Linie zusammen. »Im Vanza beruhen gewisse Dinge auf etwas, das man als Hypnose bezeichnen könnte.«

»Dem möchte ich nicht widersprechen. Der Geist ist ein unbekanntes Terrain. Seine Geheimnisse bilden das Herzstück der Vanza-Philosophie.«

Als der Pfad zusehends dunkler wurde, begann sich die Menge zu zerstreuen.

»Wohin gehen wir?«, erkundigte sich Madeline stirnrunzelnd.

»Zu einem Teil des Gartens, der dem Publikum noch nicht zugänglich gemacht wurde. Dort können wir ganz unter uns sein. Ich werde Ihnen die neueste Attraktion vorführen.«

»Und die wäre?«

»Das Geisterhaus.«

Ihr Kopf fuhr herum. »Ein Geisterhaus?«

Ihr erschreckter Tonfall überraschte ihn. »Erzählen Sie mir nicht, dass Sie sich vor Geistern ängstigen, Frau Deveridge. Ich würde Ihnen keinen Augenblick lang Glauben schenken.«

Sie schwieg, doch spürte er ihre Anspannung.

Geister?

Als sie die dunklen Hecken erreicht hatten, die den hinteren Teil des Gartens vom Rest abgrenzten, entledigte sich Artemas seiner Maske.

»Sie brauchen nicht länger zu befürchten, dass jemand Sie hier sehen könnte, Frau Deveridge. Dieser Teil des Gartens ist den Gästen nicht zugänglich.«

Sie zögerte zunächst, dann legte sie ebenfalls ihre Maske ab. Das Mondlicht schien auf ihr dunkles Haar. »Das Geisterhaus ist immer noch im Bau befindlich.« Artemas öffnete das Eingangstor und hob eine nicht angezündete Lampe hoch, die in der Nähe liegen gelassen worden war. »Nächsten Monat soll es eröffnet werden. Bei den jungen Leuten und den Liebespaaren wird es sich sicher großer Beliebtheit erfreuen.«

Madeline schwieg, während er die Lampe anzündete und sie auf dem Kiesweg zwischen den hohen Hecken entlangführte. Sie bogen um eine Ecke und standen vor einem Tor aus Stein.

»Das neue Labyrinth«, erläuterte Artemas, als sie das Tor passierten. »Es wird zusammen mit dem Haus eröffnet werden. Ich habe es selbst entworfen und dabei ein Vanza-Muster verwandt, das wohl alle meine Kunden sehr verwirren wird.«

»Das bezweifle ich nicht. Mein Vater hat immer behauptet, Vanza-Labyrinthe seien die ausgefeiltesten, die er jemals gesehen hatte.«

Bei ihrem missbilligenden Tonfall musste er lächeln. »Sie selbst machen sich nicht viel aus Labyrinthen?«

»Als Mädchen mochte ich sie gern. Später jedoch musste ich dabei immer an Vanza denken.«

»Und folglich hörten Sie auf, sie gern zu mögen.«

Sie warf ihm einen rätselhaften Blick zu, schwieg jedoch.

Er führte sie um eine weitere Ecke. Die gotische Fassade des Geisterhauses stand im Mondlicht, seine schmalen Fenster wirkten dunkel und unheilvoll.

Madeline musterte das prächtige Werk. »Es ähnelt aufs Haar einer Burg aus einem von Frau Yorks Schauerromanen. Hand aufs Herz, ich würde es mir zweimal überlegen, diesen Ort alleine aufzusuchen.«

»Das wiederum werte ich als Kompliment.«

Sie warf ihm einen überraschten Blick zu, dann lächelte sie zögernd. »Wie ich mich erinnere, hatten Sie selbst bei der Gestaltung dieser Attraktion sowie des Labyrinths Ihre Hände mit im Spiel?«

»Richtig. Dieses hier wird wohl selbst einige der wagemutigeren Gäste erschauern lassen.«

Sie musterte ihn aufmerksam. »Die Traum-Pavillons bedeuten Ihnen demnach mehr als nur eine geschäftliche Geldanlage, nicht wahr?«

Während er die Burg betrachtete, suchte er nach einer Antwort. »Ich werde Ihnen ein Geheimnis anvertrauen, das ich mit niemandem sonst teilen würde, Frau Deveridge. Diese Vergnügungsgärten habe ich gekauft, weil ich sie für eine ausgezeichnete Geldanlage hielt. Ursprünglich wollte ich auf dem Grund und Boden Häuser und Geschäfte erbauen. Vielleicht werde ich das eines Tages auch noch tun. Doch in der Zwischenzeit ist mir klar geworden, dass ich recht gerne die verschiedenen Attraktionen plane und ausstatte. Träume zu verkaufen ist ein ausgesprochen einträgliches Geschäft.«

»Verstehe.« Sie betrachtete das Geisterhaus. »Beabsichtigen Sie, diese Gärten auch dann noch weiterzuführen, wenn Sie eine passende Frau gefunden haben?«

»Diese Entscheidung habe ich noch nicht gefällt.« Er setzte einen Stiefel auf eine niedrige Mauer, die den Weg zur Burg zeigte. »Das ist jetzt das zweite Mal, dass Sie mich bezüglich einer künftigen Frau befragen. Es scheint Ihnen sehr am Herzen zu liegen, dass ich mich ihr gegenüber ehrlich erweise.«

»Das kann ich Ihnen nur empfehlen.«

»Aber was, wenn sie an der Quelle meiner Einkünfte etwas auszusetzen hat?«

Madeline verschränkte ihre behandschuhten Hände hinter dem Rücken. Sie schien von dem gotischen Pavillon vollkommen fasziniert. »Mein Rat ist der, von Anfang an ehrlich zu ihr zu sein, Sir.«

»Selbst wenn ich sie dadurch verlieren könnte?«

»Meiner Erfahrung nach ist die Lüge keine gute Grundlage für eine Ehe.«

»Wollen Sie mir damit sagen, dass Ihre Ehe just darauf aufgebaut war?«

»Mein Mann hat mich von der ersten Sekunde unserer Zusammenkunft an belogen, Sir.«

Die Mischung aus Kälte und Angst in ihrer Stimme ließ ihn versteinern. »Worüber hat er die Unwahrheit gesagt?«

»Über alles. Er hat meinen Vater belogen, und er hat mich belogen. Zu spät habe ich herausgefunden, dass ich nichts glauben durfte, was er mir erzählte. Bis zum heutigen Tage bemühe ich mich immer noch, die Wahrheit von der Lüge zu trennen.«

»Eine ausgesprochen unangenehme Situation.«

»Schlimmer als Sie es sich vorstellen können«, flüsterte sie.

Er griff nach ihrem Kinn. »Bevor wir unsere geschäftliche

Verbindung weiter vorantreiben, Frau Deveridge, schlage ich vor, dass Sie und ich einen Pakt abschließen.«

»Und welcher Natur sollte dieser Pakt sein?«

»Lassen Sie uns einander versprechen, dass wir während unserer Verbindung einander nicht anlügen. Es mögen Dinge vorkommen, über die wir nicht reden möchten. Jedem von uns beiden bleibt es unbenommen, die eigenen Geheimnisse zu wahren. Ein jeder hat schließlich das Recht auf Privatsphäre. Doch wir werden einander keine Lügen erzählen. Abgemacht?«

»Es ist ein Leichtes, einen solchen Pakt zu schließen, Sir.« Ihre Augen glänzten im Mondlicht. »Doch wie können wir beide sicher sein, dass der jeweils andere sich auch daran hält?«

»Eine sehr gute Frage, Frau Deveridge. Und eine, auf die ich keine Antwort weiß. Schlussendlich ist es eine Sache des Vertrauens.«

Ihre Lippen verzogen sich leicht. »Man hält mich für verrückt und zusätzlich für eine Mörderin. Sind Sie sich sicher, dass Sie das Wagnis eingehen wollen, mir zu vertrauen?«

»Wir alle haben unsere kleinen Eigenheiten und Schwächen, nicht wahr?« Er zuckte mit den Schultern. »Falls wir diesen Pakt eingehen, so werden auch Sie vieles an meiner Person dulden müssen. Einerseits meine Vanza-Vergangenheit und dann der missliche Umstand, dass ich Geschäfte betreibe.«

Sie musterte ihn. Dann gab sie einen kurzen, gedämpften Laut von sich, der auch ein Lachen hätte sein können. »Nun denn, Sir, so haben Sie mein Wort. Ich werde Sie nicht belügen.«

»Das Gleiche sichere ich Ihnen zu.«

»Ein interessantes Abkommen, nicht wahr?«, meinte sie ironisch. »Ein Pakt um der Wahrheit willen zwischen einer Dame, von der man behauptet, sie habe ihren Ehemann kaltblütig umgebracht, und einem Gentleman, der der Welt gegenüber die Wahrheit über seine Person verschweigt.«

»Ich bin damit zufrieden.« Er sah sie an. »Nun, da wir dieses Abkommen getroffen haben, Frau Deveridge, sagen Sie mir doch, aus welchem Grund Sie meiner Dienste bedürfen.«

»Kein Grund zur Beunruhigung, Sir. Ich verlange nicht mehr von Ihnen, als was man als vernünftiger Mensch von einer Geisteskranken erwarten würde.« Sie betrachtete weiterhin die Burg. »Ich möchte gerne, dass Sie mir dabei behilflich sind, einen Geist aufzufinden, Sir.«

Diese Bemerkung ließ er zunächst einige Zeit auf sich wirken. Dann atmete er langsam aus. »Ich kann nicht glauben, dass eine Dame Ihres Intellekts und Ihrer Bildung tatsächlich an Geister glaubt.«

Ihre Hände verkrampften sich. »An dieses bestimmte Gespenst jedoch könnte ich beinahe glauben.«

»Besitzt dieser Geist einen Namen?«

»Aber ja«, erwiderte sie leise. »Er hat einen Namen. Er heißt Renwick Deveridge.«

Vielleicht trafen die Gerüchte ja tatsächlich zu. Vielleicht war sie wirklich geistesgestört, eine Anwärterin für die Irrenanstalt. Plötzlich bemerkte Artemas die kühle Brise. Von der Themse her stieg Nebel auf und legte sich über die Gärten.

»Glauben Sie wirklich, dass Ihr verstorbener Gemahl aus dem Grab zurückgekehrt ist, um Sie zu verfolgen?«, hakte er vorsichtig nach.

»Kurz bevor er … in diesem Feuer umgekommen ist, hat mein Mann geschworen, meine gesamte Familie umzubringen.«

»Gütiger Himmel.«

»Es ist ihm gelungen, meinen Vater zu ermorden.«

Artemas musterte sie eingehend. »Von Winton Reed wird behauptet, er sei an einem Herzinfarkt gestorben.«

»Es war Gift, Herr Hunt.« Sie sah zu ihm auf, dann wandte sie den Blick ab. »Meine Tante hat versucht, ihn zu retten, doch da mein Vater schon recht betagt war, hatte er ein schwaches Herz. Er starb wenige Stunden nach dem Brand.«

»Verstehe.« Er achtete darauf, seine Stimme teilnahmslos klingen zu lassen. »Wie ich annehme, haben Sie dafür keinerlei Beweise?«

»Überhaupt gar keine.«

»Hmm.«

»Sie glauben mir nicht, nicht wahr, Sir?« Sie machte eine wegwerfende Handbewegung. »Das kann ich Ihnen nicht verübeln. Diejenigen, die behaupten, ich hätte meinen Mann umgebracht, argumentieren natürlich, dass meine Schuldgefühle mich dazu treiben, seinen Geist zu sehen.«

»Haben Sie seinen Geist gesehen?«

»Nein.« Sie zögerte. »Aber ich kenne jemanden, der ihn gesehen hat.«

Er fragte sich, ob sie vielleicht wirklich total übergeschnappt war. Oder war sie eine ausgefuchste Mörderin, die ihn für ein düsteres Vorhaben benutzen wollte? Was auch immer, diese Unterhaltung war alles andere als langweilig.

»Was geht denn Ihrer Ansicht nach hier vor, Frau Deveridge?«

»Ich weiß, es hört sich verrückt an, doch schien es mir in letzter Zeit möglich, dass mein Mann in jener Nacht gar nicht in den Flammen umgekommen ist.«

»Wie ich hörte, wurde Deveridges Leiche aus der Asche geborgen.«

»Richtig. Der Arzt hat ihn identifiziert. Aber was, wenn …?«

»Was, wenn der Arzt sich geirrt hat? Ist es das, was Sie hatten sagen wollen?«

»Ja. Man hat mir gesagt, die Leiche sei verbrannt, jedoch nicht bis zur Unkenntlichkeit. Dennoch hätte ein Fehler unterlaufen können.« Plötzlich wandte sie ihm ihr Gesicht zu. Ihre Augen funkelten im Schein der Laternen. »So oder so muss ich einfach die Wahrheit herausbekommen, und zwar schnell. Sollte mein Mann noch am Leben sein, so muss ich davon ausgehen, dass er zurückgekehrt ist, um sich an meiner Familie zu rächen. Ich muss etwas tun, um meine Tante und mich zu schützen.«

Er betrachtete sie lange. »Und wenn es sich herausstellen sollte, dass Sie tatsächlich das Opfer einer fieberhaften Einbildungskraft sind, Frau Deveridge? Was dann?«

»Beweisen Sie mir, dass ich zu Unrecht glaube, Renwick sei aus dem Grab zurückgekommen. Zeigen Sie mir, dass ich verrückt bin. Ich versichere Ihnen, Sir, nur zu gerne würde ich glauben, lediglich unter einem Nervenleiden zu leiden.«

Ihr Mund verzog sich grimmig. »In diesem Fall könnte man zumindest mit der Heilung beginnen. Meine Tante ist sehr geschickt im Herstellen von Elixieren für derartige Krankheitsbilder.«

Er dehnte langsam seine Hand. »Möglicherweise sollten Sie doch die Polizei verständigen, Frau Deveridge. Vielleicht kann Ihnen dort jemand behilflich sein.«

»Selbst wenn ich einen Polizisten davon überzeugen könnte, dass ich nicht verrückt bin, hätte er doch keinerlei Chance gegen jemanden, der ein Kenner in der Kunst des Vanza ist.«

»Deveridge war ein Kenner dieser Kunst?«

»Ja. Er war zwar kein Meister, was er anstrebte, doch war er recht gut geschult. Nachdem ich die Aufzeichnungen meines Vaters durchgelesen hatte, bin ich zu der Überzeugung gelangt, dass es abgesehen von Ihnen nur noch eine Person gibt, deren Rat ich hätte einholen können. Leider steht diese jedoch nicht zur Verfügung.« Aus unerfindlichem Grund verstörte es ihn, dass sie die Dienste eines anderen tatsächlich erwogen hatte. »Wer ist dieser andere Mann, den Sie für diese Aufgabe als geeignet empfinden?«

»Herr Edison Stokes.«

»Zurzeit hält er sich noch nicht einmal in England auf«, brummte Artemas. »Er hat vor kurzem geheiratet und seine Braut auf eine Reise zu den römischen Ruinen mitgenommen.«

»Richtig, und somit bleibt mir wenig Bewegungsspielraum.«

»Es tut immer gut zu wissen, dass man eine Liste ganz oben anführt, auch wenn man nur durch die Nachlässigkeit eines anderen dorthin gelangt ist.«

Sie sah ihn an. »Nun, Sir? Werden Sie mir im Tausch für das Journal meines Vaters bei meinen Nachforschungen behilflich sein?«

Er blickte ihr in die Augen. Verrücktheit war es nicht, was er dort sah, lediglich eine starke Willenskraft und andeutungsweise Verzweiflung wenn er ihr nicht half, würde sie die Sache vermutlich alleine zu meistern versuchen oder aber die Unterstützung eines der tatsächlich zahlreichen versponnenen Mitglieder des Vanza-Zirkels erbitten. Falls sich ihre Ängste als begründet erweisen sollten, würde sie sich in jedem Fall großer Gefahr aussetzen.

Falls sie sich als begründet erweisen sollten.

Es gab wohl tausenderlei Gründe, weswegen er sich nicht auf diese Frau einlassen sollte, dachte er. Doch in diesem Moment fiel ihm kein einziger davon ein.

»Ich werde ein paar Nachforschungen anstellen«, hörte er sich selbst sagen. Er beobachtete, wie ihre Lippen sich öffneten, und hob eine Hand, um sie zum Schweigen zu bringen. »Wenn diese Ihre Befürchtungen bestätigen sollten, können wir die Angelegenheit weiter erörtern. Darüber hinaus jedoch möchte ich keine Versprechungen abgeben.«

Vollkommen unerwartet warf sie ihm ein Lächeln zu, das die Laternen im Vergleich blass erscheinen ließ. »Vielen Dank, Sir. Mein Wort darauf, dass nach Beendigung dieser

Angelegenheit das Journal meines Vaters Ihnen gehört und Sie nach Belieben darüber verfügen können.«

»Einverstanden«, erwiderte er. »Das werde ich tun.« *Auf welchem Wege auch immer.*

»Nun denn«, fuhr sie fröhlich fort, »sicherlich möchten Sie ein paar Fragen an mich richten.«

»Ich habe eine Unmenge Fragen.«

»Ich bin mir natürlich im Klaren darüber, dass das, was ich Ihnen jetzt erzählen werde, ein wenig merkwürdig erscheinen mag – um es ganz milde auszudrücken.«

»Zweifelsohne.«

»Aber ich versichere Ihnen, meine Sorge fußt auf guten Gründen.«

»Um noch einmal von der Wahrheit zu sprechen, gnädige Frau ...«

Sie blickte ihn eindringlich an. »Bitte?«

»Da wir uns darauf verständigt haben, miteinander ehrlich zu sein, sollten Sie gleich hier und jetzt erfahren, dass ich Sie als ausgesprochen anziehend empfinde, Madeline.«

Es folgte beredtes Schweigen.

»Oje«, brachte sie schließlich hervor. »Was für ein unglückseliger Zustand.«

»Da haben Sie sicher Recht, aber so ist es nun einmal.«

»Ich hatte gehofft, dass wir gerade diese Komplikation hätten vermeiden können.«

»Damit wären wir bereits zwei, gnädige Frau.«

»Wie dem auch sei«, fuhr sie kurz angebunden fort, »so haben Sie doch eines den anderen Gentlemen, die ähnlich gepeinigt sind, voraus.«

»Gepeinigt.« Er dachte nach. »Doch, das Wort scheint dem Problem angemessen.«

Sie krauste die Stirn. »Sie sind ganz sicher nicht der erste Mann, der unter einem solchen Interesse an meiner Person leidet.«

»Eigentlich sollte es mich erleichtern zu erfahren, dass ich damit nicht ganz allein dastehe.«

Sie seufzte. »Es ist letztlich nicht zu begreifen, doch habe ich während dieses Jahres tatsächlich eine Anzahl von Karten und Blumenbouquets seitens gewisser Gentlemen erhalten. Sie alle suchten eine romantische Verbindung, falls Sie mir Glauben schenken wollen.«

»Verstehe.«

»Es ist wirklich recht eigenartig, doch hat mir Tante Bernice erklärt, eine gewisse Art von Gentlemen fühle sich zu Witwen hingezogen. Diese Gentlemen sind offenbar der Auffassung, eine Dame in meiner Position verfüge bereits über einige Welterfahrung, und ein Mann müsse sich demnach keine Sorgen wegen ihres ... äh ... Mangels an Erfahrung machen.«

Artemas nickte weise. »In anderen Worten, er muss sich nicht wegen einer einem Gentleman angemessenen Achtung vor der Unschuld zurückhalten.«

»So ist es. Und wie Tante Bernice bereits sagte, scheint eine Witwe etwas Gewisses auszustrahlen.«

»Hmm.«

»Andererseits kann ich die Anziehungskraft der Erfahrung auf einen Mann gut verstehen, der es lediglich auf eine Affäre mit einer Dame abgesehen hat.«

»Hmm.«

Sie schüttelte leicht den Kopf. »Doch sollte man annehmen, dass die Gerüchte um die Art und Weise, wie ich zur Witwe geworden bin, einen Gentleman abstoßen würden.«

»Wohl wahr.«

»Erfahrung ist schön und gut, doch muss ich gestehen, die Anziehungskraft einer Dame nicht nachvollziehen zu können, von der man behauptet, sie habe ihren Ehemann kaltblütig ermordet.«

»Über Geschmäcker lässt sich nicht streiten.« Er wollte

die stehende Wette in den Clubs unerwähnt lassen, die einem jeden Mann tausend Pfund gewährte, dem es gelingen würde, eine Nacht mit ihr zu verbringen. Das jedenfalls erklärte die Blumengestecke und Einladungen, die sie erhalten hatte. Sie aber würde dieser Tatsache vielleicht nur sehr ungern ins Auge sehen.

Sie musterte ihn strafend. »Mein Rat, Sir, ist der, dass Sie sich Ihrer Vanza-Ausbildung entsinnen und sich gegen jegliches Interesse an einer romantischen Verbindung mit meiner Person wappnen.«

Er nahm ihr Gesicht zwischen seine Hände. »Es tut mir Leid, Ihnen sagen zu müssen, dass selbst mein Status als Meister nichts gegen meinen Wunsch ausrichten kann, mit Ihnen eine Verbindung einzugehen, Madeline.«

Sie riss die Augen auf. »Ist das wirklich wahr?«

»Es ist wirklich wahr.«

Sie schluckte schwer. »Wie ausgesprochen merkwürdig.«

»Ja, nicht wahr? Aber schließlich erinnern Sie mich ständig daran, dass die Gentlemen des Vanza alle ausgesprochen merkwürdig sind.«

Noch bevor sie etwas erwidern konnte, neigte er den Kopf und verschloss ihre Lippen mit seinen.

Er spürte ihre Überraschung und ihre Verwirrung, doch versuchte sie nicht, sich ihm zu entziehen. Er zog sie in seine Arme und drückte sie fest gegen die Brust. Sie stand jetzt ganz dicht vor ihm, viel näher, als sie es beim Tanzen gewesen war. Er spürte die Wärme ihres Körpers. Er spürte, wie er an der Rundung ihrer Hüfte hart zu werden begann. Ihr zarter Duft stieg ihm zu Kopf. Sie seufzte kurz auf, dann plötzlich gaben ihre Lippen den seinen nach. Die Falten ihres Ballkleides wippten gegen seine Stiefel.

Er ließ seine rechte Hand kurz in ihren Ausschnitt wandern, und das zarte Gewicht ihrer Brüste streifte auf erregende Weise seine Hände.

Leidenschaft durchflutete ihn, und er spürte, wie sein Blut in Wallung geriet.

Vielleicht besaßen Witwen tatsächlich das gewisse Etwas, dachte er.

Gierig erforschte er ihre Lippen. Ihr Verhalten schien zwar recht begeistert, gleichzeitig jedoch etwas seltsam. Er erinnerte sich der Tatsache, dass sie nunmehr seit einem Jahr keine Ehefrau mehr war und dass ihre Ehe offenbar unbefriedigend verlaufen war.

Sein heftiges Verlangen überraschte ihn. Seine Ausbildung hatte ihm die Kontrolle aller Dinge beigebracht, seine Beziehungen zu Frauen eingeschlossen. Ganz davon abgesehen war er kein junger, lüsterner Spund mehr.

In diesem Augenblick jedoch fühlte er sich ausgesprochen lüstern.

Er ließ seine Lippen zu der süßen, zarten Haut ihres Halses wandern und umarmte ihren schlanken Körper noch fester. Ihre Finger griffen in sein Haar, und sie bebte in seinen Armen.

Ganz offenkundig besaßen Witwen das gewisse Etwas, dachte er. Zumindest bei dieser Witwe war das der Fall.

»Artemas.« Es schien, als ob ein Damm in ihr gebrochen sei. Er reagierte mit einer heißen Welle der Leidenschaft, die seinen Körper durchflutete. Es war Jahre her, seit er einem solchen Verlangen erlegen gewesen war. Die Tatsache, dass es all die Selbstkontrolle, die er mit so viel Mühe über Jahre hinweg erlernt hatte, zu zerstören schien, hätte ihn eigentlich zutiefst erschüttern sollen. Stattdessen ließ er seine Hände hungrig an ihr entlanggleiten.

»Ich hatte Unrecht«, murmelte er an ihren Lippen. »Sie sind noch gefährlicher, als es die Gerüchte nahe legen.«

»Nein.«

»Doch.«

»Vielleicht ist es ja nicht mehr als diese besondere Art der

Pein, die ich vorhin erwähnt hatte«, stammelte sie außer Atem.

»Möglich. Aber ich gestehe, mich einen Dreck darum zu scheren.«

Während er den Kuss steigerte, versuchte er nachzudenken. Das jedoch erwies sich als kein einfaches Unterfangen. Eines aber war ihm klar: Er konnte sie unmöglich hier auf dem feuchten Gras nehmen.

Er hob sie in seine Arme und ging auf das Geisterhaus zu. Die Falten ihres Umhangs fielen über seinen Arm. »Großer Gott.« Madeline riss ihre Lippen von seinen und erstarrte. Im Schatten wirkten ihre Augen riesig, jedoch plötzlich ohne jede Leidenschaft. »Das Fenster.«

»Bitte?« Die Angst in ihrer Stimme katapultierte ihn in die Wirklichkeit zurück. Er setzte sie auf den Boden und schaute zu den schmalen Bogenfenstern auf.

»Was ist los?«

»Dort ist jemand.« Sie starrte auf die dunklen Glasscheiben im zweiten Stock. »Ich habe ihn sich bewegen sehen, ich schwöre es.«

Artemas stöhnte. »Ich glaube Ihnen.«

»Wie bitte?« Sie fuhr zu ihm herum. »Aber wer …«

»Vermutlich mein junger Freund Zachary oder einer seiner Augen und Ohren. Ich habe sie bereits wiederholt ermahnt, dieser Attraktion bis zur Eröffnung fernzubleiben. Doch die neugierigen kleinen Teufel sind schon ganz aufgeregt. Sie haben Henry bereits jede Menge Vorschläge unterbreitet, wie man eine möglichst unheimliche Wirkung erzielen könnte.«

Er ging auf die Treppe zu.

»Artemas, warten Sie!«

»Bleiben Sie hier.« Er nahm die Laterne und öffnete die Eingangstür. »Es dauert nur einen Moment. Gleich werde ich sie verscheucht haben.«

»Mir gefällt die Sache nicht, Artemas.« Sie hatte die Arme um sich geschlagen und blickte unsicher auf die Tür. »Bitte gehen Sie dort weg. Schicken Sie doch einen Ihrer Angestellten, dass er sich um die Angelegenheit kümmert.«

Ihre Angst überstieg jedes Maß, dachte er. Andererseits handelte es sich hier um eine Dame, die sich vor dem Geist ihres ermordeten Ehemannes fürchtete. Er dachte an die festen Fensterläden und die warnenden Glöckchen, die sie in ihrem Haus hatte anbringen lassen. Was für eine teuflische Fügung des Schicksals hatte ihn in die Arme dieser Frau getrieben? Doch er konnte sie jetzt nicht im Stich lassen, und es war nicht nur das Journal ihres Vaters, das ihn an sie band.

»Beruhigen Sie sich«, bemühte er sie zu besänftigen. »Ich bin gleich zurück.« Er betrat das Geisterhaus. Das Licht seiner Lampe beleuchtete die nachgeahmte Steinwand und warf riesige Schatten auf die Wendeltreppe.

»Verflucht, wie können Sie nur so stur sein?« Madeline hob ihre Röcke und eilte die Treppe hoch, um ihm in das Haus zu folgen. »Ich habe wirklich jemanden am Fenster gesehen.«

Er überlegte kurz, ob er sie dazu zwingen sollte, wieder nach draußen zu gehen. Ganz offensichtlich war sie von demjenigen, wen auch immer sie hinter dem dunklen Fenster gesehen hatte, vollkommen verstört. Sie würde noch ängstlicher werden, wenn er sie allein draußen warten ließe. Es war unwahrscheinlich, dass der Eindringling – so er denn überhaupt existierte – eine ernsthafte Gefahr darstellte.

»Wie Sie möchten.« Er ging die schmale Treppe hoch, die in das nächste Stockwerk der Burg führte. Das Licht der Laterne tanzte unheimlich an den Wänden.

»Ich will Ihnen nicht zu nahe treten«, raunte Madeline in seinem Rücken, »aber ich habe nicht die Absicht, für diese schaurige Attraktion auch noch gutes Geld zu bezahlen.«

»Sie ist sehr wirkungsvoll, nicht wahr?« Er betrachtete die gebleichten Knochen, die in einer Nische baumelten. »Was sagen Sie zu dem Skelett?«

»Ausgesprochen gruselig.«

»Das war der Beitrag vom Kurzen Hans. Wenn die Attraktion erst einmal fertig ist, werden mehrere Gespenster von der Decke hängen, zusätzlich noch ein recht ansehnlicher kopfloser Körper. Einer der Jungs hatte vorgeschlagen, auf dem oberen Treppenabsatz ein paar vermummte Gestalten zu deponieren.«

»Artemas, mein Gott, dies ist wahrlich nicht der Zeitpunkt für eine Führung. Irgendwo dort oben befindet sich ein Eindringling. Vielleicht wartet er nur darauf, sich auf uns zu stürzen.«

»Höchst unwahrscheinlich. Zachary und seine Freunde wissen sehr wohl, dass ich das nur äußerst ungern sehen würde.«

Äußerst ungern. Wenn er seine Hände an den Burschen bekommen könnte, der seine leidenschaftliche Begegnung mit Madeline unterbrochen hatte, würde er ihn nur zu deutlich wissen lassen, wie sehr ihm eine solche Unterbrechung verhasst war. »Im Großen und Ganzen sind die Augen und Ohren eine ganz anständige Bande, doch gelegentlich ...« Er brach jäh ab, denn eine schattenhafte Bewegung am Ende der Treppe lenkte ihn ab. Das Lampenlicht fiel auf ein Stückchen eines Umhangs, doch die Person entfernte sich bereits. Der Eindringling verschwand nahezu geräuschlos in einem langen Flur.

»Artemas«, hauchte Madeline.

Er beachtete sie nicht, sondern sprang die letzten Stufen nach oben und rannte der flüchtenden Gestalt hinterher. Dann hörte er Madeline hinter sich. Zum ersten Mal überkamen ihn Zweifel, ob es richtig gewesen war, sie mitzunehmen. Er hatte einen kurzen Blick auf den Eindringling werfen können, doch hatte das nicht ausgereicht, um festzustellen, ob es sich um einen Mann oder um einen Gassenjungen handelte.

Am Ende des Flurs schlug eine Tür zu. Artemas rannte darauf zu, stellte die Lampe ab und drehte den Türgriff. Dieser ließ sich zwar drehen, die Tür jedoch ließ sich nicht öffnen.

»Der Mistkerl hat etwas Schweres davor gestellt«, wandte er sich an Madeline.

Er lehnte sich mit der Schulter gegen das Türblatt und drückte mit aller Macht dagegen.

»Lassen Sie mich helfen.« Madeline stellte sich neben ihn und presste beide Hände kräftig gegen die Tür.

Artemas fühlte, wie sich die Tür leicht zu öffnen begann, als das Hindernis über den kahlen Boden schleifte. Er hörte, wie sich im Zimmer jemand bewegte.

»Was in aller Welt macht er dort?«, brummte er.

Er versetzte der Tür einen letzten Stoß, und sie öffnete sich weit genug, um ihm einen Einblick in die dunkle Kammer zu gewähren.

»Bleiben Sie hier«, wandte er sich an Madeline, und dieses Mal stellte er sicher, dass sie es als Befehl auffasste.

»Um Himmels willen, seien Sie vorsichtig«, warnte sie, und ihre Stimme hatte dieselbe strenge Schärfe wie seine eigene.

Artemas schnellte in das Zimmer, sich duckend und seitlich gehend, so dass er weniger eine Zielscheibe bot. Instinktiv erinnerte er sich an sein Training und suchte die tiefsten Schatten.

Dennoch war ihm klar, dass er bereits zu spät war. Kühle Nachtluft wehte durch das Fenster, das zu einem winzigen Balkon hinausführte. Ein künstliches Spinnennetz schaukelte in dem leichten Luftzug. Die sehr dünne Gardine plusterte sich im Mondschein unheimlich auf und schien ihn lautlos herauszufordern.

Gottverdammter Idiot, dachte Artemas. Wie konnte er annehmen, auf diesem Wege zu entkommen? Es sei denn, er riskierte den tiefen Fall auf den Boden, so war er trotzdem in eine unentrinnbare Falle geraten.

In die Ecke gedrängte Wesen erwiesen sich jedoch oftmals als ausgesprochen gefährlich.

Er schlich um eine erst kürzlich gemalte Leinenkulisse zweier Gespenster, die über einer Grabstelle schwebten. Den Schleier der Spinnweben beiseite schiebend, robbte er sich an das Fenster heran. Jetzt konnte er den kleinen Balkon vollkommen einsehen. Er war leer.

»Dort draußen ist niemand«, flüsterte Madeline aus der Mitte der Kammer. »Er ist verschwunden.«

»Er kann sich glücklich schätzen, wenn er sich beim Fall nicht das Genick gebrochen hat.«

»Ich habe keinerlei Geräusch vernommen.«

Sie hatte Recht.

Artemas trat auf den Balkon hinaus und blickte hinunter. Er konnte keine zusammengekrümmte Figur auf dem Rasen erkennen. Noch entdeckte er jemanden, der hinkend den Waldrand zu erreichen suchte, der sich vor dem selten genutzten Südtor erstreckte.

»Verschwunden«, wisperte sie.

»Unmöglich hat er aus dieser Höhe springen können, ohne sich zu verletzen.« Er trat zurück und sah nach oben. »Ich frage mich, ob er vielleicht einen anderen Weg eingeschlagen hat.«

»Über das Dach?«

»Möglich wäre es, obwohl er sich dann immer noch der Schwierigkeit stellen müsste, von dort herunterzukommen …«

Artemas hielt inne, als er mit der Spitze seines Stiefels gegen etwas Weiches, Biegsames stieß. Er sah auf den Boden. Eine Welle der Kälte schlug über ihm zusammen. »Verdammt noch mal.«

Madeline beobachtete, wie er den Gegenstand aufhob, auf den er getreten war. »Was ist es?«

»Das ist der Grund dafür, weswegen der Eindringling sich vor ein paar Minuten nicht den Schädel zertrümmert hat.« Artemas hielt ein Strickseil hoch, an dessen einem Ende ein komplizierter Knoten angebracht worden war. »Dieses Seil hat er sowohl zum Betreten wie auch zum Verlassen des Hauses benutzt.«

Madeline seufzte. »Immerhin wissen wir nun, dass ich kein Gespenst gesehen habe.«

»Ganz im Gegenteil, meiner Ansicht nach können wir uns dessen nicht ganz sicher sein.«

Sie versteinerte. »Was wollen Sie damit sagen?«

Artemas ließ das schwere Seil über seine Handfläche gleiten. »Die Knoten in dieser Strickleiter sind Vanza-Knoten.«

8. Kapitel

Erzählen Sie alles von Anfang an«, forderte Artemas sie auf.

Madeline blickte durch das Fenster der Bibliothek auf den kleinen, kargen Garten hinaus. Sie verschränkte die Hände hinter dem Rücken und konzentrierte sich auf ihre Gedanken. Sie war sich nur zu bewusst, das Artemas auf der Tischkante saß und auf ihre Erläuterungen wartete. Nach dem gestrigen Vorfall in der Geistervilla hatte er sie unverzüglich nach Hause gebracht, sämtliche Schlösser an ihren Läden überprüft und ihr versprochen, jemanden zur Bewachung ihres Hauses für den Rest der Nacht abzustellen. »Versuchen Sie sich etwas auszuruhen«, hatte er gesagt. »Ich möchte etwas nachdenken. Am Morgen komme ich vorbei, dann können wir die Dinge planen.«

Die ganze Nacht hatte sie darüber nachgegrübelt, wie viel sie ihm erzählen sollte. Nun musste sie ihre Worte vorsichtig wählen. »Wie ich Ihnen bereits erzählte, hat mein Mann meinen Vater mit Gift umgebracht. Ich habe Papa kurz vor seinem Ableben gefunden. Bernice versuchte ihn zu retten, doch selbst ihre starken Heilmittel erwiesen sich als wirkungslos. Ihrer Meinung nach hatte Renwick eine tödliche Vanza-Mischung zusammengebraut.«

»Weiter.«

Seine Stimme klang ruhig und verriet nichts. Sie konnte aus ihr nicht schließen, ob er ihr Glauben schenkte. »Zu diesem Zeitpunkt war uns allen bereits klar, dass Renwick verrückt war. Über mehrere Monate hatte er das geschickt verheimlichen können. Jedenfalls lange genug, um sowohl mich als auch meinen Vater und alle anderen an der Nase herumzuführen. Doch am Ende wurde es nur allzu offensichtlich.«

»Inwiefern zeigte sich Ihr Mann als Geistesgestörter?«

Sie zögerte. »Nach unserer Hochzeit wurde bald offenkundig, dass Renwick sehr merkwürdig war. Er verbrachte Stunden in einer ganz besonderen Kammer im oberen Teil des Hauses. Er nannte sie sein Laboratorium, das er stets unter Verschluss hielt. Der Zutritt war niemandem gestattet. An einem Nachmittag jedoch, als er seine Meditationsübungen durchführte, konnte ich ihm den Schlüssel entwenden.«

»Sie haben sich in dem verschlossenen Zimmer umgesehen?«

»Ja.« Sie senkte den Blick auf ihre Hände. »Vermutlich meinen Sie, dass sich ein solches Verhalten für eine gehorsame Ehefrau nicht ziemt.«

Artemas beachtete sie nicht. »Was haben Sie dort gefunden?«

Sie wandte sich langsam zu ihm um und musterte ihn. »Den Beweis dafür, dass Renwick tief mit den düsteren Aspekten des Vanza verstrickt war.«

»Welcher Natur war dieser Beweis?«

»Journale. Bücher. Aufzeichnungen. Alchemistischer Unsinn, den mein Vater immer verachtet hat. Seiner Auffassung nach entsprachen derlei Dinge nicht dem echten Vanza. Von meinen eigenen Nachforschungen jedoch weiß ich, dass dieser dunkle Aspekt der Zauberei und der Alchemie schon seit jeher eine Rolle innerhalb dieser Philosophie gespielt hat.«

»Okkulter Unsinn. Die Mönche der Tempelgärten lehren so etwas nicht. Dieses Wissen ist untersagt.«

Sie zog die Augenbrauen hoch. »Ihnen ist sicherlich bekannt, was man über verbotenes Wissen zu sagen pflegt, Sir. Auf manch einen wirkt es sehr anziehend.«

»Ihr Mann gehörte zu jenen, die sich davon angezogen fühlten, sehe ich das richtig?«

»Ja. Das war auch der Grund, weswegen er meinen Vater aufgesucht und sich anschließend seinen Weg in unser Haus erschlichen hat. Er ging sogar so weit, mich zu heiraten, nur um Papa davon zu überzeugen, ihm die Dinge beizubringen, die er zu wissen wünschte. Wenn er erst unserer Familie angehörte, so hatte er geglaubt, würde Papa ihm all seine Geheimnisse anvertrauen.«

»Welche Geheimnisse waren es denn, die Deveridge zu ergründen suchte?«

»Zweierlei Dinge. Zunächst einmal wollte er die alte Sprache des Vanza erlernen, in denen die alten Bücher der Alchemie und der Magier verfasst sind.«

»Und das zweite?«

Ihr Mund zog sich zu einem dünnen Strich zusammen. »Renwick wollte Meister werden. Er war vollkommen besessen von der Vorstellung, diesen Rang zu erlangen.«

»Und Ihr Vater hat sich geweigert, das Wissen der obersten Zirkel an ihn weiterzugeben?«

Sie atmete tief ein. »Ja. Doch merkte Papa zu spät, dass Renwick ein schlechter Mensch war. Mein Mann glaubte tatsächlich, dass, wenn er erst einmal die alten Geheimnisse der okkulten Vanza-Texte entziffern könnte, er selbst zum Magier werden könne.«

»Deveridge muss in der Tat verrückt gewesen sein, das zu glauben.«

»Mehr als nur verrückt, Sir. Ein Mörder. Kurz vor seinem Tod hat mein Vater Bernice und mich gewarnt, Renwick wolle unsere gesamte Familie zerstören, weil mein Vater sich weigerte, ihm die Dinge beizubringen, die er zur Entzifferung der altertümlichen okkulten Bücher benötigt hätte.«

»Deveridge ist doch aber glücklicherweise von einem Einbrecher ermordet worden, ehe er seine Rache vollziehen konnte«, bemerkte Artemas leise.

»Das ist richtig.« Madeline kreuzte seinen intensiven, direkten Blick. »Bernice hält es für nichts Geringeres als die Hand des Schicksals in Aktion.«

»Hmm.« Artemas nickte nachdenklich. »Das Schicksal bietet immer eine recht bequeme Erklärung für diese Art von Vorkommnissen, nicht wahr?«

Sie räusperte sich. »Allerdings, denn ich möchte nicht wissen, was geschehen wäre, wäre Renwick noch am Leben. Nach Papas Tod gäbe es niemanden mehr, der Bernice und mich vor ihm schützen würde.«

»Wenn Ihre Schilderung der Wahrheit entspricht, so kann ich Ihr Dilemma sehr gut nachvollziehen.«

Sie schloss für ein paar Sekunden die Augen, um Kraft zu sammeln. »Sie glauben mir nicht.«

»Sagen wir lieber, ich möchte mir mein endgültiges Urteil in dieser Angelegenheit noch vorbehalten.«

»Mir ist durchaus bewusst, dass sich das alles recht merkwürdig anhören muss, Sir, doch entspricht es der Wahrheit.« Sie ballte ihre Hände zu Fäusten. »Ich schwöre Ihnen, ich bin nicht verrückt. Die Dinge, von denen ich Ihnen erzählt habe, sind nicht das Resultat einer allzu lebhaften Vorstellungskraft. Sie müssen mir glauben.«

Er grübelte weiter vor sich hin. Dann stand er ohne ein Wort zu sagen auf und ging zu einem Tisch mit einer Weinbrandflasche hinüber. Er nahm die schwere Kristallkaraffe, entkorkte den Pfropfen und füllte ein Glas. Dann trug er das Glas zu ihr und legte eine ihrer Hände darum. »Trinken Sie.«

Das Glas fühlte sich in ihren Fingern kühl an. Sie betrachtete den Inhalt und war sich bewusst, dass ihre Gedanken erstarrt waren. Sie sagte das Einzige, was ihr durch den Kopf schoss: »Aber es ist doch erst elf Uhr am Vormittag, Sir. Um diese Stunde trinkt man noch keinen Weinbrand.«

»Sie wären erstaunt über das, was manche Menschen um elf Uhr morgens zu tun pflegen. Trinken Sie.«

»Sie sind ähnlich penetrant wie Bernice mit ihren Elixieren.« Sie setzte das Glas an die Lippen und nippte an dem Weinbrand. Er brannte ihr in der Kehle, doch war die folgende Hitze angenehm. So angenehm sogar, dass sie einen weiteren Schluck zu sich nahm.

»Und nun«, fuhr Artemas fort, »wollen wir zum Kern der Sache vordringen. Seit dem Tod Ihres Mannes ist ein Jahr vergangen. Was ist, abgesehen von dem Vorkommnis gestern Abend in dem Geisterhaus, noch passiert, weswegen Sie glauben, Renwick Deveridge sei zurückgekehrt, um sich an Ihnen und den Ihren zu rächen?«

»Missverstehen Sie mich nicht, Sir.« Sie setzte das Glas geräuschvoll ab. »Es ist mir bewusst, dass Gerüchte kursieren, laut denen ich unter wilden und fieberhaften Visionen leide. Doch habe ich guten Grund zu der Annahme, dass etwas sehr Merkwürdiges vorgeht.«

Er lächelte schwach. »Wie ich sehe hat der Weinbrand eine wiederbelebende Wirkung auf Ihren Geist, gnädige Frau. Erzählen Sie mir vom Gespenst des Renwick Deveridge.«

Sie verschränkte die Arme unter den Brüsten und begann in der Bibliothek auf und ab zu laufen. »Ganz sicher bin ich nicht der Auffassung, dass Renwick Deveridge das Unmögliche getan und aus dem Grab wiedergekehrt ist, um uns zu verfolgen. Wenn er tatsächlich irgendwo dort draußen ist, so deshalb, weil es ihm gelungen ist, den Flammen zu entkommen. Ich habe Sie zwar gebeten, einen Geist zu verfolgen, doch glaube ich nicht wirklich an Gespenster.«

»Das glaube ich Ihnen.« Er lehnte sich mit einer Schulter gegen das Bücherregal und ließ sie nicht aus den Augen. »Gestatten Sie mir, meine Frage noch einmal anders zu formulieren. Welches Vorkommnis in letzter Zeit hat Ihre Angst vor Deveridge erneut geschürt?«

Das zu erklären würde sich als etwas verzwickt erweisen, dachte sie. »Vor einer Woche erhielt ich einen Brief eines

Kollegen meines Vaters. Er ist ebenfalls ein Kenner der alten Sprachen und ist der alten Sprache des Vanzagara mächtig.«

»Was stand in dem Brief?«

Sie richtete sich auf. »In seinem Brief berichtete er mir, er habe Renwick Deveridges Geist in seiner Bibliothek gesehen. Er war der Ansicht, mich über diesen Vorfall aufklären zu müssen.«

»Lieber Himmel.«

Sie seufzte. »Ich weiß, das klingt recht unwahrscheinlich, Sir. Doch müssen Sie es zumindest teilweise für bare Münze nehmen, sonst werden Sie mir keinen Gefallen erweisen können.«

»Wer ist dieser Gelehrte, der angeblich den Geist gesehen hat?«

Noch ein etwas unangenehmes Detail, dachte sie. »Lord Linslade.«

»Linslade?« Artemas warf ihr einen ungläubigen Blick zu. »Es ist allgemein bekannt, dass dieser Mann vollkommen verrückt ist. Seit Jahren schon sieht er Gespenster. Wie mir berichtet wurde, unterhält er sich häufig mit seiner verstorbenen Frau.«

»Das ist mir bekannt.« Sie hielt mitten im Gehen inne und sank auf den nächstgelegenen Stuhl. »Glauben Sie mir, obwohl dieser Brief mir einen kleinen Schock versetzte, habe ich ihm keinerlei Bedeutung beigemessen bis ...«

»Bis was?«

»Bis vor vier Tagen, als ich einen Brief von Herrn Pitney erhielt.«

Artemas musterte sie aufmerksam. »Eaton Pitney?«

»Kennen Sie ihn?«

»Ich habe ihn vor Jahren vielleicht ein- oder zweimal gesehen. Auch er ist ein sehr distinguierter Kenner alter Sprachen.«

»So ist es.«

»Wie ich höre, ist Pitney über die letzten Jahre ebenso verschroben wie Linslade geworden.«

»Richtig.« Sie lehnte sich auf ihrem Stuhl zurück und sah ihn an. »Zweifelsohne ist er sehr merkwürdig, selbst wenn man die Messlatte der Mitglieder der Vanza-Gemeinschaft zugrunde legt. Seit Jahren glaubt er, er werde von Geistern beobachtet, die er als Fremde bezeichnet. Wie ich hörte, hat er im letzten Jahr sein gesamtes Personal entlassen, weil er sich von Fremden verfolgt fühlte, die sich als Bedienstete ausgaben.«

»Hat Pitney ebenfalls behauptet, Deveridges Geist gesehen zu haben?«, erkundigte sich Artemas ungerührt.

»Nein, Herr Hunt.« Sie trommelte mit den Fingern auf der Armlehne und bemühte sich, ihre arg strapazierte Geduld beizubehalten. »In seinem Brief hat er Gespenster nicht erwähnt.«

Sein Gesichtsausdruck entspannte sich etwas, obwohl sein Blick weiterhin kühl und aufmerksam blieb. »Was genau stand also in dem Brief?«

»Ich werde ihn Ihnen zeigen.«

Sie erhob sich, nahm den Schlüssel von ihrem Hals und ging zu dem Bücherregal, in dem sie das Journal über die Mitglieder der Vanza-Gemeinschaft aufbewahrte. Sie öffnete die Tür und holte eine der Aufzeichnungen heraus, die sie dort hinterlegt hatte.

Sie betrachtete die winzige, dicht gedrängte Schrift und überreichte Artemas kommentarlos den Brief.

Dieser nahm ihn entgegen und las ihn laut vor.

Meine liebe Frau D.,
als ehemaliger Kollege Ihres geschätzten Vaters empfinde ich es als meine Pflicht, Sie darüber in Kenntnis zu setzen, dass nach Jahren der Beobachtung aus dem Dunkeln heraus einer der Fremden die Unverfrorenheit besessen hat und in meine

Bibliothek einbrechen wollte. Glücklicherweise ist er dank der Läden und Schlösser davon abgehalten worden.
Die Tatsache jedoch, dass der Fremde sich offenbar Zugang zu meinen Büchern und Aufzeichnungen verschaffen wollte, wirft für mich die Frage auf; ob er möglicherweise für andere Gelehrte dieser alten Sprache eine Bedrohung darstellen könnte. Ihr Vater hat mir seinerzeit anvertraut, er habe Ihnen sein Wissen um die alte Sprache des Vanzagara weitervermittelt. Ebenso ist mir bekannt, dass Sie nach wie vor Winton Reeds Bücher und Unterlagen besitzen. Ich hielt es deshalb für richtig, Sie zu warnen, dass jemand ebendiese Dinge suchen könnte.
Wie Sie vermutlich wissen, kursieren in letzter Zeit Gerüchte um einen alten Vanza-Text, das Buch der Geheimnisse. Selbstverständlich ist das alles Unfug, doch mögen diese Gerüchte den Fremden dazu bewogen haben, aus dem Schatten zu treten und ebendieses Buch zu suchen …

Artemas faltete den Brief wieder zusammen. Er schien nachdenklich, was Madeline wiederum als gutes Zeichen wertete.

»Mir ist wohl bewusst, dass das noch nicht viel Grundlage bietet«, begann sie vorsichtig. »Ein Brief über einen Geist von einem Mann, von dem bekannt ist, dass er diese ständig zu sehen pflegt. Und dann eine Warnung vor einem Gespenst, das möglicherweise die Bibliothek eines Gentlemans hat aufbrechen wollen, der seit Jahren von seltsamen Ideen geplagt wird. Dennoch kann ich mich nicht dazu hinreißen lassen, diese Warnungen von Pitney und Linslade einfach in den Wind zu schlagen.«

»Sie brauchen das nicht weiter auszuführen, Madeline«, erwiderte Artemas leise. »Ich verstehe jetzt recht gut, was Sie so beunruhigt hat.«

Eine Welle der Erleichterung durchflutete sie. »Sehen Sie eine Verbindung zwischen diesen beiden Briefen, Sir?«

»Natürlich. Jeder Brief für sich genommen könnte als die Kritzeleien eines Verrückten abgetan werden. Zusammengenommen jedoch ergibt sich ein Bild.«

»Genauso ist es.«

Er verstand sie tatsächlich, dachte sie. Schließlich war er auch ein Vanza. Die Bereitschaft, die Vielschichtigkeit der Wirklichkeit zu durchdringen und unter die Oberfläche zu sehen, gehörte zu den grundlegenden Prinzipien jener Philosophie.

»Die in diesem Zusammenhang aufschlussreichste Tatsache ist die«, fuhr Artemas fort, »dass Linslade davon überzeugt ist, es handle sich nicht um irgendeinen Geist, sondern um den Geist Ihres verstorbenen Mannes.«

»Verstehen Sie jetzt, weswegen ich es für notwendig befand, Vorsichtsmaßnahmen zu ergreifen und Nachforschungen in der Angelegenheit zu veranlassen?«

»Sehr gut sogar.« Er blickte sie an. »Ich gehe davon aus, dass Sie mit Linslade beginnen wollen?«

»Ja. Ich dachte, wir könnten ihn heute Nachmittag aufsuchen, sofern Ihnen das zusagt.«

Artemas zuckte mit den Schultern. »Ich gestehe, dass ich eine gewisse Neugier für die Sache entwickelt habe. Ich hatte noch niemals eine ausführliche Unterhaltung mit einem Mann, der von sich behauptet, regelmäßig mit Geistern in Kontakt zu stehen.«

»Wie nett von Ihnen, vorbeizuschauen, Frau Deveridge.« Lord Linslade bekam Freudengrübchen, als er Madeline zu einem Stuhl geleitete. Sie hätte schwören können, dass seine hellwachen Augen Funken sprühten, als er sich Artemas zuwandte.

»Und Sie, Sir, es freut mich, Sie wieder zu sehen, Hunt.« Er warf Artemas ein Lächeln zu. »Es ist einige Zeit her, seit wir uns zum letzten Mal begegnet sind, nicht wahr?«

»Es ist wohl mehrere Jahre her«, erwiderte Artemas und nahm Platz.

»Wohl wahr.« Linslade nickte und ließ sich hinter seinem Schreibtisch nieder. »Viel zu lange, Sir. Wie ich hörte, haben Sie in den Tempelgärten studiert und sind nunmehr Meister der alten Kunst.«

Madeline betrachtete das Ganzkörperporträt von Lady Linslade, das hinter dem Schreibtisch des Barons prangte. Das Bild zeigte eine kräftige, vollbusige Frau, die zu Lebzeiten ihren kleinen, akkurat gekleideten Ehemann überragt hatte. Sie trug ein tief ausgeschnittenes Abendkleid, das mit griechischen und etruskischen Mustern verziert war. Zur Zeit ihres Todes vor zwölf Jahren entsprach dies der neuesten Moderichtung.

Madeline erinnerte sich, dass Lord und Lady Linslade immer schon darauf achteten, mit modischen Strömungen mitzuhalten. Während Lady Linslade nun auf alle Zeiten in ihrem zwölf Jahre alten Kleid steckte, war ihr Ehemann mit der Zeit gegangen. Heute trug Linslade ein elegant geschnittenes Ensemble mit einer rosa Weste und einer Krawatte, die auf modernste Weise geknotet war.

Linslade faltete seine kleinen, sauber manikürten Hände auf der Tischplatte und strahlte Madeline an. »Ich muss Ihnen sagen, meine Liebe, ich hatte ein paar ausgesprochen anregende Unterhaltungen mit Ihrem Vater.«

Madeline erstarrte. »Sie haben mit Papa gesprochen?«

»Allerdings.« Linslade gluckste. »Ich versichere Ihnen, ich sehe Reed heute öfter als zu seinen Lebzeiten.«

Madeline bemerkte ein belustigtes Aufblitzen in Artemas' Augen und bemühte sich, es zu übergehen.

»Über welche Themen sprechen Sie denn mit meinem Vater?«, erkundigte sie sich behutsam.

»Im Allgemeinen konsultieren wir einander bei unseren Recherchen bezüglich der alten Sprache Vanzagara«, erläuterte Linslade. »Winton Reed hat von jeher schon mit den interessantesten Interpretationen aufgewartet. Ich bin seit langem der Meinung, dass er und Ignatius Lorring zu den gelehrtesten Autoritäten dieser Sprache in ganz Europa gehörten.«

»Ich verstehe.« Madeline warf Artemas einen flüchtigen, unsicheren Blick zu. Sie war sich nicht sicher, was sie als Nächstes sagen sollte.

»Sagen Sie, Sir«, begann Artemas fast beiläufig, »unterhalten Sie sich dieser Tage auch mit Lorring?«

»Lorring hat es nicht für nötig erachtet, mich nach seinem Tod vor ein paar Monaten aufzusuchen. Nicht weiter überraschend eigentlich«, schnaubte Linslade. »Der Mann war stets ausgesprochen anmaßend und von sich selbst eingenommen. Er trug den Kopf immer sehr hoch, wissen Sie. Er hielt sich für die alleroberste Autorität in allen Dingen, die das Vanza betrafen. Ich möchte bezweifeln, dass er sich in dieser Hinsicht seit seinem Tod verändert hat.«

»Doch *war* er tatsächlich der Forscher und Gelehrte, der die Insel Vanzagara entdeckt hat«, erinnerte ihn Artemas. »Es war Lorring, der uns die Kunst und die Philosophie zugänglich gemacht hat. Er war der Gründer und der erste Großmeister der Vanza-Gemeinschaft. Man könnte sagen, er habe ein gewisses Recht, eine solch hohe Meinung von sich selbst zu haben.«

»Ja, ja, ich weiß.« Linslade wehrte dies mit einer flatternden Handbewegung ab. »Niemand möchte ihm seinen Rang als Entdecker von Vanzagara streitig machen. Um die Wahrheit zu bekennen, hatte ich sogar gehofft, er würde mich nach seinem Tod aufsuchen. Wie Ihnen sicherlich bekannt ist, war er kurz vor seinem Tod sehr krank. Er konnte während dieser Zeit nur wenige Besucher empfangen. Ich hatte niemals die Gelegenheit, ihn über ein gewisses Gerücht zu befragen, das mir kurz vor seinem Tod zufällig zu Ohren gekommen ist.«

»Um welches Gerücht handelt es sich?«, fragte Artemas.

»Sicherlich haben Sie auch davon vernommen, Sir?« Linslade blickte ihn an. »Vor einigen Monaten waren die Mitglieder der Vanza-Gemeinschaft überall mit Geschichten über den Diebstahl eines gewissen, sehr alten Buches beschäftigt.«

»Das *Buch der Geheimnisse*«, sagte Artemas. »Ja, davon habe ich gehört. Ich habe den Gerüchten jedoch nicht viel Bedeutung beigemessen.«

»Nein, natürlich nicht«, beeilte sich Linslade zu sagen. »Vollkommener Unsinn. Aber dennoch recht außerordentlich, finden Sie nicht? Es wäre aufschlussreich gewesen, Lorrings Meinung zu dieser Sache zu hören.«

»Von dem Wenigen zu urteilen, was mir zu Ohren gekommen ist«, begann Artemas, »wurde das *Buch der Geheimnisse* – so es denn jemals existiert haben sollte – in einem Feuer vernichtet, das die gesamte Villa Farrell Blues in Italien vernichtete.«

»Ja, ja, das ist mir bekannt.« Linslade seufzte. »Leider hat auch Blue mich nach seinem Tod nicht aufgesucht. Ich habe ihn also diesbezüglich nicht fragen können.«

Diese Unterhaltung führte nicht weiter, dachte Madeline. Es war an der Zeit, dass sie das Gespräch in die Hand nahm.

»Mylord, in Ihrem Brief bemerkten Sie, Sie hätten meinen verstorbenen Ehemann kürzlich gesehen.«

»Just hier in der Bibliothek.« Linslades fröhlicher Gesichtsausdruck wich einem sorgenvollen Stirnrunzeln. »Eine ziemliche Überraschung, wie Sie verstehen werden. Wir sind einander lediglich ein- oder zweimal begegnet, während er bei Ihrem Vater studiert hat. Wir waren also keineswegs das, was man als enge Freunde bezeichnen würde.«

Artemas streckte seine Beine aus und betrachtete die glänzenden Stiefelspitzen. »Würden Sie ihn als Kollegen bezeichnen?«

»Zweifelsohne teilten wir ähnlich akademische Interessen, doch brachte Deveridge für meine Theorien und Meinungen keinerlei Interesse auf. Er machte sogar recht deutlich, dass er mich für einen greisen, tattrigen Dummkopf hielt. Ich empfand ihn als ausgesprochen unverschämt.«

Linslade unterbrach sich plötzlich und warf Madeline einen entschuldigenden Blick zu. »Entschuldigen Sie mich, meine Liebe. Ich wollte Ihren verstorbenen Ehemann nicht verurteilen.«

Sie zauberte ein kühles, flüchtiges Lächeln auf ihr Gesicht. »Wie Sie sicherlich wissen, war meine Ehe keine sehr glückliche Verbindung, Sir.«

»Ich gestehe, dass mir derlei Gerüchte zu Ohren gekommen sind.« Sympathie leuchtete in Linslades Augen auf. »Und wie ausgesprochen tragisch. Es tut mir so Leid, dass Sie nicht das gleiche Glück, sowohl körperlich als auch seelisch, haben erfahren können, das Lady Linslade und ich erfreulicherweise miteinander haben teilen dürfen.«

»Mir ist bekannt, dass derlei Glückseligkeit in einer Ehe die Ausnahme bildet«, erwiderte Madeline kurz angebunden. »Wenden wir uns doch der Unterhaltung zu, die Sie mit meinem Mann geführt haben. Wollen Sie uns davon berichten?«

»Selbstverständlich.« Linslade benetzte sich die Lippen. »Sie dauerte nicht lang. Genauer gesagt, um ein Haar wären wir einander überhaupt nicht begegnet. Es war der reine Zufall.«

Artemas blickte von seinen Stiefeln auf. »Wie meinen Sie das?«

»Es war schon recht spät, als Deveridge in der Bibliothek auftauchte. Im Haus waren alle bereits seit Stunden im Bett. Wenn mir in jener Nacht das Einschlafen nicht so schwer gefallen und ich deswegen heruntergekommen wäre, um ein Buch zu holen, wären wir einander überhaupt nicht begegnet.«

Madeline beugte sich leicht vor. »Was genau hat er Ihnen gegenüber geäußert, Sir?«

»Lassen Sie mich nachdenken.« Linslades Augenbrauen zogen sich zu einem grüblerischen Stirnrunzeln zusammen. »Meiner Erinnerung zufolge habe ich als Erster gesprochen. Wir tauschten die üblichen Höflichkeiten miteinander aus. Ich sagte ihm, ich sei überrascht, ihn zu sehen, und erwähnte, dass ich von seinem Flammentod vor einem Jahr erfahren hätte.«

»Was meinte er dazu?«, fragte Artemas, mittlerweile von echter Neugier getrieben.

»Wie ich mich zu erinnern glaube, bemerkte er, es sei wirklich zu einem sehr ungelegenen Zeitpunkt geschehen.«

»Ungelegen?« Madeline fühlte, wie sich unter ihrem Kleid eisige Schweißtropfen bildeten. »Hat er dieses Wort benutzt?«

»Ja, da bin ich mir recht sicher.« Linslade rutschte verlegen auf seinem Stuhl herum und blickte sie beschwörend an. »Wie gesagt, wir unterhielten uns. Selbstverständlich habe ich ihm gegenüber die Gerüchte nicht erwähnt, die mir über die Art seines … äh … Ablebens zu Ohren gekommen sind.«

»Selbstverständlich nicht.« Madeline räusperte sich. »Sehr freundlich von Ihnen, diese unseligen Gerüchte unerwähnt zu lassen.«

»Den Toten gegenüber verhalte ich mich stets höflich«, versicherte ihr Linslade. »Sie ihrerseits scheinen das anzuerkennen. Seit langem bin ich der Auffassung, dass das, was zwischen Mann und Frau vorgeht, einzig und allein ihre Angelegenheit ist.«

Artemas blickte Linslade an. »Wie hat Deveridge reagiert, als Sie ihn angesprochen haben?«

»Zunächst schien er ein wenig überrascht zu sein.« Linslades Brauen schossen in die Höhe. »Es schien so, als ob er mich nicht erwartet habe. Warum dem so war, begreife ich nicht. Schließlich war er derjenige, der mich aufgesucht hat. Und er hielt sich in meiner Bibliothek auf.«

»Wohl wahr. Worüber haben Sie sich sonst noch unterhalten?«

»Ich habe mich erkundigt, ob er nach wie vor seine Studien der alten Sprachen fortsetzen würde, was er bejahte. Er fragte mich nach den Gerüchten um das *Buch der Geheimnisse* und ob ich auch das letzte Gerücht diesbezüglich vernommen hätte.«

»Welches war das?«, meldete sich Artemas fast gelangweilt.

»Man munkelt, das *Buch der Geheimnisse* habe das Feuer in Italien doch überlebt. Er habe gehört, die dort niedergeschriebenen Anweisungen seien nicht nur in der alten Sprache verfasst, sondern zusätzlich noch kodiert worden. Selbst für einen ausgewiesenen Gelehrten dieser Sprache sei es folglich höchst schwierig zu entziffern. Er schien damit andeuten zu wollen, dass man es erst würde deuten oder dechiffrieren müssen, ehe man mit der Übersetzung beginnen könne.«

Madelines behandschuhte Hand ballte sich zusammen. »Haben Sie das weiter kommentiert?«

Linslade schnaubte leise. »Ich habe ihm gesagt, jedes Gerede über das *Buch der Geheimnisse* sei nichts weiter als nichtige Gerüchte.«

»Hat er sonst noch etwas gesagt?« Madeline war sich des Zitterns in ihrer Stimme bewusst und biss die Zähne aufeinander.

»Nichts von Wichtigkeit. Wir haben uns noch kurz miteinander unterhalten, dann ist er gegangen.« Artemas blickte Madeline an. »Er bat mich, seine Person Ihnen gegenüber zu erwähnen, meine Liebe. Sagte etwas in Richtung, er wolle nicht in Vergessenheit geraten. Deswegen habe ich Ihnen auch den Brief über unser Treffen zugehen lassen.«

Madeline hielt den Atem an. Nicht einmal mehr einen Finger konnte sie rühren. Sie merkte, dass Artemas sie mit einem geheimnisvollen, verstohlenen Blick maß, doch sie konnte ihm den Kopf nicht zuwenden.

Sie starrte Linslade an. Dieser Mann unterhielt sich regelmäßig mit Gespenstern. Ganz normal war er nicht. Andererseits machte er nicht den Eindruck, vollkommen verrückt zu sein. Wie viel seiner Erzählung mochte der Wahrheit entsprechen und wie viel seiner Fantasie entstammen? Wie sollte sie beides voneinander trennen?

Sie betrachtete das Porträt von Lady Linslade, auf dem sie in ihrem zwölf Jahre alten Kleid abgebildet war. Plötzlich hatte sie einen Einfall.

»Mylord«, begann sie behutsam, »eine Sache würde ich gerne erfahren. Wenn Sie dem Geist Ihrer Frau begegnen, wie ist sie da gekleidet?«

»Gekleidet? Nun, in einem recht ansehnlichen Kleid natürlich.« Linslade lächelte wohlwollend. »Lady Linslade besaß einen ausgesprochen vornehmen Geschmack.«

Madeline warf Artemas einen Blick zu. Er schien ihre Absicht erkannt zu haben, denn er neigte kaum wahrnehmbar den Kopf, um seiner Zustimmung Ausdruck zu verleihen.

»Kleidet sich Lady Linslade entsprechend der neuesten Mode?« Madeline hielt die Luft an.

Linslade schien zunächst überrascht. Dann meinte er mit einem Anflug des Bedauerns: »Leider nicht. Sie erscheint mir immer in jenem wunderschönen Kleid, das sie auch für das Porträt getragen hat. Wie Sie wissen, war sie eine leidenschaftliche Anhängerin des griechisch-etruskischen Stils.«

»Verstehe.« Madeline begann vorsichtig zu atmen. »Und mein Vater? Wenn Sie seinem Geist begegnen, wie ist er da gekleidet?«

Linslade strahlte. »Exakt so, wie ich ihn zum letzten Mal gesehen habe. Er trägt den dunkelblauen Mantel, den er stets bei den Zusammenkünften der Gemeinschaft zu tragen pflegte. Dazu trägt er eine recht unkleidsame gelbe Weste, an die Sie sich sicher erinnern werden.«

»Ja.« Sie schluckte. »Ich erinnere mich an seine gelbe Weste. Und wie war das bei meinem Mann? Können Sie sich daran erinnern, was sein Geist getragen hat, als er Sie an jenem Abend aufsuchte?«

»Aber ja, ich erinnere mich. Er war ausgesprochen elegant gekleidet. Er trug einen dunklen Anzug allerneuesten Zuschnitts, und seine Krawatte war zu einer Serenade gebunden. Diese Art des Knotens ist zurzeit der letzte Schrei, müssen Sie wissen.«

»Verstehe«, flüsterte Madeline.

»Ach ja, noch eine Sache. Er trug einen Spazierstock. Dieser besaß einen feinen goldenen Griff in Form eines Falkenkopfes. Ein ausgesprochen schönes Stück.«

Die Härchen in Madelines Nacken begannen sich aufzurichten.

Zehn Minuten später half ihr Artemas in die Kutsche, stieg ebenfalls ein und schloss die Tür. Die Anspannung in ihrem Körper missfiel ihm. Sie bewahrte Haltung, doch erschien sie ihm viel zu blass.

»Ist alles in Ordnung?«, erkundigte er sich, während die Kutsche losrumpelte.

»Aber ja, selbstverständlich.« Sie verschränkte elegant die Finger. »Artemas, das alles hört sich sehr so an, als ob Linslade einem richtigen Einbrecher und nicht einem Geist in seiner Bibliothek begegnet ist.«

»Ein Einbrecher, der Ihrem verstorbenen Mann in ausreichendem Maße ähnelte, um Linslade glauben zu machen, es handle sich um Renwick Deveridges Geist.« Er lehnte sich zurück. »Interessant. Ich muss übrigens gestehen, Madeline, dass es ausgesprochen clever von Ihnen war, wie Sie ihn am Schluss ausgefragt haben. Es hätte mir auch einfallen sollen, mich nach der Art und Weise der Bekleidung der Geister zu erkundigen.«

Sie schien von seinem Kompliment überrascht. »Danke, Sir.«

Er zuckte mit den Schultern. »Wie es scheint, tragen die Geister, die Linslade aufsuchen, just die Kleidung, die sie auch zu Lebzeiten getragen haben. Doch Renwicks Schatten war in der neuesten Mode und nicht in der des vergangenen Jahres gekleidet.«

»Linslade ist ziemlich absonderlich«, erinnerte ihn Madeline unsicher.

»In diesem Punkt bin ich ganz und gar Ihrer Meinung. Möglicherweise messen wir der Beantwortung unserer Fragen zu viel Bedeutung zu. Der Mann scheint offenbar über eine äußerst lebhafte Vorstellungskraft zu verfügen. Eventuell hat er die modische Kleidung Deveridge lediglich angedichtet, weil sein verwirrter Geist sich nicht mehr daran erinnern konnte, wie Ihr Mann bei ihrer letzten Begegnung gekleidet war.«

Das ließ sie sich einige Zeit durch den Kopf gehen. »Ich verstehe, was Sie damit sagen wollen. Sicherlich ist der Lord viel zu sehr Gentleman, um sich einen nackten Geist vorzustellen.«

»Ein nackter Geist, was für eine anregende Vorstellung.«

Sie warf ihm einen entschuldigenden Blick zu. »Ich will es kaum glauben, dass wir hier sitzen und die modischen Präferenzen von Gespenstern besprechen. Wenn uns jemand zuhören sollte, würden sie uns zweifelsohne für Entlaufene aus der Irrenanstalt halten.«

»Wohl wahr.«

»Artemas, ich muss Ihnen etwas erzählen.«

»Und das wäre?«

»Lord Linslade erwähnte, dass der Geist einen ... einen Spazierstock bei sich hatte.«

»Ja und? Spazierstöcke sind zurzeit sehr in Mode. Ich selbst trage keinen, weil ich sie als Behinderung empfinde.«

Sie blickte auf die Straße hinaus. »Laut Linslades Beschreibung schien der Stock recht einmalig zu sein.«

»Nun ja, der goldene Griff in Form eines Raubvogelkopfes. Aber ist das so bedeutsam?«

Sie atmete langsam aus. »Die Beschreibung klang nicht nur einmalig, sie ist mir auch schrecklich bekannt. Renwick trug stets einen Spazierstock bei sich, auf den Linslades Beschreibung exakt zutrifft.«

Er schien beunruhigt. »Sind Sie sich dessen auch vollkommen sicher?«

»Ja.« Ihre Augen hatten einen fast panischen Ausdruck, dann erlangte sie ihre Fassung wieder. »Ja, ich bin mir dessen sicher. Er hat mir seinerzeit erzählt, es sei ein Geschenk seines Vaters gewesen.«

Artemas musterte sie lange.

»Ich halte es für das Beste, wenn Sie und Ihre Tante so lange unter mein Dach ziehen, bis die Angelegenheit ausgestanden ist«, sagte er schließlich.

Sie starrte ihn an. »In Ihr Haus ziehen? Aber das ist vollkommen töricht. Weswegen sollten wir das tun?«

»Weil ich der Überzeugung bin, dass weder Ihr sehr kräftiger Kutscher noch die kleinen Schellen an Ihren Fensterläden sich gegen Renwick Deveridges Geist als nützlich erweisen werden.«

»Aber Artemas ...«

Er blieb hart. »Sie haben mich in diese ganze Angelegenheit mit hineingezogen, gnädige Frau. Wir haben ein Abkommen geschlossen. Ich werde für Sie den Geist aufspüren.

Im Gegenzug jedoch müssen Sie sich an meine Anweisungen Ihre Sicherheit betreffend halten.«

Sie schnaubte unwillig. »Ihren Befehlen, wollen Sie sagen.«

»Sie können es ganz nach Belieben bezeichnen. In diesen Dingen jedoch ist für zwei Befehlsgeber kein Platz. Sie würden alle in Ihrem Haushalt lebenden Personen gefährden, wenn Sie meine Vorgehensweise bei jeder Gelegenheit in Frage stellen.«

»Ich stelle sie nicht in Frage, Sir. Ich bezweifle lediglich die Weisheit Ihres Vorschlags.«

»Merkwürdig, wie es scheinen mag, deute ich das als Infragestellung.«

Sie wurde unruhig. »Was das Thema Ihrer Autorität anlangt, so sind Sie sehr empfindlich, nicht wahr, Sir?«

»In einer Hinsicht bin ich allerdings tatsächlich ausgesprochen empfindlich. So empfindlich sogar, dass ich es nur sehr selten jemandem gestatte, es in Frage zu stellen.«

Sie starrte ihn an. »Sie können von mir nicht erwarten, Ihnen sämtliche meiner Entscheidungen zu überantworten.«

»Darf ich Sie daran erinnern, dass Sie diejenige waren, die mich aufsuchten, gnädige Frau? Sie haben mir einen Handel angetragen, und ich habe ihn angenommen. Wir haben ein Abkommen getroffen.«

Sie zögerte und schien sich dann für eine andere Herangehensweise entschieden zu haben. »Sir, Sie dürfen Ihr eigentliches Ziel nicht aus den Augen verlieren.«

Einen kurzen Moment lang glaubte er, dass sie etwas von seinen Plänen zur Rache von Catherine erfahren hatte. »Mein eigentliches Ziel?«

»Sie wissen sehr wohl, dass Sie sich nach einer gut situierten Ehefrau umsehen.« Sie warf ihm einen erzürnten Blick zu. »Sie haben deutlich klar gemacht, dass Sie darüber besorgt sind, falls Ihre Tätigkeit im Geschäftsleben bekannt werden sollte und Sie deswegen nicht die von Ihnen erwünschte eheliche Bindung würden eingehen können.«

»Ja und?«

»Ich muss Ihnen sagen, dass es nicht nur Ihre Tätigkeit als Geschäftsmann wäre, die manchen abstoßen würde«, meinte sie bedrückt. »Viele Familien der ersten Kreise mögen sich daran stoßen, wenn Sie die Verruchte Witwe zu Ihren Hausgästen zählen.«

»Diese Möglichkeit hatte ich bisher noch nicht erwogen.« Er hob eine Augenbraue. »Glauben Sie tatsächlich, dass einige Mitglieder der oberen Gesellschaftskreise sich an der Wahl meiner Gäste stoßen würden?«

»Ja, das glaube ich.«

»Wie ausgesprochen engstirnig von ihnen.«

»Tatsache aber ist«, begann sie ernsthaft, »dass es kein gutes Licht auf Sie werfen würde. Das müssen Sie doch einsehen. Ich kann Ihnen versichern, dass die Art von Dame, wie sie auf der Liste Ihrer möglichen Ehefrauen stehen würde, nicht gerne erführe, dass ich für längere Zeit unter Ihrem Dach gewohnt habe.«

»Madeline, wann war das letzte Mal, dass Sie eine ganze Nacht lang durchgeschlafen haben?«

Sie riss die Augen auf, erlangte jedoch erstaunlich schnell ihre Fassung wieder. »Wie haben Sie das erraten?«

»Ich habe mit dem Mann gesprochen, den ich letzte Nacht vor Ihrem Haus postiert hatte. Er erzählte, das Licht in Ihrem Zimmer sei bis zum Morgengrauen an gewesen. Wie ich vermute, ist dies nicht die Ausnahme.«

Sie wandte den Kopf ab und blickte auf die sonnige Straße hinaus. »Aus irgendeinem Grund hatte ich angenommen, dass er – falls er zurückkommen würde – dieses nachts tun würde. Er ist ein Geschöpf der Dunkelheit.«

»Deveridge?«

»Ja. Er hatte das Aussehen eines Engels, doch in Wahrheit

war er ein Dämon. Es scheint mir, dass wer oder was auch immer zurückgekehrt ist, um sich an seiner Stelle zu rächen, ebenfalls die Nacht bevorzugen würde.«

Artemas beugte sich vor, nahm ihre Hände zärtlich in seine und wartete, bis sie ihn anblickte.

»Ihre Argumentation ist logisch«, sagte er. »Diejenigen, die dem okkulten Unsinn der dunklen Seite des Vanza den Vorzug geben, neigen zum Melodramatischen. Bekanntermaßen bevorzugen sie für ihre Aktivitäten die Nacht. Doch ich fürchte, Sie dürfen sich bei einem Anhänger der schwarzen Magie nicht darauf verlassen, dass er ausnahmslos im Dunkeln operiert. Allein die Tatsache, dass Sie ihn eher des Nachts erwarten, mag ihn dazu bewegen, während des Tages in Aktion zu treten.«

»Es ist alles so verteufelt kompliziert«, flüsterte sie mit verzweifelter Heftigkeit. »Ich wünschte, mein Vater hätte sich niemals dem Vanza verschrieben. Und ich wünschte, ich hätte von dieser Philosophie niemals etwas vernommen oder wäre nie jemandem begegnet, der sie studiert hat.«

»Madeline ...«

In seinen Händen ballte sie ihre zu kleinen Fäusten. »Ich schwöre, wenn dies alles vorbei ist, werde ich niemals wieder mit irgendetwas noch irgendjemandem zu tun haben, der etwas mit dieser entsetzlichen Philosophie zu tun hat.« Ein Gefühl der Kälte durchströmte ihn.

»Ihre Einstellung gegenüber dem Vanza haben Sie klar zum Ausdruck gebracht. Was Sie machen, nachdem diese Angelegenheit ausgestanden ist, ist ganz allein Ihre Entscheidung. In der Zwischenzeit jedoch sind Sie meiner Fähigkeit wegen an mich herangetreten. Ich erwarte von Ihnen, dass Sie der Stimme der Vernunft gehorchen. Wenn Sie schon nicht an Ihre eigene Sicherheit denken, so müssen Sie doch die Ihrer Tante berücksichtigen. Wollen Sie sie der Gefahr aussetzen?«

Sie musterte lange sein Gesicht. Seiner Logik war nicht zu entkommen, und er spürte, dass sie das begriff. *Die Logik des Vanza.* Er kannte ihre Antwort, noch bevor sie sie ihm gegeben hatte.

»Nein, natürlich nicht«, erwiderte sie leise. »Sie haben Recht, ich muss Tante Bernice' Sicherheit bedenken. Ich werde sofort alle Vorkehrungen treffen. Wir können noch heute bei Ihnen einziehen.«

»Eine sehr kluge Entscheidung, gnädige Frau.«

Sie warf ihm einen bitteren Blick zu. »Ich war mir der Tatsache nicht bewusst, eine Entscheidung gefällt zu haben, Sir. Meiner Ansicht nach waren Sie derjenige, der sie angeordnet hat.«

»Hmm.«

»Vielleicht«, begann sie nachdenklich, »wenn wir uns sehr vorsichtig und diskret verhalten und dazu noch Glück haben, wird niemand in Ihren Kreisen von unserem Aufenthalt bei Ihnen erfahren. Und wenn es jemandem auffällt, wird derjenige mich nicht erkennen.«

»Hmm.« Die in allen Clubs ausstehende Wette in Höhe von tausend Pfund wollte er lieber unerwähnt lassen.

9. Kapitel

Kurz nach zwei Uhr am Morgen legte Artemas die Karten nieder und sah sein Gegenüber an. »Wie ich sehe, schulden Sie mir fünfhundert Pfund, Flood.«

»Machen Sie sich keine Sorgen, zum Monatsende werden Sie Ihr verdammtes Geld erhalten, Hunt.« Corwin Flood kritzelte seinen Namen auf den Wechsel und schleuderte diesen quer über den Tisch.

Artemas zog eine Augenbraue hoch, als er das Stück Papier auffing. »Ende des Monats werden Sie Ihre Schulden begleichen? Darf ich daraus schließen, dass Sie derzeit nicht flüssig sind, Flood?«

»Aber nicht doch.« Flood griff nach der Flasche, die auf dem Tisch stand. Er füllte sein Glas und leerte den Claret in tiefen, hemmungslosen Zügen. Als er damit fertig war, stellte er sein Glas ab und betrachtete Artemas nachdenklich. »Habe ein verdammtes Vermögen in eine Geldanlage gesteckt. Sie ist von der Art, wie sie einem nur einmal im Leben begegnet. Ich habe alles zusammengekratzt, was ich hatte, um meine Anteile zu erstehen. In zwei Wochen werden sie ausgeschüttet, und dann bekommen auch Sie Ihr Geld.«

»Ich sehe dem Tag entgegen, an dem Ihr Schiff in den Hafen einläuft.«

Flood schnaubte. »Es handelt sich nicht um ein verdammtes Schiff. Viel zu riskant. Schiffe sinken. Schiffe verschwinden auf hoher See. Schiffe werden von Piraten angegriffen.« Er beugte sich halb über den Tisch und senkte vertraulich die Stimme. »Meine Anlage birgt keinerlei Risiko, Sir. Hinzu kommt noch, dass es sehr viel mehr als Anteile an einem Schiff einbringen wird.« Er grinste verschlagen. »Es sei denn natürlich, das Schiff hätte pures Gold geladen.«

»Ich muss gestehen, jetzt haben Sie mein Interesse geweckt. Nichts kann die Aufmerksamkeit eines Mannes so fesseln wie Gold.«

Flood hörte abrupt zu grinsen auf. Er schien sich der Tatsache bewusst, zu viel preisgegeben zu haben. »Ich beliebte lediglich zu scherzen, Sir.« Erst nachdem er sich umgeblickt hatte, schenkte er sich ein weiteres Glas Claret ein. »Ein kleiner Jux nur, mehr nicht.«

Artemas erhob sich langsam. »Hoffentlich beliebten Sie über Ihre finanziellen Aussichten zum Monatsende hin nicht zu scherzen.« Er lächelte kaum merklich. »Ich wäre bitter enttäuscht, sollte es sich erweisen, dass Sie Ihre Spielschulden nicht begleichen können, Flood. Ausgesprochen bitter sogar.«

Flood fuhr zusammen, dann brauste er auf. »Sie bekommen Ihr Geld«, brachte er leicht lallend hervor.

»Es beglückt mich, das zu hören. Sind Sie sich wirklich sicher, mir nicht von jener Anlage erzählen zu können, die sich in zwei Wochen auszahlen soll? Möglicherweise hätte ich ebenfalls ein Interesse daran.«

»Tut mir Leid«, entgegnete Flood knapp. »Alle Anteile sind bereits verkauft. Eigentlich hätte ich es gar nicht erwähnen dürfen. Die Aktionäre sind zur Geheimhaltung verpflichtet.« Er machte einen besorgten Eindruck. »Sie werden doch niemandem etwas darüber erzählen, nicht wahr?«

Artemas lächelte. »Ich werde nichts zu niemandem sagen, Flood. Darauf haben Sie mein Wort. Und ganz sicher möchte ich mich nicht in Ihre Geldanlagen einmischen.«

Flood starrte ihn unbewegt an, als ob ihn Artemas' Lächeln in Trance versetzt hätte. Dann blinzelte er und schien sich einen Ruck zu geben. »Richtig so. Es liegt in Ihrem eigenen Interesse, den Mund zu halten, nicht wahr? Ihr Geld werden Sie nicht bekommen, wenn Sie sich in meine Geldanlagen einmischen.«

»Wohl wahr.«

Artemas wandte sich um und trat in den Flur hinaus. Drei junge, modisch gekleidete Männer, die allesamt einen über den Durst getrunken hatten, stolperten ihm über den Weg. Einer von ihnen trat vor, und seine Augen weiteten sich theatralisch. Mit dramatischer Geste streckte er eine Hand vor.

»Ich staune! Freunde, wen haben wir denn da vor uns? Es ist wohl der wagemutigste, kühnste und beherzteste Mann ganz Englands. Darf ich Ihnen vorstellen: Hunt.«

Die anderen beiden sangen im Chor.

»Hunt, Hunt, Hunt.«

»Betrachten Sie sein edles Gesicht. Betrachten Sie es nur ganz genau, denn möglicherweise werden wir jemandem wie ihn nie wieder in diesen Räumen begegnen.«

»Hunt, Hunt,Hunt.«

»Denn morgen früh wird unser wagemutiger Hunt entweder um tausend Pfund reicher sein oder aber ...«

»Hunt, Hunt, Hunt.«

»... oder aber er wird die Welt der Lebenden für immer verlassen haben. Die Verruchte Witwe wird ihn in das große, graue Nichts hinausbefördern.«

»Hunt, Hunt,Hunt.«

»Für heute Nacht sollen ihn unsere besten Wünsche begleiten. Auch wünschen wir ihm ein hartes, unnachgiebiges Geschlecht, auf dass er sich an seiner letzten Nacht hier auf Erden erfreuen möge.«

»Hunt, Hunt, Hunt.«

Artemas trat auf die drei jungen Männer zu. Sie lachten schallend und verneigten sich übertrieben tief, während sie ihm aus dem Weg gingen.

»Hunt, Hunt, Hunt.«

In der Tür hielt Artemas inne und wandte sich halb zurück. Er bedachte die drei mit einem langen, nachdenklichen Blick. Plötzlich herrschte in dem Raum eine erwartungsvolle Stille. Er zog seine Uhr aus der Tasche. Alle Augen waren auf ihn gerichtet, als er den Deckel aufschnappen ließ und nach der Zeit sah.

Dann klappte er den Deckel wieder zu und ließ die Uhr langsam in seine Tasche zurückgleiten. »Ich fürchte, heute Abend muss ich Sie alle recht früh verlassen, weil andere Dinge meine Aufmerksamkeit erfordern. Ich rechne mit Ihrem Verständnis.«

Die drei Rabauken kicherten. Von einem der Kartentische drang Gelächter herüber.

»Aber morgen ...« Artemas hielt der Wirkung halber mitten im Satz inne. »Immer davon ausgehend natürlich, dass ich die Nacht überlebe ...«

Einer der drei jungen Dandys wieherte drauflos. »Wenn wir Ihrem Optimismus in dieser Frage folgen, was wollen Sie dann morgen tun?«

»Morgen werde ich jeden in diesem Club zum Duell auffordern, der so unverschämt ist, meine neuen Hausgäste in meinem Beisein zu beleidigen.«

Die drei Männer starrten Artemas an. Ihre Augen weiteten sich entsetzt, ihre Münder standen offen. Das zunächst der Neugier entsprungene Schweigen, das sich über den Clubraum gelegt hatte, wich einer ungläubigen Stille.

Zufrieden mit der erreichten Wirkung, trat Artemas in den Eingangsbereich hinaus. Er ließ sich Cape und Handschuhe reichen und stieg die Treppe zur Straße hinunter.

Kaum war er ein paar Schritte gegangen, als er jemanden hinter sich herrennen hörte.

»Warten Sie, Hunt«, rief Flood. »Wir können uns eine Kutsche teilen.«

»Hier in der Gegend sind keine aufzutreiben.« Artemas

deutete mit einer knappen Kopfbewegung auf die menschenleere, neblige Straße. »Ich laufe bis zum Platz vor. Dort werden vermutlich Kutschen zu mieten sein.«

»Keine Kutschen?« Flood blickte sich unsicher um. »Aber sonst warten doch immer ein paar vor der Tür.«

»Heute nicht. Sicher ist der Nebel schuld. Vielleicht möchten Sie lieber im Haus bleiben, bis eine auftaucht.« Artemas wandte Flood den Rücken zu und lief weiter.

»Warten Sie, ich begleite Sie«, beeilte sich Flood. In seiner Stimme schwang Angst mit. »Sie haben Recht, auf dem Platz wird sicher eine Kutsche zu mieten sein, und es ist sicherer, wenn wir gemeinsam gehen.«

»Wie Sie wünschen.«

Flood passte sich seinem Schritt an. »Die Straßen sind zu dieser Stunde gefährlich, ganz besonders in einer Nacht wie dieser.«

»Es überrascht mich, dass Sie sich fürchten, Flood. Ich dachte, Sie würden ein Großteil Ihrer Zeit in den Rotlichtbezirken verbringen. Dieser Stadtteil ist um einiges weniger gefährlich.«

»Ich habe keine Angst«, brummte Flood. »Ich will nur nicht unvernünftig sein, mehr nicht.«

Artemas hörte die Unsicherheit in Floods Stimme und lächelte. Flood hatte Angst.

Flood warf ihm einen flüchtigen, nervösen Blick zu. »Was ist eigentlich im Club in Sie gefahren? Wollen Sie tatsächlich jeden Mann zum Duell herausfordern, der eine Bemerkung über Frau Deveridge fallen lässt?«

»Nein.«

Flood schnaubte. »Das hatte ich auch nicht angenommen.«

»Ich werde lediglich diejenigen herausfordern, die Bemerkungen machen, die der Dame gegenüber beleidigend sind.«

»Ei Potz, Sie würden ein Duell für jemanden vom Schlage

der Verruchten Witwe riskieren? Sind Sie von Sinnen, Sir? Sie ist schließlich nichts als …«

Artemas hielt inne und wandte sich ihm zu. »Ja, Flood? Was wollten Sie sagen?«

»Verflucht, Sir, alle Welt weiß, dass sie eine Mörderin ist.«

»Dafür gibt es keinerlei Beweise.«

»Aber alle wissen doch …«

»Tatsächlich?«

Floods Lippen bewegten sich, doch waren seine Worte unverständlich. Er starrte Artemas an, der reglos verharrte, dann trat er einen Schritt zurück. In dem nebligen Schein der nahe gelegenen Laterne wirkte sein von den jahrelangen Ausschweifungen gezeichnetes Gesicht ängstlich und feige.

»Sie wollten gerade noch etwas zum Thema beisteuern, Flood?«

»Nicht doch.« Er beeilte sich, seinen Mantel glatt zu streichen. »Ich wollte mich nicht weiter äußern, ich hatte lediglich eine Frage gestellt.«

»Betrachten Sie sie als beantwortet.« Artemas ging weiter. Flood zögerte, schien dann aber nicht alleine zum Club zurücklaufen zu wollen und hastete Artemas hinterher.

Eine Weile lang liefen sie schweigend nebeneinander her. Floods Schritte hallten in der unheimlichen Nacht. Artemas dagegen bewegte sich dank seines jahrelangen Trainings vollkommen geräuschlos.

»Ich hätte eine Laterne mitnehmen sollen.« Flood warf einen Blick über seine Schulter. »Diese verdammten Gaslampen sind bei Nebel gänzlich nutzlos.«

»Wenn es sich vermeiden lässt, ziehe ich es vor, keine Gaslaterne zu tragen. Der Lichtkegel macht einen zur idealen Zielscheibe für Straßenräuber.«

»Verdammt auch.« Flood blickte wieder über seine Schulter. »Das hatte ich nicht bedacht.«

Ein leises Rascheln drang aus einer nahe gelegenen Gasse. Flood packte Artemas am Ärmel. »Haben Sie das gehört?«

»Eine Ratte vermutlich.« Artemas warf einen viel sagenden Blick auf Floods Handschuhe auf seinem Ärmel. »Sie zerknittern mein Cape, Sir.«

»Verzeihung.« Flood ließ sofort los.

»Sie scheinen etwas nervös zu sein, Flood. Vielleicht sollten Sie für Ihre Nerven ein Tonikum einnehmen.«

»Verdammt, Sir, ich lasse Sie wissen, dass meine Nerven hart wie Stahl sind.«

Artemas zuckte mit den Schultern und schwieg. Beiläufig vermerkte er die leisen Geräusche der Nacht und ordnete diese zu. Er musterte die Schatten und hörte das leise Kratzen der Ledersohlen auf dem Trottoir.

In der Ferne war das Echo von Pferdehufen zu vernehmen. Doch die Kutsche entfernte sich in die entgegengesetzte Richtung.

»Hätte doch im Club bleiben sollen«, brummte Flood.

»Aus welchem Grund sind Sie heute Abend so nervös?«

Flood zögerte kurz, ehe er antwortete. »Sie müssen wissen, dass ich vor einigen Monaten bedroht worden bin.«

»Was Sie nicht sagen.« Artemas beobachtete eine in einem Fenster über ihnen stehende Kerze. »Und wer hat Sie bedroht, Sir?«

»Sein Name ist mir nicht bekannt.«

»Sicherlich können Sie ihn beschreiben?«

»Nein.« Wieder hielt Flood inne. »Die Sache ist die, ich habe ihn noch nie zu Gesicht bekommen.«

»Wenn Sie den Mann noch nie gesehen haben, warum in aller Welt sollte er Sie dann bedrohen wollen?«

»Ich weiß es nicht«, erwiderte Flood weinerlich. »Das ist es ja, was die Sache so merkwürdig macht.«

»Sie haben keinerlei Verdacht, weswegen der Unbekannte Sie herausgesucht hat, um Sie zu bedrohen?«

»Er sandte ...« Flood stieß einen schrillen Schrei aus, als eine Katze über die Straße schoss und in einer Gasse verschwand. »Verdammt auch, was war das?«

»Nur eine Katze.« Artemas hielt inne. »Sie haben wirklich etwas für Ihre Nerven nötig, Flood. Was hat Ihnen dieser Mann gesandt?«

»Ein Siegel. Und zwar die Art von Siegel, die man an einer Uhr befestigt.«

»Weswegen empfinden Sie das als Bedrohung?«

»Das ist ... schwer zu erklären.« Wo er einmal mit Reden angefangen hatte, schien Flood sich nicht mehr zurückhalten zu können. »Das Ganze geht auf einen Vorfall vor einigen Jahren zurück. Ein paar Freunde und ich hatten etwas Spaß mit einer kleinen Schauspielerin. Die dumme Gans aber machte sich los und nahm Reißaus. Es war dunkel. Wir waren auf dem Land, und dann hatte sie einen Unfall und sie ... ach, lassen wir das. Die Sache ist die, dass sie geschworen hat, ihr Liebhaber werde sich eines Tages an uns rächen.«

»Und nun glauben Sie, dass er gekommen ist, richtig?«

»Eigentlich ist es unmöglich.« Wieder blickte Flood über seine Schulter. »Es kann unmöglich der sein, von dem sie meinte, er würde sich an uns rächen. Selbst wenn das kleine Flittchen einen Liebhaber gehabt haben sollte, warum sollte der sich die Mühe machen und uns jetzt nachstellen? Schließlich war sie nur eine Schauspielerin. Außerdem sind inzwischen fünf Jahre ins Land gegangen.«

»Sie kennen ja das Sprichwort: ›Rache ist eine Mahlzeit, die man am besten kalt serviert‹.«

»Aber wir haben sie nicht umgebracht.« Floods Stimme wurde lauter. »Sie ist tödlich gestürzt, als sie in der Nacht davonrannte.«

»Es scheint mir eher, dass sie bei dem Versuch gefallen ist, Ihnen und Ihren Freunden zu entkommen, Flood.«

»Ich muss einen Weg finden, mit ihm zu sprechen, wer

immer er auch sein mag.« Flood blickte erneut beunruhigt um sich. »Ich könnte ihm erklären, dass wir nichts Böses im Schilde führten. Nur etwas Spaß halt. Es war nicht unsere Schuld, dass das dumme Ding ...«

»Sparen Sie sich weitere Worte, Flood. Sie brauchen sich mir gegenüber nicht erklären. Ich möchte Ihre Entschuldigungen nicht hören.«

Eine Prostituierte lächelte Artemas aus einem von einer Kerze beleuchteten Fenster zu. Sie ließ den Schal von ihrer Schulter gleiten und legte eine ihrer Brüste mit einer rosa Knospe frei. Er betrachtete sie ohne jedes Interesse, dann wandte er seine Aufmerksamkeit wieder der Straße zu.

»Es liegt nunmehr einige Monate zurück«, bemerkte Flood nach einer Weile. »Vielleicht war es ja auch nur ein böser Scherz.«

»In diesem Fall besitzt der Rächer wahrlich einen merkwürdigen Sinn für Humor.«

Aus dem Augenwinkel heraus bemerkte Artemas, wie sich die Schatten in seinem Rücken veränderten. Einen kurzen Augenblick lang konnte er die Ursache nicht ausmachen, doch dann begriff er.

»Verfluchter Mist«, murmelte er leise. »Sie hat die Kerze gelöscht.«

»Die Hure?« Flood blickte auf das dunkle Fenster zurück. »Ja und? Vielleicht wollte sie ...«

Er brach ab, als er bemerkte, wie Artemas sich gegen die Steinwand presste und ihm nicht zuhörte.

Der Angreifer sprang weder aus einer Seitenstraße noch aus einer dunklen Toreinfahrt. Stattdessen fiel er von einem hoch gelegenen Fenster auf die Straße herunter. Die rauschenden Falten eines schwarzen Umhangs umwehten ihn und verdeckten das karge Licht der Gaslaternen.

Er wird ein Messer bei sich tragen, dachte Artemas. Die

meisten Vanza-Bewegungen kamen ohne Waffen aus, doch gab es Ausnahmen. Und der »Spinne aus den Wolken«-Angriff war immer mit einem Messer verbunden.

Artemas griff nach dem Saum des Umhangs, so dass der Stoff den Angreifer nicht einwickeln würde, so wie es dieser vorgehabt hatte. Er zerrte daran und entkam nur knapp dem Tritt eines Stiefels.

Der Vanza-Kämpfer landete auf dem Trottoir und wandte sich Artemas zu. Sein Gesicht war von einer schwarzen Seidenmaske verdeckt. Ein Lichtstrahl ließ das Messer eisig aufblitzen, dann schnellte er vor.

Artemas glitt beiseite. Ihm war bewusst, dass er jetzt schon den Plan dieses bestimmten Manövers durchkreuzt hatte. Er musste schnell handeln, ehe der Angreifer sich mit einer anderen Strategie behalf.

Der maskierte Kämpfer merkte, dass er sein Ziel nicht erreichen würde. Er versuchte sich aufzurichten. Es gelang ihm, sich nicht selbst an die Wand drängen zu lassen, doch verlor er kurzzeitig das Gleichgewicht.

Artemas versetzte dem Arm, der das Messer hielt, einen Stoß. Der Schlag saß. Ein Grunzen war zu hören, dann fiel das Messer klirrend zu Boden.

Da er das Gleichgewicht verloren hatte, entschied sich der Kämpfer, den Angriff abzubrechen. Er schnellte zurück. Wie ein großer schwarzer Flügel blähte sich sein Umhang in seinem Rücken auf.

Artemas schnappte nach dessen Saum und zerrte heftig daran. Es überraschte ihn nicht, ihn fast unmittelbar in den Händen zu halten, denn der maskierte Mann hatte bereits die Schnalle gelöst.

Der Angreifer entschwand in die tiefen Schatten einer unbeleuchteten Gasse. Seine Schritte hallten in der Ferne. Artemas hielt immer noch den Wollumhang in den Händen.

»Verflucht auch.« Flood starrte Artemas vollkommen

verblüfft an. »Er ist direkt auf Sie losgegangen. Der Mistkerl hat versucht, Ihnen die Kehle durchzuschneiden.«

Artemas betrachtete den Umhang in seinen Händen.

»Ja.«

»Ich muss schon sagen, den hatten Sie wirklich sehr gut im Griff. Einer solchen Kampftechnik bin ich noch nie begegnet. Wirklich sehr ungewöhnlich.«

»Ich hatte das Glück, gewarnt worden zu sein.« Artemas blickte auf das nunmehr dunkle Fenster, an dem die Hure unmittelbar vor dem Angriff die Kerze gelöscht hatte. »Das war zwar vermutlich nicht an mich gerichtet gewesen, doch ist das ohne Belang.«

»Diese verdammten Straßenräuber werden mit jedem Tag dreister«, schimpfte Flood. »Wenn es noch schlimmer werden sollte, kann niemand mehr auf der Straße gehen, ohne einen Wächter zu haben, der ihm den Rücken absichert.«

Artemas nahm das Seil, das von einem der Fenster herabbaumelte, in die Hand. Ein flüchtiger Blick auf die komplizierten Knoten reichte ihm aus. Eine Unzahl von Ganoven und Dieben trieb in London ihr Unwesen, doch nur wenige unter ihnen waren in der alten Kampfkunst des Vanza ausgebildet.

10. Kapitel

Die lodernden Flammen schossen in die Höhe. Noch beschränkten sie sich auf das Laboratorium ein Stockwerk höher, doch warfen sie ein dämonisches Licht in den langen Flur. Rauch wand sich wie ein dunkles Banner, das eine Armee von Dämonen aus der Hölle ankündigte. Sie kauerte vor der Schlafzimmertür. Der schwere Eisenschlüssel war von seinem Blut benetzt. Sie versuchte, nicht auf das Blut auf dem Teppich zu schauen. Doch just in der Sekunde, als sie den Schlüssel in das Schloss zu stecken versuchte, lachte der tote Mann auf. Der Schlüssel entglitt ihren Händen …

Madeline schreckte zitternd aus dem Schlaf. Sie setzte sich kerzengerade auf, rang nach Atem und hoffte, sie habe nicht laut geschrien. Ihr Körper war von eiskaltem Schweiß bedeckt. Der dünne Stoff ihres Nachthemds klebte ihr an Brust und Rücken.

Einen Augenblick lang wusste sie nicht einzuordnen, wo sie sich befand. Erneut ergriff die Angst von ihr Besitz, und sie taumelte aus dem Bett. Als ihre nackten Füße den kalten Boden berührten, erinnerte sie sich plötzlich daran, dass sie sich in Artemas Hunts großem, düsterem Haus befand. Sein gut geschütztes, großes, düsteres Haus, verbesserte sie sich.

Ihre Finger zitterten, ganz wie sie es im Traum auch getan hatten. Sie musste sich zusammenreißen, um die Kerze anzuzünden. Nachdem ihr das gelungen war, warf die kleine Flamme ein beruhigendes Licht auf die gedrechselten Bettpfosten und den Waschtisch. Die eilig von ihr zusammengepackten Bücherkisten stapelten sich in einer Ecke.

Ein Blick auf die Uhr bestätigte, dass es fast drei Uhr morgens war. Sie hatte tatsächlich zwei volle Stunden geschlafen, ehe sie von dem Traum aufgewacht war. Das war wirklich recht erstaunlich, denn sonst schlief sie nur sehr selten vor dem Morgengrauen ein. Vielleicht hatte sie die Gewissheit einschlafen lassen, dass sein Haus über kräftige Schlösser verfügte und von einem Hund recht ansehnlicher Größe und einem stämmigen Wachmann bewacht wurde.

Sie trat zur Tür und öffnete sie vorsichtig. Der Flur war dunkel, doch schien ein schwaches Licht aus dem Treppenhaus. Es drang vom unteren Flur nach oben. Sie hörte gedämpfte Stimmen. Artemas war nach Hause zurückgekehrt. Das wurde aber auch Zeit, dachte sie. Er hatte ihr mitgeteilt, er wolle am heutigen Abend ein paar Nachforschungen in den Spielhöllen und Clubs betreiben. Und nun war sie neugierig, was er herausgefunden hatte. Unten schloss sich leise eine Tür. Stille erfüllte das Haus. Sie wartete eine Weile, doch hörte sie Artemas nicht auf der Treppe. Er musste wohl in die Bibliothek gegangen sein.

Sie kehrte in ihr Zimmer zurück, nahm ihren Morgenmantel vom Bettpfosten, zog ihn über, band die Schleife zu und ließ ihre Füße in ein Paar Hausschuhe gleiten. Ihre Betthaube war ihr während ihrer Träume abgerutscht. Sie fand sie auf dem Kopfkissen und setzte sie wieder auf ihr arg zerwühltes Haar.

Zufrieden, ordentlich gekleidet zu sein, verließ sie die Kammer und eilte den dunklen Flur entlang bis zum breiten, geschwungenen Treppenhaus. Ihre weichen Hausschuhe machten keinerlei Geräusch, als sie auf den mit Teppich ausgelegten Stufen herabging.

Sie durchquerte die Eingangshalle und hielt zögernd vor der Bibliothek inne. Die fest verschlossene Tür wirkte abweisend. Man hatte den Eindruck, Artemas wünsche keine Gesellschaft. Eventuell hatte er sich betrunken. Sie runzelte die Stirn. Es fiel schwer, sich Artemas in betrunkenem Zustand vorzustellen. Seine Aura der Selbstbeherrschung und Kontrolle schlossen eine solche Schwäche eigentlich aus.

Sie klopfte leise, erhielt jedoch keine Antwort.

Nach kurzem Zögern öffnete sie vorsichtig die Tür. Wenn Artemas tatsächlich betrunken sein sollte, würde sie ihn alleine lassen und erst am nächsten Morgen mit ihm sprechen.

Sie spähte um die Ecke. Ein Feuer knisterte im Kamin, von Artemas jedoch war nichts zu sehen. Vielleicht war er überhaupt nicht in der Bibliothek. Weswegen aber brannte dann das Kaminfeuer?

»Sind Sie es, Madeline?«, drang eine tiefe, dunkle Stimme aus dem riesigen Ohrensessel vor dem Fenster.

»Ja.«

Er schien nicht im Mindesten betrunken zu sein, dachte sie. Erleichtert betrat sie die Bibliothek, schloss hinter sich die Tür, hielt jedoch den Türknauf weiter umklammert. »Ich habe Sie zurückkommen gehört, Sir.«

»Und haben sich sofort auf den Weg nach unten gemacht, damit ich Ihnen berichte. Und das, obwohl es schon fast drei Uhr früh ist.« Er schien amüsiert. »Wie ich sehe, sind Sie eine ausgesprochen anspruchsvolle Dienstherrin, Frau Deveridge.«

Er war nicht betrunken, aber in guter Stimmung war er auch nicht. Sie presste die Lippen aufeinander, ließ von dem Türgriff ab und lief über den Teppich.

Als sie den Teppich vor dem Feuer erreicht hatte, drehte sie sich um und musterte Artemas. Der Anblick seiner ausgestreckten Eleganz in dem großen Sessel ließ sie scharf einatmen. Schlagartig war ihr klar, dass etwas Schreckliches vorgefallen sein musste.

Ein dunkles Glitzern lag in seinen Augen. Die Jacke hatte

er ausgezogen, seine Krawatte hing ihm lose um den Hals. Sein mit Biesenfalten versehenes weißes Leinenhemd war teilweise aufgeknöpft. Im Schatten konnte sie seine festen Locken auf der Brust erkennen.

In der einen Hand hielt er ein halb geleertes Glas Weinbrand. Mit der anderen umklammerte er etwas, das sie nicht einsehen konnte.

»Herr Hunt.« Sie blickte ihn sorgenvoll an »Artemas, sind Sie krank, Sir?«

»Nein.«

»Ich spüre, dass etwas sehr Unangenehmes vorgefallen sein muss. Was ist es?«

»Ein Bekannter und ich wurden auf der Straße angegriffen.«

»Angegriffen? Gütiger Himmel, von wem? Wurden Sie beraubt?« Abrupt hatte sie eine Eingabe und betrachtete sein Gesicht. »Sind Sie oder Ihr Freund verletzt worden?«

»Nein, der Schurke hat sein Ziel nicht erreicht.«

Sie atmete erleichtert auf. »Gott sei gedankt. Ein Straßenräuber, nehme ich an? Die Straßen in der Nähe der Spielhöllen sollen sehr unsicher sein. Sie sollten sich viel mehr vorsehen, Sir.«

»Dieser Angriff hat nicht in der Nähe einer der Spielhöllen, sondern sehr nah an meinem Club stattgefunden.« Er hielt inne, um einen Schluck Weinbrand zu trinken. Dann senkte er langsam das Glas. »Wer auch immer es war, es war ein Vanza.«

Eine Gänsehaut überzog sie. »Sind Sie sich sicher?«

»Ja.«

»Konnten Sie ...?« Sie brach ab, schluckte und setzte erneut an. »Konnten Sie ihn erkennen?«

»Nein. Er trug eine Maske. Am Schluss floh er in die Dunkelheit. Meiner Ansicht nach konnte er sich bei seinem Plan auf die Hilfe einer Prostituierten verlassen, die ihm ein Zeichen gegeben hat, als sie uns auf der Straße entdeckte. Morgen werde ich versuchen, sie aufzutreiben. Möglicherweise kann sie uns einen Hinweis zur Identität dieses Schurken geben.«

Madeline zog sich der Magen zusammen. »Ein weiterer Besuch des Geistes von Renwick Deveridge, glauben Sie?«

»Was metaphysische Dinge betrifft, habe ich zugegebenermaßen nicht viel Ahnung, meines Wissens nach jedoch benutzen Geister keine Messer.«

»Er hatte ein *Messer*?«

»Ja. Er demonstrierte meisterhaft die Angriffsform der ›Spinne aus den Wolken‹.« Artemas schwenkte den Weinbrand in seinem Glas. »Glücklicherweise hat er den Vorteil der Überraschung verloren, weil mir aufgefallen war, dass die Kerze der Prostituierten erloschen war.«

»Ist Ihr Freund unverletzt?«

Artemas' Hand klammerte sich noch fester um den Gegenstand. »Meine Begleitung war kein Freund.«

»Verstehe.« Sie ließ sich langsam auf einen Stuhl fallen und bemühte sich, die schockierenden Neuigkeiten zu verarbeiten. »Dieser Mann in der Rolle von Renwicks Geist ist hinter Ihnen her, nicht wahr? Er muss wissen, dass meine Tante und ich bei Ihnen wohnen. Vielleicht ist ihm bewusst, dass Sie mir Ihre Hilfe angeboten haben. Mir war nicht klar ...«

»Madeline, beruhigen Sie sich.«

Sie richtete sich auf und sah ihn an. »Ohne Zweifel wollte er Sie umbringen. Wir müssen davon ausgehen, dass er es erneut versuchen wird.«

Artemas schien diese Schlussfolgerung nicht weiter zu beeindrucken. »Möglich. Aber nicht sofort. Das nächste Mal wird er viel vorsichtiger sein. Nach dem heutigen Abend weiß er, dass ich auf der Hut bin.«

»Er weiß mehr als das, Sir. Sie haben gegen ihn gekämpft. Somit weiß er, dass Sie ein Vanza sind.«

»Richtig.« Artemas lächelte amüsiert. »Und wenn man

bedenkt, dass er als Verlierer aus unserer Begegnung hervorgegangen ist, so ist ihm ebenfalls bekannt, dass ich ihm in den Kampfkünsten überlegen bin. Wir können also davon ausgehen, dass er sich in Zukunft wesentlich vorsichtiger verhalten wird.«

Ein Schauer fuhr ihr über den Rücken. »Was haben Sie Ihrem Begleiter gesagt? Haben Sie es ihm zu erklären versucht?«

»Ich habe nichts erklärt. Er wiederum ging davon aus, dass es sich bei dem Schurken um einen ganz gewöhnlichen Ganoven gehandelt habe. Dem habe ich nicht widersprochen.« Artemas betrachtete nachdenklich seinen Weinbrand.

»Verstehe«, wiederholte sie. »Wie ich aus Ihrem Tonfall schließen darf, sind Sie von Ihrem Begleiter heute Abend nicht sehr erbaut.«

Artemas ging nicht darauf ein, sondern nippte an seinem Getränk.

Sie versuchte eine andere Herangehensweise. »Haben Sie heute in Ihrem Club oder den Spielhöllen etwas herausfinden können, Sir?«

»Sehr wenig. Nirgendwo kursierten Gerüchte über Geister, die in den Bibliotheken älterer Gentlemen aufgekreuzt wären.«

»Die meisten Gentlemen der Stadt würden sicherlich nur sehr ungern zugeben, einem Geist begegnet zu sein«, bemerkte Madeline ungerührt.

»Wohl wahr.« Er hob das Glas an die Lippen und nippte daran.

Madeline räusperte sich. »Während Sie außer Hauses waren, ist der junge Mann in Ihren Diensten an der Küchentür vorbeigekommen, um weitere Nachrichten abzuliefern.«

»Zachary? Was für Neuigkeiten hatte er?«

»Er sagte, Eaton Pitney sei seit mehreren Tagen nicht mehr gesehen worden. Laut Aussage der Nachbarn ist er auf seinen Landsitz gefahren. Der Haushälterin, die dort zweimal wöchentlich arbeitet, hat man ausrichten lassen, man benötige ihre Dienste erst im kommenden Monat wieder.«

Artemas blickte in die Flammen. »Interessant.«

»So habe ich es auch empfunden.« Sie zögerte. »Ich bin mir nicht sicher, ob dies ein guter Zeitpunkt ist, unser weiteres Vorgehen in dieser Sache zu besprechen, Sir, doch habe ich nach Zacharys Auftauchen hier viel nachgedacht. Mir erscheint es recht merkwürdig, dass Herr Pitney ausgerechnet zu diesem Zeitpunkt die Stadt verlassen hat. Er reist nur noch sehr selten, und doch hat er sich, nachdem er mir den Brief sandte, auf das Land zurückgezogen.«

»Merkwürdig, allerdings«, erwiderte Artemas leicht spöttisch. »Man könnte sich sogar zu der Behauptung versteigen, alles sei ausgesprochen verdächtig.«

Sie legte die Stirn in Falten. »Machen Sie sich über mich lustig, Sir?«

Seine Lippen zuckten etwas. »So etwas würde ich mir nicht im Traum anmaßen. Bitte, fahren Sie doch fort.«

»Nun, es schien mir, dass Herr Pitney möglicherweise wegen eines erneuten Vorfalls die Stadt verlassen hat. Vielleicht ist der Eindringling nochmals aufgetaucht und hat ihm Angst eingejagt. Meiner Ansicht nach gibt es nur eine einzige logische Vorgehensweise.«

»Ist dem so?« Ein gefährlich lakonisches Glitzern funkelte in Artemas' Augen auf. »Und welche wäre das, gnädige Frau?«

Sie hielt inne, denn sie war sich seiner Stimmung nicht sicher. Dann beugte sie sich ein wenig vor und sprach leise, obwohl niemand sonst zugegen war. »Ich schlage vor, dass wir während Herrn Pitneys Aufenthalt auf dem Land sein Haus durchsuchen. Vielleicht finden wir etwas von Bedeutung, einen Hinweis, der uns über den Grund seiner Abreise aufklärt.«

Zu ihrer Überraschung nickte Artemas zustimmend. »Ein

ganz ausgezeichneter Einfall. Dasselbe hatte ich heute Abend auch schon gedacht.«

»Wussten Sie denn, dass er die Stadt verlassen hat?«

Er zuckte mit den Schultern. »Jemand hat es heute beim Kartenspiel erwähnt.«

»Verstehe.« Ihre Stimmung besserte sich. »Dann sind wir uns offenbar über die Vorgehensweise einig, Sir. Das ist doch sehr zufrieden stellend, nicht wahr?«

Er warf ihr einen zweideutigen Blick zu. »Nicht so zufrieden stellend, wie andere Formen der Einigkeit es wohl sein mögen.«

Sie beachtete seine Äußerung nicht weiter. Er war wirklich in einer ganz besonderen Stimmung heute, dachte sie.Andererseits kannte sie ihn noch nicht sehr lange. Möglicherweise war dieses seltsame Verhalten durchaus typisch für ihn. Sie wollte die Unterhaltung lieber auf der rein geschäftlichen Ebene halten.

»Wie ich annehme, werden wir Pitneys Haus des Nachts aufsuchen«, sinnierte sie laut vor sich hin.

»Und damit riskieren, dass alle Nachbarn merkwürdige Lichter in seinem Haus sehen? Nein, das wäre kein sehr kluges Vorgehen.«

»Oh.« Sie überlegte. »Wollen Sie also vorschlagen, dass wir uns das Haus während des Tages ansehen? Ist das nicht etwas gewagt?«

»Um Pitneys Garten ist eine hohe Mauer. Wenn ich erst einmal darüber gestiegen bin, wird mich niemand mehr sehen können.«

Es dauerte ein paar Sekunden, bis sie die Bedeutung seiner Worte begriffen hatte. Dann jedoch wurde sie wütend. »Einen Moment, Sir, Sie werden diese Sache nicht alleine durchziehen. Das ist mein Plan, und ich habe die Absicht, ihn auszuführen.«

Er kniff die Augen zusammen. »Ich werde mich um die

Angelegenheit kümmern. Sie werden hier bleiben, während ich Pitneys Haus durchsuche.«

Seine arrogante Annahme wurde ihr zu viel. Sie sprang auf. »Ich bestehe darauf, Sie zu begleiten, Sir.«

»Diese Angewohnheit von Ihnen, sich mir bei jeder sich bietenden Gelegenheit zu widersetzen, bringt mich allmählich aus der Fassung, Madeline.« Er setzte das leere Glas bedeutungsvoll ab. »Sie haben meine Dienste angefordert, um gewisse Nachforschungen zu betreiben, und doch fechten Sie jede meiner Entscheidungen an.«

»Das ist nicht wahr.«

»Es ist wahr, und ich bin es leid.«

Sie ballte ihre Hände zu Fäusten. »Sie vergessen Ihre Stellung, Sir.«

Artemas bewegte noch nicht einmal so viel wie seine Augenbrauen, doch war ihr sofort klar, dass sie einen unverzeihlichen Fehler begangen hatte.

»Meine Stellung?«, wiederholte er in einem beängstigend ruhigen Tonfall. »Offenbar fällt es Ihnen schwer, mich in dieser Angelegenheit als Ihresgleichen zu betrachten. Schließlich bin ich Geschäftsmann.«

Ihr Mund wurde trocken. »Ich beziehe mich auf Ihre Stellung innerhalb unserer Abmachungen, Sir«, wandte sie hastig ein. »Ich hatte damit nicht andeuten wollen, dass ich Sie in irgendeiner Weise für geringer denn einen Gentleman halte, nur weil Sie … äh …«

»Nur weil ich mit Träumen handle?« Er erhob sich mit der Geschmeidigkeit einer Katze, die im Garten ein kleines Vögelchen erblickt hat.

»Ihre geschäftlichen Belange haben hiermit nichts zu tun«, ergänzte sie und hoffte, ihrer Aussage genügend Nachdruck verliehen zu haben.

»Es freut mich sehr, das zu hören, gnädige Frau.« Er öffnete die linke Hand.

Sie hörte ein leises Klicken und sah, dass er den kleinen Gegenstand, mit dem er vorher gespielt hatte, weggeworfen hatte. Er landete auf dem Tisch. Von ihrer Warte aus konnte sie ihn nicht erkennen, doch glaubte sie einen goldenen Schimmer wahrgenommen zu haben. Artemas kam auf sie zu. Ruckartig wandte sie ihm ihr Gesicht zu. »Artemas?«

»Es ist sehr freundlich von Ihnen, meine unglückseligen Verbindungen zum Handel nicht weiter zu beachten, gnädige Frau.« Er lächelte kühl. »Doch andererseits können Sie es sich auch nicht leisten, allzu wählerisch zu sein, nicht wahr?«

Sie trat einen großen Schritt zurück, bis sie mit dem Rücken an der Wand neben dem mit Marmor ausgeschlagenen Kamin stand.

»Sir, ich halte dies nicht für den besten Zeitpunkt, um mit unserer Unterhaltung fortzufahren. Vielleicht wäre es das Beste, wenn ich mich wieder nach oben in mein Bett zurückziehe. Unsere Pläne, Herrn Pitneys Haus zu durchsuchen, können wir morgen während des Frühstücks erörtern.«

Er trat sehr dicht an sie heran, stützte seine großen Hände zu beiden Seiten ihres Kopfes gegen die Wand und nahm sie so gefangen. »Ganz im Gegenteil, Madeline. Ich denke, wir sollten uns über Ihre Ansichten bezüglich der mir angemessenen *Stellung* unterhalten.«

»Ein anderes Mal, Sir.«

»Nein, jetzt.« Sein Lächeln war kühl, seine Augen waren es nicht. »Meiner Meinung nach haben Sie nicht das Recht, sich über meine bedauerlichen Nachteile allzu sehr zu mokieren. Schließlich wird behauptet, Sie hätten Ihren eigenen Ehemann ermordet und im Haus einen Brand gelegt, um Ihr Verbrechen zu verschleiern.«

»Äh, Artemas ...«

»Ich gebe gerne zu, dass Ihr ganz besonderer Ruf Sie ein

ganz klein wenig über das gesellschaftliche Niveau eines Gentlemans erhebt, der im Geschäftsleben tätig ist. Doch um mehr als eine oder auch zwei Stufen dürfte es sich dabei kaum handeln.«

Sie atmete tief ein und war sich siedend heiß bewusst, einen weiteren Fehler begangen zu haben. Sein Geruch, eine Mischung aus kaltem Schweiß,Weinbrand und seinem ureigenen, unbeschreiblichen Duft, sandte einen Schauer durch ihre Sinne.

»Sir, Sie sind heute Abend ganz offensichtlich nicht Sie selbst. Ich nehme an, die Begegnung mit diesem Vanza hat Ihre Nerven bloßgelegt.«

»Glauben Sie?«

»Das ist nur zu erwarten gewesen«, versicherte sie ihm ernst. »Wenn es tatsächlich Renwick war, der Sie angegriffen hat, können Sie sich glücklich schätzen, überlebt zu haben.«

»Das war kein Geist, mit dem ich heute Abend gekämpft habe, Madeline. Und bei aller Bescheidenheit darf ich Sie daran erinnern, dass ich ein wenig mehr beigesteuert habe, als lediglich überlebt zu haben. Ich habe den Mistkerl in die Flucht geschlagen. Doch meine Nerven sind tatsächlich angegriffen.«

»Für diese Art von Leiden hat meine Tante ein paar wunderbare Elixiere.« Ihre Stimme klang viel zu schrill. »Ich könnte nach oben eilen und Ihnen ein oder zwei Fläschchen davon besorgen.«

»Ich kenne nur ein Heilmittel.«

Er neigte den Kopf und küsste sie. Es war ein heftiger, betäubender und verlangender Kuss, der ihre Sinne vollkommen durcheinander brachte. Sie war tief erschüttert und rang nach Luft. Ein Schauer der Erregung durchfuhr sie. Sie war sich bewusst, dass er ihre Reaktion erspürt hatte.

Stöhnend drängte er sich an sie und vertiefte seinen Kuss. Sie wurde von einer heftigen Welle der Leidenschaft mitgerissen. Es war dieselbe Gefühlsmischung, die sie auch bei seinem ersten Kuss vor dem Geisterhaus erfahren hatte.

»*Madeline.*« Er murmelte ihren Namen an ihren Lippen. »Gütiger Himmel, Sie hätten heute nicht hierher kommen sollen.«

Unvermittelt überfiel sie ein gewisser Wagemut. Es war, als ob sie gerade erfahren habe, sie könne tatsächlich fliegen, wenn sie nur alles daransetzen würde.

Er ist der Traumhändler, ermahnte sie sich selbst. *Diese Art der fantastischen Illusion ist Teil seines Geschäfts.* Manche Träume jedoch sind ihren Preis wert.

»Ich treffe meine eigenen Entscheidungen, Artemas.« Sie legte ihre Arme um ihn und ließ sich gegen seinen erhitzten Körper sinken. »Ich wollte dieses Zimmer betreten.«

Er hob den Kopf gerade so viel, dass er ihr in die Augen sehen konnte. »Wenn Sie jetzt bleiben, werde ich Sie verführen. Das verstehen Sie doch, nicht wahr? Heute Abend bin ich nicht zum Scherzen aufgelegt.« Das Feuer, das in ihm brannte, war heißer als das des Kamins, und auch Madelines Körper schien sehr warm zu werden. Etwas, das sie für immer in sich abgestorben glaubte, regte sich erneut. Doch einer Sache musste sie sich sicher sein, überlegte sie.

»Diese Neigung, die Sie haben, Sir …«

Er strich ihr mit dem Mund über die Lippen. »Ich versichere Ihnen, mein Verlangen, Sie zu verführen, ist mehr als nur eine lästige Neigung.«

»Dann ist es also nicht nur, weil eine Witwe das gewisse Etwas besitzt, nicht wahr? Denn diese Vorstellung könnte ich nämlich nicht ertragen …«

»*Sie* besitzen das gewisse Etwas, Madeline.« Er küsste sie heftig, jedes seiner Worte nochmals unterstreichend. »Gott stehe mir bei, aber Sie haben es.«

Das tiefe Verlangen in seiner Stimme ließ sie erbeben. Plötzlich fühlte sie sich gänzlich unbeschwert. Sie legte die

Hände gegen seine Schultern und spreizte die Finger. Unter dem feinen Stoff seines Hemdes spürte sie seine Muskeln und Knochen. Sie lächelte ihn unter ihren Wimpern hervor an.

Tatsächlich hatte es etwas, eine Witwe zu sein, dachte sie. Irgendetwas ließ sie heute Nacht recht übermütig sein.

»Sind Sie sich sicher, das Risiko eingehen zu wollen, die Verruchte Witwe zu verführen?«, fragte sie leise.

Sein Blick wurde angesichts ihrer tiefen, herausfordernden Stimme von einem Schatten überzogen. »Ist es denn ebenso gefährlich, Ihr Liebhaber wie Ihr Ehemann zu sein?«

»Die Frage kann ich nicht beantworten, Sir. Ich hatte noch nie einen Liebhaber. Sie müssen es darauf ankommen lassen.«

»Darf ich Sie daran erinnern, gnädige Frau, dass Sie es mit einem Mann zu tun haben, der seinen Lebensunterhalt seinerzeit in Spielhöllen erzielte.« Er fuhr ihr mit den Fingern durch die Haare, wobei die kleine Haube verrutschte. Seine Hand umschloss ihren Nacken. »Ich bin bereit, ein Risiko einzugehen, sofern hohe Gewinne zu erwarten sind.«

Er hob sie in seine Arme und trug sie zu dem breiten roten Sofa. Dort setzte er sie in die Kissen und wandte sich ab. Sie beobachtete, wie er das Zimmer durchquerte, und hörte, wie er die Tür verriegelte. Wieder durchzuckte sie die Erwartung. Sie kam sich vor, als ob sie am Rand einer Klippe stehen und in die Tiefen eines noch unerforschten Meeres blicken würde. Der Wunsch, zu springen, war fast nicht zu bezwingen.

Artemas kehrte zu ihr zurück. Seine Hände waren mit dem Verschluss seines Hemdes beschäftigt. Als er am Sofa angelangt war, lag das Kleidungsstück bereits auf dem Boden.

Im Schein des Kamins bemerkte sie eine kleine Tätowierung auf seiner Brust und erkannte die Blume des Vanza.

Merkwürdigerweise jedoch beunruhigte sie dieses Zeichen nicht, noch beschwor es die alten Ängste und üblen Erinnerungen herauf. Stattdessen starrte sie lediglich auf Artemas' kräftige Brust. Seine Kraft war gleichermaßen begeisternd wie auch anziehend und befriedigte auf unerklärliche Weise all ihre Sinne.

Er setzte sich neben ihre in Schühchen steckenden Füße auf ein Kissen und zog sich die Stiefel aus. Einer nach dem anderen landete auf dem Teppich, was wie ein warnendes Geräusch erschien.

Doch der Anblick seiner breiten Schultern im goldenen Schein des Feuers schlug all ihre Vorbehalte in den Wind. Er war schlank und muskulös und unglaublich männlich. Sie war Opfer einer süßen Erregung, deren Wirkung um ein Vielfaches stärker war, als es Bernice' Tinkturen jemals gewesen waren.

Unfähig, sich länger im Zaum zu halten, streckte sie ihre Hand aus und ließ einen Finger seinen muskulösen Arm hinabgleiten. Artemas nahm ihre Hand, drehte sie um und küsste die empfindlichen Innenseiten ihrer Handgelenke. Dann legte er sich auf sie und drückte sie in die Kissen. Er trug lediglich noch seine Hosen, die jedoch seine Erregung nicht verstecken konnten. Er glitt mit einem Bein zwischen ihre Schenkel, und sie fühlte, wie ihr Morgenmantel sich bei seiner Berührung öffnete. Ihr dünnes Nachthemd bildete für seine Hände keinerlei Hindernis. Seine Hände liebkosten ihre Brüste. Sie hatte den Eindruck, unter einem Fieber zu leiden.

Er küsste erst die eine Knospe, dann die andere, wobei er den hauchdünnen Stoff benetzte. Seine Hände wanderten zur Kurve ihrer Hüften. Er festigte seinen Griff auf ihren Schenkeln und drückte sie langsam und zärtlich.

Sie stöhnte, als sie eine erste Feuchtigkeit zwischen ihren Beinen spürte. Flüssige Hitze sammelte sich dort, und eine rasende Ungeduld ergriff von ihr Besitz. Sie umarmte Artemas' nackten Rücken und genoss das Gefühl seiner kräftigen Muskeln. Seine Männlichkeit presste sich gegen ihren Oberschenkel. Er tastete mit einer warmen Hand ihr Bein nach oben, bis er an die erhitzte Stelle gelangt war, an der ihre Erregung pulsierte. Langsam und vorsichtig ließ er einen Finger zwischen ihre Beine gleiten. Ein belebendes Gefühl durchströmte sie.

»Artemas.«

»Manche Risiken«, raunte er zufrieden, »sind es tatsächlich wert, eingegangen zu werden.«

»Zu ebendieser Schlussfolgerung bin ich auch gelangt, Sir.« Sie hatte bereits vergessen, normal zu atmen, doch als er den Saum ihres Nachthemds bis zur Taille hochschob, glaubte sie keine Luft mehr zu bekommen.

Er hielt so lange inne, bis er seine Hosen geöffnet hatte. Dann presste er seinen Schaft gegen ihre Handfläche. Sie umfasste ihn mit den Fingern und war von seinem harten, glatten Geschlecht fasziniert.

Sie hörte, wie er bei ihrer Berührung die Luft einsog. Durch seine rasche Reaktion befriedigt, festigte sie ihren Griff. Artemas erstarrte. »Wenn Sie damit fortfahren, werden wir beide enttäuscht werden.«

Überrascht ließ sie von ihm ab. »Entschuldigen Sie, ich wollte Ihnen nicht wehtun.«

Er lachte kurz auf und senkte seine feuchte Stirn auf sie herab. »Ich versichere Ihnen, dass ich momentan die ganz gewöhnliche Schmerzgrenze weit überschritten habe. Dennoch würde ich dies nicht allzu schnell beenden wollen.«

Sie lächelte schüchtern. »Mir geht es genauso. Ja, mich würde es sogar sehr erfreuen, die verbleibende Nacht auf diese Art und Weise zu verbringen.«

»Wenn Sie auch nur daran denken können, sich über mehrere Stunden hinweg dieser Tortur auszusetzen, so könnten

Sie selbst noch einem Vanza-Meister etwas über Selbstbeherrschung beibringen.«

»Lieber Himmel, leiden Sie tatsächlich unter Schmerzen?«

Er küsste ihren Hals. »Ja.«

»Dessen war ich mir gar nicht bewusst«, erwiderte sie beunruhigt. »Ich möchte Sie nicht leiden lassen, Artemas.«

Wieder lachte er auf. »Sie sind zu freundlich, meine Süße. Ich werde mich der Gnade bedienen, die Sie mir anbieten.«

Er rutschte etwas zur Seite und presste sich noch fester auf sie. Diese Änderung ihrer Stellung hatte sie erst dann bemerkt, als sie seinen Schaft langsam, aber stetig gegen die feuchte, erhitzte Stelle zwischen ihren Beinen drücken spürte. Wieder erbebte sie. »Artemas?«

»So weit geht Ihre Selbstbeherrschung dann auch wieder nicht, nicht wahr?« Er schien belustigt. »Ist schon gut, meine Süße«, fügte er mit rauer Stimme hinzu. »Ich kann auch nicht mehr länger warten.«

Er benetzte sich an ihrer feuchten Hitze, dann drang er mit einem einzigen, festen Stoß in sie ein.

Sie wusste genügend über diese Dinge, dass sie etwas Schmerz erwartet hatte. Nicht gerechnet jedoch hatte sie mit dem Gefühl, bis an die Grenzen des Möglichen gedehnt zu werden.

»Artemas.« Sie brachte kaum etwas hervor. Sein Name hörte sich eher wie ein dünner Schrei an.

Er lag vollkommen regungslos auf ihr. »Verdammt auch.«

Sie hörte sich selbst keuchen. »Würden Sie bitte … äh … von mir herunterrollen? Offenbar gibt es eine Art von Schwierigkeit.«

»Madeline.« Sein ganzer Körper wurde von einem Beben erfasst.Jeder seiner Muskeln war zum Zerreißen gespannt. »Warum haben Sie mir das denn nicht gesagt? Wie ist das möglich? Verdammt, schließlich sind Sie Witwe.«

»Ich war aber niemals wirklich eine Ehefrau.«

»Die Rechtsanwälte«, stöhnte er an ihrer Brust. »Die Auflösung. Mir war nicht klar, dass sie tatsächlich auf Tatsachen beruhen könnte.«

Sie biss die Zähne aufeinander und drückte sich gegen seine Schultern. »Mir ist wohl bewusst, dass die Schuld bei mir liegt. Zu meiner Verteidigung kann ich lediglich anführen, mir nicht bewusst gewesen zu sein, dass Sie so schlecht passen würden. Bitte haben Sie die Liebenswürdigkeit, sich zu entfernen.«

»Nicht doch«, warnte er sie, als sie sich gegen ihn drängte. »Bitte winden Sie sich nicht so.«

»Ich bestehe darauf, dass Sie sich unverzüglich von mir entfernen.«

»Wir befinden uns hier nicht in Ihrem Wohnzimmer, aus dem Sie mich hinauswerfen können. Madeline, ich warne Sie, halten Sie ganz still.«

»Wie oft soll ich Ihnen noch sagen, dass ich von Ihnen keine Befehle entgegennehme.« Bemüht, sich von seinem beachtlichen Gewicht und der Fülle zwischen ihren Beinen frei zu machen, wand sie sich unter seinem Körper.

Es war, als ob sie ihn gebrandmarkt hätte. Er zog sich zurück, doch irgendetwas lief aus dem Ruder. Sein großer Körper krampfte sich gegen den ihren zusammen.

Er stieß ein tiefes, gedämpftes Stöhnen aus.

Alarmiert krallte sie ihre Fingernägel in seine Schultern. Sie regte sich kein bisschen, als er in sie hineinpumpte. Als es vorbei war, brach er auf ihr zusammen. Ein tiefes Schweigen folgte.

»Verdammt noch eins«, fluchte er aus tiefstem Herzen. Behutsam versuchte sie, die Situation zu deuten.

»Artemas?«

»Was ist es denn jetzt, gnädige Frau? Ich warne Sie, meine

Nerven sind heute Abend kaum in der Verfassung, noch einen weiteren Schlag versetzt zu bekommen. Ich werde Sie doch noch nach oben schicken müssen, um eines der Elixiere Ihrer Tante zu holen.«

»Ach, nichts weiter.« Sie benetzte sich die Lippen. »Ich wollte Ihnen lediglich mitteilen, dass diese Stellung nicht mehr ganz so unangenehm ist wie noch vor wenigen Minuten.«

Ein paar Sekunden regte er sich nicht. Dann hob er sehr langsam den Kopf und blickte sie grimmig an.

»Wie bitte?«, fragte er mit trügerischer Höflichkeit.

Sie lächelte beschwichtigend. »Jetzt geht es eigentlich. Trotz meines anfänglichen Eindrucks glaube ich mittlerweile, dass Sie sehr wohl passen.«

»Verdammt, verdammt noch eins.« Dieses Mal fluchte er so leise, dass sie es kaum vernehmen konnte.

Sie räusperte sich. »Vielleicht würden Sie es gerne noch einmal versuchen?«

»Was ich tatsächlich gerne haben würde«, meinte er mit aufeinander gepressten Zähnen, »ist eine Erklärung.«

Er löste sich von ihrem Körper und stand auf. Ein Gefühl der Verlorenheit und Enttäuschung durchströmte sie, als er ihr den Rücken zukehrte und seine Hose zuknöpfte. Wortlos reichte er ihr ein großes, weißes Leinentaschentuch, das sie peinlich berührt entgegennahm. Sie war froh, dass ihr schwerer, wattierter Morgenmantel den Großteil der Beweise ihrer Aktivitäten aufgesaugt hatte. Auf diese Weise würde sie immerhin nicht den Blick der Haushälterin am nächsten Morgen ertragen müssen. Sie nahm sich so gut wie möglich zusammen, atmete tief durch und stand rasch auf. Prompt gaben ihre Knie nach. Sie versuchte, den gewundenen Griff des Sofas zu erhaschen, doch Artemas fing sie auf und stützte sie erstaunlich zärtlich, wenn man seine offensichtlich schlechte Laune berücksichtigte.

»Geht es Ihnen gut?«, erkundigte er sich mit rauer Stimme.

»Ja, selbstverständlich.« Ihre Wut und ihr Stolz kamen ihr zu Hilfe. Sie band ihren Morgenmantel zu und bemerkte, dass sie immer noch das Taschentuch, das er ihr gegeben hatte, in der Hand hielt. Sie warf einen Blick darauf und sah, dass es befleckt war. Peinlich berührt stopfte sie es hastig in ihre Tasche.

Artemas ließ von ihr ab und stellte sich vor den Kamin. Er lehnte mit einem Unterarm auf dem Sims und starrte in die Flammen.

»Man munkelt, Ihr Vater habe die Auflösung Ihrer Ehe angestrebt«, meinte er tonlos. »Jetzt verstehe ich auch, dass Sie dazu allen Grund hatten.«

»Ja.« Sie blickte verloren in die Flammen. »Ich hätte jedoch jeden Ausweg aus dieser Ehe gebilligt.«

Ihre Blicke trafen sich. »War Deveridge impotent?«

»Das kann ich nicht sagen.« Sie versenkte ihre kalten Hände in die Taschen ihres Morgenmantels, um sie zu wärmen. »Ich weiß lediglich, dass er an mir keinerlei Interesse zeigte. Zumindest nicht in dieser Hinsicht. Diese Wahrheit habe ich jedoch unglücklicherweise erst in der Hochzeitsnacht herausgefunden.«

»Warum aber hat er Sie überhaupt erst geheiratet, wenn er noch nicht einmal die grundlegenden Pflichten eines Ehemanns erbringen wollte?«

»Ich glaubte deutlich gemacht zu haben, dass Renwick mich nicht geliebt hat. Er hatte keinerlei Interesse an einer Ehe. Sein Ziel waren die tiefen, dunklen Geheimnisse des Vanza. Er glaubte, mein Vater würde sie ihm dadurch ermöglichen, dass er ihm die alte Sprache beibrachte.«

Artemas' Hand klammerte sich am Kaminsims fest. »Natürlich. Ich denke nicht ganz klar, verzeihen Sie.«

»Sie hatten eine schwere Nacht.«

»So kann man es wohl ausdrücken.«

»Ich könnte Ihnen eventuell eines der Elixiere meiner Tante …«

Er warf ihr einen gepeinigten Blick zu. »Wenn Sie diese verdammten Elixiere noch ein einziges Mal erwähnen, werde ich für meine Handlungen nicht verantwortlich zu machen sein.«

Allmählich wurde sie ungehalten. »Ich wollte nur behilflich sein.«

»Glauben Sie mir, gnädige Frau, in dieser Hinsicht haben Sie für heute Nacht genügend getan.«

Sie zögerte und entschied sich dann, ihm ein wenig von Renwicks Verhalten zu erläutern. »Wie ich Ihnen bereits sagte, habe ich das Laboratorium meines Mannes durchsucht.«

Artemas bedachte sie mit einem vielsagenden Blick. »Ja und?«

»Ich hatte Gelegenheit, mir einige seiner Aufzeichnungen durchzulesen. Er war offenbar der Überzeugung, dass seine Impotenz durch seine Hingabe an das Vanza hervorgerufen worden war. Er schrieb, er müsse sein ganzes Leben auf seine Studien verwenden, um so die alten alchemistischen Geheimnisse dieser Philosophie aufzudecken.«

»Verstehe.« Artemas trommelte mit den Fingern auf das Sims. »Sie jedoch hatten bis zur Hochzeitsnacht keinerlei Hinweis darauf erhalten, dass er seinen ehelichen Pflichten nicht nachkommen wollte?«

»Ich verstehe, dass das nur schwer nachzuvollziehen ist, Sir.« Sie seufzte. »Glauben Sie mir, ich habe mir die Wochen vor meiner Hochzeit tausend Mal durch den Kopf gehen lassen und mich gefragt, wie ich nur so ein Dummkopf hatte sein können.«

Er runzelte die Stirn. »Madeline …«

»Ich kann nur sagen, Renwick war ein besessener Dämon

mit dem Aussehen eines schillernden Engels.« Sie schlang die Arme um ihren Körper. »Er glaubte, er könne uns alle mit seinem Charme umgarnen. Und für eine gewisse Zeit ist ihm das auch gelungen.«

Artemas' Kinn zitterte. »Sie hatten sich in ihn verliebt?«

Sie schüttelte den Kopf. »Rückblickend könnte man fast annehmen, er habe irgendeinen Zauber benutzt, um sein wahres Selbst zu verstecken. Doch diese Erklärung wäre zu einfach. Ich muss ganz ehrlich sein – Renwick wusste genau, wie er mich verführen konnte.« Zum ersten Mal seit dem Vorfall auf dem Sofa schien Artemas leicht belustigt. »Mit Leidenschaft jedenfalls hat er Sie nicht überschüttet.«

»Nein, natürlich nicht«, pflichtete sie ihm bei. »Leidenschaft mag ja auf ihre Art gut und schön sein.

Doch war ich nie so jung und derart leichtgläubig, ein solches Gefühl mit wirklicher Liebe zu verwechseln.« Auch heute Nacht durfte sie diesen Fehler nicht begehen, ermahnte sie sich streng.

»Nein, natürlich nicht«, brummte er. »Keine Frau von Ihrem Temperament und Ihrer Intelligenz würde sich von einem solch flüchtigen Gefühl wie dem der Leidenschaft die Vernunft austreiben lassen.«

»So ist es, Sir. Wie Ihnen wohl bekannt ist, gibt es vieles, was ich an der Philosophie des Vanza auszusetzen habe. Ich heiße sie nicht gut.«

»Diesbezüglich haben Sie an Ihrer Meinung keinen Zweifel gelassen.«

»Doch bin ich in einem Haushalt aufgewachsen, der von den Prinzipien des Vanza durchdrungen war. Ich gestehe, das Missfallen dieser Geisteshaltung an starken Gefühlen hat auch auf mich abgefärbt.« Sie zögerte kurz. »Renwick war klug genug, das zu durchschauen. Wie ich befürchte, hat er mir in einer Art und Weise den Hof gemacht, die unendlich viel anziehender ist als Leidenschaft.«

»Was zum Teufel wirkt anziehender auf ein Wesen Ihres Temperaments als Leidenschaft, gnädige Frau?« Seine Augen funkelten merkwürdig. »Ich gestehe, auf Ihre Antwort ausgesprochen gespannt zu sein.«

»Sir, Ihren Tonfall kann ich nicht nachvollziehen. Habe ich Sie verärgert?«

»Das weiß ich nicht«, erwiderte er mit verblüffender Offenheit. »Beantworten Sie die Frage.«

»Nun, er behauptete, von meiner Intelligenz und Bildung vollkommen hingerissen zu sein.«

»Ach. Jetzt sehe ich alles viel klarer. In anderen Worten hat er Sie glauben gemacht, er liebe Sie Ihrer Seele und Ihres Geistes wegen.«

»Richtig. Und ich Riesenidiotin, die ich war, habe ihm geglaubt.« Angesichts der Erinnerungen schloss sie gequält die Augen. »Ich glaubte, wir seien füreinander bestimmt. Seelenverwandte, metaphysisch verbunden, so dass wir die rein körperliche Ebene hinter uns lassen und auf einer höheren Ebene vereinigt sein konnten.«

»In der Tat ist das ein teuflisch starkes Band.«

»Tatsächlich jedoch erwies es sich als Illusion.«

Artemas schaute in die Flammen. »Wenn auch nur die Hälfte Ihrer Worte der Wahrheit entsprechen, dann war Renwick Deveridge tatsächlich verrückt.«

»Ja. Wie gesagt, anfangs hat er diesen Umstand verheimlichen können. Doch nach unserer Hochzeitsnacht wurde es immer deutlicher, dass irgendetwas ernsthaft nicht stimmte.«

»Verrückt oder nicht, der Mann ist tot und unter der Erde.« Artemas starrte weiter in die Flammen. »Doch will es scheinen, dass jemand uns glauben machen möchte, er sei aus seinem Grab wieder auferstanden.«

»Wenn es nicht Renwicks Geist sein sollte, dann muss es sich um jemanden handeln, der ihn gut genug kannte, um ihn nachzuahmen. Jemand, der ebenfalls ein Vanza ist.«

»Wir müssen unsere Nachforschungen dahingehend erweitern, dass wir mehr über Deveridges Vergangenheit herausfinden. Morgen früh werde ich Henry Leggett damit beauftragen.« Artemas wandte sich von den Flammen ab und sah sie an. »Und in der Zwischenzeit müssen wir uns mit der Situation befassen, die nunmehr zwischen uns beiden besteht, gnädige Frau.«

»Was wollen Sie damit sagen?«

»Sie wissen sehr wohl, was ich damit sagen möchte.« Er musterte erst das rote Sofa, dann sie. »Offenkundig ist es zu spät, mich dafür zu entschuldigen, was in diesem Zimmer heute Nacht vorgefallen ...«

»Es besteht keinerlei Anlass zu einer Entschuldigung«, unterbrach sie ihn hastig. »Oder falls doch, so sollte ich sie aussprechen.«

Er hob eine Augenbraue. »Dem werde ich mich nicht widersetzen.«

Sie errötete. »Eigentlich, Sir, hat sich in gewisser Weise überhaupt nichts verändert.«

»Überhaupt nichts?«

»Ich will damit sagen, dass ich weiterhin eine Witwe mit einem gewissen Ruf bin. Ich lebe unter Ihrem Dach. Wenn sich das herumspricht, so werden die Leute natürlich das Schlimmste annehmen und denken, wir unterhielten eine Affäre.«

»Mit dieser Annahme lägen sie inzwischen richtig.«

Sie umklammerte den Kragen ihres Morgenmantels und hob das Kinn. »Richtig oder nicht, wie ich schon sagte, hat sich an unserer Situation nichts verändert. Wir befinden uns in derselben Position wie ... äh ... bevor diese Ereignisse auf dem Sofa stattgefunden haben.«

»Nicht ganz.« Er kam auf sie zu. »Doch heute wollen wir dieses Thema nicht weiter vertiefen. Wir hatten wohl beide genügend Aufregung heute Abend.«

»Aber Artemas …«

»Wir werden ein anderes Mal darüber sprechen.« Er nahm ihren Arm. »Wenn wir beide ausgeschlafen und etwas darüber nachgedacht haben. Kommen Sie, Madeline. Es ist an der Zeit, dass Sie ins Bett gehen.«

Sie versuchte sich zu widersetzen. »Sicher sollten wir noch Pläne schmieden. Da ist noch diese Sache, das Haus von Herrn Pitney zu durchsuchen …«

»Später, Madeline.«

Sein Griff um ihren Ellenbogen wurde fester, und er führte sie zur Tür. Als sie an dem kleinen Tisch neben dem Ohrensessel vorbeikamen, wurde ihre Aufmerksamkeit auf etwas Glänzendes gelenkt. Sie schaute hinunter und sah den Gegenstand, mit dem Artemas vorhin gespielt hatte.

Noch bevor sie ihn darüber befragen konnte, waren sie an der Tür.

»Gute Nacht, Madeline.« Sein Blick wurde etwas weicher, als er sie durch die Tür drängte. »Versuchen Sie etwas Schlaf zu finden. Ich befürchte, dass Sie bereits seit langem nicht mehr durchgeschlafen haben. Das wirkt sich auf die Nerven aus, wissen Sie. Fragen Sie nur Ihre Tante.«

Er küsste sie überraschend zärtlich und schloss anschließend die Tür vor ihrer Nase. Lange Zeit starrte sie die verschlossene Tür an, ehe sie sich abwandte und die Treppen zu ihrem Zimmer hinaufstieg.

Als sie unter die Bettdecken kroch, dachte sie erneut an den Gegenstand auf dem Tischchen. Sie war sich fast sicher, dass es sich um eine Taschenuhr gehandelt hatte, an deren einem Ende ein goldenes Siegel baumelte.

11. Kapitel

Ein Fremder hatte das Haus betreten. Seine schlimmsten Befürchtungen hatten sich bewahrheitet. Sie hatten jemanden geschickt, um ihn zum Aufhören zu zwingen.

Seit Jahren wusste er, dass er von Fremden beobachtet und von ihnen ausspioniert wurde. Er hatte es schon lange aufgegeben, seinen Freunden zu erklären, weshalb er niemandem mehr vertrauen konnte. Sie hatten ihn für verrückt erklärt, doch er kannte die Wahrheit: Die Fremden verfolgten ihn, weil er kurz davor stand, die größten Geheimnisse des Vanza aufzudecken. Sie warteten nur darauf, dass er die wissenschaftlichen Erkenntnisse entdeckte, die von den Alten versteckt worden waren. Sowie er sie entdeckt hätte, würden sie ihn aufsuchen und ihn ihrer berauben. Die Tatsache, dass einer von ihnen heute Nacht in sein Haus eingedrungen war, bedeutete zweifelsohne, dass er unmittelbar vor einer großartigen Entdeckung stand. Er umklammerte den Band, in dem er gelesen hatte, als er des Eindringlings gewahr geworden war. Seine Hände hielten zitternd das alte Buch, während er sein Ohr gegen die Wand presste. Gott sei Dank gab es den geheimen Durchgang, in dem er jetzt stand. Er hatte ihn vor Jahren kurz nach dem Tod seiner Frau gebaut.

Damals war er noch jünger und sehr viel kräftiger gewesen. Die Arbeiten hatte er selbstverständlich ausschließlich alleine ausgeführt. Den Tischlern und Arbeitern konnte man nicht vertrauen. Sie hätten gut und gerne ebenfalls Spione der Fremden sein können.

Selbst damals schon hatte er es im Gefühl gehabt, dass er eines Tages in den alten Texten des Vanza eine großartige Entdeckung machen sollte. Es war ihm klar gewesen, dass er sich würde schützen müssen. Die Fremden hatten bereits frühzeitig damit begonnen, ihn zu beobachten. Anfangs war das Gefühl, beobachtet zu werden, lediglich sporadisch aufgetreten. Doch allmählich war es zu einem alltäglichen Phänomen geworden. Er hatte seine Vorkehrungen getroffen. Und heute sollten sie ihm von Nutzen sein.

Vollkommen regungslos stand er in dem Durchgang und konzentrierte sich auf die Strategie der Unsichtbarkeit. In der alten Backsteinvilla war er ganz alleine. Bis vor kurzem hatte er zweimal wöchentlich eine Haushälterin beschäftigt, doch hatte er sie während ihres Aufenthalts im Haus auf Schritt und Tritt verfolgt. Ganz besonders hatte er darauf geachtet, dass sie niemals in den Keller zu schlüpfen versuchte. Das Kochen erledigte er selbst. Zwar war das keine einem Gentleman angemessene Beschäftigung, doch wenn man von Fremden beobachtet wurde, durfte man auf diese Dinge nicht viel geben. Man tat, was getan werden musste. Sein großes Ziel, den Kern des Vanza-Wissens zu entziffern, war unendlich viel wichtiger als sein Stolz als Gentleman.

Auf der anderen Seite der Wand knirschte der Boden im Flur. Der Fremde musste sich davon überzeugt haben, das Haus sei leer, denn obwohl er sehr vorsichtig eingedrungen war, machte er mittlerweile besonders für einen des Vanza Kundigen recht viel Lärm.

Eaton Pitney stand lächelnd im Durchgang. Die Täuschung, mittels derer er seine Nachbarn davon hatte überzeugen wollen, er sei auf seinen Landsitz gereist, hatte offenbar gewirkt, wenn auch nicht ganz in dem von ihm beabsichtigten Sinne. Er hatte gehofft, wenn die Fremden ihn auf seinem Landsitz wähnten, sie ihm dorthin folgen würden und er ein wenig Ruhe haben würde.

Stattdessen hatten sie einen darauf abgestellt, sein Haus zu durchsuchen.

Er hörte einen gedämpften Schlag, der von ähnlichen Geräuschen gefolgt wurde. Er brauchte ein paar Sekunden, um zu begreifen, dass der Fremde sich im Zimmer über ihm befand. Er gestattete sich ein Gefühl der Befriedigung. Glaubte der Eindringling etwa, er sei so dumm, seine Aufzeichnungen herumliegen zu lassen, wo sie so leicht gefunden und gestohlen werden konnten?

Die jüngere Generation der im Vanza ausgebildeten Männer hatten von ihren Vorgängern doch noch einiges zu lernen. Er lauschte, wie Schubläden auf- und wieder zugezogen wurden. Die Dielen über ihm knarrten. Dann hörte er gedämpftes Türenschlagen und Getrampel. Eaton verharrte in dem Durchgang und wartete. Die seelische Ruhe zu bewahren, die für die Strategie der Unsichtbarkeit vonnöten war, fiel ihm dieser Tage schwer. Seit Jahren stand er unter ständiger Anspannung, und seine Nerven waren nicht mehr so kräftig, wie sie es einmal gewesen waren.

Er presste ein Ohr gegen die Wand und lauschte sowohl dem Gefühl als auch dem Geräusch der Bewegung. Er konnte nur hoffen, dass der Eindringling nicht die Geheimnisse des Kellers entdecken würde.

Es schien eine Ewigkeit, bis er den Fremden wieder die Treppe herunterkommen hörte. Eaton hielt den Atem an, als er den Fremden hörte, wie er die Tür zu den Zimmern unterhalb des Erdgeschosses öffnete. Der Fremde stieg in die Vorratskammern hinab, stöberte dort eine Weile herum und kehrte schließlich zum Erdgeschoss zurück. Eaton schloss kurz die Augen und gestattete sich ein leises, erleichtertes Seufzen. Der Schurke hatte die versteckte Kammer nicht entdeckt. Nach einer Weile verstummten auch die entfernten Geräusche. Eaton wartete noch eine halbe Stunde, um gänzlich sicherzugehen, dass der Fremde das Haus auch tatsächlich verlassen hatte. Als er davon überzeugt war, wieder alleine im Haus zu sein, richtete er sich langsam auf. Seine Muskeln schmerzten, da er zu lange in ein und derselben Haltung verharrt hatte.

Als er sich wieder stabil auf seinen Füßen fühlte, trat er auf die Wand zu, die als versteckte Tür zu einem Geheimgang diente. Vor dem Öffnen hielt er kurz inne und lauschte. Er konnte nichts hören.

Dann schob er die Wand beiseite und trat in den dunklen Flur hinaus. Dort hielt er erneut inne und horchte. Die Stille war so dicht wie der Nebel draußen auf der Straße.

Eaton eilte den Flur bis zu dem versteckten Treppenhaus hinunter, das in die Tiefe der alten Villa führte. Er fand eine Kerze, zündete sie an und ging die Steinstufen hinab. Er musste sich einfach der Tatsache versichern, dass in seinem geheimen Arbeitszimmer alles in Ordnung war.

Er passierte die Vorratskammern, öffnete eine Geheimtür, stieg wiederum eine Treppe hinab bis zu den lange in Vergessenheit geratenen Kammern, die den ursprünglichen Eigentümern als Kerker und zu Zeiten der Belagerung als Fluchtweg gedient hatten.

Als er vor Jahren auf die unterirdischen Räume gestoßen war, hatte er niemandem etwas davon erzählt, sondern damit begonnen, ein paar Änderungen vorzunehmen. Er hatte sich ein geheimes Arbeitszimmer und ein Laboratorium eingerichtet, wo er seine wichtigen Studien verfolgen konnte, ohne dass die Fremden ihn dabei beobachten konnten. Er hatte sich die Mühe gemacht, diese geheimen Kammern mit einer richtigen Vanza-Falle auszustatten.

Am Fuße der letzten Steinstufe schob er eine weitere Wand beiseite und machte Anstalten, die geheimste Kammer seines Hauses zu betreten.

Beim Scharren einer Ledersohle auf dem Treppenabsatz über ihm blieb ihm fast das Herz stehen. Er fuhr so schnell herum, dass sein krankes Bein unter ihm nachgab. Er ließ die Kerze fallen und versuchte an der Tür Halt zu finden. Schatten tanzten an den Steinwänden.

»Haben Sie wirklich geglaubt, Sie könnten Ihre Geheimnisse vor mir verbergen, Sie Einfaltspinsel? Mir war klar, lediglich abwarten zu müssen. Das Erste, was ein jeder nach dem Weggang eines Eindringlings tut, ist, seine Kostbarkeiten aufzusuchen, um sicherzugehen, dass sie gut versteckt sind. Es ist geradezu auf entnervende Art und Weise vorhersehbar.«

Eaton konnte das Gesicht des Fremden im Schatten des Treppenabsatzes nicht erkennen, doch die auf dem Boden liegende Kerze war noch nicht erloschen. Im Lichterflackern sah er die auf sich gerichtete Pistolenöffnung. Außerdem konnte man im Schein des Lichts den goldenen Griff eines edlen Spazierstocks erkennen.

Während Eaton entsetzt zusah, hob der Fremde die Pistole an und zielte mit akkurater Lässigkeit.

»Nein«, flüsterte Eaton und strauchelte einen Schritt rückwärts. Warum nur hatte er vergessen, eine Pistole mitzunehmen? In seinem Schreibtisch im geheimen Arbeitszimmer befand sich eine, doch mochte sie gerade so gut auf dem Mond sein, so wenig half ihm dieser Umstand jetzt.

»Die Sache ist die«, sagte der Fremde, »ich benötige Sie nicht länger, um mich zu Ihren Geheimnissen zu führen. Sie haben eben gerade die Tür für mich geöffnet. Das ist wirklich sehr liebenswürdig von Ihnen, Sir.«

In der Sekunde, als er den Finger des Fremden am Abzug hörte, warf sich Eaton zurück. Die plötzliche Drehung schmerzte zwar seinem Bein, doch wusste er, dass eine schnelle, unerwartete Bewegung seine einzige Hoffnung war. Ein Licht flammte auf. Der Lärm der Pistole hallte ohrenbetäubend in der Steinkammer. Er fühlte, wie ihn die Kugel traf. *Nicht mehr ganz so schnell wie in alten Tagen, Ea-*

ton. Der Aufprall warf ihn noch tiefer in die Geheimkammer zurück.

Auf dem Boden flackerte die Kerze ein letztes Mal auf und erlosch. Unergründliche Dunkelheit machte sich breit.

»Verflucht«, brummte der Fremde. Die plötzliche Dunkelheit schien ihn total zu irritieren.

Zu seiner eigenen Überraschung war er selbst nicht halb so tot wie das Licht. Zu hoch, dachte er. Die Kugel hatte ihn an der Schulter und nicht ins Herz getroffen. Oder aber der Fremde hatte in den wild flackernden Schatten der ersterbenden Flamme nicht gut zielen können.

Was auch immer der Grund gewesen sein mochte, er hatte nur wenig Zeit. Er konnte den Fremden fluchen hören, als er eine Kerze anzuzünden versuchte.

Eaton presste mit einer Hand die Jacke über der Wunde zusammen und hoffte, das Blut würde nicht auf den Boden tropfen. Die andere Handfläche legte er gegen die nächstliegende Wand. Die Oberfläche war glatt wie Glas. Er berührte weiter mit den Fingern die Wand, während er sich der ersten Kreuzung näherte. Er bog um die Ecke und verließ sich ganz auf seinen Tastsinn.

In seinem Rücken flammte Licht auf. Er blickte nicht zurück. Vor sich konnte er nichts erkennen, doch spürte er die glatte Wand mit seiner Hand. Das war ausreichend, mehr brauchte er nicht.

Er selbst hatte das Labyrinth entworfen und kannte seine Geheimnisse in- und auswendig.

»Was im Himmel!« Die Stimme des Fremden war von den dicken Steinwänden gedämpft, die die vom Boden bis zur Decke reichenden Tunnel des Labyrinths umgaben. »Kommen Sie da heraus, Pitney. Ich lasse Sie am Leben, wenn Sie sofort herauskommen. Hören Sie mich? Ich lasse Sie am Leben. Mehr als den verdammten Schlüssel will ich doch gar nicht.«

Eaton missachtete den wütenden Befehl. Er presste seine

Hand noch fester auf die Wunde und hoffte, das Blut werde von seiner Jacke aufgesogen. Wenn es auf den Boden tropfte, würde es eine Spur bilden, anhand derer der Fremde ihm durch das Labyrinth würde folgen können.

Er musste sein Arbeitszimmer und die Pistole in seinem Schreibtisch erreichen, dachte Eaton.

»Kommen Sie da raus, Sie alter Sturkopf. Sie haben nicht die geringste Chance.«

Eaton beachtete ihn nicht. Die Hand fest auf die Wunde gepresst, verschwand er im Dunkel des Labyrinths.

Artemas stand mit Zachary zusammen in einem kleinen, ärmlichen Zimmer. Gemeinsam blickten sie durch das Fenster auf die enge Gasse.

»Hier hat er sich versteckt.« Artemas fuhr mit seinem Handschuh über die Kratzer unter dem Fensterbrett. »Man kann immer noch sehen, wo die Haken seines Seils verankert gewesen sind.«

Zachary schüttelte den Kopf. »Nur gut, dass Sie die Kerze der Hure gesehen und es als Signal verstanden haben.«

»Haben Sie den Namen der Frau herausbekommen können?«

»Lucy Denton. Vor einem Jahr hat sie das Zimmer unten gemietet und arbeitete seither regelmäßig bis zum heutigen Tage.«

»Gibt es Hinweise auf ihren jetzigen Aufenthaltsort?«

»Noch nicht. Sie ist irgendwo in den Rotlichtbezirken untergetaucht. Der Kurze Hans hat das von einem der Leute vor dem Kaffeehaus heute Morgen gerüchteweise aufgeschnappt, doch bisher ist sie von niemandem gesehen worden.«

Artemas blickte seinen Gefährten an. Zacharys Augenbrauen waren zu einem besorgten Stirnrunzeln zusammengezogen. Sein schmales Gesicht wirkte angespannt. Sein sonst so freches Gesicht wirkte jetzt ungewöhnlich grüblerisch.

Zachary war ein uneheliches Kind gewesen. Einen Nachnamen hatte er zwar, doch wie es bei vielen Leuten der Fall war, die auf der Straße lebten, benutzte er ihn nur selten. Seit etwas mehr als drei Jahren stand er in Artemas' Diensten. Sie hatten sich kennen gelernt, als einer von Zacharys kleiner, lose geknüpfter Bande junger Spitzbuben eines Nachts Artemas vor seinem Club um seine goldene Uhr hatte erleichtern wollen.

Das gewagte Vorhaben war gescheitert, als Artemas den Gassenjungen am Kragen packte. Doch anstatt den Jungen seinem Schicksal zu überlassen, hatte Zachary, der von einer nahe liegenden Gasse aus zugesehen hatte, einen verzweifelten Versuch unternommen, seinen kleinen Gehilfen zu retten.

Er war aus der Gasse geeilt und hatte Artemas mit einem Messer bedroht. Artemas hatte Zachary mit einer einzigen Bewegung des Messers entledigt, doch hatte sich der junge Mann in einem verzweifelten Versuch, den Kleinen zu retten, auf ihn geworfen.

Artemas hatten Zacharys Bemühungen, den kleinen Spitzbuben zu befreien, sehr beeindruckt. Als alles geregelt gewesen war, hatte er ihn zur Seite genommen. »Sie sind ein kluger, gerissener Mann«, hatte er ihm gesagt, ehe er ihn mit seinem jungen Komplizen hatte ziehen lassen. »Für jemanden mit Ihrer Treue hätte ich in meinen Diensten Verwendung. Wenn Sie sich jemals dazu entscheiden sollten, einen Posten mit regelmäßigem Einkommen anzunehmen, sollten Sie bei mir vorsprechen.«

Drei Nächte später hatte Zachary vor dem Club auf ihn gewartet. Er war wachsam, doch gleichzeitig auch entschieden gewesen. Sie hatten sich eine Zeit lang unterhalten und sich schließlich geeinigt.

Die Beziehung zwischen Zachary und ihm war anfangs kühl und geschäftsmäßig gewesen, wie man es für die Beziehungen zwischen Dienstherren und Dienstboten für angemessen hält. Doch irgendwann war daraus eine Freundschaft entstanden, die sich auf gegenseitigem Respekt und Treue gründete. Artemas vertraute Zachary mehr, als er jemals einem der Gentlemen dieser Stadt vertraut hatte.

»Keine Angst, irgendwann werden wir sie finden.« Artemas klopfte ihm leicht auf die Schulter. »In der Zwischenzeit sehen wir uns woanders um.«

Zachary schien das nicht zu beruhigen. Wenn überhaupt, so wirkte er noch besorgter als zuvor. »Er ist ein Vanza, Herr Hunt.«

Artemas lächelte. »Das bin ich auch.«

Zachary errötete, doch ließ er sich nicht beirren. »Nun, aber genau das weiß er jetzt. Das wird ihn noch gefährlicher machen. Wenn er nächstens seine Tricks anwendet, wird er viel gerissener vorgehen.«

»Ich weiß, dass Sie mich bereits für einen alten Tattergreis halten, doch bietet das Alter auch ein paar Vorteile. Dieser und jener Trick ist mir geläufig.«

»Das ist mir sicherlich bewusster als den meisten, Sir. Doch sind Sie sich wirklich sicher, dass ich nicht zu Ihrem Schutz abgestellt werden sollte?«

»Ich brauche Sie auf den Straßen zum Sammeln von Informationen, Zachary, und nicht, um mich zu bewachen. Ich kann auf mich selbst aufpassen.«

Zachary zögerte, dann nickte er. »Also gut, Sir.«

Artemas musterte nachdenklich die Kammer. »Zweifelsohne hat er Lucy gut entlohnt. Sogar so gut, dass sie es sich leisten kann, nach Belieben auf unbegrenzte Zeit in den Rotlichtbezirken unterzutauchen.«

Wieder runzelte Zachary sorgenvoll die Stirn. »Wir werden sie finden, doch mag es ein Weilchen dauern. Sie wissen ja, wie es in diesem Teil der Stadt zugeht. Ein richtiges Labyrinth ist das.«

»Das Geld wird nicht ewig reichen. Früher oder später wird sie sich hervorwagen, um sich ein paar Kunden zu angeln. Dann werden wir sie in die Finger bekommen.«

»Das könnte jedoch zu spät sein, um noch von Nutzen zu sein«, brummte Zachary.

Artemas lächelte schwach. »Deshalb werden wir auch nicht alles darauf setzen, sie zu finden. Erinnern Sie sich an die alte Vanza-Weisheit: *Wenn man nach Antworten sucht, so muss man dort nachschauen, wo man sie nicht zu finden erwartet.* Wir haben außer den Rotlichtbezirken noch andere Orte zu durchsuchen.«

Zachary sah ihm in die Augen. »Wir hier auf der Straße haben auch ein paar alte Weisheiten, Herr Hunt. *Geh keine dunkle Gasse lang, es sei denn, du hältst eine Pistole in der Hand und hast einen Freund im Rücken.*«

»Ein guter Ratschlag«, erwiderte Artemas. »Den werde ich mir merken.«

Madeline erwachte und stellte fest, dass sie zum ersten Mal seit langem tiefer und länger geschlafen hatte. Das Beste daran war, dass sie weder von Feuer noch Blut, beides vom hässlichen Lachen eines Toten untermalt, geträumt hatte.

Gut gelaunt schob sie die Bettdecken zurück. Als sie aus dem Fenster blickte, sah sie wie so häufig dichten grauen Nebel, doch konnte das ihre gute Laune nicht beeinträchtigen. Sie fühlte sich voller Tatendrang und wollte dem Geheimnis von Renwicks Geist auf der Stelle nachspüren.

Doch dann fiel ihr ein, dass sie am Frühstückstisch sehr wohl Artemas begegnen könnte.

Ihre Begeisterung wurde abrupt gedämpft. Die Begegnung mit einem Geist mochte ihr leichter fallen als die mit Artemas. Sie starrte ihre vom Schlaf zerknitterte Gestalt im

Spiegel des Frisiertisches an. Es war eine Sache, den Traumhändler um Hilfe beim Auffinden einer Dienstmagd zu bitten und anschließend einen Handel einzugehen, für den er ihr bei der Verfolgung des rachsüchtigen Geistes ihres verstorbenen Mannes zu Diensten war. Eine ganz und gar andere Sache jedoch war es, sich vollkommen unverfänglich bei Eiern und Toast mit ihm zu unterhalten, nachdem sie ihm gestattet hatte, sie zu verführen.

Ihre eigene Zögerlichkeit irritierte sie. Warum nur war sie derart nervös, Artemas heute wieder zu sehen? Sie hatte ihm gestern bereits ausführlich auseinander gesetzt, dass bei näherer Betrachtung sich ganz eindeutig gar nichts verändert hatte. Sie war an diesem Morgen immer noch die Verruchte Witwe, genau wie sie es gestern gewesen war. Eine Dame konnte wohl in den Augen eines Gentleman kaum noch verrufener dadurch werden, dass er darauf gestoßen war, dass sie eine jungfräuliche Witwe gewesen war.

Ihre Hände klammerten sich am Waschbecken fest. Warum nur erschien heute alles so kompliziert?

Missmutig betrachtete sie ihr Spiegelbild. Ihre glühende, leicht gerötete Haut war wirklich ein zu ärgerlicher Anblick.

Wut durchzuckte sie. Weswegen sollte sie sich derart verunsichert fühlen? Es stand Artemas gar nicht an, etwa hochnäsig oder spöttisch zu werden. Immerhin war er ein Gentleman, der sein Geld als Geschäftsmann verdiente.

Sie stöhnte laut auf und griff nach dem Wasserkrug. Wenn sie Glück hatte, würde er vielleicht lange schlafen, dachte sie. Oder aber er war einer jener Gentlemen, die früh aufstanden und noch vor den übrigen Mitgliedern des Haushalts ihr Frühstück einnahmen. So jedenfalls hatte es ihr Vater gehalten.

Sie goss kaltes Wasser in das große weiße Becken und benetzte gründlich ihr Gesicht. Zitternd fuhr sie ihren Körper mit einem Schwamm ab. Dann zog sie ihr strengstes schwarzes Kleid an, das am Saum mit grauen Satinblüten abgesetzt war.

Derart gerüstet öffnete sie die Tür und ging die Treppe hinunter, um sich im Frühstücksraum zu zeigen.

Doch war das Glück nicht auf ihrer Seite. Artemas hatte nicht lange geschlafen. Er hatte noch nicht einmal die sonst übliche Höflichkeit walten lassen und früh gegessen, um sich dann in seine Bibliothek zurückzuziehen. Stattdessen thronte er in voller Größe am Tisch und unterhielt sich freundlich mit Bernice, als wäre überhaupt gar nichts vorgefallen und als sei gestern Abend nichts Außergewöhnliches geschehen. Genau das war ja auch der Fall, ermahnte sie sich verbissen. *Nichts hatte sich geändert.*

»Guten Morgen, meine Liebe.« Bernice' blaue Augen leuchteten erfreut auf, als sie Madeline erblickte. »Du wirkst heute Morgen frisch wie eine erblühende Rose. Wie ich sehe, haben meine Elixiere gute Wirkung gezeitigt. Ich werde dir heute Abend noch eine Flasche mitgeben müssen.«

Madeline bemerkte das amüsierte Aufblitzen in Artemas' Augen. Sie warf ihm einen eisigen Blick zu und wandte sich wieder ihrer Tante zu.

»Guten Morgen«, grüßte sie höflich.

Ein merkwürdiger Ausdruck huschte für den Bruchteil einer Sekunde über Bernice' Gesicht.

Madeline wandte sich sofort der Anrichte zu und gab vor, den Inhalt verschiedener silberner Schüsseln zu studieren, die dort aufgereiht standen.

Zu ihrem Entsetzen fuhr Bernice mit ihrem unschuldigen Geplapper fort. »Ich muss schon sagen, so erfrischt habe ich dich seit langem nicht gesehen, Madeline. Wirkt sie nicht wunderbar ausgeruht, Artemas?«

»Es geht doch nichts über eine Nacht guten Schlafes«, stimmte Artemas erstaunlich gleichmütig ein.

Trotz ihres Vorhabens, so zu tun, als ob gar *nichts* vorgefallen sei, betete Madeline dennoch, der Boden möge sich vor ihr auftun und sie verschlucken.

»Herr Hunt hat mir gerade von den schrecklichen Vorkommnissen der letzten Nacht berichtet«, sagte Bernice.

»Er hat dir davon *berichtet*?« Madeline ließ den Vorlegelöffel auf das Tablett fallen und fuhr herum. Wütend musterte sie Artemas. »Er hat dir tatsächlich erzählt, was in der vergangenen Nacht vorgefallen ist?«

»Aber ja doch, meine Liebe.« Bernice machte ein tadelndes Geräusch. »Ich muss gestehen, ich war bis auf die Knochen schockiert.«

Madeline schluckte. »Nun, ich kann es erklären ...« Hilflos brach sie ab.

Artemas' Lippen formten eine ironisch-belustigte Linie. »Natürlich ist Ihre Tante sehr besorgt.«

»Ich habe guten Grund, besorgt zu sein«, stimmte Bernice zu. »Auf offener Straße vor dem Club angegriffen zu werden, Sir, das ist einfach unglaublich. Dieser Schurke wird meiner Ansicht nach ein wenig zu dreist. Ich kann nur hoffen, dass Sie ihn bald dingfest machen.«

Vor Erleichterung wurde Madeline ganz schwindelig. Eilig nahm sie auf dem nächstgelegenen Stuhl Platz und schaute Artemas stirnrunzelnd an. »Wissen Sie schon etwas Neues, Sir?«

»Wie es sich trifft, habe ich mich heute in der Frühe bereits mit Zachary getroffen«, erwiderte Artemas, der sich noch mehr als gewöhnlich zu amüsieren schien. »Wir haben das Zimmer gefunden, in dem sich der Vanza-Kämpfer versteckt hatte, und haben uns dort umgesehen. Zu meinem Bedauern haben wir keinen nützlichen Hinweis gefunden, doch Zacharys Augen und Ohren arbeiten bereits fieberhaft. Früher oder später wird mir einer von ihnen etwas zutragen, was uns weiterhelfen wird.«

Madeline war verblüfft. Seit Stunden war er bereits auf

den Beinen, war aus dem Haus gegangen, hatte sich mit Zachary beraten, hatte das Versteck des Schurken ausfindig gemacht und war dann zum Frühstück zurückgekehrt – und all das, bevor sie auch nur aufgestanden war.

Er hatte sich mit genau jenen Aufgaben befasst, für die sie ihn eingestellt hatte, sagte sie sich. Dennoch empfand sie sein geschäftsmäßiges Auftreten als irritierend.

Er tat gerade so, als ob sich rein gar *nichts* verändert habe.

Eine Stunde später besuchte Bernice Madeline in deren Schlafzimmer. Ohne sich mit Höflichkeiten aufzuhalten, kam sie sofort zum Kern der Sache.

»Du verliebst dich doch nicht etwa in Herrn Hunt?«

Madeline ließ den Stift fallen, mit dem sie sich Notizen gemacht hatte. »Gütiger Himmel, was kannst du damit nur meinen wollen,Tante Bernice?«

»Liebe Güte, es ist noch verzwickter, als ich es befürchtet hatte.« Besorgt ließ sich Bernice auf die Bettkante fallen. »Ihr beide habt bereits eine Affäre begonnen.«

»Tante Bernice!«

»Natürlich war mir gleich von Anfang an klar, dass ihr beiden euch zueinander hingezogen fühltet.«

Madeline verschlug es fast die Sprache. »Wie in aller Welt bist du denn zu dieser Schlussfolgerung gelangt?«

Bernice hob die Hand und begann ihre Finger abzuzählen. »Erstens hast du ihn gebeten, dir mit deinem Problem behilflich zu sein. Zweitens hat er eingewilligt, es zu tun.«

»Und daraus hast du geschlossen, dass wir uns zueinander hingezogen fühlen?«

»Ja.«

Madeline schüttelte den Kopf. »Das ist die unsinnigste, lächerlichste Annahme, die mir je zu Ohren gekommen ist. Wie konntest du nur auf Grund derart schwacher Beweise zu dieser Schlussfolgerung gelangen?«

»Habe ich denn Unrecht?«

»Ich habe ihn um seine Hilfe gebeten, weil wir die Dienste eines Mannes benötigten, der die Gedanken eines in Vanza ausgebildeten Menschen nachvollziehen kann. Herr Hunt hat sich dazu bereit erklärt, weil er wiederum Papas Journal haben möchte. Es war eine ganz gewöhnliche geschäftliche Abmachung, mehr nicht.«

»Ganz wie ich dachte. Du hast eine Affäre mit ihm.«

Madeline trommelte mit den Fingerspitzen auf ihren Schreibtisch. »Ganz so einfach, wie du zu denken scheinst, ist es dann doch nicht,Tante Bernice.«

»Meine Liebe, durch deine Stellung als Witwe bist du eine Frau von Welt, ob du dich nun als eine solche fühlst oder nicht. Ich würde mir nicht herausnehmen, dir Ratschläge zu erteilen.«

»Ha! Dabei weißt du genau, dass du nicht zögern würdest, genau das zu tun.«

»Das stimmt. Wie ich schon sagte, möchte ich dir keine Ratschläge erteilen, doch solltest du eines bedenken.«

Augenblicklich war Madeline auf der Hut. »Und das wäre?«

»Du meintest, er habe dem Handel zugestimmt, weil er Wintons Journal haben möchte.«

»Richtig.«

»Er ist ein Meister des Vanza.«

»Das ist just der Grund, weswegen ich ihn eingestellt habe.«

Bernice betrachtete sie mitleidig. »Wirklich, Madeline, du bist eine intelligente Frau. Wie kannst du nur etwas übersehen, was derart ins Auge sticht?«

»Was sticht denn so verdammt ins Auge?«

»Herr Hunt hatte keine Not, dein Angebot anzunehmen, um an das Journal zu kommen. Erinnerst du dich nicht? Du hast selbst gesagt, mit seinen Fähigkeiten könne er sich auch ohne deine Zustimmung dieses Buches bemächtigen.«

»Ha!« Ein Gefühl des Triumphes durchflutete Madeline. »Genau darin irrst du dich. Ich habe über diese Sache nachgedacht. Es will mir scheinen, dass Herr Hunt sehr wohl weiß, wenn er das Journal entwenden würde, sich daraus ernste Risiken für seine Person ergäben.«

»Welche Risiken?«

»Nun, dass ich mich in der Art revanchieren würde, seinen Besitz der Vergnügungspavillons öffentlich zu machen natürlich. Er kann das Risiko nicht eingehen, dass die ganze Stadt von seiner Tätigkeit als Geschäftsmann erfährt. Begreifst du jetzt? Er hatte gar keine andere Wahl, als mit mir ein Abkommen zu schließen.«

Bernice schwieg und musterte sie eingehend.

Madeline begann nervös zu werden. »Was ist denn? Was denkst du?«

»Du weißt ebenso gut wie ich, wenn es seinem Wunsch entsprochen hätte, so hätte er einen Weg finden können, um sicherzustellen, dass du seine Geheimnisse nicht der Welt preisgibst.«

Madeline erstarrte. Ein nervöser Schauer durchzuckte sie. Sie betrachtete das geheimnisvolle Bändchen, an dem sie gearbeitet hatte, und schaute blind auf den roten Kalbsledereinband, während in ihrem Kopf ein einziges Durcheinander herrschte. Bernice hatte Recht.

Nachdem sie ihre Fassung wiedererlangt hatte, blickte sie in Bernice' sorgenvolle Augen auf. »Du magst Recht haben, dass er uns nicht deswegen hilft, weil es seine einzige Möglichkeit wäre, an das Journal zu gelangen. Wenn dem jedoch so ist, so müssen wir einem noch viel unangenehmeren Problem ins Auge sehen, nicht wahr?«

Bernice blickte sie fragend an. »Und was wäre das, meine Liebe?«

»Wenn er uns nicht wegen des verdammten Journals hilft, weswegen hilft er uns dann?«

»Das sagte ich dir doch gerade schon, meine Liebe. Ich denke, es gefällt ihm, den Helden zu spielen.«

»Wenn er sich zu mir hingezogen fühlt, so hat das mit der Sache rein gar nichts zu tun«, erwiderte Madeline bestimmt. »Es bietet keine Erklärung dafür, weswegen er uns zu Hilfe gekommen ist. Schließlich würde ein Meister des Vanza es sich niemals gestatten, sich von seinen körperlichen Leidenschaften leiten zu lassen.«

Bernice schien belustigt. »Ich an deiner Stelle würde nicht davon ausgehen, dass ihre Ausbildung durchweg immer erfolgreich war. Körperliche Leidenschaften können sich als ausgesprochen mächtig erweisen.«

Madeline schüttelte bedächtig den Kopf. »Artemas würde es sich niemals gestatten, sein Verhalten von Gefühlen bestimmen zu lassen. Wenn er uns nicht hilft, um an Papas Journal zu kommen oder weil er mich ruhig stellen will, dann kann das nur bedeuten, dass er einen anderen, sehr düsteren Grund dafür hatte, unseren Handel zu akzeptieren.«

»Aber welchen anderen Grund könnte es geben?«

Madeline verzog das Gesicht. »Wer kann das schon sagen? Schließlich ist er ein Vanza.«

»Meine Liebe ...«

»Tante Bernice, diese Sache möchte ich nicht weiter erörtern.«

»Verstehe.« Bernice hielt inne. »Sag, geht es dir denn gut?«

»Natürlich geht es mir gut. Warum sollte ich mich nicht wohl fühlen?«

»Ich möchte nicht unverschämt wirken, doch ist mir bewusst, dass die letzte Nacht eine recht neuartige Erfahrung für dich gewesen sein muss.«

»Es war zwar nicht so, wie ich es erwartet hatte, doch ist niemand zu Schaden gekommen«, erwiderte Madeline kurz angebunden.

»Entsprach es nicht ganz deinen Erwartungen?« Bernice

schob die Lippen vor. »Das überrascht mich. Ich würde annehmen, dass Herr Hunt in seinen Liebeskünsten ebenso viel Können aufweist, wie er es mit anderen Dingen an den Tag zu legen pflegt.«

»Wirklich,Tante Bernice, ich hoffte deutlich gemacht zu haben, dass ich dieses Thema nicht weiter vertiefen möchte.«

»Selbstverständlich, meine Liebe.«

»Wenn du es unbedingt wissen musst«, murmelte Madeline, »Herr Hunt entsprach genau dem, wie ich ihn von Anfang an eingeschätzt hatte, nämlich als reif und beweglich.«

12. Kapitel

Er wurde verfolgt. Artemas blieb in einer Toreinfahrt stehen und lauschte. Die Schritte waren leicht und durch den Nebel gedämpft, doch konnte er sie hören.

Sie hielten inne.

Er trat aus der Toreinfahrt und ging weiter die Straße hinunter. Nach einigen Sekunden hörte er das gelegentliche Scharren eines Schuhs auf dem Trottoir in seinem Rücken. Weder näherten sich die Schritte, noch ließen sie den Abstand größer werden. Wenn er sich umdrehen würde, würde er lediglich eine undeutliche Silhouette wahrnehmen, denn der graue Nebel war zu dicht.

Seit er das Haus verlassen hatte, war auf der Straße genügend Lärm gewesen, um die leisen Schritte zu übertönen. Doch selbst da hatte er bereits gespürt, dass er verfolgt wurde.

An einer Ecke bog er nach links ab. Auf der gegenüberliegenden Straßenseite befand sich ein großer Park. Die Bäume erschienen durch den Nebel wie undeutlich skizzierte Skelette. Eine Kutsche fuhr vorsichtig vorbei, als ob der Kutscher seinen Weg durch den Schlamm orten müsse. Die Pferdehufe klangen unheimlich und hohl. Diesen Lärm nutzte er, um sich wiederum in eine Toreinfahrt zurückzuziehen.

Er wartete.

Die Kutsche rumpelte in der Ferne, und dann hörte er erneut die Schritte. Sein Verfolger hatte offenbar erkannt, dass seine Beute sich versteckt hatte.

Nach ein paar Momenten unsicherer Stille beschleunigten

sich die Schritte. In seiner Eile hatte der Verfolger jegliche Bemühungen um Verheimlichung aufgegeben.

Aus der Toreinfahrt heraus beobachtete Artemas, wie eine mit Cape und Kapuze gekleidete Person unmittelbar vor ihm durch den Nebel ging. Der Saum des Capes rauschte, als der Verfolger die Straße entlangeilte.

Artemas glitt aus der Toreinfahrt und fiel neben seinem Verfolger in dessen Schritt ein.

»Ein wirklich netter Nachmittag für einen Spaziergang, nicht wahr?«, bemerkte er höflich.

»Artemas.« Madelines Stimme klang wie ein unterdrückter Schrei. Sie fuhr herum und blieb stehen. Unter der Kapuze wirkten ihre Augen riesig. »Ich bitte Sie, Sir, erschrecken Sie mich nicht noch einmal auf diese Art und Weise. Es belastet meine Nerven.«

»Was machen Sie hier? Ich glaubte deutlich gemacht zu haben, dass ich Pitneys Haus alleine durchsuchen möchte.«

»Und ich habe deutlich gemacht, dass ich nicht die geringste Absicht habe, Ihnen das zu gestatten. Pitneys Haus zu durchsuchen war meine Idee, wenn Sie sich erinnern.«

Aus dem Augenwinkel heraus musterte er sie. Sie war offenbar sehr aufgebracht, doch fragte er sich, ob ein Teil des Ärgers vielleicht lediglich dazu diente, andere, verstörendere Gefühle zu überdecken. Er ermahnte sich der Tatsache, dass sie zwar eine Witwe und vielleicht sogar eine Mörderin sein mochte, doch bis gestern Nacht noch unschuldig gewesen war. Er erinnerte sich, wie sie während des Frühstücks errötet war.

»Wie geht es Ihnen heute Morgen?«, erkundigte er sich leise.

»Wie üblich erfreue ich mich ausgezeichneter Gesundheit«, gab sie ungehalten zurück. »Und Ihrerseits?«

»Von Schuldgefühlen belastet. Aber danke der Nachfrage.«

»Schuldgefühle?« Wieder hielt sie inne und wandte sich

ihm zu. »Weshalb in aller Welt sollten Sie Schuldgefühle hegen, Sir?«

Er hielt ebenfalls inne. »Haben Sie die letzte Nacht so schnell vergessen können? Es betrübt mich zu erfahren, dass ich einen derart flüchtigen Eindruck bei Ihnen hinterlassen habe.«

Sie fixierte ihn erzürnt. »Selbstverständlich habe ich die letzte Nacht nicht vergessen. Doch versichere ich Ihnen, dass es keinerlei Grund gibt, wegen der Ereignisse in Ihrer Bibliothek Schuldgefühle zu hegen.«

»Sie waren eine unschuldige Jungfrau.«

»Unsinn. Ich war eine Jungfrau, doch unschuldig war ich wohl kaum.« Sie korrigierte den Sitz ihrer Handschuhe. »Ich versichere Ihnen, dass keine Frau, die das durchgemacht hat, was ich während meiner Ehe mit Renwick Deveridge durchgemacht habe, unschuldig bleiben könnte.«

»Ich verstehe, was Sie sagen wollen.«

»Wie ich Ihnen bereits gestern Nacht sagte, hat sich zwischen uns nichts verändert.«

»Hmm.«

Sie räusperte sich. »Abgesehen davon war der Eindruck, den Sie gestern auf mich gemacht haben, alles andere als flüchtig.«

»Vielen Dank. Sie können kaum ahnen, was Ihre freundlichen, wenngleich auch etwas halbherzigen Komplimente mir bedeuten. So kann ich mir immerhin ein ganz klein wenig meines männlichen Stolzes bewahren.«

Sie runzelte die Stirn. »Demut steht Ihnen nicht gut zu Gesicht, Sir. Sie mögen sich gleichwohl die Mühe und die Anstrengung ersparen.«

»Wenn Sie darauf bestehen.«

»Wenn es Ihnen unbedingt nach einem schlechten Gewissen verlangt, so schlage ich vor, dass Sie sich dafür schämen sollten, ohne mich aus dem Haus gegangen zu sein.«

Er spähte in die vom Nebel verhüllte Straße. Nur wenige Leute waren unterwegs. Diejenigen wiederum, die sich ihren Weg durch diese dichte Suppe bahnten, konnten nicht viel erkennen. Es war höchst unwahrscheinlich, dass Madeline jemandem auffallen würde. Wenn er ein paar Vorsichtsmaßnahmen träfe, könnte sie recht sicher sein. Auch war sein Entscheidungsspielraum stark eingeschränkt, ermahnte er sich. Lehnte er ihre Begleitung ab, so konnte er sich gut vorstellen, dass sie ihm dennoch bis zu Pitneys stattlicher Villa folgen würde.

»Nun gut.« Er nahm ihren Arm und ging los. »Sie dürfen mich begleiten. Doch werden Sie meinen Anweisungen folgen, sobald wir das Haus betreten haben. Sind wir uns hierin einig?«

Er konnte nicht sehen, wie sie mit den Augen rollte, da die Kapuze ihr Gesicht verbarg. Dennoch war er sich fast sicher, dass sie genau das gerade tat.

»In aller Offenheit, Sir, Ihr Benehmen lässt mich verzweifeln. Sie scheinen die einfache Tatsache nicht begreifen zu wollen, dass Sie sich meinen Anordnungen zu fügen haben und nicht umgekehrt. Sie sind in diese Angelegenheit nur wegen des geschäftlichen Abkommens verwickelt, das ich Ihnen angetragen habe. Wenn es mich nicht gäbe, würden Sie sich des Problems von Renwicks Geist noch nicht einmal bewusst sein.«

»Glauben Sie mir, gnädige Frau, nicht einmal den Bruchteil einer Sekunde gestatte ich mir zu vergessen, dass dies alles Ihre Schuld ist.«

Die hohen Mauern, die Eaton Pitneys großes Haus umgaben, bildeten für jemanden mit Artemas' Fähigkeiten keinerlei Hindernis. Madeline hielt die kleine, unangezündete Laterne und beobachtete ungeduldig, wie er das steinerne Hindernis erklomm. Als er oben auf der Mauer zu sitzen kam, ließ er ein Seil herunter, in das eine Schlaufe für ihren Fuß geknotet war.

Sie erfasste das Seil, schlüpfte mit ihrem bis zum Knöchel reichenden Stiefel in die Schlaufe und hielt sich fest, während Artemas sie auf die Mauer hinaufzog. Dann stiegen sie in den vom Nebel verhangenen Garten hinab.

»Wissen Sie, Artemas, dies ist wirklich eine recht erheiternde Angelegenheit.«

»Ich hatte befürchtet, dass Sie so empfinden würden.« Missmutig fügte er sich den Gegebenheiten.

Der Nebel war so dicht, dass die bedrohlich sich erhebende Villa nur als ein riesiger Schatten zu erkennen war. In den Fenstern brannte kein Licht. Artemas fand die Küchentür und versuchte sie zu öffnen.

»Verschlossen«, stellte er fest.

»Wie zu erwarten ist, wenn der Eigentümer sich in sein Landhaus zurückgezogen hat.« Madeline musterte das mit Läden verriegelte Fenster. »Ich nehme an, Sie können Schlösser entriegeln.«

»Was lässt Sie glauben, dass ich Schlösser entriegeln kann?«

Sie zuckte mit den Schultern. »Sie sind ein Vanza. Meiner Erfahrung nach beweisen diejenigen, die in dieser alten Kunst ausgebildet wurden, beim Aufbrechen verschlossener Türen viel Geschick.«

»Sie scheinen derartige Fertigkeiten nicht sonderlich zu schätzen«, bemerkte er und zog einen Satz Dietriche aus seinem Mantel hervor.

Szenen ihrer Albträume tobten ihr durch den Kopf. Sie sah sich selbst vor der Tür der Schlafkammer kniend, wie sie versuchte, den immer wieder ihren Händen entgleitenden Schlüssel ins Schloss zu stecken.

»Zugegebenermaßen haben derartige Fertigkeiten auch ihre Vorteile«, bemerkte sie schwach. »Und Ihren Fertigkeiten mit den Dietrichen kann ich mich wohl kaum widersetzen. Mein Vater erwies sich im Umgang mit ihnen ebenfalls als sehr geschickt. Er hat mich sogar gelehrt … ach, lassen wir das. Momentan tut es nichts zur Sache.«

Artemas warf ihr einen knappen, forschenden Blick zu, ehe er sich an die Arbeit machte, enthielt sich jedoch jeglichen Kommentars.

Als die Sekunden verstrichen, wurde Madeline nervös. »Ist irgendetwas nicht in Ordnung?«

»Pitneys Befürchtungen so genannter Fremder gegenüber, die ihn verfolgen, hat ihn zu einer Spezialanfertigung der Schlösser veranlasst.« Artemas' Gesichtsausdruck wirkte sehr konzentriert. »Dieses sind keine gewöhnlichen Schlösser, wie man sie bei jedem Schlosser erhalten kann.«

Sie beobachtete, wie er vorsichtig mit den Dietrichen hantierte. »Sie werden es aber dennoch schaffen, nicht wahr?«

»Vielleicht.« Er beugte sich dichter über das schwere Eisenschloss. »Wenn Sie mich nicht ständig ablenken.«

»Verzeihung«, murmelte sie.

»Na also, da haben wir es. Ein sehr ausgeklügeltes Schema, das auf einem Vanza-Muster basiert. Ich darf nicht vergessen, Pitney nach dem Schlosser zu fragen, der das für ihn angefertigt hat.«

Das professionelle Interesse in seiner Stimme beunruhigte sie. »Seien Sie nicht albern. Pitney können Sie wegen der Schlösser nicht fragen, ohne gleichzeitig zuzugeben, dass Sie in sein Haus eingebrochen sind.«

»Danke, dass Sie mich auf diese kleine Unachtsamkeit aufmerksam gemacht haben.« Er ließ die Dietriche in seine Tasche zurückgleiten und öffnete die Tür.

Madeline starrte in eine enge, düster wirkende Eingangshalle. Weder ein Diener noch eine Haushälterin schienen Erklärungen zu verlangen noch den Alarm auszulösen.

Vorsichtig trat sie über die Schwelle. »Das Haus scheint

tatsächlich unbewohnt zu sein. Wo wohl Herr Pitney hingefahren ist?«

»Mit etwas Glück werden wir möglicherweise einen Hinweis darauf finden. Dann werde ich Leggett damit beauftragen, ihm ein paar Fragen zu stellen. Ich würde zu gerne wissen, weswegen Pitney es für nötig befunden hat, die Stadt zu verlassen.«

»In der Tat, ich …« Madeline hielt in der Küchentür inne und blickte auf ein Stück Käse und einen halb verzehrten Brotlaib. »Offenbar hat Herr Pitney das Haus vor kurzem in großer Eile verlassen. Das Brot ist noch frisch.«

Artemas' Augen wurden schmal. »Kommen Sie, wir müssen uns beeilen. Ich möchte mich hier nicht länger als unbedingt notwendig aufhalten.«

Er wandte sich ab und verschwand im Flur. Madeline eilte ihm nach und holte ihn ein, als er vor einer anderen Tür stehen geblieben war.

»Die Bibliothek?«, fragte sie, hinter ihn tretend.

»Ja.« Regungslos blickte Artemas konzentriert in das Zimmer. »Entweder Pitney benötigt dringend die Dienste einer Haushälterin, oder aber jemand anderes ist uns bereits zuvorgekommen.«

»Was meinen Sie damit?« Sie stellte sich auf die Zehenspitzen und blickte über seine Schulter. Der Atem stockte ihr, als sie die auf dem alten Teppich verstreuten Bücher und Papiere sah. »Gütiger Himmel. Sicher hat nicht Pitney diese Unordnung zu verantworten. Dies ist mit einer gewissen Absonderlichkeit kaum zu erklären. Außerdem tendieren die Exzentriker des Vanza eher zur Ordnung und Genauigkeit. Unordnung ist ihnen zuwider.«

»Eine ausgezeichnete Beobachtung.« Artemas trat zurück und eilte den Flur entlang.

»Warten Sie«, rief sie ihm leise nach. »Wollen Sie dieses Zimmer nicht durchsuchen?«

»Das halte ich für wenig sinnvoll. Wer auch immer uns hier zuvorgekommen ist, wird alles, was möglicherweise von Interesse gewesen wäre, bereits mitgenommen haben.«

»Artemas, vielleicht hatte Herr Pitney immer schon Recht. Vielleicht wurde er tatsächlich von jemandem beobachtet.«

»Möglich.« Er klang eher ausweichend.

Eine düstere Vorahnung durchfuhr sie. »Sie glauben doch nicht, dass ein Fremder dies getan hat, nicht wahr? Es war Renwicks Geist.«

»Ich schlage vor, dass wir den Mann nicht länger als Geist bezeichnen. Das kompliziert alles nur noch. Wer immer er sein mag, er ist aus Fleisch und Blut.«

»Und ein Vanza.«

Hierzu äußerte er sich nicht.

Sie ging hinter ihm her und hielt ein weiteres Mal inne, als er kurz in das Esszimmer blickte. Dort waren die Möbel mit dicken, schützenden Decken abgedeckt. Schwere Gardinen schützten die Fenster.

»Offenbar hat Pitney nicht viel Gesellschaft gehabt«, bemerkte Artemas trocken.

»Ein wirklich sehr seltsamer Zeitgenosse«, stimmte Madeline zu. »Doch schließlich ist er ein …«

»Lassen Sie es unausgesprochen. Dies ist nicht der geeignete Augenblick, mir Ihre Meinung zu diesem Thema nahe zu legen.«

Sie schwieg.

Gemeinsam sahen sie sich die oberen Stockwerke an. Überall war ein Durcheinander. Kleidungsstücke waren aus den Schränken gezerrt worden, und Schubladen hatte man ihres Inhalts entleert. Truhen lagen aufgerissen und umgekippt.

»Was suchte derjenige?«, fragte Madeline.

»Dasselbe, wonach er auch in Linslades Bibliothek gesucht hat. Das *Buch der Geheimnisse* vielleicht, obwohl mir unbegreiflich ist, wie ein Mann von Verstand an seine Existenz glauben kann.«

Sie hielt inne. »Ich glaubte deutlich zum Ausdruck gebracht zu haben, dass Renwick Deveridge gerade kein von der Vernunft bestimmter Mann war.«

»Richtig, etwas in dieser Richtung hatten Sie erwähnt.« Artemas blickte auf das schmale Treppenhaus am Ende des Flurs. »Wir können genauso gut dort zurückgehen.«

»Und was ist mit dem Keller? Sicher gibt es dort große Vorratsräume«, meinte Madeline, als sie ihm die Hintertreppe hinunter folgte. »Vielleicht hat der Geist, ich meine der Eindringling, vergessen, sie zu durchsuchen.«

»Sicher ist er sehr gründlich vorgegangen, doch können wir einen Blick darauf werfen.«

Im Flur vor der Küche fand Artemas eine Tür, die auf die Treppe in den Keller führte. Er hielt inne, um die Laterne anzuzünden, dann begann er den Abstieg zu einer Reihe von verstaubten Vorratsräumen.

Madeline betrachtete die immer noch versiegelten Kisten und verschlossenen Truhen. »Es scheint, dass sich der Einbrecher mit diesen Räumen nicht abgegeben hat. Vielleicht hat er den Keller gar nicht entdeckt.«

Am Ende der Stufen blieb Artemas stehen und hob die Laterne hoch. »Er war hier.«

Sie blieb hinter ihm stehen. »Wie kommen Sie darauf?«

»Wegen der Fußabdrücke auf dem staubigen Boden. Zwei unterschiedliche Paare.« Er hielt das Licht schräg. »Einer der beiden hört an der Wand auf. Der zweite kehrt zu dieser Treppe zurück. Die beiden Männer sind erst kürzlich hier heruntergekommen, doch nur einer der beiden ist wieder zurückgekehrt.« Madeline blickte auf die Stelle, wo die ersten Fußabdrücke aufhörten. »Man möchte glauben, einer der beiden könne durch Mauern gehen.«

»Hmm.« Artemas trat an die Steinmauer heran und musterte sie eingehend. Dann glitt er mit dem Finger an einer Fuge entlang und drückte vorsichtig dagegen. Ein leises, gedämpftes Quietschen ertönte.

Madeline eilte hinzu. »Ist ein Mechanismus in der Wand versteckt?«

»Ja.«

Als sie neben ihn trat, war ein Stein bereits zur Seite geschwungen und legte ein weiteres schweres Eisenschloss frei. Artemas stellte die Laterne ab und holte seine Dietriche hervor.

»Wir dürfen uns glücklich schätzen, dass Pitney klassische Vanza-Muster und Anfertigungen bevorzugt«, bemerkte er. »Tradition hat durchaus ihre Vorzüge.«

Kurz darauf atmete er befriedigt aus. In der Wand verbargen sich gut geölte Seilwinden und Kabel. Madeline beobachtete fasziniert, wie ein Teil der Mauer zur Seite glitt.

»Noch eine Treppe«, flüsterte sie. »Unter dieser Kammer muss sich eine weitere befinden.«

»Dieser Teil des Hauses ist sehr alt.« Artemas betrachtete die alte Steintreppe, die in die Dunkelheit hinabführte. »Diese Treppe führt dorthin, wo sich seinerzeit ein Kerker befunden haben musste. Dort mag es auch einen Fluchtweg geben. In alten Burgen und Festungen war das recht häufig der Fall.«

Madeline blickte in die tiefe Dunkelheit des Treppenhauses. »Vielleicht hat Herr Pitney ihn benutzt, um dem Eindringling zu entkommen.«

Artemas wirkte nachdenklich. »Ich werde später zurückkehren, um nachzusehen, wohin diese Treppe führt.«

»Nachdem Sie mich nach Hause begleitet haben, wollen Sie sagen? Unsinn.« Sie entdeckte einen kleinen Vorrat an Kerzen auf dem Boden. »Kommen Sie, wir dürfen nicht noch mehr Zeit verschwenden.«

Er betrachtete sie aufmerksam. »Madeline, dieses Mal werde ich wohl sehr bestimmt sein müssen …«

»Sparen Sie sich Ihre Worte, Artemas.« Sie nahm eine Kerze und zündete sie an. »Wenn Sie mich nicht begleiten wollen, werde ich meinen eigenen Weg finden müssen.«

Einen kurzen Moment befürchtete sie seinen Widerspruch. Doch dann hob er mit verbissenem Gesicht die Laterne auf und ging voran.

»Hat man Ihnen gegenüber jemals erwähnt, dass viele Gentlemen Sturheit bei einer Dame als keinen sonderlich anziehenden Wesenszug empfinden?«, erkundigte er sich beiläufig.

Sie zuckte zusammen und bemühte sich, von seinen Worten nicht getroffen zu sein. Doch konnte sie nicht verhehlen, dass sie seine Bemerkung schmerzte. »Da ich mich zurzeit nicht nach einem Ehemann umsehe, erachte ich dies als kein besonders schwerwiegendes Problem. Wie dem auch sei, was die Sturheit betrifft, können wir einander gut das Wasser reichen, Sir.«

»Da muss ich widersprechen. Diese Ehre gebührt Ihnen ganz allein.« Plötzlich brach er ab. »Schauen Sie mal, was haben wir denn hier?«

Er war so abrupt stehen geblieben, dass sie um ein Haar mit ihm zusammengestoßen wäre. Sie hielt auf der Stufe über ihm inne und blickte über seine Schulter. Ein paar Sekunden lang war sie vollkommen sprachlos.

Das Laternenlicht beleuchtete etwas, was auf den ersten Blick als ein enger Korridor erschien, der mit flachen, diamantähnlichen Juwelen verziert war, die wiederum in einem ganz bestimmten, komplizierten Muster angeordnet waren. Sie benötigte eine Weile, um zu erkennen, dass sie durch eine schmale Tür in einen Flur blickte, der auf allen Seiten mit winzigen Fliesen gekachelt war.

»Weshalb sollte sich Pitney die Mühe machen, ein derart filigranes Fliesenwerk hier unten anbringen zu lassen?«, erkundigte sie sich. »Der Mann scheint mir tatsächlich recht absonderlich.«

»Ich denke, diese Aussage können wir nunmehr als richtig abhaken.« Artemas trat die letzte Stufe hinunter und lief die kurze Strecke bis zu dem gekachelten Korridor. »Andererseits erinnern Sie mich immer wieder daran, dass er ein Vanza ist.«

Mit wachsender Verwunderung betrachtete sie den Korridor. Das Laternenlicht fiel auf Tausende von glitzernden Fliesen, die zu seltsamen Mustern verbunden waren, die das Auge irritierten und täuschten. Auf der einen Seite befand sich eine ständig sich wiederholende Folge kleiner Quadrate, die sich bis in die Unendlichkeit zu erstrecken schien. Reihen und Reihen paralleler Linien verschiedener Breite begannen auf der einen Seite und setzten sich erst über der Decke und dann auf der anderen Seite fort. Die Wirkung war verwirrend und ein wenig Schwindel erregend.

Sie betrachtete einen Teil der Mauer, an dem Dreiecke innerhalb weiterer Dreiecke angebracht waren. Sie konnte sich nicht auf das Muster konzentrieren. Den Blick hebend, entdeckte sie eine endlose Anzahl von Kreisen, die den Eindruck vermittelten, als ob sich dort ein Tunneleingang befände. Die Wirkung war so täuschend echt, dass sie mit der Hand die Öffnung berührte. Doch spürte sie unter ihren Fingerspitzen lediglich die kalten Fliesen.

»Das sind Vanza-Muster«, flüsterte sie. »Einige davon habe ich in den alten Büchern gesehen.«

»Ja.« Artemas betrachtete das Muster, das eine große Kammer dort vortäuschte, wo sich eigentlich nur eine flache Wand befand. »Illustrationen aus den alten Texten der Strategie der Illusion. Einige davon habe ich für eine Kulisse in den Vergnügungspavillons verwendet.«

Er ging zum Ende des gekachelten Flurs, bog rechts ab

und verschwand. Es schien, als ob er einfach durch die Mauern hindurch entwichen sei. Der Schein der Laterne war mit ihm zusammen verschwunden. Madeline verfügte nun lediglich noch über die Kerze.

Ein beunruhigendes, bedrohliches Gefühl schien sie wie ein unsichtbares Gewand zu umgeben. Wieder verspürte sie einen kalten Luftzug.

»Artemas?«

Er tauchte am Ende des Flurs mit der Laterne auf. »Es ist ein Labyrinth.«

Sie kräuselte die Nase. »Ausschließlich aus Fliesen mit diesen schrecklichen Mustern geformt?«

»So scheint es.«

»Wie merkwürdig aber auch.«

»Eigentlich«, meinte Artemas bedächtig, »ist es eine recht spitzfindige Art, den geheimen Ausgang und möglicherweise noch ganz andere Dinge zu verstecken.«

Als sie die Bedeutung seiner Worte erfasste, blickte sie zu ihm auf. »Glauben Sie, dass Pitney hier etwas sehr Bemerkenswertes versteckt hat?«

»Was einem Mann von solch ausgeprägter Schrulligkeit wie der Pitneys bemerkenswert erscheint, mag andere überhaupt nicht interessieren«, beschwichtigte Artemas.

»Wohl wahr, doch angesichts der wenigen bisher gesammelten Hinweise sollten wir diesem vielleicht nachgehen.«

»Darin stimme ich mit Ihnen überein. Wir brauchen etwas Schnur.«

»Schnur? Ach ja, natürlich. Um unseren Weg durch das Labyrinth zu markieren. Die werden wir in der Küche finden können.«

Artemas kam in dem schmalen Gang auf sie zu. Er war nur noch einen Schritt von ihr entfernt, als sein Blick an ihr vorbei zu der dunklen Treppe am Eingang des Labyrinths wanderte.

»Verdammt noch eins«, murmelte er.

Plötzlich drehte er die Laterne ganz herunter und löschte ihre Kerze. Sie waren von totaler Dunkelheit umgeben.

»Was ist denn los?« Unwillkürlich begann Madeline zu flüstern.

»Jemand steht auf halber Treppe im Schatten«, erwiderte er sehr leise.

»Pitney?«

»Das kann ich nicht sagen. Sein Gesicht konnte ich nicht erkennen. Kommen Sie.«

Er nahm ihren Arm und zog sie tiefer in das Labyrinth hinein. Sie spürte, wie er sich seinen Weg ertastete. Panik durchflutete sie. Die Vorstellung, sich in einem unbeleuchteten Labyrinth zu verirren, entfesselte eine ganz elementare Angst. Plötzlich fiel ihr das Atmen schwer. Sie ermahnte sich, dass sie immer noch im Besitz der Laterne waren.

Sie spürte erst einen Luftzug, dann hörte sie einen lauten Knall.

»Was war das?«, fragte sie.

»Der Mistkerl hat die Tür oberhalb der Treppe verschlossen«, erwiderte Artemas leise.

Ein gedämpftes Klirren von Eisen auf Eisen ertönte. »Und abgeschlossen hat er sie auch«, fügte er unwirsch hinzu. »Aber das habe ich mir auch verdient. Schließlich habe ich es Ihnen gestattet, mich dazu zu überreden, diesen Ort zu durchsuchen.«

»Ich wette, Eaton Pitney ist dort oben.« Wut erfasste Madeline und verdrängte etwas die Angst, die ihr die Brust einschnürte. »Vermutlich glaubt er, ein paar seiner so genannten Fremden in seinem Labyrinth überrascht zu haben.«

»Er hat tatsächlich ein paar Fremde überrascht.« Artemas wandte sich der Laterne zu. »Uns, um sie beim Namen zu nennen.«

»Vielleicht könnten wir ihn rufen und ihm erklären, dass wir nichts Böses im Schilde führen.«

»Ich möchte bezweifeln, dass er uns durch die dicke Tür hindurch hören kann. Doch selbst wenn, so halte ich es für unwahrscheinlich, ihn davon zu überzeugen, dass wir nichts Böses im Schilde führen. Immerhin hat er uns beim Durchsuchen seines verdammten Kellers überrascht.« Artemas schwieg nachdenklich. »Es ist natürlich durchaus möglich, dass es gar nicht Pitney war, der uns eben hier eingeschlossen hat.«

Sie erstarrte. »Meinen Sie, es könnte der Eindringling gewesen sein, der vor unserer Ankunft das Haus durchsucht hat?«

»Möglich.« Artemas drehte die Öllampe wieder hoch, zog eine Pistole aus der Tasche, überprüfte sie kurz und blickte dann interessiert zur Decke.

Entweder war er von seinem eigenen Spiegelbild auf den Kacheln über ihren Köpfen fasziniert, oder aber er betete um göttlichen Beistand, dachte Madeline. Keiner der beiden Möglichkeiten erschien ihr für ihre unmittelbare Zukunft als sonderlich hilfreich.

»Artemas, ich zögere, darauf hinzuweisen, doch können wir uns hier nicht ewig aufhalten.«

»Wie bitte? Nein, natürlich nicht. Die Köchin wird sich Sorgen machen, wenn wir zum Abendessen nicht zurück sind. Von Ihrer Tante ganz zu schweigen. Das werde ich mir wahrscheinlich auf alle Ewigkeiten vorhalten lassen müssen.«

»Es sind nicht nur die Köchin und meine Tante, die sich Sorgen machen werden.« Sie sah sich unsicher um. »Ich selbst werde es wahrscheinlich auch ein wenig mit der Angst zu tun bekommen, falls wir uns hier sehr lange aufhalten müssen. Ich möchte Sie daran erinnern, dass wir keines von Bernice' Elixieren bei uns tragen.«

»Die dürfen wir das nächste Mal, wenn wir uns in ein Abenteuer stürzen, nicht vergessen.«

Plötzlich musterte sie ihn misstrauisch. »Verdammt, Sir, mir scheint, Sie beginnen sich zu amüsieren.«

»Es erscheint mir nur gerecht, dass ich aus dieser Sache auch etwas Amüsement gewinne.« Er musterte weiterhin die Decke des Durchgangs. »Schließlich waren Sie es, die das Eindringen in Pitneys Haus als recht erheiternd empfunden hat.«

»Hier handelt es sich nicht um ein Spiel, Sir. Was glauben Sie, wie lange der Eindringling die Tür bewachen wird?«

»Ich habe nicht die geringste Ahnung.« Artemas nahm seinen Blick von der Decke und lächelte sie belustigt an. »Noch möchte ich die Antwort herausfinden. Kommen Sie, wir sollten los, sonst werden wir uns noch zum Abendessen verspäten.«

»Was soll das heißen, wohin sollen wir gehen?«

»Dies ist ein Vanza-Labyrinth.«

»Das ist mir bekannt, doch was hat das zu bedeuten?«

»Es wird einen zweiten Ausgang geben«, sagte er, bog um eine Ecke und war verschwunden.

»Artemas, wagen Sie es nicht, mich zu necken.« Sie hob ihre Röcke und eilte ihm hinterher. Im nächsten gekachelten Gang holte sie ihn ein. »Was haben Sie vor?«

»Ich will den zweiten Ausgang finden, was sollte ich sonst vorhaben?«

Sie starrte auf seinen Rücken, während sie ihm um eine weitere Ecke des Labyrinths folgte. »Und wie genau wollen Sie diesen zweiten Ausgang ausfindig machen?«

»Indem ich die Spur verfolge natürlich.«

»Welche Spur denn?« Sie bemühte sich, die unheimlichen, verstörenden Muster an den sie umgebenden Wänden nicht anzusehen. »Artemas, falls dieses eines der seltsamen Vanza-Spiele ist, das Sie mit mir spielen, so muss ich Ihnen sagen, dass es mich nicht im Leisesten erheitert.«

Er blickte sie über die Schulter hinweg an. Mehr als nur

die Andeutung arroganter Zufriedenheit war in seinem Lächeln zu lesen. »Der Weg durch dieses Labyrinth ist deutlich markiert. Jeder, der sich genau umsieht, kann es sehen.«

Sie schaute sich kurz um, sah jedoch lediglich Linien, die sich bis zu einem weit entfernten Horizont und einer weiteren falschen Öffnung in der Wand erstreckten. »Ich kann keinerlei Markierung erkennen.« Er hob eine Hand und deutete auf die Decke. Sie folgte seiner Bewegung. Zuerst sah sie lediglich das flimmernde Muster winziger Kacheln. Als sie sich jedoch konzentrierte, entdeckte sie eine schwache Abzeichnung von Ruß auf der glänzenden Oberfläche einiger der helleren Fliesen.

Der rußige Nachweis musste durch unzählige Kerzen und Öllampen hervorgerufen worden sein, die Eaton Pitney über die Jahre bei seinem Weg durch das Labyrinth benutzt hatte. Ihre Erleichterung war so groß, dass sie Artemas beinahe seine überhebliche Selbstzufriedenheit verziehen hätte. »Sehr aufmerksam von Ihnen, die Markierung zu bemerken«, meinte sie verstimmt.

»Halten Sie sich mit Ihren Lobpreisungen lieber zurück, meine Süße. Sie können nicht ahnen, welche Wirkung sie auf mich ausüben.« Er bog um eine weitere Ecke und betrat einen Gang, der wiederum mit seltsamen Mustern versehen war. »Ich versichere Ihnen, bei Ihren glühenden Worten wird mir schwindelig.«

Sie verzog das Gesicht, was er jedoch nicht bemerkte, denn er hatte ihr den Rücken zugewandt. Sie entschied sich, das Thema zu wechseln. »Der arme Herr Pitney. Offenbar hat er eine Heidenangst vor seinen mysteriösen Fremden, dass er sich so ängstlich verhält. Man stelle sich nur vor, uns hier in diesem albernen Labyrinth einzuschließen. Wenn wir wieder draußen sind, werde ich mit ihm zu reden versuchen.«

»Und was soll das bezwecken?«

»Ich verfüge über einige Erfahrung im Umgang mit den schrulligen Vanza-Freunden meines Vaters. Ich bin davon überzeugt, wenn ich mit Herrn Pitney von Angesicht zu Angesicht sprechen kann, kann ich ihm Vernunft beibringen.«

»Hoffentlich behalten Sie Recht, denn ich selbst hätte Herrn Pitney auch ein paar Fragen zu stellen.« Artemas hielt inne und blickte auf etwas auf dem Fußboden. »Auch hoffe ich, wir werden ihn nicht im metaphysischen Raum aufsuchen müssen, um ihm diese Frage zu stellen.«

Sie blickte auf die getrockneten braunen Flecken auf einigen der blassgelben Fliesen. Ein Schauer fuhr ihr über den Rücken. »Blut?«

Artemas bückte sich, um die Spuren eingehender betrachten zu können. »Ja, und zwar Blutspuren, die erst vor kurzer Zeit getrocknet sind. Was auch immer hier geschehen ist, ist erst vor wenigen Stunden geschehen.« Er richtete sich auf und blickte den Gang hinunter, den sie gekommen waren. »Bis zu diesem Punkt waren keine Flecken auf dem Boden zu sehen gewesen. Entweder ist dies der Ort, an dem das Opfer verletzt wurde, oder aber er wurde an einer anderen Stelle des Labyrinths verletzt und hat es geschafft, die Blutung bis hier unter Kontrolle zu halten.«

Madeline war entsetzt. »Glauben Sie, Herr Pitney hätte auf jemanden geschossen, der es gewagt hatte, sein Labyrinth zu betreten? Das ist nur schwerlich vorstellbar. Er ist als absonderlich bekannt, doch die wenigen Male, die ich ihn persönlich getroffen habe, erschien er mir immer als ein freundlicher, harmloser alter Mann.«

»Freundlich mag er schon sein, doch harmlos ganz gewiss nicht, noch nicht einmal in seinem fortgeschrittenen Alter.«

»Sie müssen diesen Punkt nicht unbedingt weiter ausführen.«

»Wir wissen noch nicht, ob er das Opfer oder aber der

Angreifer war«, meinte Artemas. »Sie werden hier warten, während ich etwas mehr herauszufinden versuche.«

»Aber Artemas ...«

Er diskutierte die Sache nicht weiter, sondern fixierte sie mit einem solch einschüchternden Blick, dass es ihr die Sprache verschlug. Zum ersten Mal offenbarte er ihr diese Seite seines Charakters, und sie empfand sie als recht beängstigend. Sie blinzelte und ermahnte sich, dass sie seine Hilfe gerade wegen seiner Ausbildung erbeten hatte. Sie musste ihn seine Arbeit verrichten lassen.

Offenbar zufrieden, hob Artemas die Pistole auf Taillenhöhe und ging mit lautlosen, gleitenden Schritten voran. Er bog um eine Ecke und war nicht mehr zu sehen.

Mit zitternden Händen zündete sie die Kerze wieder an und lauschte in die Stille. Sie atmete langsam und bewusst und versuchte sich zu beruhigen, wie sie es auch während der Meditationen zu tun pflegte.

Sie hätte nicht sagen können, wann ihr zum ersten Mal ein vager, kaum wahrnehmbarer Duft auffiel. Sie schnupperte und nahm einen leichten, süßlichen Geruch war. Weihrauch. Die Kräuter hätte sie nicht benennen können, doch war sie sich fast sicher, diesen Geruch schon einmal in einem anderen Zusammenhang gerochen zu haben.

Der beißende Geruch verstärkte sich. Sie erinnerte sich an einen bereits lange zurückliegenden Morgen, an dem sie im Türrahmen zu Bernice' Laboratorium gestanden und ihre Tante dabei beobachtet hatte, wie sie Kräuter von der Insel Vanzagara in einem Mörser verarbeitete.

»Womit experimentierst du denn dieses Mal, Tante Bernice?« Fragmente der Antwort ihrer Tante schwirrten ihr durch den Kopf.

»... in kleinen Mengen soll diese Mischung Halluzinationen hervorrufen, in größeren Dosen verabreicht, lässt es sogar sehr unruhige Menschen einschlafen ...«

Einige Sekunden war sie starr vor Schrecken. Dann nahm sie all ihre Willenskraft zusammen und rannte los.

»Artemas, sind Sie da? Etwas Schreckliches ist passiert.«

»Hier entlang«, rief Artemas grimmig »Beeilen Sie sich, folgen Sie einfach der Blutspur. Sie ist deutlich zu erkennen.«

Sie eilte die gewundenen Gänge entlang, wobei sie den schaurigen braunen Flecken auf den Fliesen folgte. Sie bog um die letzte Ecke und fand sich in einer kleinen Kammer wieder, die wie eine winzige Bibliothek ausgestattet war. Es war ein verblüffender Anblick. Ein alter Schreibtisch aus Mahagoniholz, auf dem sich Papiere und ein Notizbuch stapelten, stand in dem Zimmer. Ein ansehnlicher Teppich bedeckte die kalten Steine. Zwei unangezündete Lampen standen hinter einem Stuhl. Drei mit Glastüren versehene Bücherregale waren mit abgenutzten, in Leder gebundenen Büchern voll gestopft und standen an einer Wand, die mit unzähligen Dreiecken innerhalb anderer Dreiecke gemustert war.

Das Arbeitszimmer eines Gentlemans inmitten des Labyrinths. So merkwürdig nun auch wieder nicht, dachte sie, wenn man bedachte, dass es sich bei diesem Gentleman um einen Vanza handelte und diese wiederum zur Schrulligkeit neigten. Dann entdeckte sie Artemas, der hinter dem Tisch kauerte. Sie ging um das riesige Möbelstück herum. Als sie Eaton Pitney sah, stockte ihr der Atem.

Er kauerte zusammengesunken auf dem Boden, wobei sein Rücken gegen den Schreibtisch gelehnt war. Eine kleine Pistole lag neben seinen laschen, blutverschmierten Händen. Er hatte einen etwas unbeholfenen, doch offenbar dennoch erfolgreichen Versuch unternommen, die Wunde an seiner linken Schulter mit seiner Krawatte zu verbinden.

»Herr Pitney.« Sie kniete sich neben ihn und berührte sein Handgelenk. Zwar bewegte er sich nicht, noch öffnete er die Augen, doch ging sein Atem recht regelmäßig. »Gott sei gedankt, er ist noch am Leben.«

»Immerhin beantwortet dies die eine oder andere drängende Frage«, sagte Artemas. »Offenbar war es nicht Pitney, der uns hier eingeschlossen hat.«

Madeline hob ihren Blick von Pitneys kränklich blassem Gesicht. »Vorhin habe ich Weihrauch gerochen. Meiner Ansicht nach handelt es sich dabei um Kräuter, die zunächst Halluzinationen verursachen und dann einschläfern. Jemand versucht ganz bewusst, die Luft in dieser Kammer zu vergiften.«

Er atmete tief ein und schüttelte verneinend den Kopf. »Ich kann nichts Ungewöhnliches riechen.«

»Ich versichere Ihnen, ich verfüge über einen ausgezeichneten Geruchssinn, Sir, und *ich* rieche die einschläfernden Kräuter. Meine Tante hat seinerzeit mit ihnen experimentiert. Wir müssen schnellstens hier heraus.«

Er blickte ihr direkt in die Augen. »Ich will Ihnen nicht widersprechen.«

»Sie müssen den zweiten Ausgang finden, den Sie vorhin erwähnt haben.«

Er blickte zur Decke. »Er wird genau hier sein, im Herzen des Labyrinths.«

»Wie können Sie das wissen?«

»Der Ruß an den Fliesen ist hier am schwärzesten, und es führt keine Rußspur in die andere Richtung. Außerdem ist es durchaus nahe liegend, dass Pitney seinen Fluchtweg in der Nähe seines Arbeitszimmers einrichten würde.«

Er zog ein Messer aus einer Scheide, die er unter seinem Mantel trug, und trat an die nächstliegende Wand. Die Messerspitze ließ er in einen winzigen Spalt zwischen zwei Fliesen gleiten. Doch lediglich die Spitze verschwand darin. Er ging zur nächsten Fuge und versuchte es erneut. Doch nirgendwo gelang es ihm, die Messerspitze tiefer hineingleiten zu lassen. Madeline beobachtete ihn ungeduldig, während er jede Fuge peinlich gründlich abtastete. Als er mit den Wänden fertig war, kniete er sich hin und begann die Fugen des Bodens zu untersuchen. Der Kräutergeruch wurde immer stärker.

»Ich hätte das Messer mitbringen sollen, das mir mein Vater gegeben hat.« Madeline betrachtete etwas unsicher Pitneys Verband. »Zu zweit hätten wir dies viel schneller erledigen können. Beim nächsten Mal werde ich es nicht vergessen.«

»Es schmerzt mich, Ihnen dies sagen zu müssen, Madeline, aber die Tatsache, dass Sie sich im Umgang mit Messern und Pistolen auskennen, könnte sich für manch einen zukünftigen Ehemann als noch abstoßender erweisen als Ihre Sturheit.«

»Falls ich mich jemals wieder nach einem Ehemann umschauen werde, werde ich wohl nach jemandem suchen, der diesen Dingen etwas offener gegenübersteht.«

»Das werden Sie wohl müssen, nicht wahr? Doch wenn er tatsächlich so weltoffen ist, so fürchte ich, fällt er in die Kategorie der Exzentriker. Ihre Meinung über Exzentriker wiederum haben Sie bereits sehr deutlich zum Ausdruck gebracht.« Artemas atmete tief durch und runzelte die Stirn. »Sie haben Recht, was den Weihrauch betrifft. Jetzt rieche ich es auch.«

»Binden Sie sich Ihr breites Krawattentuch vor das Gesicht«, drängte sie ihn. »Das wird die Dämpfe ein wenig abschwächen.«

Während sie sprach, wickelte sie sich ihren leichten Wollschal so um den Kopf, dass er sowohl Mund als auch Nase bedeckte. Die beißenden Kräuter konnte sie zwar immer noch riechen, doch war der Geruch nicht mehr ganz so überwältigend.

Artemas fertigte sich ebenfalls eine Maske an und machte sich weiter an die Arbeit. Er hob den Teppich an und fuhr fort, mit der Spitze seines Messers die schmalen Risse abzutasten. Allmählich begann sich Madeline zu fragen, ob seine Theorie eines zweiten Ausgangs vielleicht ein Irrtum sein mochte. Sie enthielt sich jedoch einer Bemerkung, da sie selbst auch keinen besseren Vorschlag hatte.

Als sie eines der Wandmuster betrachtete, schien es ihr, als ob es sich ganz leicht bewegen würde. Sie blinzelte und versuchte ihren Blick zu klären. Wieder bewegte sich das Muster.

»Artemas, die halluzinierende Wirkung der Kräuter hat bereits eingesetzt. Wir haben nur noch sehr wenig Zeit.«

Kurz unter dem Rand des Teppichs erkundete Artemas zwei weitere Fliesen.

Das Messer sank bis zum Schaft hinein.

»Ich glaube, wir haben unseren Ausgang gefunden.« Artemas steckte das Messer zurück in die Scheide.

Er befühlte den Riss, fand Halt für seine Finger und löste einen der Steine. Madeline hörte das Quietschen der Scharniere. Ein Teil des Bodens öffnete sich und legte einen dunklen Gang frei. Modrige Luft drang durch die Öffnung und blies einige der Papiere vom Schreibtisch. Artemas blickte sie an. »Sind Sie bereit?«

»Ja, aber was wird aus Herrn Pitney? Wir können ihn doch nicht hier zurücklassen.«

»Ich trage Pitney.« Er richtete sich auf und übergab ihr die Laterne. »Sie müssen uns den Weg leuchten.«

Sie nahm die Laterne und betrat den düsteren Durchgang unter dem Boden des Labyrinths. Artemas hob Pitney von dem blutbefleckten Teppich und legte ihn sich über die Schulter. Dann folgte er Madeline in den dunklen Steintunnel. Er hielt noch kurz inne, um den Boden wieder über sich zu schließen.

13. Kapitel

»Die Wunde ist sauber.« Bernice legte letzte Hand an den frischen Verband, den sie um Pitneys schmale Schulter gebunden hatte. »Ich habe keinerlei Anzeichen für eine Infektion erkennen können, Sir. Sie haben großes Glück gehabt.«

»Ich schulde Ihnen tiefsten Dank, gnädige Frau.« Eatons schmales Gesicht verzerrte sich schmerzhaft, doch warf er ihr einen Blick erschöpfter Dankbarkeit zu, bevor er sich wieder in die Kissen zurücksinken ließ. »In meiner Schublade hatte ich ein paar Heilkräuter aufbewahrt, die ich vor meiner Bewusstlosigkeit noch habe auftragen können.«

»Zum Glück standen Ihnen diese zur Verfügung«, meinte Madeline vom Fußende des Bettes aus.

»Mein Arbeitszimmer ist voll solcher Vorräte für den Ernstfall«, erwiderte Pitney. »Zusatzmunition für meine Pistole, Essen, Wasser und Ähnliches. Mir war stets bewusst, dass ich mich eines Tages in mein Labyrinth würde flüchten müssen. Früher oder später mussten die Fremden einfach einen Vorstoß wagen.«

Der alte Mann mochte zwar wunderlich sein, dachte Artemas, doch hatte sich Pitney als ausreichend mutig und einfallsreich erwiesen, um demjenigen, der ihn angeschossen und in das Labyrinth gescheucht hatte, zu entfliehen.

Er musterte Madeline. Die Vorstellung von Mut und Einfallsreichtum ließ ihn unwillkürlich auch an sie denken. Ihr schienen die Strapazen des Labyrinths und des Tunnels, durch den sie entkommen waren, nicht sonderlich zugesetzt zu haben. Bewunderung und Stolz überwältigten ihn.

Nach ihrem Ausflug hatte sie ein Bad genommen und sich ein hellgraues Kleid aus zarter Wolle übergezogen. Ihr Haar war nun wieder sauber in der Mitte gescheitelt und zu beiden Seiten des Kopfes in eleganten Wellen zusammengefasst. Kleine Löckchen baumelten vor ihren Ohren. Wenn sie nicht eine solch sorgenvolle Miene gemacht hätte, hätte man meinen können, sie habe nichts Vergnüglicheres getan, als am Nachmittag einen alten Bekannten aufzusuchen.

Dass sie den Ereignissen des Tages derart abgeklärt begegnen konnte, sagte wiederum sehr viel darüber aus, was sie im letzten Jahr durchgemacht hatte.

Der versteckte Ausgang unter dem Fußboden hatte sie durch einen alten, modrigen Steintunnel geführt. In einer verlassenen Lagerhalle waren sie ans Tageslicht gekommen. Verdreckt und mit Pitney belastet hatten sie einige Schwierigkeiten gehabt, sich eine Kutsche zu mieten. Schließlich jedoch waren sie nach Hause zurückgekehrt. Während ihrer hastigen und unvollständigen Erklärungen hatte sich Bernice Pitneys angenommen. Dank ihrer Pflege war er schließlich wieder erwacht und hatte seine Umgebung wahrgenommen. Er hatte sie sofort erkannt.

»Können Sie uns erzählen, was vorgefallen ist?«, erkundigte sich Artemas.

»Ich fürchte, ich bin nicht mehr ganz so beweglich, wie ich es früher einmal gewesen bin«, erwiderte Pitney. »Der Fremde hat mich überrascht. So etwas wäre mir früher nicht passiert.«

Madeline seufzte leise, was ihr Artemas wiederum nicht verübeln wollte. Pitney zu befragen würde schwierig werden. Der Mann schien offenbar alles auf jene eingebildeten Wesen abwälzen zu wollen, die er selbst erfunden hatte.

Madeline blickte Pitney an. »Wissen Sie denn, um wen es sich bei dem ... äh ... Fremden, der Sie angeschossen hat, gehandelt hat, Sir?«

»Nein. Er trug eine breite Krawatte in der Form einer Maske vor dem Gesicht, und er hatte den Hut bis tief in die Stirn gezogen.«

»Können Sie uns irgendetwas über ihn sagen?«, drängte Madeline weiter. »Damit wir nach ihm Ausschau halten können?«

Pitney runzelte die Stirn. »Von seinen Bewegungen her ein Mann in den besten Jahren. Keinerlei Schwierigkeiten mit Rheuma oder steifen Gelenken, so viel kann ich Ihnen versichern. Er trug einen Spazierstock mit einem goldenen Handgriff mit sich.«

Artemas beobachtete, wie Madelines Hände sich um die Bettpfosten klammerten.

»Einen Spazierstock?«, wiederholte sie behutsam.

»Richtig. Ich erinnere mich, denn ich fand es recht seltsam. Es gehört nicht zu den Dingen, die ein im Vanza ausgebildeter Mann in einer solchen Situation mit sich herumtragen würde.« Pitney hielt inne. »Andererseits muss er von der Straße aus auf das Haus zugekommen sein und wollte sicherlich gut getarnt erscheinen. Der Spazierstock passte zum Rest seiner Kleidung. Dennoch fand ich es ungewöhnlich.«

Madeline wechselte einen Blick mit Artemas, ehe sie sich wieder Pitney zuwandte. »Können Sie uns sonst noch irgendetwas über ihn erzählen, Sir?«

»Ich fürchte nein. Seine Stimme habe ich nicht erkannt, und ich habe ein gutes Ohr für Stimmen. Wie gesagt, er war ein Fremder.«

Artemas trat etwas näher an das Bett heran. »Er hat mit Ihnen gesprochen. Was hat er denn gesagt, guter Mann?«

Pitney riss angesichts des scharfen Tonfalls der Fragen entsetzt die Augen auf. Madeline warf Artemas einen warnenden Blick zu, schüttelte sehr sachte den Kopf und wandte sich dann mit einem besänftigenden Lächeln wieder Pitney zu.

»Herr Hunt ist sehr darauf bedacht, diesen bestimmten Fremden zu identifizieren, Sir. Nicht auszumalen, was er uns angetan hätte, wäre es ihm gelungen, uns mittels des Weihrauchs bewusstlos zu machen. Auch der kleinste Hinweis könnte uns helfen, ihn zu finden.«

Pitney nickte ernst. »Nun, an seine wörtliche Formulierung kann ich mich nicht erinnern. Es hatte etwas damit zu tun, dass ich ihn zu meinen Geheimnissen geführt hätte. Er verlangte den Schlüssel zu meinem Schreibtisch oder irgend so etwas Verrücktes. Natürlich war mir sofort klar, worauf er es abgesehen hatte.«

»Und auf was?«, fragte Artemas.

»Auf meine Aufzeichnungen natürlich.« Pitney blinzelte misstrauisch in Richtung Tür, als ob er sich vergewissern wollte, dass im Flur niemand lauschte. »Seit Jahren schon arbeite ich daran. Jetzt stehe ich kurz vor der Entschlüsselung der Geheimnisse, und *sie* wissen es.«

»Geheimnisse?« Artemas warf Madeline einen Blick zu. »Sprechen Sie möglicherweise vom *Buch der Geheimnisse*? Der Band soll angeblich im letzten Jahr aus den Tempelgärten entwendet worden sein.«

»Nein, nicht doch.« Pitneys Augenbrauen zogen sich unwillig zusammen. »Das *Buch der Geheimnisse* ist nichts weiter als eine Sammlung uralter Rezepte für alchemistische Elixiere und Toniken. Vollkommener Unsinn. *Meine* Nachforschungen jedoch treffen mitten ins Herz des Vanza. Ich suche nach den großen wissenschaftlichen Geheimnissen, die man damals entdeckt hat und die über Jahrhunderte hinweg verschüttet waren.«

Artemas gelang es, ein Stöhnen zu unterdrücken. Den Mann auszufragen war hoffnungslos.

Pitney sah Madeline an. »Ein Jammer mit Ihrer Ehe, meine Liebe. Ich muss gestehen, sehr erleichtert gewesen zu sein, als ich hörte, Deveridge sei in den Flammen umgekommen. Eine ausgezeichnete Lösung eines höchst unglückseligen Problems.«

Artemas runzelte die Stirn. »Kannten Sie Renwick Deveridge?«

»Dem Mann bin ich nie begegnet, doch kurz vor seinem Tod sind mir gewisse Gerüchte zu Ohren gekommen.« Pitney nickte zweimal mit dem Kopf. »Ich hege kaum Zweifel daran, dass es sich bei dem Mann um einen Fremden gehandelt hat. In der Tarnung haben sie sich als sehr geschickt erwiesen.«

Artemas bezwang seine Ungeduld. »Welche Gerüchte sind Ihnen zu Ohren gekommen, Sir?«

Pitney blickte Madeline an. »Kurz bevor Ihr Vater verstarb, hat er einige seiner engsten Bekannten davor gewarnt, falls Deveridge vorbeikommen und Fragen über alte Vanza-Texte stellen sollte, wir uns vom Charme seines Schwiegersohns nicht einnehmen lassen sollten. Mir war sofort klar, dass Reed aufgegangen war, dass er seine Tochter einen Fremden hatte heiraten lassen.«

Artemas zögerte zunächst, doch dann wagte er den Vorstoß. »Linslade ist der Auffassung, Deveridges Geist habe ihm kürzlich einen Besuch abgestattet.«

Pitney schnaubte verächtlich. »Linslade redet doch ständig mit Gespenstern. Der Mann ist verrückt, wie alle Welt weiß.«

Artemas fragte sich, ob man Verrücktheit leichter erkannte, wenn man selbst ein Kandidat für die Irrenanstalt war.

»Halten Sie es für möglich, dass Deveridge die Flammen überlebt hat und nun … äh … in den Diensten der Fremden zurückgekommen ist, um nach den alten Geheimnissen des Vanza zu suchen?«

Pitney schnaubte. »Möchte ich bezweifeln. Madeline hier ist ganz die Tochter ihres Vaters. Die Dame ist kein Dummkopf.«

»Was wollen Sie damit sagen?«

Pitney warf Madeline ein wohlwollendes Lächeln zu. »Drücken wir es mal so aus, ich bin mir ganz sicher, sie hat die Geistesgegenwart besessen und sichergestellt, dass Deveridge mausetot war, bevor das Haus von den Flammen zerstört wurde. Ist dem nicht so, meine Liebe?«

Entsetzen und Betroffenheit leuchteten in Madelines Augen auf. »Sir, Sie überraschen mich. Ich hätte niemals gedacht, dass Sie den schrecklichen Gerüchten Glauben schenken, laut denen ich meinen Mann ermordet habe.«

Bernice stieß einen kurzen, missbilligenden Ton aus. »Gütiger Himmel, Pitney, wie in aller Welt können Sie denn solch niederem Klatsch Ihr Ohr leihen?«

»In der Tat, nichts weiter als aufgebrühte Skandale der übelsten Art.« Pitney zwinkerte Artemas zu. »Ich selbst höre da natürlich gar nicht hin. Wie steht es mit Ihnen, Sir?«

Artemas spürte, wie Madeline ihn mit besorgtem Gesichtsausdruck betrachtete. Er dachte an die endlose Kette von Gerüchten und Bruchstücken von Informationen, die dank Zacharys Augen und Ohren jeden Morgen auf seinem Tisch landeten.

»Ich empfinde gewöhnlichen Klatsch als ausgesprochen langweilig«, erwiderte er.

Er wurde mit einem Ausdruck der Erleichterung belohnt, der über Madelines Gesicht huschte.

Er hatte die Wahrheit gesagt, sagte er sich im Stillen. Lediglich *ungewöhnliche* Gerüchte waren für ihn von Interesse.

Henry Leggett klappte das Notizbuch zusammen und schickte sich an zu gehen. »Wie es scheint, hattet ihr beiden ein richtiges Abenteuer.«

»Das wäre eine Möglichkeit, den Vorfall zu beschreiben«, pflichtete ihm Artemas bei.

»Eaton Pitney kann sich wirklich glücklich schätzen. Die Wunde hätte für ihn tödliche Folgen haben können, selbst nachdem er dem Eindringling entkommen war.«

»Pitney ist zäh.«

»Wohl wahr. Trotzdem war die Sache knapp. Und wenn sie nicht gewesen wäre …« Henry hielt inne. »Ich muss schon sagen, sie ist wirklich eine bewundernswerte Frau.«

Artemas schenkte sich eine Tasse Kaffee nach und trat damit ans Fenster. Er blickte in den Garten hinaus und stellte sich Madeline vor. Das wiederum fiel ihm nicht schwer.

»Ja«, pflichtete er Henry bei. »Ausgesprochen bewundernswert.«

»Und mit einem sehr beeindruckenden Intellekt ausgestattet.«

»Allerdings.«

»Eine willensstarke Frau dazu. Ich muss gestehen, die Unterhaltung mit ihr fand ich sehr anregend.«

»Nun ja, sie kann sehr … anregend sein.«

»Ich habe heute lange mit ihr geplaudert und muss bekennen, dass einem Mann eine solche Frau nur selten über den Weg läuft.«

»Sehr richtig.«

Henry ging auf die Tür zu. »Ich mache mich auf. Es tut mir Leid, dass ich mit keiner weiteren Information über Renwick Deveridge aufwarten konnte, doch werde ich meine Nachforschungen fortsetzen. Heute Nachmittag werde ich wohl einige der Geschäfte aufsuchen, die ungewöhnliche Spazierstöcke in ihrem Sortiment führen. Vielleicht kann ich etwas über den Spazierstock mit dem goldenen Knauf erfahren, den dieser Schurke mit sich herumträgt.«

»Vielen Dank, Henry. Wenn Sie irgendetwas herausfinden sollten, geben Sie mir bitte umgehend Bescheid.«

»Selbstverständlich.« Henry öffnete die Tür. Artemas drehte sich zu ihm um. »Henry?«

»Bitte?«

»Es freut mich, dass Sie Frau Deveridge nunmehr in einem mehr positiven Licht sehen. Ich weiß, dass Sie ihr gegenüber auf Grund der leidigen Gerüchte Vorbehalte hegten.«

Ein paar Sekunden schaute ihn Henry verständnislos an. Dann schien er zu begreifen. »Ich sprach nicht von Frau Deveridge, sondern von ihrer Tante, Fräulein Reed.«

Er trat aus der Tür und schloss sie fest hinter sich zu.

Vier Stunden später arbeitete Artemas immer noch an seinem Schreibtisch, als Bernice die Bibliothek betrat. Er bemerkte ihren entschlossenen Gesichtsausdruck, als er sich höflich zum Gruß erhob.

»Gibt es etwas, was ich für Sie tun kann, gnädige Frau?«

»Ja. Ich möchte mit Ihnen über eine etwas delikate Angelegenheit sprechen.«

Artemas unterdrückte ein Stöhnen. »Bitte, nehmen Sie Platz.«

Sie setzte sich ihm gegenüber an den Schreibtisch und fixierte ihn. »Sicherlich wissen Sie bereits, worüber ich sprechen möchte, Sir.«

Instinktiv suchte er nach einer Möglichkeit, dieser Unterhaltung aus dem Weg zu gehen, denn alles deutete darauf hin, dass sie sich recht unangenehm gestalten würde. Er blickte zur Tür. »Wo ist Madeline?«

»Sie ist oben bei Herrn Pitney. So weit ich weiß, erkundigt sie sich nach seiner Einschätzung bezüglich eines merkwürdigen kleinen Büchleins, das ihr vor kurzem von einem langjährigen Kollegen Wintons aus Spanien zugesandt wurde.«

Offenbar konnte er mit keiner Unterstützung Madelines in dieser Angelegenheit rechnen.

»Verstehe.« Artemas setzte sich. »Da wir gerade von Pitney sprechen, möchte ich Ihnen sagen, dass mich Ihre medizinischen Fähigkeiten sehr beeindruckt haben, Frau Reed. Madeline hat Recht, Sie kennen sich mit Kräutern wirklich ausgezeichnet aus.«

»Danke. Vor einigen Jahren hat Winton ein paar Bücher über Kräuter und Pflanzen der Insel Vanzagara mitgebracht. Ich habe viel Zeit zu deren Studium aufgewandt. Doch das ist es nicht, was ich heute mit Ihnen besprechen möchte.«

»Das hatte ich befürchtet.« Er nahm die Uhr mit dem Siegel vom Schreibtisch und fingerte abwesend damit herum. »Es geht um Madeline, nicht wahr?«

»Ja.«

Er betrachtete das Siegel, dann sah er ihr gerade ins Gesicht. »Sie machen sich wegen meiner Absichten Sorgen?«

Bernice hob die Augenbrauen. »Sie kommen gleich zum Kern der Sache, Sir.«

»Über dieses Thema habe ich selbst auch schon viel nachgedacht.«

Wut flammte in Bernice' lebhaft leuchtenden Augen auf. »Das möchte ich hoffen. Denn schließlich, wenn ein Gentleman eine Dame verführt ...«

Er erstarrte. »Sie hat Ihnen erzählt, ich hätte sie verführt?«

Bernice wischte die Frage mit einer knappen Handbewegung vom Tisch. »Das war nicht mehr vonnöten. Sowie ich sie beide heute beim Frühstück zusammen gesehen habe, war mir klar, dass etwas zwischen Ihnen vorgefallen sein musste. Ich bin mir der Tatsache wohl bewusst, dass mancher Gentleman Witwen als Freibeute betrachtet, doch muss ich zugeben, Sir, dass ich mir niemals hätte träumen lassen, Sie würden meine Nichte auf diese Art und Weise benutzen. Sie müssen wissen, dass sie trotz ihres Witwenstatus nur sehr begrenzt über Erfahrungen mit Männern verfügt.«

»Dessen bin ich mir wohl bewusst«, gab er mit zusammengebissenen Zähnen zurück.

Sie warf ihm einen vielsagenden Blick zu. »Ohne Frage.«

»Einen Moment bitte, gnädige Frau.« Artemas legte das Siegel beiseite, beugte sich vor und faltete die Hände auf dem Schreibtisch. »Ich bin nicht derjenige, den Sie überzeugen müssen. Ihre Nichte ist es, die sich weigert, die nunmehr existierende Situation mit der ihr gebührenden Ernsthaftigkeit zu erwägen. Noch heute Nachmittag, bevor wir in Pitneys Haus gegangen sind, habe ich die Angelegenheit mit ihr zu erörtern versucht, doch wollte sie nichts davon hören.«

»Wenn Ihre Absichten ehrwürdig sind, so ist es an Ihnen, die Führung zu übernehmen.«

»*Meine* Absichten?« Entnervt starrte er sie an. »Sie ist diejenige, die behauptet, es habe sich auf Grund der Vorkommnisse zwischen uns *nichts* geändert. Sie hat sich große Mühe gegeben, dieses zu betonen.«

»Unsinn, alles hat sich verändert. Sie beide haben eine Affäre miteinander.«

»Ihrer Meinung nach ändert das gar nichts. In den Augen der Welt fühlt sie sich heute nach wie vor genauso als die Verruchte Witwe, wie sie es gestern getan hat.«

»Nun ja, diesen Unsinn hat sie mir auch einreden wollen, doch das ist lächerlich. In meiner Familie scheren wir uns wenig um die Meinung, die andere von uns haben. Wir halten uns an die Tatsachen.« Bernice warf ihm einen grimmigen Blick zu. »Und die nackte Tatsache hier ist die, Sir, dass meine Nichte gestern noch eine unschuldige junge Frau war. Heute dagegen ist sie nicht mehr ganz so unschuldig, und das ist ganz allein Ihnen anzulasten.«

»Ich schlage vor, dass Sie ihr das sagen, Frau Reed. Mir jedenfalls wird sie diesbezüglich gewiss kein Gehör schenken.« Seine Augen wurden schmal. »Allmählich gelange ich sogar zu der Überzeugung, dass sie mich für ihre eigenen Zwecke missbraucht.«

Bernice riss die Augen auf. »Sie missbraucht?«

»Richtig. Um diesen verdammten Geist zu finden, der sie

plagt. Sie behandelt mich wie einen Bediensteten, nicht wie einen Liebhaber.«

»Ich verstehe, was Sie sagen wollen.« Bernice kräuselte die Lippen. »Nun, und dann ist da ja noch die Angelegenheit mit Renwicks Geist, nicht wahr?«

Er wartete kurz, doch Bernice versuchte nicht, ihn von seiner Schlussfolgerung abzubringen. Er stand auf und trat ans Fenster. »Ich glaube nicht, dass sie eine gewisse Zuneigung mir gegenüber zugeben würde.«

»Haben Sie sich denn in dieser Richtung bereits erkundigt?«

»Es ist nicht nötig, mich mit einer direkten Frage diesbezüglich zu erkundigen«, entgegnete er leise. »Ihre Nichte hat deutlich klargestellt, dass sie einem jeden Gentleman, der in irgendeiner Verbindung zum Vanza steht, große Vorbehalte gegenüber hegt. Und es lässt sich unmöglich leugnen, dass ich ein Vanza bin.«

Es folgte ein kurzes, angespanntes Schweigen. Dann wandte er sich zu Bernice um. Es überraschte ihn, dass sie ihn nachdenklich betrachtete und dabei mit einem Finger auf die Stuhllehne trommelte.

Er malmte mit den Zähnen.

»Meiner Ansicht nach haben Sie die Situation noch nicht vollständig erfasst, Sir«, sagte Bernice schließlich.

»Tatsächlich? Und was, verdammt, erfasse ich nicht, gnädige Frau?«

»Es sind nicht die Gentlemen des Vanza, die Madeline Sorgen machen.«

»Sie irren sich, sie nimmt jede Gelegenheit wahr, um mich auf die Fehler derer aufmerksam zu machen, die mit dieser Philosophie etwas zu tun haben. In ihren Augen sind die Männer der Vanza-Gemeinschaft allenfalls als schrullige Verrückte zu betrachten – wie beispielsweise Linslade und Pitney –, und schlimmstenfalls sind es gefährliche Schurken.«

»Hören Sie mir zu, Sir. Madeline gibt sich selbst die Schuld, dass sie sich von Renwick Deveridge derart hat blenden lassen. Sie glaubt, wenn sie seinem verführerischen Wesen nicht nachgegeben und ihn geheiratet hätte, wäre ihr Vater heute noch am Leben.«

Artemas erstarrte.

»Es sind nicht die Gentlemen des Vanza, denen sie nicht vertrauen kann.« Bernice holte Luft. »Es sind ihre eigene Urteilskraft und ihre weiblichen Instinkte.«

14. Kapitel

Gemeinsam mit seinem neuen Gefährten trat Oswynn unsicheren Fußes aus der rauchigen Spielhölle. Er versuchte, die auf der Straße wartende Kutsche zu fixieren. Aus irgendeinem Grund war das Fahrzeug kaum zu erkennen, obwohl er das Scharren der Hufe und das Knirschen der Halfter wahrnahm. Er konzentrierte sich, doch der Umriss der Kutsche war für ihn fast unsichtbar. Er hatte gut getrunken an diesem Abend, doch nicht mehr als üblich. Auf jeden Fall kannte er dieses Problem mit den Augen sonst nicht einmal dann, wenn er sturzbetrunken war. Vielleicht war es der leichte Nebel, der die Sicht behinderte.

Er schüttelte kurz den Kopf und klopfte seinem neuen Bekannten auf die Schulter. Der hellblonde Mann gab an, Poet zu sein. Zumindest besaß er die geschmeidige Eleganz und ein schönes Gesicht, die man mit dieser Tätigkeit assoziierte.

Der Poet war auch sehr modebewusst. Seine Krawatte hatte er zu einem sehr komplizierten Knoten gebunden. Sein dunkler Mantel war elegant geschnitten. Sein Spazierstock war ebenfalls sehr ausgefallen. Der goldene Knauf hatte die Form eines bedrohlich wirkenden Vogels.

Der Poet, der eine etwas lebensmüde Langeweile und amüsierte Herablassung den anderen gegenüber gezeigt hatte, verschwendete keine Zeit mit Leuten, die ihn langweilten. Die Tatsache, dass der blonde Mann Interesse an ihm gezeigt hatte, so glaubte Oswynn, musste bedeuten, dass der Poet ihn für einen der wenigen erachtete, als einen Mann nämlich, der lediglich an den ausgefallensten Vergnügungen Gefallen fand.

»Vom Wein und vom Kartenspiel habe ich für heute Abend genug«, verkündete Oswynn. »Ich werde mich wohl zu einem bestimmten Etablissement in der Rose Lane begeben. Möchten Sie mich begleiten?« Er zwinkerte heftig. »Man munkelt, die alte Puffmutter dort würde heute Abend neu eingetroffene Ware vom Land versteigern.«

Der Poet warf ihm einen flüchtigen, über alle Maßen indignierten Blick zu. »Blasse, milchgesichtige Gänse, nehme ich an.«

Oswynn zuckte mit den Schultern. »Ein Gänserich wird wohl auch mit dabei sein«, bemerkte er und kicherte über sein gelungenes Wortspiel. »Frau Bird ist stolz darauf, selbst sehr unterschiedlichen Geschmäckern etwas bieten zu können.«

Der Poet hielt auf dem Trottoir inne und hob leicht genervt eine Augenbraue. »Es überrascht mich, dass ein Mann mit Ihrer Erfahrung sich von einem derartigen Angebot so leicht befriedigen lässt. Welchen Gewinn zieht man denn daraus, mit einer dummen Bauerntochter ins Bett zu steigen, die mit Laudanum fast vollkommen bewusstlos gemacht worden ist?«

»Nun …«

»Und was die Jungs angeht, so habe ich davon Kenntnis, dass Frau Bird sie sich aus den Elendsvierteln holt, wo sie darin ausgebildet wurden, Ihnen die Taschen auszurauben, während Sie sich von ihren Turnübungen erholen.«

Die herablassende Art seines neuen Gefährten war zwar lästig, doch erkannte Oswynn, dass der Poet ein Gentleman mit einem offenbar sehr empfindsamen Gemüt war. Wie allgemein bekannt, waren solche Menschen an den merkwürdigsten Ausschweifungen interessiert. Vermutlich hatte es etwas mit dem Beruf des Schriftstellers zu tun. Die Eskapaden Byrons in den Rotlichtvierteln waren Legende. Oswynn sah sich gezwungen, seine eigenen Vorlieben zu verteidigen. »Ich bevorzuge halt einfach die jüngeren, und Frau Bird hat oftmals die allerzartesten Stückchen im Angebot.«

»Ich für meinen Teil bevorzuge meine Stückchen hellwach und gut geschult.«

Der Poet ging eine Treppe hinunter. »Ich versichere Ihnen, zwischen einem in den erotischen Künsten gut geschulten Mädchen und dem typischen Milchmädchen, das gerade mit einem Gemüsewagen in der Stadt angekommen ist, besteht ein ganz erstaunlicher Unterschied.«

Oswynn beobachtete, wie sein blonder Gefährte auf die wartende Kutsche zuging. »Geschult, sagten Sie?«

»Richtig. Normalerweise wähle ich jene, die in den chinesischen Methoden unterwiesen wurden. Doch gelegentlich, wenn mir nach etwas Abwechslung ist, wähle ich mir ein Mädchen, das man in den ägyptischen Techniken ausgebildet hat.«

Oswynn eilte ihm hinterher. »Diese Mädchen, von denen Sie sprechen, sind sie alle noch recht jung?«

»Selbstverständlich.« Der Poet öffnete die Kutschentür und lächelte einladend. »Für einen gewissen Preis kann man sich ein lebhaftes, unterhaltsames Mädchen kaufen, das nicht nur in den ausgefallensten Künsten unterwiesen worden ist, sondern zusätzlich auch noch Jungfrau ist. Ich für meine Wenigkeit vertrete die Auffassung, dass nichts ein gut geschultes, doch unschuldiges Mädchen schlagen kann.«

Sehr neugierig geworden, legte Oswynn eine Hand auf die Tür. »Sogar *Jungfrauen* werden in diesen ausländischen Praktiken ausgebildet?«

Das bernsteinfarbene Licht der Lampen spiegelte sich in den Augen des Poeten. »Erzählen Sie mir nicht, dass Sie noch niemals die Vergnügungen des Erostempels genossen haben.«

»Bisher leider noch nicht.«

»Dann heiße ich Sie willkommen, mich heute Abend dorthin zu begleiten.« Der Poet schwang sich behände in die Kutsche und nahm auf den dunkelblauen Polstern Platz. »Gerne stelle ich Sie der Besitzerin vor. Neue Kunden akzeptiert sie nur, wenn diese von jemandem empfohlen werden, der ihr Etablissement bereits häufig frequentiert.«

»Sehr freundlich von Ihnen, Sir.« Oswynn taumelte ungeschickt in die Kutsche und ließ sich auf die Polster fallen. Ein paar Sekunden schien sich das Innere der Kutsche um ihn zu drehen.

Der Poet beobachtete ihn vom gegenüberliegenden Sitz aus. »Fühlen Sie sich nicht wohl, mein Herr?«

»Nein, nicht doch.« Oswynn rieb sich die Stirn. »Muss wohl etwas mehr als gewöhnlich getrunken haben. Ich brauche nur etwas frische Luft, dann werde ich mich wie neugeboren fühlen.«

»Ausgezeichnet. Es wäre schade, wenn Sie die ganz besondere Unterhaltung, die ich Ihnen heute Abend vorstellen möchte, verpassen würden. Nur sehr wenige Männer sind überhaupt in der Lage, das Ausgefallene und Seltene zu schätzen.«

»Ich hatte schon seit jeher eine Schwäche für diese Dinge.«

»Tatsächlich?« Des Poeten Gesichtsausdruck blieb zwar höflich, doch schien er das zu bezweifeln.

Oswynn lehnte seinen Kopf gegen das Polster und schloss die Augen, um die sich drehende Kutsche auszublenden. Er versuchte sich an irgendeine seiner vergangenen Eskapaden zu erinnern, um den Poeten damit zu beeindrucken, aber er konnte sich nicht konzentrieren. Obwohl es noch nicht sehr spät war, war er bereits sehr müde. »Vor ein paar Jahren haben ein paar Freunde und ich einen Club gegründet, der sich dem Genuss der ungewöhnlichsten erotischen Abenteuer verschrieben hatte.«

»Von einem solchen Club habe ich gerüchteweise bereits gehört. Abgesehen von Ihnen waren Glenthorpe und Flood ebenfalls Mitglied, nicht wahr? Wenn ich mich richtig erinnere, nannten Sie sich die ›Drei Reitersleute‹.«

Ein ungutes Gefühl beschlich Oswynn. Es gelang ihm, die Augen zu öffnen. »Woher haben Sie von den ›Drei Reitersleuten‹ gehört?« Er hörte selbst, wie er das letzte Wort nur lallend hervorgebracht hatte.

»Nun, hier und da hört man so dieses und jenes.« Der Poet lächelte. »Warum haben Sie Ihren Club aufgelöst?«

Erneut wurde Oswynn etwas mulmig. Er bedauerte bereits, den verdammten Club erwähnt zu haben. Nach den Vorfällen in jener Nacht vor fünf Jahren hatten sie sich alle gegenseitig geschworen, niemals wieder darüber zu reden. Der Tod der Schauspielerin hatte ihnen allen einen Schrecken eingejagt.

Er hatte geglaubt, die Drohung der Frau, ihr Liebhaber würde sie alle eines Tages zerstören, könne ihm nichts mehr anhaben. Zwar stimmte es, dass er in dem ersten Jahr nach dem Vorfall mitten in der Nacht vor Angst schweißgebadet aufgewacht war. Allmählich jedoch hatten sich seine Nerven beruhigt.

Er hatte sich selbst beruhigt, sich sicher zu wähnen. Doch vor drei Monaten hatte er einen Brief mit einem nur allzu vertrauten goldenen Siegel bekommen. Die nächtlichen Angstanfälle waren zurückgekehrt. Seit mehreren Wochen spähte er nun ständig über seine Schulter.

Doch nichts war geschehen, und er hatte die Schlussfolgerung gezogen, die Nachricht mit dem Siegel sei lediglich ein grotesker Scherz seitens Floods oder Glenthorpes gewesen. Es widersprach jeder Vernunft, anzunehmen, der rätselhafte Liebhaber sei zurückgekehrt, um sich zu rächen. Schließlich war sie lediglich Schauspielerin gewesen, eine niedere Person ohne Familie. Der Liebhaber, so es ihn denn überhaupt jemals gegeben haben sollte, war vermutlich ein rücksichtsloser Schurke, der sicherlich schon lange ihren Namen vergessen hatte. Kein Gentleman würde auch nur einen Gedanken an solch ein dummes kleines, zu Tode gekommenes Flittchen verschwenden.

»Die ›Drei Reitersleute‹ sind uns ganz einfach zu langweilig geworden.« Oswynn versuchte, eine abwertende Handbewegung zu machen, doch schienen ihm die Finger nicht gehorchen zu wollen. »Danach habe ich mich interessanteren Dingen zugewendet. Sie wissen schon, wie es so ist.«

»Allerdings.« Der Poet lächelte. »Das ist der Fluch, der auf jenen lastet, deren erhöhte Empfindsamkeiten Ausgefallenes und Exotisches verlangen. Immer wieder suchen wir nach neuen Anregungen.«

»Risch … ich meine richtig.« Oswynn merkte, dass er kaum noch seine Gedanken zusammennehmen konnte. Das Schaukeln der Kutsche berauschte ihn. Er wollte einfach nur noch schlafen. Durch zusammengekniffene Augen betrachtete er den Poeten. »Wohin schagten … ich meine sagten Sie, dass wir fahren?«

Den Poeten schien die Frage über alle Maßen zu amüsieren. Sein Lachen hallte in der Nacht wider. Das Laternenlicht der Kutsche ließ sein Haar golden schimmern.

»In eine andere Hölle natürlich«, erwiderte er.

Das Publikum hielt den Atem an, als der hoch gewachsene, schlanke, silbergraue Mann auf der Bühne die junge Dame auf dem Stuhl ansprach.

»Wann werden Sie aufwachen, Lucinda?«, fragte er bestimmt.

»Wenn das Glöckchen klingelt.« Lucinda sprach mit merkwürdig gleichtöniger Stimme.

Zachary stand, die Hand gegen die Wand gestützt, am hinteren Ende des Raums. Er beugte sich zu Beth hinüber und flüsterte ihr ins Ohr: »Jetzt kommt das Beste, schau nur zu.«

Beth war von der Vorführung vollkommen gebannt, doch warf sie Zachary ein verstohlenes Lächeln zu.

Auf der Bühne wiegte der Magier die Hände vor der vor sich hin starrenden Lucinda. »Werden Sie sich daran erinnern, dass Sie eine Ansprache aus dem *Hamlet* vorgetragen haben, während Sie in Trance waren?«

»Nein.«

Der Magier nahm ein kleines Glöckchen in die Hand und ließ es leise schellen. Lucinda machte eine ruckartige Bewegung und öffnete die Augen. Sie blickte sich leicht verdutzt um. »Was mache ich denn hier auf der Bühne?«, fragte sie. Sie schien tatsächlich überrascht zu sein, sich nunmehr dem Publikum gegenüber zu finden, in deren Reihen sie eben noch gesessen hatte.

Das Publikum klatschte begeistert Beifall. Lucinda errötete und blickte Hilfe suchend auf den Magier.

Der Magier lächelte beschwichtigend. »Sagen Sie uns, Lucinda, lesen Sie häufig Shakespeare?«

»Nein, Sir, nicht seitdem ich nicht mehr zur Schule gehe. Ich lese lieber Gedichte des Lord Byron.«

Das Publikum lachte zustimmend. Ein Mädchen ganz nach seinem Geschmack, dachte Zachary. Er hatte bereits die Hälfte des Buches *The Corsair* gelesen, das Herr Hunt ihm gegeben hatte. Es war just das, was er gerne mochte: jede Menge aufregende Handlung und wagehalsige Abenteuer.

»Haben Sie jemals ein paar Passagen aus dem *Hamlet* auswendig gelernt, Lucinda?«, erkundigte sich der Magier.

»Meine Gouvernante hat mich einige Passagen lernen lassen, doch liegt das lange zurück. Ich kann mich an keine von ihnen erinnern.«

Murmeln und Aufrufe waren im Publikum zu hören. »Das ist allerdings sehr interessant, denn Sie haben uns eben eine ausgezeichnete Darbietung der Passage der ersten Szene des zweiten Aktes dieses Stücks geboten«, verkündete der Magier.

Lucinda riss die Augen auf. »Sagen Sie das nicht, das ist unmöglich. Ich schwöre, ich kann mich an kein einziges Wort erinnern.«

Das Publikum klatschte wieder Beifall, bewundernde Rufe wurden laut. Der Magier machte eine tiefe Verbeugung.

»Das war wirklich verblüffend«, flüsterte Beth Zachary ins Ohr.

Zachary grinste vor Freude. »Wenn dir das gefallen hat, habe ich noch etwas Verblüffendes, was ich dir zeigen könnte.« Er nahm ihren Arm und führte sie aus dem Silbernen Pavillon.

Die Nachtluft war kühl und die Stunde schon spät. Die Massen, die die Vergnügungsgärten besucht hatten, strömten auf die Ausgänge zu. Es war kurz vor Schließung.

»Sicher wirst du mich nach Hause begleiten«, meinte Beth. »Es war ein wirklich schöner Abend.«

»Möchtest du noch das Geisterhaus sehen, bevor wir gehen?«

Beth blinzelte ihn unter ihrem schmucken kleinen Hut hervor an. »Ich dachte, diese bestimmte Attraktion stünde der Öffentlichkeit noch nicht zur Verfügung.«

Zachary lachte. »Ich habe meine Verbindungen und kann arrangieren, dass wir dort hineinkommen.« Er machte eine bedeutungsvolle Pause. »Doch sollte ich dich lieber vorher warnen, dass du ein paar sehr merkwürdige und beängstigende Dinge zu sehen bekommen wirst.«

Beth riss die Augen auf. »Wird dieses Haus denn tatsächlich von Geistern aufgesucht?«

»Kein Grund zur Angst«, versicherte er ihr. »Ich passe schon auf dich auf.«

Sie kicherte, und Zacharys Zugriff wurde etwas fester. Es gefiel ihm, wenn sie kicherte. Der witzige Strohhut bildete einen hübschen Rahmen für ihre blauen Augen, dachte er. Beth besaß durchweg sehr ansehnliche Hüte und Kappen, was sicherlich eine der Vorzüge ihrer Tätigkeit in einem Hutladen war.

Er wusste, dass sie ihn mochte. Heute war das dritte Mal, dass er sie zu einem Abend in die Vergnügungspavillons eingeladen hatte, und sie hatte die Einladung sehr bereitwillig angenommen. Einer der Vorzüge wiederum seiner Arbeit war es, dass er seine Freunde umsonst in die Gärten mitnehmen konnte.

Heute Nacht hatte er ein sehr zuversichtliches Gefühl. Mit etwas Glück und guter Planung hoffte er, Beth mit einem Kuss zu überraschen. Sein Plan hing ganz von der Wirksamkeit des Gespenstes ab, das er noch am Nachmittag in der Geistervilla aufgehängt hatte. Wenn der Plan funktionierte, würde Beth laut aufschreien und sich in seine Arme werfen.

»Die Vorführung des Magiers hat mir sehr gut gefallen«, meinte Beth, während sie ihn beim Öffnen des Tores beobachtete, das diesen Teil des Gartens abtrennte. »Würdest du dich denn zur Verfügung stellen, um dich in Trance versetzen zu lassen?«

»Kein Magier könnte mich in Trance versetzen.« Zachary ließ kurz von ihrem Arm ab, um das Tor wieder zu verschließen und die Laterne anzuzünden. »Dazu ist mein Wille viel zu stark.«

»Zu stark, tatsächlich?«

»Aber ja.« Er hielt die Laterne so, dass sie den finsteren Weg beleuchtete. »Ich studiere eine geheime Philosophie, die der Konzentration des Geistes große Bedeutung beimisst.«

»Eine geheime Philosophie, wie aufregend.«

Er freute sich über ihr Interesse. »Körperliche Übungen sind ebenfalls berücksichtigt. Ich lerne alle möglichen schlauen Kniffe, wie man sich selbst vor Straßenräubern und Halunken schützen kann.«

»Das ist alles sehr spannend, und ich bin mir sicher, dass du einen viel zu starken Willen hast, als dass man dich in Trance versetzen könnte. Doch wirst auch du zugeben müssen, dass die Vorführung heute Abend sehr beeindruckend war. Stell dir doch nur einmal vor, eine ganze Passage aus einem Stück zu rezitieren und sich hinterher nicht mehr daran erinnern zu können.«

»Das war allerdings verblüffend«, pflichtete er ihr bei. Seiner Meinung nach hatte aller Wahrscheinlichkeit nach der Magier Lucinda eine stattliche Summe dafür bezahlt, um diese Passage aus dem *Hamlet* auswendig zu lernen. Doch würde es ihm niemals einfallen, die Wahrhaftigkeit der Trance in Frage zu stellen. Keiner bewunderte ein solch schlaues Konzept mehr als er selbst. Außerdem wusste er, dass Herr Hunt mit den Massen, die des Magiers wegen die Vergnügungsgärten aufsuchten, recht zufrieden war.

Er führte Beth um die Ecke und blieb stehen. Dann hob er die Laterne, damit sie das im Nebel liegende Geisterhaus betrachten konnte.

Ihre Augen weiteten sich vor Aufregung und Spannung. »Mein Gott, es ist ein beängstigender Ort. Es ähnelt auf das Haar einer Burg aus meinem neuen Buch.«

»Die Ruine?«

»Genau. Es ist eine wunderbare Geschichte. Hast du sie schon gelesen?«

»Ich für meinen Teil ziehe Byron vor.«

Er half ihr die Treppe hoch und blieb vor einer schweren Tür stehen. Die Scharniere quietschten angemessen unheimlich. Langsam öffnete sich die Tür und offenbarte eine bedrohliche Dunkelheit.

Beth zögerte, über die Schwelle zu treten, und starrte in die Dunkelheit. »Ist es wirklich sicher, das Haus zu betreten?«

»Es gibt nichts, wovor man Angst haben müsste.« Er drehte die Laterne so, dass sie einen schwachen Strahl in das Zimmer warf. »Ich bin bei dir.«

»Gott sei Dank.« Beth trat vorsichtig in das Zimmer.

Zachary bereitete sich auf ihren Aufschrei vor. Er würde unmittelbar hinter ihr stehen, um sie aufzufangen, wenn ihr Blick auf das Gespenst fiel.

Beth blieb stehen. Vor Schreck verschlug es ihr den Atem. Doch sie gab keinen damenhaft zaghaften Laut von sich, sondern schrie wie am Spieß. Das hohe, schrille Kreischen des Entsetzens hallte durch die Villa. Zachary setzte die Laterne ab und schlug die Hände über die Ohren.

»Was in aller Welt ...« Gepeinigt verzog er das Gesicht. »Es ist doch kein wirkliches Gespenst.«

Doch Beth hörte ihn nicht. Sie fuhr herum. In dem schummrigen Licht sah er ihre Augen. Mitnichten warf sie sich in seine Arme, wie er es sich ausgemalt hatte. Sie schubste ihn ruppig aus dem Weg und rannte zur Tür. Er hielt sie am Arm fest, um sie zu beschwichtigen.

»Beth, warte doch! Es ist doch nur ein altes Laken!«

»Geh mir aus dem Weg!«

»Es kann dir nichts zu Leide tun.« Er versuchte sie zu beruhigen, als sie sich in ihn verkrallte.

»Es ist grausam! Wie konntest du so etwas tun? Lass mich hier heraus!« Sie kämpfte jetzt gegen ihn. *»Lass mich raus!«*

Da er sich keinen Rat wusste, ließ Zachary sie los. »Beth, um Himmels willen, du musst doch nicht immer noch schreien. Ich schwöre, es ist nur ein Laken.« Doch Beth war bereits draußen und rannte die Treppe hinunter auf den Pfad zu. Sie verschwand um eine Biegung des dunklen Weges, der zurück zu den Vergnügungspavillons führte.

So viel zu seinem großen Plan, dachte Zachary bedrückt. Vielleicht sollte er bei Gelegenheit Herrn Hunt zum Thema Frauen befragen. Offenbar hatte er guten Rat nötig. Über die vergangenen drei Jahre hinweg hatte er Herrn Hunts Meinung zu sehr unterschiedlichen Problemen schätzen gelernt.

Er drehte sich um, um nachzusehen, weshalb sein Gespenst nicht die erwünschte Wirkung gehabt hatte. Jetzt erst sah er, was Beth eben so in Panik versetzt hatte.

Das Gespenst, das er an den Bohlen angebracht hatte, zitterte wohl unheimlich im Luftzug der geöffneten Tür. Aber es waren nicht die leeren, ausgeschnittenen Augenhöhlen, die ihn aus der Nische des steinernen Treppenhauses blind anstarrten. Das Blut hatte etwas sehr Wirkungsvolles. Er war sich jedoch ganz sicher, sein Gespenst nicht in Blut getränkt zu haben. Und kein zweites auf den Boden drapiert zu haben.

15. Kapitel

Die Flammenglut in der hinteren Halle loderte nun noch heftiger. Ein schrecklicher Lärm begleitete das herannahende Feuer wie die Geräusche eines riesigen Untiers, das sich an seiner frisch erlegten Beute labt. Ihr blieb nur noch sehr wenig Zeit. Sie hob den blutigen Schlüssel auf und fummelte ihn in das Schloss des Schlafzimmers. Sie sah etwas Goldenes aufflackern. Sie betrachtete es genauer und erblickte Renwicks Spazierstock neben seinem Körper auf dem Teppich. Sie zwang sich, sich darauf zu konzentrieren, den blutverschmierten Schlüssel in das Schloss zu stecken. Zu ihrem Entsetzen entglitt er ihren zitternden Händen. Sie glaubte, Renwick lachen zu hören, als sie sich bückte, um ihn aufzuheben. Als sie jedoch zu ihm hinübersah, war er immer noch tot. Sie hob den Schlüssel auf und versuchte, ihn erneut ins Schloss zu stecken.

Ein zweites Mal entglitt er ihren Händen. Über alle Maßen frustriert und entsetzt, starrte sie auf ihn hinunter. Sie musste die verschlossene Tür öffnen.

Aus dem Augenwinkel heraus sah sie, wie sich Renwicks Hand bewegte. Schreckensstarr beobachtete sie, wie seine toten Finger sich nach dem Schlüssel ausstreckten …

Wie nach diesem Traum üblich, wachte sie ruckartig und in kaltem Schweiß gebadet auf. Wie sonst auch fand sie sich zunächst nicht zurecht. Sie schob die Bettdecke beiseite, zündete eine Kerze an und blickte auf die Uhr. Es war Viertel nach eins am Morgen. Zum zweiten Mal, seit sie unter Artemas' Dach wohnten, hatte sie zwei volle Stunden geschlafen, ehe der Traum gekommen war. Offenbar holte sie den so sehr benötigten Schlaf hier nach.

Nur zu gut aber wusste sie, dass sie sich den Versuch ersparen konnte, jetzt erneut Schlaf zu finden. Aller Wahrscheinlichkeit nach würde sie bis zum Morgengrauen wach bleiben. Als sie nach ihrem Morgenmantel griff, fiel ihr Blick auf das schmale Bändchen auf dem Sekretär.

Frustration durchfuhr sie. Um sich selbst zu beruhigen, hatte sie es Eaton Pitney gezeigt. Er hatte es recht interessiert durchgesehen, sich jedoch als ratlos geschlagen gegeben.

Dennoch hatte er sie in einer sie bedrängenden Frage zu beruhigen versucht.

»Ich weiß, dass Sie meine Vermutung belustigen wird, Sir«, hatte sie gesagt, »doch da Sie ein Experte in allen Fragen der Vanza-Lehre sind, muss ich Sie um Ihre Meinung bitten. Ist es möglich, dass dieses kleine Büchlein das *Buch der Geheimnisse* ist? Ist dies der Band, der Gerüchten zufolge vor einigen Monaten zunächst gestohlen und dann von einem Feuer zerstört wurde?«

»Nein, das ist unmöglich«, hatte er ihr im Brustton der Überzeugung geantwortet. »Vom *Buch der Geheimnisse*, sollte es jemals existiert haben, sagt man, es sei ausschließlich in der alten Sprache des Vanzagara und nicht in einem Mischmasch von Griechisch und ägyptischen Hieroglyphen geschrieben worden, so wie es bei diesem Buch der Fall ist.«

Pitneys Einschätzung hatte sie zwar sehr erleichtert, aber aus einem unerfindlichen Grund nicht befriedigen können. Sie schlüpfte in ihre Hausschuhe, nahm die Kerze und wandte sich beherzt der Tür zu. Wenn sie schon nicht wieder einschlafen würde, so konnte sie sich auch gleich etwas aus der Küche zu essen holen. Ein wenig Käse oder etwas des übrig gebliebenen Teegebäcks würden die Traumbilder vielleicht verbannen können.

Ihre Finger streiften den Schlüssel, der in dem Türschloss steckte, als sie den Türknauf drehte. Bei der Berührung des kalten Eisens zögerte sie, denn wieder hatte sie den blutigen Schlüssel aus ihrem Traum vor Augen.

Sie verdrängte diese Bilder, atmete einmal tief durch und eilte in den Flur hinaus. Leise ging sie die Treppe hinunter und betrat die dunkle Küche. Sie stellte die Kerze auf dem Tisch ab und begann nach etwas Essbarem zu suchen. Sie spürte seine Anwesenheit in ihrem Rücken in der Sekunde, als sie gerade den restlichen Apfelkuchen entdeckt hatte. Erschrocken ließ sie den Kuchen auf den Teller zurückfallen und fuhr herum.

Artemas stand, die Hände tief in den Taschen seines schwarzen Seidenmorgenrocks vergraben, in der Tür. Sein dunkles Haar war höchst ansehnlich verwuschelt.

»Reicht es auch für zwei?«, erkundigte er sich.

Es war offensichtlich, dass er gerade aus dem Bett gekommen war. Sein entspannter, warmer Gesichtsausdruck signalisierte ihr, dass er dasselbe soeben an ihr feststellte. Erinnerungen an das leidenschaftliche Zwischenspiel in seiner Bibliothek überfluteten sie. Dieser Mann kannte sie wie kein anderer. Die sinnliche Vertrautheit des Augenblicks ließ sie erstarren.

Sie räusperte sich. »Ja, natürlich.« Sie musste ihre ganze Willenskraft zusammennehmen, um das Messer aufzuheben.

»Konnten Sie wegen des Abenteuers in Pitneys Labyrinth nicht schlafen?«, fragte er beiläufig, als er sich an den Tisch setzte.

»Nein, ich bin von einem Traum aufgewacht. Ein Traum, den ich schon oft seit …« Sie brach ab. »Ein Traum, den ich häufig träume.«

Er musterte sie aufmerksam, während sie den Kuchen schnitt und ihn auf zwei Teller verteilte. »Ihre Tante befand es für nötig, mich heute Nachmittag in meiner Bibliothek zur Rede zu stellen.«

»Du lieber Himmel.« Stirnrunzelnd nahm sie ihm gegenüber Platz und reichte ihm eine Gabel. »Warum in aller Welt hat sie das getan?«

Artemas stieß die Gabel in ein saftiges Stück Apfel. »Sie hat deutlich zum Ausdruck gebracht, sie sei sich der Tatsache bewusst, dass ich Sie Ihrer Unschuld beraubt habe.«

Madeline rang nach Luft und verschluckte sich prompt an dem Kuchenbissen, den sie sich gerade in den Mund gesteckt hatte.

»Meiner Unschuld beraubt?«, röchelte sie.

»Richtig. Ich habe sie darauf hingewiesen, Sie Ihrerseits seien der Auffassung, es habe sich dadurch rein gar nichts geändert. Ich habe Ihren Gedankengang zitiert, demnach Ihre Stellung als Verruchte Witwe ... und so weiter. Doch schien sie mit dieser Argumentation nicht zufrieden.«

»Gütiger Himmel.« Madeline hüstelte erneut, atmete tief durch und starrte Artemas an. Sie war unfähig zu irgendeiner intelligenten oder schlauen Bemerkung.

»Gütiger Himmel.«

»Natürlich sorgt sie sich, ich hätte die Situation ausgenutzt.«

»Aber nichts dergleichen haben Sie getan, Sir.« Sie stieß die Gabel in den Kuchen. »Es ist ja nun nicht so, dass ich ein Mädchen frisch von der Schulbank bin. In den Augen der Welt hat sich nichts ...«

Er brachte sie mit einer Handbewegung zum Schweigen. »Ich wäre Ihnen sehr verbunden, wenn Sie es nicht aussprechen würden. Am heutigen Tage habe ich diese Worte bereits zu häufig zu Ohren bekommen.«

»Aber sie entsprechen doch ganz und gar der Wahrheit, wie Sie als auch ich sehr wohl wissen. *Nichts hat sich geändert.*«

Seine Augen glitzerten unergründlich. »Sie dürfen natürlich für sich selbst sprechen, gnädige Frau. Doch nehmen Sie sich nicht heraus, dasselbe für mich zu tun.«

Sie warf ihm einen ungeduldigen Blick zu. »Sie machen sich über mich lustig, Sir.«

»Nein, Madeline, ich mache mich nicht über Sie lustig.« Er verzehrte noch eine Ecke des Kuchens. »Für mich haben sich die Dinge verändert.«

»Gütiger Himmel.« Sie riss die Augen auf. »Sie fühlen sich von Schuldgefühlen belastet, nicht wahr? Sie fühlen sich Ihrer Ehre verpflichtet, weil Sie herausgefunden haben, dass ich noch Jungfrau war. Ich versichere Ihnen, Sir, Sie müssen sich deswegen keinerlei Gedanken machen.«

»Es ist nicht an Ihnen, mir die feineren Aspekte meines Ehrempfindens darzulegen.«

»Verdammt auch, Sir, wenn Sie auch nur daran denken, etwas so Verrücktes zu tun, wie mir die Ehe anzutragen nur wegen dieses ... dieses Vorkommnisses auf dem Sofa, sollten Sie es sofort vergessen.« Entsetzt stellte sie fest, dass ihre Stimme schrill wie die eines Waschweibes geworden war, doch konnte sie sich nicht zurückhalten. »Ich war bereits einmal verheiratet, weil ein Mann mich zu seinen eigenen Zwecken hat benutzen wollen. Ganz sicher aber werde ich nicht ein zweites Mal aus diesem Grunde in die Ehe einwilligen.«

Sehr langsam legte er die Gabel ab und sah sie mit gefährlich funkelnden Augen an. »Glauben Sie denn, dass eine Ehe mit mir Ihrer ersten Ehe in irgendeiner Weise ähnlich wäre? Dass ein Vanza-Ehemann ist wie der andere? Ist es das, was Sie befürchten?«

Sie hätte alles darum gegeben, sich jetzt in Luft auflösen zu können. Stattdessen jedoch errötete sie tief, denn ihr wurde bewusst, dass er sie missverstanden hatte. »Lieber Himmel, natürlich nicht. Zwischen Ihnen und Renwick Deveridge bestehen keinerlei Ähnlichkeiten. Das wollte ich nicht damit angedeutet haben, und ich denke, das wissen Sie auch.«

»Was ist es dann genau, was Sie haben sagen wollen, gnädige Frau?«

Sie umklammerte die Gabel und rammte sie erneut in den Kuchen. »Ich will damit sagen, dass ich nicht die Absicht habe, die Ehe einzugehen, nur damit Sie irgendeinen lächerlichen Ehrenkodex einhalten können.«

»Sie erachten Ehre also nicht als einen stimmigen Grund für die Ehe?«

»Unter bestimmten Umständen ist sie sicherlich ein ausreichender Grund«, erwiderte sie brüsk. »Doch nicht in unserem Fall. Selbst wenn ich mich wiederholen sollte, so hat sich nichts …«

»Wenn Sie es aussprechen, kann ich für meine Handlungen nicht verantwortlich gemacht werden.«

Sie knurrte unwillig.

Sein Ton wurde nachgiebiger. »Vielleicht sollten wir ganz einfach das Thema wechseln. Erzählen Sie mir doch von dem Traum, der Sie heute Nacht aus dem Schlaf geschreckt hat.«

Ein Schauer fuhr ihr über den Rücken. Über den ständig wiederkehrenden Albtraum wollte sie wirklich nicht sprechen. Andererseits bot es ihr eine Alternative zum noch verstörenderen Thema einer Hochzeit.

»Ein- oder zweimal habe ich versucht, ihn Bernice zu erzählen, doch bin ich zu der Erkenntnis gelangt, dass das Reden darüber ihn nur umso lebendiger werden lässt«, sagte sie unentschlossen.

»Wie lange leiden Sie bereits unter solchen Träumen?«

Sie zögerte, doch schien es ihr nicht abträglich, ihm ein Teil der Wahrheit zu erzählen. »Seit kurz nach dem Tod meines Vaters.«

»Verstehe. Kommt Ihr Vater in dem Traum vor?« Die Frage überraschte sie. »Nein, es ist mein …«

»Ihr Ehemann«, beendete er den Satz an ihrer Stelle.

»Ja.«

»Diesen Traum also hatten Sie während des vergangenen Jahres häufig. Hat er denn mit der Zeit an Eindringlichkeit verloren?«

Sie legte die Gabel ab und blickte ihm über den Tisch hinweg in die Augen. »Nein.«

»Was also riskieren Sie, wenn Sie ihn mir beschreiben?«

»Weshalb wollen Sie die Einzelheiten eines besonders unangenehmen Albtraums erfahren?«

»Weil wir ein Geheimnis zu entlarven versuchen. Ihr Traum könnte ein paar Hinweise enthalten.«

Sie musterte ihn verblüfft. »Ich sehe nicht, wie das möglich sein könnte.«

»Träume vermitteln häufig Botschaften«, erwiderte er ruhig. »Vielleicht können wir von Ihrem Traum etwas lernen. Schließlich suchen wir nach einem Mann, der als Geist Renwick Deveridges in Erscheinung tritt. Und Renwick Deveridge, wie Sie mir sagen, kommt in Ihrem Traum vor. Es mag sich lohnen, einige der Details genau zu hinterfragen.«

Sie zögerte erneut. »Mir ist bewusst, dass die Lehre des Vanza Träume für sehr wichtig hält, doch meiner Meinung nach kann man die Dinge, die in Träumen geschehen, nicht wirklich erklären.«

Er zuckte mit den Schultern. »Versuchen Sie nichts zu erklären, beschreiben Sie es lediglich. Gehen Sie mit mir durch den Traum, so wie Sie ihn immer träumen.«

Sie schob den Kuchen beiseite und verschränkte die Arme auf dem Tisch. Gab es irgendwelche versteckten Hinweise in ihren Albträumen? Es stimmte, dass sie ihre Träume niemals genau untersucht hatte. Sie hatte sie lediglich vergessen und sich nicht in allen schrecklichen Einzelheiten an sie erinnern wollen.

»Es beginnt immer am selben Ort. Ich stehe gebückt vor

der Tür eines Schlafzimmers. Ich bin mir bewusst, dass es im Haus brennt. Ich weiß, dass ich in die Kammer gelangen muss, doch ist die Tür verschlossen. Ich habe keinen Schlüssel, also versuche ich es mit einer Haarnadel.«

»Fahren Sie fort«, ermutigte er sie leise.

Sie atmete tief durch. »Ich sehe Renwicks Leiche auf dem Teppich. Der Schlüssel für das Schlafzimmer liegt neben ihm. Ich hebe den Schlüssel auf und versuche, damit die Tür zu öffnen. Doch der Schlüssel ist nass und entgleitet meinen Fingern.«

»Warum ist der Schlüssel nass?«

Sie sah zu ihm auf. »Er ist mit Blut verschmiert.«

Einen Moment schwieg er, doch blieben seine Augen auf sie gerichtet. »Fahren Sie fort.«

»Jedes Mal, wenn ich den Schlüssel in das Schloss zu stecken versuche, höre ich Renwick lachen.«

»Lieber Himmel.«

»Es ist ... sehr beunruhigend. Der Schlüssel entgleitet meiner Hand. Ich drehe mich zu Renwick um, doch er ist nach wie vor mausetot. Ich bücke mich, hebe den Schlüssel auf und versuche erneut, die Tür aufzuschließen.«

»Endet damit der Traum?«

»Ja, und es ist immer dasselbe.« Sie war sich bewusst, dass dies bei ihrem letzten Albtraum nicht zutraf. Renwicks tote Finger hatten sich nach dem Schlüssel ausgestreckt. Das war neu.

»Erzählen Sie mir alles, was Sie in dem Flur sehen können.« Artemas schob seinen Teller von sich und streckte seine Hände über den Tisch, um ihre damit zu umfassen. »Jede Kleinigkeit.«

»Wie gesagt, ich sehe Renwicks Leiche.«

»Welche Kleidung trägt er?«

Sie runzelte die Stirn. »Ich kann mich nicht entsinnen ...

nein, warten Sie, an einige Dinge kann ich mich erinnern. Er trägt ein weißes, blutverschmiertes Hemd. Hosen. Stiefel. Das Hemd muss wohl teilweise aufgeknöpft sein, denn ich erinnere mich an die Tätowierung der Blume des Vanza auf seiner Brust.«

»Was können Sie sonst noch sehen?«

Sie zwang sich, die Szenen ihres Traums noch einmal durchzugehen. »Seinen Spazierstock. Er liegt neben ihm auf dem Boden. Mir fällt sein goldener Knauf auf.«

»Trägt er eine Weste oder eine Krawatte?«

»Nein.«

»Weder Mantel, Hut noch Krawatte, und doch trägt er einen Spazierstock.«

»Er war ihm wichtig, weil er ein Geschenk seines Vaters war.«

»Ja«, meinte Artemas nachdenklich. »Sehen Sie irgendwelche Möbel im Flur?«

»Möbel?«

»Einen Tisch, einen Stuhl oder einen Kerzenhalter vielleicht? Wandkerzen?«

Warum nur wollte er diese Art von Details erfahren, fragte sie sich. »Es steht ein kleiner Tisch dort, auf dem ein silberner Kerzenleuchter steht, den mir Bernice an meinem Hochzeitstag geschenkt hat.«

»Interessant. Sehen Sie irgendwelche ...« Plötzlich brach er ab, denn es klopfte laut an der Küchentür.

Madeline zuckte bei dem unerwarteten Geräusch zusammen und wandte sich der verschlossenen Tür zu.

»Eine Milchmagd oder ein Fischverkäufer«, meinte Artemas freundlich.

»Dafür ist es zu früh«, flüsterte sie. »Die Sonne geht noch lange nicht auf.«

»Ein Eindringling, der sowohl dem Wachmann als auch dem Hund entwischt ist, wird sich wohl kaum die Mühe machen zu klopfen.« Artemas stand auf und ging zur Tür. Die Hand am Schloss, hielt er inne. »Wer ist da?«

»Ich bin es, Zachary, Sir.« Die gedämpfte Stimme schien es sehr eilig zu haben. »Ich muss Ihnen etwas erzählen. Es ist sehr wichtig.«

Madeline beobachtete, wie Artemas aufschloss und die schwere Holztür öffnete. Zachary stand mit blassem, ernstem Gesicht auf der Treppe.

»Gott sei Dank sind Sie zu Hause, Sir. Ich dachte schon, Sie wären in einem Ihrer Clubs, und ich müsste Zeit verlieren, Sie zu suchen.«

»Was ist denn los?«, erkundigte sich Artemas. »Es ist eine Leiche, Sir. Im Geisterhaus.«

»Zachary, wenn dies wieder einer Ihrer ausgefallenen Scherze ist, so möchte ich Sie gleich warnen, dass ich dazu nicht aufgelegt bin.«

»Es ist kein Scherz, Sir.« Zachary wischte sich mit dem Ärmel den Schweiß von der Stirn. »Ich schwöre, im Geisterhaus liegt eine Leiche. Und dann gibt es da noch etwas.«

»Was noch?«

»Eine Nachricht, Sir. Sie ist an Sie adressiert.«

Die Vergnügungspavillons hatten kurz nach Mitternacht geschlossen, wie an Wochenenden üblich, wenn es weder eine Sonderveranstaltung noch einen Maskenball gab. Artemas blickte auf die Uhr, als er durch den dunklen Garten auf das Geisterhaus zuging. Im Schein von Zacharys Laterne konnte er erkennen, dass es kurz vor zwei Uhr morgens war. »Sind Sie sicher, dass der Mann tot und nicht betrunken oder krank ist?«

Zachary fuhr sichtlich ein Schauer über den Rücken. »Glauben Sie mir, Sir, er ist mausetot. Er hat mir einen Riesenschrecken versetzt, so viel kann ich Ihnen versichern. Hätte glatt an Gespenster glauben können, als ich ihn sah.«

»Und die Nachricht? Wo ist sie?«

»Sie ist an seinem Mantel festgesteckt. Ich habe sie nicht angefasst.«

Außerhalb der Öffnungszeiten boten die Vergnügungsgärten ein vollkommen anderes Bild. Ohne die glitzernden Reflexe Hunderter bunter Laternen, die die Wege beleuchteten, lag alles in tiefen Schatten. Der leichte Nebel verstärkte noch die düstere Nacht. Die Pavillons wirkten unheimlich, ihre Fenster dunkel und undurchdringlich.

Artemas hielt an dem Schlagbaum an, der die Besucher von dem noch nicht fertig gestellten Geisterhaus fern hielt. Zachary hielt die Laterne höher, damit er das Tor aufschließen konnte.

Auf der anderen Seite eilten sie den gewundenen Weg bis zum Geisterhaus entlang. Als sie die Tür erreicht hatten, zögerte Zachary.

»Geben Sie mir die Laterne.« Artemas nahm sie ihm ab. »Es besteht kein Grund, dass wir beide hineingehen.«

»Ich habe keine Angst vor einem toten Mann«, beharrte Zachary. »Ich habe ihn bereits gesehen.«

»Ich weiß. Mir wäre es aber trotzdem lieber, wenn Sie hier draußen blieben und aufpassten.«

Zachary schien erleichtert. »Also gut, Sir. Ich stehe Wache.«

Artemas hielt inne. »Was, glauben Sie, wird Beth hierüber erzählen?«

»Beth hat einen mächtigen Schock bekommen. Sie hält es für meine Schuld und glaubt, es sei Teil der neuen Attraktion. Ich habe ihr nicht verraten, dass die Leiche eine echte Leiche ist.«

»Ausgezeichnet.« Artemas öffnete die Tür und betrat die Eingangshalle. Die Schleier einiger künstlicher Spinnenweben glitten ihm über die Arme. Der auf einer Säule ruhende Totenkopf grinste.

Er ging zu der Nische, in der Zachary ein künstliches Skelett hatte aufhängen wollen. Dann sah er die Leiche. Sie lag ausgestreckt auf dem Boden und hatte das Gesicht der Wand zugewandt. Das Licht zeigte ein paar teure Hosen und einen dunklen Mantel.

Das Hemd war von Blut durchtränkt, doch fand sich davon nichts auf dem Boden. Hier war der Mann nicht erschossen worden, folgerte Artemas. Er war an einem anderen Ort ermordet worden, doch hatte sich sein Mörder die Mühe gemacht, den Leichnam bis hierher zu tragen.

Er beugte sich über die Leiche und ließ die Laterne sein allzu blasses Gesicht beleuchten.

Oswynn.

Artemas wurde von kalter Wut gepackt. Die Hand an dem Laternengriff formte sich zu einer Faust.

Die blutgetränkte Notiz befand sich genau dort, wo Zachary es beschrieben hatte. Sie war an Oswynns Mantel geheftet. Daneben lag ein Uhrensiegel, in das der Kopf eines Hengstes eingraviert war.

Bemüht, das getrocknete Blut nicht zu berühren, hob Artemas den Brief auf und öffnete ihn. Eilig überflog er die Nachricht.

Betrachten Sie dies sowohl als Gefälligkeit als auch als Warnung, Sir. Halten Sie sich aus meinen Angelegenheiten heraus, dann werde ich mich aus den Ihren heraushalten. Und übrigens, seien Sie so freundlich und grüßen Sie mir meine Frau.

16. Kapitel

Noch vor dem Morgengrauen hörte sie, wie er nach Hause zurückkehrte. Es herrschte ungewöhnlich viel Lärm im Treppenhaus. Zunächst hörte sie die gedämpften Stimmen zweier Diener, dann herrschte Stille.

Sie wartete so lange, wie es ihr unter der Anspannung möglich war, dann trat sie in den Flur hinaus. Ein paar Sekunden verharrte sie und lauschte. Die gedämpften Geräusche der üblichen Morgenarbeiten waren noch nicht aus der Küche zu hören. Das Personal lag, abgesehen von den beiden Dienern, noch in den Betten.

Vorsichtig lief sie zum anderen Ende des Flurs und klopfte leise an Artemas' Tür. Niemand antwortete. Der Mann hatte sich den Schlaf verdient, dachte sie. Sicher war er vollkommen erschöpft.

Enttäuscht wandte sie sich ab. Sie würde bis zum Morgen warten müssen, ehe sie die Antworten zu ihren Fragen erfahren würde.

Ohne Vorwarnung öffnete sich die Tür. Artemas stand mit vom Bad noch feucht glänzenden Haaren in der Tür. Er hatte die Hose und das Hemd abgelegt, das er beim Verlassen des Hauses zusammen mit Zachary getragen hatte, und trug wieder seinen schwarzen Morgenmantel. Jetzt wurde ihr klar, dass die Geräusche, die sie vorhin gehört hatte, von den Dienern herrührten, die ihm heißes Wasser gebracht hatten. Artemas war gerufen worden, um sich um eine Leiche zu kümmern, erinnerte sie sich. Unter solchen Umständen würde sie auch ein Bad genommen haben.

»Ich dachte mir schon, dass Sie es sein könnten, Madeline.«

Trotz ihrer brennenden Neugier blickte sie nochmals den Flur zurück. Zwar war dies ein ungewöhnlicher Haushalt, gleichwohl würden die Bediensteten dennoch lästern, wenn sie sie in Artemas' Schlafzimmer verschwinden sehen würden. Nachdem sie sich davon überzeugt hatte, dass niemand im Flur war, schlüpfte sie in den Raum. Die Wanne, die er eben benutzt hatte, stand vor dem Kaminfeuer und wurde teilweise von einem Paravent abgetrennt. Feuchte Handtücher hingen darüber. Ein Tablett mit Tee, einer Tasse, Untertasse und einem Teller mit Brot und Käse stand auf dem Tisch. Das Essen schien bisher nicht angerührt worden zu sein.

Sie blieb ruckartig stehen, als sie die allein stehende bernsteinfarbene Kerze auf einem Seitentisch entdeckte. Schlagartig war ihr klar, dass es sich um eine Vanza-Kerze handelte. Das schmelzende Wachs verströmte einen leichten, mannigfachen und besonderen Duft, der einzigartigen Mischung verschiedener Vanza-Kräuter. Artemas war ein Meister des Vanza. Jeder Meister stellte seine ganz eigene Kräutermischung zusammen, die seine Kerzen von denen anderer Meister unterschied.

Sie hörte, wie die Tür hinter ihr ins Schloss fiel, und drehte sich um. Das mulmige Gefühl, mit dem sie hereingekommen war, verstärkte sich. Artemas' Gesicht war verschlossen und bestand nur noch aus harten Kanten und grimmig verzogenen Linien. Sofort war ihr klar, dass der Tote, wer immer er auch gewesen sein mochte, ihm nicht fremd war. Doch entdeckte sie keine Trauer in seinen Augen, lediglich eine nur notdürftig beherrschte Wut.

Noch nie war er ihr so gefährlich erschienen wie in diesem Moment. Sie wurde unsanft daran erinnert, dass trotz der Intimitäten, die zwischen ihnen stattgefunden hatten, sie sehr vieles über diesen Mann nicht wusste.

»Es tut mir Leid, Sie bei Ihren Meditationen zu stören, Sir.« Sie zog sich langsam zur Tür zurück. »Ich lasse Sie in Ruhe. Wir können später reden.«

»Bleiben Sie.« Das war ein Befehl. »Ob Sie es gewollt haben oder nicht, Sie haben sich in meine Angelegenheiten gemischt, als wir unseren Pakt geschlossen haben. Es gibt Dinge, die ausgesprochen werden müssen.«

»Aber Ihre Meditation ...«

»Ein nutzloser Zeitvertreib, um es milde auszudrücken.« Er durchquerte die Schlafkammer bis zu dem kleinen Tisch, beugte sich herunter und löschte die Kerze.

Sie verschränkte die Hände und sah ihn an. »Wer war er denn, Artemas?«

»Sein Name war Charles Oswynn.« Artemas beobachtete die dünne Spur rauchigen Rußes, die von der gelöschten Kerze aufstieg. »Er war einer der drei Männer, die eine Frau namens Catherine Jensen auf dem Gewissen haben. Eines Nachts haben sie sie zum Spaß entführt und anschließend vergewaltigt. Als sie zu fliehen versuchte, kam sie zu Tode. Ihre Leiche wurde drei Tage später von einem Bauern gefunden, der seine Schafe suchte.«

Die gleichmäßige Betonung seiner Worte verstärkte lediglich deren Wirkung.

Madeline regte sich nicht. »War sie mit Ihnen befreundet?«

»Mehr als nur befreundet. Wir hatten viele Gemeinsamkeiten. Wir waren beide ganz allein in der Welt. Catherines Mutter starb, als sie noch jung war. Sie wurde von entfernten Verwandten aufgezogen, die sie als unbezahlte Magd betrachteten. Von dort ist sie weggerannt, um Schauspielerin zu werden. Ich habe sie eines Abends nach einer Vorstellung in Bath kennen gelernt. Eine Zeit lang haben wir unsere Träume gemeinsam geträumt.«

»Waren Sie ein Liebespaar?«

»Für eine Weile.« Er nahm den Blick nicht von der gelöschten Kerze. »Doch damals stand ich ohne einen Pfennig da. Ich konnte ihr nicht die Sicherheit bieten, nach der sie sich so sehr sehnte.«

»Was ist dann geschehen?«

»Ich habe die Bekanntschaft eines Vanza-Meisters gemacht. Ich hatte Glück, denn er zeigte Interesse an mir und ermöglichte mir, in den Tempelgärten zu studieren. Ich bereitete mich darauf vor, zur Insel Vanzagara zu segeln. Vor meiner Abreise habe ich Catherine versprochen, dass ich nach Abschluss meiner Studien Geld verdienen und sie heiraten würde. Jeden Sommer bin ich nach England zurückgesegelt, um sie zu besuchen. Doch als ich das letzte Mal zurückkam, wurde mir von ihrem Tod berichtet.«

»Wie haben Sie die Namen derer herausgefunden, die für ihren Tod verantwortlich waren?«

»Ich habe den Bauern aufgesucht, der ihre Leiche gefunden hat. Er hat mir geholfen, die Gegend abzusuchen. Ich habe die Höhle entdeckt, in die sie sie entführt hatten.«

Schweigend ging er zu einem kleinen Schreibtisch, öffnete eine Schublade und holte etwas hervor. »Dieses hier habe ich auf dem Boden der Höhle gefunden. Catherine muss es wohl während ihres Kampfes mit den drei Männern erfasst haben. Ich habe es zu einem Laden in der Bond Street zurückverfolgt.«

Madeline trat auf ihn zu. Sie nahm die Uhr mit dem Siegel in die Hand und betrachtete den eingravierten Pferdekopf.

»Hat Ihnen der Händler den Käufer verraten?«

»Er erzählte mir, er sei beauftragt worden, drei identische Siegel für drei Gentlemen dieser Stadt anzufertigen, Glenthorpe, Oswynn und Flood. Ich habe weitere Nachforschungen betrieben und herausgefunden, dass die drei eng befreundet waren. Sie hatten einen kleinen Club gegründet, der – wie sie sich ausdrückten – außergewöhnlichen Vergnügungen und Ausschweifungen dienen sollte.«

Sie blickte von dem Siegel auf. »Und Sie haben Rache geschworen.«

»Zuerst wollte ich sie umbringen.«

Sie schluckte. »Alle drei?«

»Ja. Doch dann erschien mir das zu einfach. Ich nahm mir vor, stattdessen jeden Einzelnen zu zerstören, sowohl in gesellschaftlicher als auch in finanzieller Hinsicht. Ich wollte das *außergewöhnliche Vergnügen* ihres Abstiegs in die Armut genießen. Ich wollte ihnen zeigen, was es bedeutet, von der Gesellschaft ausgestoßen zu sein und dank des niedrigen Status keinerlei Schutz zu genießen. Sie sollten zu einem gewissen Grad begreifen lernen, wie sich das Leben für jemanden in Catherines Umständen anfühlte.«

»Wenn Sie Ihr Ziel erreicht hätten, was hatten Sie danach geplant, Artemas?«

Er schwieg. Doch er brauchte gar nichts zu sagen, sie kannte ohnehin die Antwort.

Eine fürchterliche Angst beschlich sie. Behutsam legte sie die Uhr mit dem Siegel auf den Tisch neben die Kerze.

»Das ist der Grund, weswegen Sie Ihren Besitz der Vergnügungspavillons nicht bekannt geben möchten. Sie fürchten sich überhaupt nicht vor dem strafenden Auge der Gesellschaft, wenn öffentlich würde, dass Sie Geschäftsmann sind. Sie suchen gar nicht nach einer Ehefrau.«

»Nein.«

»Sie haben das alles geheim gehalten, weil Sie zu der Welt von Oswynn und den anderen Zugang brauchten, um Ihre Rache auszuführen.«

»Bis jetzt läuft der Plan sehr gut. Mein Einkommen aus den Gärten gestattet es mir, Oswynn und die anderen auf ihrem eigenen Terrain zu begegnen. Es hat Monate gedauert, die Falle aufzustellen, die sie jetzt in den Ruin ziehen soll.«

Artemas nahm die leere Teetasse und drehte sie langsam in

seinen Händen. »Ich war so nahe dran. So sehr, sehr nah dran. Und jetzt hat *er* mich eines meiner Ziele beraubt.«

Sie trat einen Schritt zurück und streckte die Hand aus. »Artemas …«

»Dieser verdammte *Mistkerl.* Wie kann er es auch nur *wagen*, sich in meine Angelegenheiten zu mischen?« Ohne Vorwarnung schleuderte Artemas die Teetasse gegen die Wand. »Fünf Jahre habe ich daran gearbeitet, es alles unter einen Hut zu bekommen. Fünf verdammte Jahre.«

Madeline erstarrte, als das zarte Porzellan in tausend Stücke zerbarst. Es war nicht das Ereignis selbst, das sie verblüfft hatte. Es war das Entsetzen darüber, Artemas in der Gewalt derart heftiger Gefühle zu sehen.

Seit sie ihn kannte, war er immer beherrscht und unerschütterlich gewesen. Selbst als er sie geliebt hatte, war seine Selbstbeherrschung meisterhaft gewesen.

Er blickte auf die Scherben herab, als ob er in eine Hölle sehen würde. »Fünf Jahre.«

Sie konnte seinen Schmerz nicht länger ertragen, denn er spiegelte zu sehr ihre eigene innere Pein. Sie rannte auf ihn zu, schlang ihre Arme um ihn und presste ihr Gesicht gegen seine Schulter.

»Sie geben sich die Schuld an ihrem Tod«, flüsterte sie.

»Ich habe sie im Stich gelassen.« Er verharrte reglos und kalt wie ein Stein in ihrer Umarmung. »Während meiner Abwesenheit hatte sie niemanden, der sie beschützte. Sie meinte, sie sei eine Frau von Welt und könne auf sich selbst Acht geben, doch schlussendlich …«

»Ich verstehe.« Sie umarmte ihn so fest sie nur konnte und versuchte, seinem kalten Körper etwas ihrer eigenen Wärme zu geben. »Ich kenne das Gefühl, dass die eigenen Entscheidungen den Tod eines anderen Menschen verursacht haben. Großer Gott, ich verstehe Sie.«

»Madeline.« Abrupt wandte er sich ihr zu.

»Zeitweise glaubte ich verrückt zu werden.« Sie vergrub ihr Gesicht in seinem schwarzen Morgenmantel. »Wäre Bernice nicht gewesen, hätte man mich wohl schon lange einer Irrenanstalt überantwortet.«

»Was für ein Paar wir abgeben«, murmelte er in ihr Haar. »Ich habe für die Rache gelebt, und Sie fühlen sich für den Tod Ihres Vaters verantwortlich.«

»Und nun habe ich auch noch eine böse Kraft in Ihr Leben gebracht, die das bedroht, was Ihnen am meisten am Herzen liegt, Ihre Rache.« Sie bemühte sich, ihre Tränen zurückzuhalten. »Es tut mir so sehr Leid, Artemas.«

»Sagen Sie das nicht.« Er nahm ihr Gesicht in beide Hände und hob ihren Kopf an, damit sie ihm in die Augen blicken musste. »Ich verspreche, dass ich Sie für den Vorfall heute Nacht nicht verantwortlich mache.«

»Aber es ist meine Schuld. Wenn ich Ihre Hilfe nicht ersucht hätte, wäre das alles nicht geschehen.«

»Ich habe in dieser Angelegenheit selbst die Entscheidung getroffen.«

»Das ist nicht wahr. Es fing alles in der Nacht an, als ich Sie so gut wie erpresst habe, mir bei der Suche nach Nellie behilflich zu sein.«

»Genug jetzt.« Er bedeckte ihre Lippen und brachte sie mit einem heftigen Kuss zum Schweigen.

Das Verlangen, das sie in ihm spürte, ging ihr zu Herzen. Instinktiv wollte sie ihn trösten, doch sein Verlangen war plötzlich und übermächtig. Sie wurde von einer riesigen Welle überflutet.

Er zerrte sie auf sein Bett. Sie sank in die Bettdecken und klammerte sich an ihn, während seine Lippen an ihren hingen. Dann verlagerte er seine Küsse auf ihren Hals. Ihr Morgenmantel klaffte bei seiner leidenschaftlichen Umarmung auf, und seine Hände umfassten ihre Brüste.

Tief in ihrem Inneren löste sein verzweifeltes Verlangen

ihre Leidenschaft aus. Sie presste die Hände unter seinen Morgenmantel und ertastete die glatten, harten Konturen seines Körpers. Er murmelte etwas Unverständliches, als sie seinen muskulösen Rücken streichelte und sich seinem erhitzten Körper entgegenstreckte. Sie fühlte, wie seine Hand unter dem Morgenmantel ihren Schenkel hinaufstreichelte. Sie hielt die Luft an, als er sie mit seiner Hand bedeckte.

Sie öffnete sich ihm, und er nahm sich, was sie ihm anbot. Sie fühlte, wie sie feucht und warm wurde. In ihrer wachsenden Leidenschaft verloren, berührte sie jedes seiner Körperteile, dessen sie habhaft werden konnte. Er drückte seinen kräftigen, erigierten Schaft in ihre Finger. Ihn erkundend, streichelte sie ihn zärtlich.

Stöhnend rollte er auf den Rücken und zog sie auf sich. Der Saum ihres Morgenmantels schwirrte durch die Luft. Sie seufzte, als sie seine Hände zwischen ihren Beinen spürte.

Sie blickte auf ihn hinunter. Er beobachtete sie mit einer Intensität, neben der Worte keinen Platz mehr fanden. In diesem Moment war das einzig wirklich Wichtige auf der ganzen Welt, den übermächtigen Hunger zu stillen, den sie in seinen Augen entdeckte. Sie fühlte, wie seine Hände sie an den Hüften führten, während sie sich auf seinen erregten Körper zu setzen bemühte. Als er in sie einzudringen begann, spürte sie, wie sie sich gegen sein Eindringen zusammenzog. Von ihrer letzten Begegnung war sie immer noch etwas wund.

»Langsam«, raunte er mit tiefer, rauchiger Stimme. »Diesmal gehen wir sehr langsam vor.«

Behutsam und zärtlich drang er in sie ein. Dann hielt er inne, um ihr die Gelegenheit zu geben, das Gefühl auszukosten, ihn so tief in sich zu haben. Vorsichtig atmend, entspannte sie sich. Sie fühlte sich zwar nach wie vor zu ausgefüllt, doch dieses Mal verspürte sie keinen Schmerz, lediglich eine wachsende, merkwürdige Erwartung.

Mit dem Daumen fand er ihren empfindlichen Punkt. Sie schnappte nach Luft. Sein Finger stimulierte sie, und ein warmes, schier unerträglich belebendes Gefühl durchfuhr sie.

»Artemas.« Sie krallte sich in seine Schultern.

»Ja.« Seine Augen leuchteten im Halbdunkel. »Genau so.«

Er begann sich in ihr zu bewegen. Eine unerklärliche Spannung erfasste sie. Sie warf den Kopf in den Nacken und griff nach ihm, denn sie suchte irgendeine Erlösung ihres körperlichen Verlangens.

Er weigerte sich, das Tempo zu steigern, und sie hätte vor Enttäuschung laut schreien mögen. Er bewegte sich weiter langsam und vorsichtig in ihr.

Sie umklammerte seine Schultern und übernahm die Führung, wobei sie jetzt ihrem eigenen Rhythmus folgte. Sie wusste nicht, was genau sie so verzweifelt suchte, doch spürte sie dort draußen irgendwo einen Zauber darauf warten, dass sie ihn fand.

Artemas lächelte sie an, und da wusste sie, dass er alles geplant hatte, um sie zu diesem Punkt zu bringen. Es war ihr einerlei. Dem drängenden Verlangen ein Ende zu bereiten war alles, was für sie in dieser Minute zählte.

Ohne Ankündigung brach ein mächtiger Damm in ihr. Eine Welle der glühenden Lust durchzuckte sie und schien sie ins Unendliche mitzureißen. Artemas bog ihren Kopf zu sich herunter und bedeckte ihren Mund, als sie laut vor Wonne aufschreien wollte.

Für ein paar Schwindel erregende Sekunden schien er die kleinen Schauer ihrer Befriedigung gierig auszukosten. Dann gab er ein raues, gedämpftes Stöhnen von sich und stieß heftig in sie, bis er erschöpft über ihr zusammenbrach und sie sich schwer atmend eng aneinander klammerten.

Eine viertel Stunde später löste er sich nur zögernd aus der süßen Trägheit. Die kalte Wut, die ihn noch vor ein paar Stunden erfasst hatte, war – zumindest für eine Weile – verflogen. Das ist Madeline zugute zu halten, dachte er. Ihre Leidenschaft hatte auf die klaffende Wunde, die sich damals in ihm aufgetan hatte, wie eine heilende Salbe gewirkt. Jetzt erkannte er, dass die Verletzung immer latent vorhanden gewesen war. Sie regte sich neben ihm, setzte sich auf und blinzelte benommen. Dann wurde ihr Blick klar, und sie sah ihm direkt in die Augen.

»Sie müssen sie sehr geliebt haben«, flüsterte sie.

»Ich hatte viel für sie übrig. Ich fühlte mich für sie verantwortlich, doch weiß ich nicht, ob es Liebe war. Ich weiß nicht, wie sich Liebe anfühlt. Doch weiß ich, dass das Gefühl, das ich ihr gegenüber hegte, Bedeutung hatte.«

»Ja«, sagte sie.

Er hielt ihrem Blick stand und suchte nach den richtigen, erklärenden Worten. »Was immer zwischen Catherine und mir war, ist über die letzten fünf Jahre seit ihrem Tod verblasst. Die Erinnerung an sie verfolgt mich nicht, doch die Gewissheit, dass ich sie im Stich gelassen habe, tut es. Ich habe ihrem Geist versprochen, dass ich mich für sie rächen würde. Es war das Einzige, was ich für sie noch habe tun können.«

Madeline lächelte sehnsüchtig. »Das kann ich gut nachvollziehen. Sie haben für Ihre Rache gelebt, und jetzt, wo Sie mir helfen, riskieren Sie damit ebendiese Genugtuung. Es tut mir Leid, Artemas.«

»Madeline …«

»Lieber Himmel, sehen Sie nur, wie die Zeit vergeht!« Sie suchte nach dem Gürtel für ihren Morgenmantel.

»Ich muss zurück in mein Zimmer. Jede Minute kann hier jemand hereinkommen.«

»Niemand wird dieses Zimmer ohne meine Erlaubnis betreten.«

»Eine der Mägde vielleicht.« Sie erhob sich und band sich eilig den Gürtel fest. »Das wäre für uns beide recht unangenehm.«

»Madeline, wir müssen reden.«

»Ja, ich weiß. Nach dem Frühstück.« Sie trat einen Schritt zurück, stieß gegen den Frisiertisch und streckte eine Hand aus, um sich festzuhalten. Er sah, wie ihre Finger die Nachricht berührten, die an Oswynns Mantel geheftet gewesen war. Sie warf einen Blick darauf.

»Sie können sie getrost lesen.« Er setzte sich auf die Bettkante.

Sie blickte ihn an. »Sie ist an Sie adressiert.«

»Der Mörder hat sie hinterlassen.«

Ihre Augen leuchteten bestürzt auf. »Der Schurke hat Ihnen eine Nachricht zukommen lassen?«

»Eine Warnung, mich aus seinen Angelegenheiten herauszuhalten.« Er stand auf, ging zu dem kleinen Tisch und nahm den blutverschmierten Brief in die Hand. Ohne ein Wort öffnete er ihn und reichte ihn ihr.

Sie überflog ihn hastig. Er spürte es genau, als sie zur letzten Zeile gekommen war. Grauen war in ihren Augen zu lesen. »Gütiger Himmel, es ist wahr. Renwick ist am Leben.«

»Nein.« Er riss ihr das Blatt aus den Händen und presste sie eng an sich. »Das wissen wir nicht.«

»Aber er erwähnt mich.« Kaum verhohlenes Entsetzen klang in ihren Worten mit. *»Vergessen Sie nicht, meine Frau zu grüßen.«*

»Madeline, denken Sie doch einmal nach. Es ist wesentlich wahrscheinlicher, jemand möchte uns lediglich glauben machen, dass er noch lebt«, sagte Artemas.

»Doch aus welchem Grund?«

»Weil es seinen Zwecken dienlich ist.«

»Das ergibt alles überhaupt gar keinen Sinn.« Sie presste

die Hände gegen die Schläfen. »Was geht hier vor? Worum geht es?«

»Noch weiß ich es nicht, doch verspreche ich Ihnen, dass wir der Wahrheit auf den Grund kommen werden.«

Sie schüttelte den Kopf. Der Ausdruck der Beharrlichkeit fiel wie ein Cape über sie. »Ich bedaure, dass ich Sie in diese Sache mit hineingezogen habe, Sir. Bernice und ich müssen noch heute dieses Haus verlassen.«

Er hob die Brauen. »Ich möchte doch hoffen, dass Sie mich nicht zwingen werden, Wachposten aufzustellen, um Sie in diesem Haus zu halten. Das wäre wirklich sehr lästig.«

»Die Sache ist zu weit gegangen, Artemas. Der Brief ist eine Warnung. Wer kann schon sagen, was er als Nächstes tun wird?«

»Er wird es wohl kaum wagen, in so kurzer Folge noch zwei weitere Männer der Stadt beiseite zu schaffen.«

»Einen von ihnen hat er bereits umgebracht.«

»Oswynn war ein leichtes Spiel, denn er besitzt kaum Familie, die sich wegen seines Todes Gedanken machen würde. Bei seinem Leumund würde niemanden die Nachricht verwundern, er sei von einem Straßenräuber auf dem Nachhauseweg vor einer der Spielhöllen ermordet worden. Flood oder Glenthorpe zu ermorden würde ein viel größeres Risiko bergen. Ich halte unseren geheimnisvollen Halunken für klug genug, das zu wissen.«

»Oswynns Leiche wurde aber auf dem Grundstück der Vergnügungspavillons gefunden. Das wiederum wird einen Skandal auslösen.«

»Nein«, erwiderte Artemas leise. »Oswynns Leiche, wenn sie denn endlich gefunden werden wird, wird in der Themse schwimmen. Zachary und ich haben uns vor gut einer Stunde darum gekümmert.«

»Verstehe.« Sie dachte über seine Worte nach und runzelte die Stirn. »Doch löst das nicht unser Problem. Der Schurke weiß offenbar über Ihre Verbindung zu den Vergnügungspavillons Bescheid. Deshalb hat er auch Oswynns Leiche dorthin gebracht, damit Sie sie entdecken.«

»Richtig.«

»Ihre Rachepläne sind ihm ebenfalls bekannt.«

»Ja, das sind sie.«

Sie musterte ihn besorgt. »Er kann Ihnen eine Menge Kopfzerbrechen bereiten.«

»Wenn dieser Fall eintreten sollte, werde ich mich zu gegebener Zeit drum kümmern.«

»Aber Artemas ...«

Er legte eine Hand auf ihre Schulter. »Hören Sie mir zu, Madeline. Ganz gleich, was auch geschehen mag, in dieser Sache stecken wir gemeinsam. Für jeden von uns beiden ist es jetzt zu spät, den Kurs zu ändern.«

Sie betrachtete ihn angespannt. Dann umarmte sie ihn wortlos und legte ihren Kopf gegen seine Schulter.

Er hielt sie eng umschlungen. Durch das Fenster hindurch war das erste nebelverhangene graue Morgenlicht zu sehen.

17. Kapitel

Ich schwöre, ich wäre verrückt geworden, wenn ich Hunts Haus heute Morgen nicht hätte entfliehen können.« Bernice blickte durch das Fenster der Kutsche auf die Straße. »Missverstehe mich bitte nicht, ich rechne ihm seine Sorge um deine Sicherheit hoch an, doch muss ich gestehen, dass ich mich allmählich wie in einer Falle gefangen fühle.«

»Unsere Freiheit heute Morgen ist kaum mehr als eine Illusion«, erwiderte Madeline trocken.

Latimer saß auf dem Kutschbock, doch saß er dort nicht allein. Zachary hockte mit einer Pistole bewaffnet neben ihm. Er war gerade im Haus gewesen, als Madeline und Bernice die Kutsche geordert hatten. Zachary hatte darauf bestanden, sie zu begleiten.

»Wohl wahr, denn es fühlt sich an, als ob wir unter bewaffnetem Schutz fahren würden, nicht wahr?«, fragte Bernice. »Dennoch tut es selbst in diesem Nebel gut, wieder einmal vor die Tür zu treten.«

»Dem kann ich nur beipflichten.«

»Ein Jammer, dass Herr Leggett nicht zugegen war, als wir das Haus verließen«, bemerkte Bernice beiläufig. »Ich hätte ihm vorgeschlagen, uns zu begleiten.«

Madeline blinzelte. »Du hättest es gerne gesehen, wenn Herr Leggett uns begleitet hätte?«

»Neulich, als Herr Hunt und du in Pitneys Labyrinth umhergeirrt seid, hatten wir eine sehr interessante Unterhaltung. Man könnte sagen, wir hätten einander besser kennen gelernt. Er ist ein weit gereister Gentleman.«

»Ach ja? Ist er das?«

»Während des Krieges hat er einige Zeit auf dem Kontinent verbracht. Wusstest du das?«

Madeline war von der Wendung ihres Gesprächs vollkommen überrascht. »Nein, das wusste ich nicht. Was hat er dort gemacht?«

»Er war recht zurückhaltend in seinen Auskünften, doch hatte ich den Eindruck, er habe bei seiner Rückkehr über Napoleons Methode, seine Truppen zu ernähren, Bericht erstattet. Seine Auskünfte waren Wellington eine große Hilfe.«

»Herr Leggett hat sich in geheimdienstlicher Angelegenheit auf dem Kontinent aufgehalten?«

»Nun, ganz so unverblümt hat er es nicht ausgedrückt. Andererseits würde er das ohnehin nicht tun, nicht wahr? Schließlich ist er ein Gentleman, und Gentlemen sprechen über solche Dinge nicht. Er ist wirklich recht charmant, findest du nicht?«

Obwohl Madeline Bernice zeit ihres Lebens kannte, hatte sie noch niemals ein solches Leuchten in den Augen ihrer Tante bemerkt. »Allerdings, ausgesprochen charmant.«

»Und für sein Alter noch recht gut beisammen.«

Madeline grinste. »Reif, aber noch recht beweglich, würdest du es vielleicht so ausdrücken wollen?«

Zu ihrer Überraschung errötete Bernice leicht. Dann lächelte sie verlegen. »Allerdings.«

Die Kutsche hielt an und ersparte Madeline eine weitere Erörterung von Leggetts Charme und anderen vorzüglichen Charaktereigenschaften. Die Tür wurde geöffnet. Zachary geleitete zuerst Bernice und anschließend Madeline aus der Kutsche auf das Trottoir. Sein hageres Gesicht wirkte besorgt. Zögernd begleitete er sie zum Eingang des kleinen Ladens.

»Wir werden uns nicht lange aufhalten«, wandte sich Bernice an ihn. »Sie können hier draußen warten.«

»Sehr wohl, gnädige Frau. Ich bleibe hier, falls Sie mich brauchen.«

Madeline folgte Bernice in die etwas düstere Arzneihandlung der Familie Moss.

Der Laden hatte sich während all der Jahre, die sie ihn kannte, nicht viel verändert. Die exotischen Gerüche von Weihrauch und seltenen Kräutern erinnerten sie an ihre Kindheit. Ihr Vater war bei Moss Stammkunde gewesen, wie das auch bei anderen Gentlemen des Vanza der Fall war. Augusta Moss war eine der wenigen Arzneihändlerinnen, die Kräuter der Insel Vanzagara in ihrem Sortiment führte.

»Frau Reed, Frau Deveridge, wie nett von Ihnen, vorbeizuschauen.« Augusta Moss, kräftig und würdevoll in ihrer fast das ganze Kleid bedeckenden Schürze, trat aus den duftenden Regionen des hinteren Teils des Ladens. »Wie schön, Sie beide hier zu sehen. Es ist lange her, seit Sie das letzte Mal hier waren, nicht wahr?«

»Das stimmt«, pflichtete Bernice ihr fröhlich bei. »Ich brauche unbedingt ein paar ganz bestimmte Kräuter, und da schlug Madeline vor, wir könnten Sie heute Morgen aufsuchen.«

Frau Moss legte den Kopf zur Seite. »Ausgezeichnete Idee. Welche Kräuter benötigen Sie denn?«

»Madeline schläft in letzter Zeit gar nicht gut.«

»Wie bedauerlich.« Frau Moss machte ein schnalzendes Geräusch, das Sympathie und Verständnis ausdrückte. »Fester Schlaf ist für eine gute Gesundheit und starke Nerven unabdingbar.«

»Ganz sicher ist er das.« Bernice freute sich, eines ihrer Lieblingsthemen zu erörtern. »Ich habe ihr meine üblichen Heilmittel verabreicht, doch bin ich damit kläglich gescheitert. Ich wollte es also mit ein paar Kräutern aus Vanzagara versuchen, mit denen ich vor Jahren etwas experimentiert habe. Man verbrennt sie zu einem beruhigenden Rauch, der wiederum einschläfernd wirkt. Haben Sie davon etwas vorrätig?«

»Ich weiß, von welchen Kräutern Sie sprechen. Sie sind recht selten, und ich kann sie nur zwei- oder dreimal im Jahr bekommen. Leider habe ich zurzeit nichts davon auf Lager.«

»Oje«, murmelte Bernice. »Das höre ich mit Bedauern. Es gibt nur sehr wenige Apotheken in der Stadt, die Kräuter aus Vanzagara anbieten. Die anderen haben wir bereits aufgesucht, und keine von ihnen hat seit Monaten eine Lieferung erhalten.«

»Leider sind Sie dafür zwei Wochen zu spät. Damals hatte ich eine große Menge vorrätig.« Frau Moss musterte bedauernd eine leere Dose am Ende des Regals. »Ein Gentleman, ein Mitglied der Vanza-Gemeinschaft, hat meine sämtlichen Vorräte aufgekauft.« Madeline hielt den Atem an und bemühte sich, Bernice nicht anzusehen.

Bernice hob die Augenbrauen. »Ihr neuer Kunde hat den gesamten Vorrat aufgekauft? Wer auch immer er ist, er muss unter schwerwiegenden Schlafstörungen leiden.«

Frau Moss schüttelte mit dem Kopf. »Mangelnder Schlaf ist offenbar nicht sein Problem. Er benötigte sie für einige seiner Experimente. Er zeigt großes Interesse am Hervorrufen von Visionen und Halluzinationen.«

»Eventuell wäre es möglich, dass dieser Gentleman mir etwas davon abgeben würde«, meinte Bernice nachdenklich. »Wenn er wüsste, wie dringlich Madeline dieser Kräuter bedarf, würde er vielleicht so freundlich sein und ein wenig von dem teilen, was er bei Ihnen erstanden hat.«

Frau Moss zuckte mit den Schultern. »Sie können ihn natürlich fragen. Die Kräuter habe ich an Lord Clay verkauft.«

Madeline rauschte hinter ihrer Tante ins Haus, wo die Haushälterin aufwartete. »Ist Herr Hunt bereits nach Hause zurückgekehrt? Ich muss ihn unbedingt und sofort sprechen.«

»Sie brauchen nicht nach mir zu suchen«, erwiderte Artemas auf halber Treppe. »Ich bin hier. Es wird Zeit, dass Sie wieder zurückkehren. Wo zum Teufel haben Sie denn gesteckt?«

Seine Stimme war wie das tiefe Grummeln, das ein Unwetter ankündigt: nah genug, um sofort die Aufmerksamkeit zu erregen, und dennoch keine unmittelbare Bedrohung.

Madeline riss den Kopf hoch. Sofort war ihr klar, dass er seine Stimme zwar ganz und gar beherrschte, doch heftige Gefühle spiegelten sich in seinen dunklen Augen.

»Wie gut, dass Sie zu Hause sind, Sir.«

Bernice warf ihm einen freundlichen Blick zu. »Wir hatten einen recht ereignisreichen Tag. Madeline wird Ihnen davon berichten, Sir.«

»Wird sie das?« Artemas ließ den Blick nicht von Madeline ab, als er die Stufen herunterkam. »Sie werden mich in die Bibliothek begleiten, Frau Deveridge. Ich bin über alle Maßen neugierig, mehr von ihrem *ereignisreichen Tag* zu erfahren.«

Frau Deveridge. Kein Zweifel, dachte Madeline, während sie ihm in die Bibliothek folgte, er hatte keine gute Laune.

»Es besteht kein Anlass, mich unwirsch zu behandeln, Sir.« Sie drehte sich zu ihm um, während er die Tür schloss und sie nunmehr allein in der Bibliothek waren. »Es gefällt mir nicht. Falls die neuerlichen Vorkommnisse an Ihren Nerven zehren, schlage ich vor, Sie versuchen es mit den Elixieren meiner Tante.«

»Ich bleibe wohl lieber beim Weinbrand.« Er umkurvte seinen Schreibtisch.

»Sir, ich kann Ihnen …«

»Alles erklären?« Seine Augenbrauen schossen in die Höhe. »Das möchte ich auch hoffen, denn ich meinerseits habe Ihnen unzählige Fragen zu stellen. Beginnen wir mit der dringlichsten Angelegenheit. Wie können Sie es wagen, dieses Haus zu verlassen, ohne mich über Ihr Ziel zu unterrichten?«

Sie blieb standhaft. »Sir, Ihren Tonfall empfinde ich als recht bedauerlich. Gerne bringe ich Ihnen Geduld und Verständnis entgegen, denn wie schon gesagt, haben die vergangenen Ereignisse unser aller Nerven belastet. Doch wenn Sie fortfahren, als wären Sie …« Sie brach ab.

»Als ob ich was wäre, gnädige Frau? Als ob ich besorgt wäre?« Er legte seine Hände flach auf den Tisch. Sein Blick war unnachgiebig. »Als ob ich allen Grund hätte, mir Sorgen zu machen? Als ob Sie sich auf eine starrköpfige und ganz und gar gedankenlose Art und Weise benommen hätten?«

Das war einfach zu viel. Wut stieg in ihr auf. »Ich wollte gerade bemerken, *als ob Sie mein Ehemann wären.«*

Eine bleierne Stille legte sich über das Zimmer. Selbst die Uhren schienen stehen geblieben zu sein. Madeline hätte alles darum gegeben, ihre Worte ungeschehen zu machen, doch war es dazu zu spät.

»Ihr Ehemann«, wiederholte Artemas mit tonloser Stimme. Sie erstarrte und konzentrierte sich darauf, die Fingerspitzen ihrer Handschuhe zu lösen. »Verzeihen Sie mir, Sir. Ich habe mich in meinem Vergleich vielleicht etwas zu sehr hinreißen lassen. Heute jedoch habe ich ein paar äußerst wichtige Hinweise erhalten. Wir dürfen unsere Zeit nicht mit Plänkeleien verschwenden.«

Er beachtete sie nicht, sondern fragte mit eisiger Ungeduld: »Benehme ich mich tatsächlich wie Ihr Ehemann? Wie ich mich zu erinnern glaube, haben Sie ihn als einen mörderischen Kriminellen ersten Ranges beschrieben.«

Vor lauter Reue wurde ihr schwindelig. »Seien Sie nicht albern, Sir. Selbstverständlich habe ich Sie nicht mit Renwick vergleichen wollen. Er war durch und durch ein Schuft und besaß keinerlei Ehrgefühl. Das ganze Gegenteil von Ihnen also.«

»Immerhin, dafür danke ich Ihnen«, brachte er zwischen zusammengebissenen Zähnen hervor.

Sie konzentrierte sich auf ihren rechten Handschuh. »Wie Sie wissen, sind die Erinnerungen an meine Ehe keine glücklichen. Es ist durchaus möglich, dass ich eben etwas zu heftig reagiert habe, als sie mich anschrien.«

»Ich habe nicht geschrien.«

»Nein.« Sie machte sich an ihrem linken Handschuh zu schaffen. »Sie haben Recht. Ich bin einem Irrtum unterlegen. Sie haben nicht geschrien. Ich bezweifle, dass Sie auch nur Ihre Stimme erhoben haben, nicht wahr, Artemas? Vermutlich ist es auch vollkommen überflüssig, denn Sie können mit nur einem einzigen Wort einen Menschen bereits zu einer Salzsäule erstarren lassen.«

»Über Ersteres habe ich nicht zu befinden. Doch versichere ich Ihnen, als ich vor kurzem nach Hause zurückkehrte und erfuhr, dass Sie das Haus verlassen hatten, bin *ich* vor Schreck zu einer Salzsäule erstarrt.«

Sie legte die Stirn in Falten. »Hat die Haushälterin Ihnen nicht Bescheid gegeben, dass Latimer und Zachary in unserer Begleitung waren?«

»Das hat sie, und das war auch der einzige Grund, weswegen ich nicht sofort die Augen und Ohren mit der Suche nach Ihnen beauftragt habe.«

Einer der Handschuhe entglitt ihr. Einen Moment lang konnte sie nichts tun, als ihm wortlos nachzustarren. Dann hob sie langsam den Kopf, um Artemas anzusehen und die Gefühle zu deuten, die sie in den Tiefen seiner Augen wahrnahm.

Das war kein einfaches Unterfangen. Er war ein Mann, der seit langem gelernt hatte, sich von der Welt abzugrenzen. Er lebte tief in seinem Inneren, versteckt hinter verschlossenen Toren, verbarrikadierten Fenstern und hohen Steinmauern. Doch gründete sich sein tiefstes Inneres auf Ehre und

Gradlinigkeit. Anders als Renwick war er keine ansehnliche, hohle Hülle, die an nichts anderes als an sich selbst dachte. Artemas wusste, was Verantwortung bedeutete. Sie musste sich nur Zachary und Henry Leggett und all die anderen vor Augen halten, die ihm mit solch offensichtlicher Treue und Zuneigung dienten, um seinen wahren Kern zu erkennen.

Vor allem aber kannte er die Last der Schuld und des Versagens ebenso gut wie sie selbst.

»Bitte nehmen Sie meine Entschuldigung an, Artemas.« Sie vergaß den Handschuh zu ihren Füßen und trat impulsiv einen Schritt auf seinen Schreibtisch zu. »Ich habe die Beherrschung verloren. Ehemänner sind für mich ein wunder Punkt.«

»Das haben Sie sehr deutlich gemacht.«

»Latimer und Zachary waren beide bewaffnet, und ich hatte meine Pistole und mein Messer mit dabei. Ich bin kein Dummkopf.«

Er sah sie eine Weile lang an. »Nein, natürlich waren Sie kein Dummkopf. Sie sind eine intelligente, einfallsreiche Frau, die es gewohnt ist, ihre eigenen Entscheidungen zu fällen.« Er richtete sich auf und wandte sich dem Fenster zu. »Ganz offensichtlich bin ich es, der hier über das Ziel hinausschießt.«

»Artemas …«

»Dieses Thema noch weiter auszuschöpfen wird uns nicht weiterhelfen.« Er verschränkte die Hände auf dem Rücken und blickte starr in den Garten. »Wenden wir uns einem nützlicheren Thema zu. Erzählen Sie mir doch, was Sie heute derart beschäftigt hat, dass es Sie aus dem Haus getrieben hat.«

Er musste bestimmt einer der sturköpfigsten Männer auf dem gesamten Erdball sein. Sie richtete die Augen zur Decke, doch konnte sie auch dort keine göttliche Eingebung finden.

»Jawohl, Sir«, erwiderte sie knapp. »Wenden wir uns lieber einem weniger empfindlichen Thema zu. Zur Aufheiterung der Seele geht doch nichts über einen kleinen Plausch über Mörder und dunkle Machenschaften, wie ich immer zu sagen pflege.«

Über die Schulter hinweg traf sie sein giftiger Blick. »Einen Ratschlag möchte ich Ihnen geben, gnädige Frau. Treiben Sie es nicht zu weit. Sie mögen es gewohnt sein, Ihre eigenen Entscheidungen zu treffen, doch versichere ich Ihnen, dass ich es nicht minder gewohnt bin, in meinem eigenen Haus das Sagen zu haben.« Er hielt inne und hob bedeutungsvoll eine Augenbraue. »Und zurzeit wohnen Sie in diesem Haus.«

Sie räusperte sich. »Ihre Bemerkung ist vollkommen richtig, Sir. Sie haben jedes Recht, hier Ihre Anordnungen zu erteilen. Ich gebe Ihnen mein Wort, das Haus nicht nochmals zu verlassen, ohne Sie zuvor von meinem Ziel in Kenntnis gesetzt zu haben.«

»Damit werde ich mich wohl zufrieden geben müssen. Und nun erzählen Sie mir doch von Ihren heutigen Abenteuern.«

»Um es kurz zu machen, bin ich darauf gekommen, dass nur sehr wenige Apotheken in London Kräuter aus Vanzagara vorrätig haben. Unter diesen wiederum gibt es nur eine sehr kleine Anzahl, die große Mengen davon anbieten. Wer auch immer den Weihrauch in Pitneys Labyrinth angezündet hat, um uns bewusstlos zu machen, musste eine recht beachtliche Menge davon besessen haben.«

Er schwieg zuerst offensichtlich beeindruckt, dann fragte er: »Also wollten Sie herausfinden, woher die Kräuter kamen?«

Seine schnelle Auffassungsgabe freute sie. »Um die Wahrheit zu sagen, wusste ich, wo wir damit anfangen könnten. Heute Morgen haben meine Tante und ich jene Arzneimittelhandlungen aufgesucht, wo derartig einschläfernde Kräuter am wahrscheinlichsten feilgeboten wurden.«

Langsam drehte er sich zu ihr um, und sie wusste, sie konnte sich nun seiner Aufmerksamkeit völlig sicher sein.

»Fahren Sie fort«, drängte er.

»Wie gesagt gibt es nur wenige Handlungen, die diese Kräuter vorrätig haben. Vor einigen Monaten wurde einer dieser Arzneimittelhändler in seinem eigenen Laden ermordet aufgefunden.«

»Davon habe ich gerüchteweise gehört.« Artemas kniff die Augen zusammen. »Man munkelt auch, es habe in irgendeiner Weise mit dem *Buch der Geheimnisse* in Zusammenhang gestanden.«

»Richtig. Nachdem sich Ignatius Lorring das Leben genommen hatte, lösten sich die meisten dieser Gerüchte jedoch in Luft auf.«

»Damals habe ich mich gefragt, ob zwischen Lorrings Selbstmord und den Gerüchten über das *Buch der Geheimnisse* ein Zusammenhang bestehen mochte«, meinte Artemas nachdenklich. »Er war einer der ganz wenigen Männer in Europa, die es möglicherweise hätten entziffern können.«

Sie zuckte mit den Schultern. »Wenn man Lord Linslade Glauben schenkt, handelt es sich auch hier lediglich um Gerüchte, die dieses elende Buch umgeben. Wie auch immer, Bernice und ich wollten uns im Laden von Frau Moss nach den Schlafkräutern erkundigen.«

Er rieb sich geistesabwesend den Nacken. »Ich kenne die Arzneimittelhandlung der Frau Moss. Als ich meine eigenen Meditationskerzen hergestellt habe, habe ich die dafür benötigten Kräuter von ihr bezogen.«

»Zahlreiche Vanza-Gelehrte zählen bereits seit Jahren zu ihren Kunden. Sie erwähnte sogar, Lorring persönlich habe seine Kräuter bei ihr erstanden. Jedenfalls sagte sie mir, sie führe diese Kräuter zwar, habe zurzeit jedoch leider nichts vorrätig, weil sie kürzlich einem Gentleman, einem Mitglied der Vanza-Gemeinschaft, ihren gesamten Vorrat verkauft habe.«

Jetzt machte Artemas tatsächlich einen wissbegierigen Eindruck. Er entfernte sich vom Fenster, trat auf den Schreibtisch zu und blickte sie an. »Wer ist er?«

»Lord Clay.«

Ein paar Sekunden lang schien Artemas erstaunt. »Ich bin ihm ein- oder auch zweimal begegnet. Er machte einen freundlichen, wenngleich etwas abgehobenen Eindruck. Sie würden ihn sicherlich als ein weiteres verrücktes Mitglied der Vanza-Gemeinschaft einordnen. Meines Wissens nach zeigte er kein sonderliches Interesse an der alten Sprache des Vanzagara. Mir fällt es schwer zu glauben, dass er nach etwas derart Verborgenem wie dem *Buch der Geheimnisse* suchen sollte.«

»Dennoch scheint es, als ob sich die einzige größere Menge einschläfernder Kräuter aus Vanzagara ausschließlich in seinem Besitz befindet.«

Artemas nahm den Brieföffner und klopfte damit geistesabwesend auf den Löschpapierhalter. »Keine sonderlich üppige Beweislage.«

»Können Sie etwas Hilfreicheres anbieten?«, entgegnete sie spitz.

Er warf den Brieföffner hin. »Nein. Also gut, wir werden Ihren Hinweis weiter verfolgen.«

»Aber wie? Schließlich können wir unmöglich sein Haus durchsuchen. Es ist nicht so leer, wie das von Pitney es gewesen ist. Eine ganze Reihe von Bediensteten werden dort Tag und Nacht zugegen sein.«

Artemas lächelte. »Eine alte Vanza-Weisheit besagt, eine überfüllte Festung sei ebenso leicht einzunehmen wie eine verlassene Festung.«

Sie runzelte die Stirn. »Diese Weisheit ist mir bisher noch nicht zu Ohren gekommen.«

»Vermutlich weil ich sie mir gerade eben aus den Fingern gesogen habe.«

Sie blickte unerschrocken in die Flamme, bis diese ihr gesamtes Blickfeld zu füllen schien. Der Duft der Kerze, leicht, doch vielfältig, füllte ihr Schlafzimmer. Vor wenigen Minuten hatte sie die schweren Gardinen zugezogen und die Tür verschlossen, um ganz für sich zu sein. Der Raum lag in schummrigem Licht. Die gedämpften Stimmen des Haushalts und der Straße traten in den Hintergrund.

Ihr Vater hatte sie vor Jahren in die Kunst der Vanza-Meditation eingewiesen, doch es war Bernice gewesen, die die Kräuter für die Kerzen ausgesucht hatte. Der Duft war zart und beruhigte die Sinne. Ähnlich wie die Düfte in Frau Moss' Laden rührte er an Erinnerungen der Vergangenheit. Bilder kamen ihr flüchtig in den Sinn: wie ihr Vater sich zu ihr hinunterbeugte und ihr bei der Dechiffrierung eines besonders schwierigen, alten Textes behilflich war.

An ihre Mutter hatte sie keinerlei Erinnerungen, da sie bereits ein Jahr nach ihrer Geburt verstorben war. Doch an Bernice besaß sie zahlreiche Erinnerungen. Es war Bernice gewesen, die in den Haushalt der Reeds gezogen war, um sich um ihren trauernden älteren Bruder und dessen kleine Tochter zu kümmern. Es war Bernice gewesen, lebhaft, fröhlich, warmherzig und voller Zuneigung, die sich als der sichere Anker für alle erwiesen hatte, die nach Elizabeth Reeds Tod danach verlangten.

Bernice hatte Madeline in ihr Herz geschlossen und ihr die Liebe und Zuneigung einer Mutter gegeben. Sie hatte dem chaotischen Haushalt eine feste Hand verliehen. Sie hatte ihren am Boden zerstörten Bruder dazu gezwungen, aus dem Abgrund, in den ihn der Tod seiner Frau geworfen hatte, wieder heraufzusteigen.

Bei näherer Betrachtung war es nicht das lebenslange Vanza-Studium ihres Vaters gewesen, das die Familie in Krisenzeiten gerettet hatte, dachte Madeline. Es war Bernice gewesen.

Vorsichtig löste sie sich von den Darstellungen ihrer Vergangenheit und ließ die Bilder jener höllischen Landschaft ihres immer wiederkehrenden Albtraums wie ein Geist durch ihren Kopf wehen. Eigentlich wollte sie ihren Traum nicht genauer ausforschen, doch blieb ihr keine andere Wahl. Bei ihrem letzten Traum war irgendetwas anders gewesen, etwas, das sie unbedingt nachvollziehen und begreifen musste.

Die Zeit verstrich, und sie versank tiefer in den Bildern in ihrem Kopf. So tief, dass sie wieder die züngelnden Flammen vor Augen hatte und den Eisenschlüssel in ihrer Hand fühlen konnte. Auf dem Teppich sah sie etwas golden aufleuchten.

Genau wie in ihrem Traum wurde ihr eiskalt. Ihre Finger zitterten, doch wandte sie sich nicht von den Bildern ab. Auf Grund von Artemas' Nachfragen war ihr die Idee gekommen, sich die Szenen des Albtraums noch einmal während einer Meditation vor Augen zu führen. Gestern Nacht waren ihre Ausführungen durch Zacharys Erscheinen an der Küchentür unterbrochen worden. Den ganzen Tag über hatte sie das unbestimmte Gefühl gehabt, Artemas etwas sehr Wichtiges aus dem nunmehr leicht veränderten Traum nicht erzählt zu haben.

An Renwicks Spazierstock hatte er großes Interesse gezeigt, doch war das ein so gewöhnliches Vorkommnis ihres Albtraums, dass sie ihn sich nicht näher betrachten wollte. Der elegante Stock war nicht bedeutsam, sondern lediglich Beleg für Deveridges Eitelkeit. Der Schlüssel war es, der sie heute interessierte. Seit dem Brand hatte sie den schrecklichen Albtraum unzählige Male geträumt. Manche Bilder veränderten sich ein wenig, doch alle waren von der wachsenden Angst durchtränkt, dass es ihr nicht gelingen würde, das Schlafzimmer aufzuschließen. Dennoch konnte sie sich an kein einziges Mal erinnern, wo Renwicks tote Hand sich nach dem Schlüssel ausgestreckt hatte, der wieder und wieder ihrer Hand entglitt.

Sie bemühte sich, die Visionen nicht zu erzwingen. Mit Hilfe der Kerze und gewissenhafter Konzentration traten sie auch ohne ihr Zutun an die Oberfläche. Die Flammen, Renwicks hallendes Lachen, der Gestank des Rauchs, das alles spielte sich in ihrem Kopf ab.

Der Schlüssel fiel ihr aus der Hand. Sie beugte sich hinunter, um ihn aufzuheben. Renwick lachte. Sie wandte den Kopf um ihn anzusehen.

Mit seiner toten Hand streckte er sich nach dem Schlüssel aus …

Die Flamme der Kerze flackerte auf und erlosch. Plötzlich lag der Raum in tiefen Schatten.

Sie hatte kaum Zeit wahrzunehmen, dass sie es war, die laut aufgeschrien und die Kerze umgeworfen hatte, als sie Stiefel auf der Treppe hörte. Eine Sekunde später schlug eine Faust gegen die Holztür.

»Madeline! Öffnen Sie sofort die Tür!«

Atemlos und in kaltem Schweiß gebadet, raffte sie sich auf und eilte zur Tür, um sie aufzuschließen. Sie riss sie auf und wäre um ein Haar von Artemas überrannt worden.

»Was zum Teufel …?« Er blieb unmittelbar hinter der Schwelle stehen und erfasste den Raum mit einem Blick.

»Es ist schon gut«, beeilte sie sich zu sagen. »Es tut mir Leid wegen des Schreis.«

Er sah sie an, dann trat er mit drei großen Schritten ans Fenster. Er zerrte den Vorhang beiseite und überprüfte die Schlösser. Dann wirbelte er herum und blickte auf die gelöschte Kerze.

»Ich habe meditiert«, erklärte sie. »Ich habe versucht, die Bilder meines Traums heraufzubeschwören.«

Bernice erschien in der Tür. Ihr Gesicht war von Sorge überschattet. »Was um Himmels willen geht hier vor?«

»Ist irgendetwas nicht in Ordnung?« Eaton Pitney tauchte, den einen Arm in einer Schlinge, hinter Bernice auf. Seine buschigen Augenbrauen waren bestürzt zusammengezogen. »War es ein Fremder?«

»Nein, nein, nicht doch«, erwiderte Madeline. Sie stöhnte, als auch noch die Haushälterin im Flur auftauchte. »Ich habe meditiert. Etwas hat mich erschreckt. Bitte, es gibt keinerlei Grund zur Beunruhigung.«

»Ich kümmere mich um die Sache, Frau Jones«, wandte sich Artemas an die Haushälterin. »Bitte sagen Sie auch den anderen Bediensteten Bescheid.«

»Sehr wohl, Sir.« Frau Jones wandte sich erleichtert ab und verschwand mit Nellie im Schlepptau.

Artemas wartete, bis sie die Treppe hinunter verschwunden waren. Dann sah er Madeline an. »Was zum Teufel ist geschehen?«

»Mein Traum.« Sie blickte Eaton Pitney an. »Es ist eine lange Geschichte, Sir, doch möchte ich jetzt nur so viel sagen, dass ich unter einem immer wiederkehrenden Traum leide. Gestern Nacht jedoch war irgendetwas darin anders. Es ging um einen Schlüssel.«

»Einen Schlüssel?« Pitney legte den Kopf zur Seite. »Zu einer Tür, wollen Sie sagen?«

Artemas musterte sie. »Was ist mit dem Schlüssel?«

»Er taucht jedes Mal in meinem Traum auf, doch gestern ließ ich ihn fallen, und anstatt ihn wieder aufzuheben, wie ich es für gewöhnlich tue …« Sie brach ab und wandte sich erneut Pitney zu. »Sir, gestern sagten Sie mir, Sie glaubten nicht, das kleine Bändchen, das ich Ihnen zeigte, könnte das *Buch der Geheimnisse* sein.«

»Gänzlich ausgeschlossen. Das Ding ist ja noch nicht einmal in der richtigen Sprache verfasst.«

»Gemeinsam haben wir jedoch die Möglichkeit erwogen, es könne sich um eine Art von Code handeln.«

»Nun denn?«

Sie atmete tief durch. »Lord Linslade hatte eine Unterhaltung mit einem Eindringling, den er für den Geist meines verstorbenen Mannes hielt. Linslade zufolge haben sich das Gespenst und er über das *Buch der Geheimnisse* unterhalten. Renwicks Geist meinte offenbar, selbst wenn das Buch gefunden werden würde, würde man doch noch einen Weg finden müssen, es zu übersetzen, denn nur sehr wenige Gelehrte seien dieser alten Sprache mächtig.«

»Vollkommen richtig«, stimmte Pitney zu.

»Und Sie selbst berichteten, der Fremde, der Sie in Ihrem Labyrinth überraschte, habe einen Schlüssel von Ihnen verlangt.«

»Worauf wollen Sie hinaus, Madeline?«, drängte Artemas.

»Was, wenn das *Buch der Geheimnisse* gar nicht den Flammen zum Opfer gefallen ist?«, fuhr Madeline unbeirrt fort. »Was, wenn jemand es jetzt in den Händen hält und den Code sucht, den er zur Entschlüsselung seiner Geheimnisse noch benötigt? Was, wenn dieses merkwürdige kleine Bändchen, das ich zu entziffern versucht habe, der Schlüssel für das *Buch der Geheimnisse* ist?«

18. Kapitel

Er stand hinter dem Paravent im Dunkeln und lugte durch die in das Muster eingewobenen Löcher. Die beiden Männer hatten nacheinander den elegant hergerichteten Speisesaal betreten. Beide schienen zunächst über die Gegenwart des anderen überrascht, doch überspielten sie das beiderseitige Erstaunen mit den üblichen Begrüßungsfloskeln. Keinem jedoch gelang es, das eigene Unbehagen gänzlich zu verbergen. Sie schauten einander nicht in die Augen, während sie das vom Kaminfeuer beleuchtete Zimmer musterten.

Der Tisch war für vier Personen gedeckt worden, und das Licht der Kerzen spiegelte sich in dem Kristall und dem Silber. Schwere Samtvorhänge vor den hohen Fenstern verdeckten die Aussicht auf die nebelverhangenen Vergnügungsgärten. Die Geräusche der Menschenmenge und der Musik waren gedämpft und schienen weit entfernt. Die Schritte der beiden Männer wurden durch den dicken Teppich abgeschwächt. Es waren keinerlei Bedienstete zugegen.

Stille umgab den privaten Speisesaal.

Glenthorpe durchbrach als Erster den oberflächlichen Austausch. »Ich hatte nicht erwartet, Ihnen heute hier zu begegnen. Darf ich davon ausgehen, dass Sie ebenfalls Anteile an diesem Geschäft besitzen?«

»An dem Minenvorhaben, meinen Sie?« Flood nahm die Flasche Claret vom Tisch und schenkte sich, ohne Glenthorpe ebenfalls etwas anzubieten, ein reichlich bemessenes Glas ein. »Ich war von Anfang an mit dabei und werde mir meinen Gewinn vorzeitig auszahlen lassen.«

»Die Möglichkeit, von Anfang an in dieses Vorhaben zu investieren, so sagte man mir, sei nur einer Hand voll Männern gestattet gewesen.«

»Richtig, lediglich durch Einladung hierzu war es überhaupt möglich.« Flood leerte den Claret und musterte über den Glasrand hinweg Glenthorpe. »Sie waren also einer derjenigen, denen man angeboten hat, gleich ab Beginn mit dabei zu sein?«

»Sie kennen mich doch, Flood.« Glenthorpes Lachen dröhnte hohl durch den kleinen Saal. »Ich habe schon immer eine gute Gelegenheit beim Schopf ergriffen, wenn sie meines Weges kam.«

»Ja, ich kenne Sie«, erwiderte Flood leise. »Und Sie kennen mich. Und wir beide kennen Oswynn. Recht interessant, finden Sie nicht?«

Glenthorpe zuckte zusammen. »Sie haben die Neuigkeiten bereits vernommen?«

»Dass man seine Leiche heute Morgen aus dem Fluss geborgen hat? Ja, das habe ich vernommen.«

»Ein Straßenräuber hat ihn erwischt«, meinte Glenthorpe halb befriedigt, halb verzweifelt. »Sie erinnern sich seines Charakters. Wild und draufgängerisch ist er jedes Risiko eingegangen und hat viel zu viel Zeit in den unsicheren Bezirken der Stadt verbracht. Es war ein Wunder, dass ihm nicht schon vor Jahren das Genick gebrochen worden ist oder ihn die Kugel von einem der Schurken aus den Rotlichtbezirken getroffen hat.«

»Wohl wahr«, stimmte Flood zu. »Ein Wunder. Aber jetzt gibt es ihn nicht mehr, nicht wahr? Jetzt sind nur noch zwei Mitglieder unseres kleinen Clubs am Leben.«

»Um Himmels willen, Flood, hören Sie mir doch mit diesem Oswynn auf.«

»Zwei von uns sind übrig, und durch einen merkwürdigen Zufall wurden wir heute beide vom Vorsitzenden dieses

Unternehmens hierher zitiert, um uns über die Höhe unserer Gewinne zu informieren.«

Glenthorpe trat ans Feuer, um sich zu wärmen. »Sie sind tatsächlich recht betrunken. Vielleicht sollten wir den Wein meiden, bis wir unsere Geschäfte abgeschlossen haben.«

»Unsere Geschäfte«, wiederholte Flood nachdenklich. »Richtig, unsere Geschäfte. Sagen Sie, finden Sie es denn nicht seltsam, dass bis jetzt noch niemand sonst erschienen ist?«

Glenthorpes Gesicht verdüsterte sich. Dann zog er seine Uhr aus der Tasche. »Es ist erst Viertel nach zehn.«

»Die Einladung war zu zehn Uhr.«

»Ja und?« Glenthorpe ließ die Uhr wieder in die Tasche gleiten. »Die Straßen waren heuer sehr befahren. Die anderen Investoren werden aufgehalten worden sein.«

Flood musterte die vier Gedecke auf dem Tisch. »Viele jedenfalls können es nicht sein.«

Glenthorpe folgte seinem Blick. Seine Hände zuckten unruhig. »Zumindest noch zwei.«

Flood betrachtete weiterhin die vier Gedecke auf dem Tisch. »Wenn wir davon ausgehen, dass eines der Gedecke für den Vorsitzenden dieses Unternehmens reserviert ist, so wäre, abgesehen von uns beiden, lediglich noch ein Investor zu erwarten. Offenbar sind nur wir drei dazu eingeladen worden, mit diesem Unternehmen unser Glück zu machen.«

»Das verstehe ich nicht.« Glenthorpe fummelte am Siegel seiner Uhrenkette. »Wer würde sich schon verspäten, um von seinen Gewinnen zu erfahren?«

Artemas trat hinter dem Paravent hervor.

»Ein toter Mann«, sagte er leise.

Flood und Glenthorpe fuhren herum.

»Hunt«, murmelte Flood.

»Was in aller Welt geht hier vor?« Glenthorpes vor Überraschung weit aufgerissene Augen spiegelten nun lediglich die totale Verwirrung wider. »Warum haben Sie sich hinter dem Paravent versteckt? Sie hätten Ihre Ankunft ankündigen sollen. Dies ist nicht der Zeitpunkt für derartige Spielchen.«

»In diesem Punkt stimme ich Ihnen zu«, erwiderte Artemas. »Fortan wird es keine Spielchen mehr geben.«

»Was wollten Sie mit Ihrer Bemerkung über einen toten Mann andeuten?«, erkundigte sich Glenthorpe scharf.

»Sie sind ein Dummkopf, Glenthorpe.« Flood hatte seinen Blick nicht von Artemas genommen. »Sie waren immer schon ein Dummkopf.«

Glenthorpe packte die Wut. »Verflucht, wie können Sie es wagen, mich einen Dummkopf zu nennen, Sir? Es steht Ihnen nicht zu, mich zu beleidigen.«

»Hunt ist nicht etwa der dritte Investor«, meinte Flood gedämpft. »Er ist der Vorsitzende dieses Minenvorhabens. Liege ich mit dieser Annahme richtig, Sir?«

Artemas legte den Kopf zur Seite. »Durchaus.«

»Der Prinzipal des Ganzen?« Glenthorpe schaute erst auf die vier Gedecke und richtete dann seinen Blick auf Artemas. »Und wer ist der dritte Investor?«

Floods Lippen bebten. »Ich würde annehmen, Oswynn war der Dritte, den man dazu verführt hat, sein gesamtes Vermögen in dieses Vorhaben zu stecken.«

Artemas trat immer noch nicht aus dem Schatten. »Wieder sind Ihre Schlussfolgerungen richtig. Andererseits waren Sie von jeher schon der Cleverste von Ihnen dreien, nicht wahr?«

Floods Mund verzerrte sich. »Lediglich um meine Neugier zu befriedigen, in welcher Höhe bewegt sich die Summe, die wir insgesamt bei diesem Vorhaben verloren haben?«

Artemas trat an den Tisch, nahm die Flasche Claret und schenkte sich ein Glas ein. Dann blickte er beide Männer an.

»Sie haben beide alles verloren«, verkündete er.

»Verdammter Mistkerl«, flüsterte Flood.

Glenthorpe schluckte schwer. »Alles? Aber das ist doch unmöglich. Was ist denn mit unseren Gewinnen? An diesem Vorhaben hätten wir ein Vermögen gewinnen sollen.«

»Ich fürchte, sowohl Ihre Gewinne als auch das von Ihnen investierte Geld ist die Schächte einer Goldmine in der Südsee hinunter verschwunden«, erwiderte Artemas.

»Wollen Sie damit sagen, dass eine solche Mine gar nicht existiert?«

»Genau, Glenthorpe. Das ist exakt das, was ich damit sagen will.«

»Aber ... aber ich habe meine gesamten Ländereien belastet, um die Mittel zu diesem Minenvorhaben aufzubringen.« Glenthorpe klammerte sich Halt suchend an eine Stuhllehne. »Damit bin ich ruiniert.«

»Wir alle drei haben mehr investiert, als wir uns leisten konnten.« Flood warf Artemas einen giftigen Blick zu. »Wir haben uns blenden lassen. Wir wurden von einer Illusion getäuscht. Hunt war der Magier hinter den Kulissen.«

Glenthorpe schien schwindelig zu werden. Sein Gesicht verzog sich gequält, und er legte eine Hand auf sein Herz. Er atmete ein paar Mal flach durch, dann richtete er sich langsam auf. »Warum? Worum geht es denn hier?«

Artemas sah ihn an. »Es geht um Catherine Jensen.«

Glenthorpe erblasste, zog sich einen Stuhl heran und ließ sich darauf fallen. »Verflucht auch, dann waren Sie es, der mir vor einigen Monaten das Siegel hat zukommen lassen?«

»Ich wollte Ihnen die Möglichkeit einräumen, Ihre Vergangenheit noch einmal zu überdenken, ehe ich den nächsten Schritt machte«, erwiderte Artemas.

»Sie sind ein kaltblütiger Teufel, Hunt«, bemerkte Flood fast schon beiläufig. »Eigentlich hätte ich schon lange darauf kommen müssen.«

»Nein.« Glenthorpe rieb sich mit dem Handrücken die Nase. »Nein, dies ist unmöglich. Wie könnte das sein? Es ist alles vor fünf Jahren geschehen.«

Artemas bedachte diese Bemerkung lediglich mit einem kurzen Schnauben. Flood war der Gefährlichere der beiden. »Für Rache gibt es keine Verjährung.«

»Es war ein Unfall.« Glenthorpes Stimme wurde laut. »Sie hat sich angestellt. Wer hätte schon gedacht, dass so ein kleines Flittchen sich derart zur Wehr setzen würde? Sie hat sich losgerissen. Wir wollten sie wieder einfangen, doch sie ist fortgerannt. Es war eine sehr dunkle, mondlose Nacht. Ohne Laterne konnte man die Hand vor Augen nicht sehen. Es ist nicht unsere Schuld, dass sie von der Klippe gestürzt ist.«

»Ich betrachte es aber als Ihre Schuld«, meinte Artemas leise. »Ihre und die von Oswynn und Flood.«

»Nun denn«, schaltete sich Flood mit ruhiger Stimme ein, »werden Sie uns also ebenso umbringen wie bereits Oswynn?«

Glenthorpe sperrte angsterfüllt den Mund auf. »Sie haben Oswynn umgebracht?« Er zuckte heftig zusammen und musste sich am Tisch festhalten, um nicht zu fallen. »Es war gar kein Straßenräuber?«

»Natürlich war es Hunt, der Oswynn umgebracht hat«, bemerkte Flood. »Wer hätte es sonst sein sollen?«

»Wie es sich fügt, habe ich Oswynn nicht umgebracht«, widersprach Artemas ruhig.

»Das glaube ich nicht«, versetzte Flood.

»Was Sie glauben oder nicht, ist natürlich Ihre Sache, aber wenn Sie ständig über die Schulter hinweg nach mir Ausschau halten, werden Sie möglicherweise den wirklichen Mörder nicht bemerken, wenn er unmittelbar vor Ihnen steht.«

»Genau wie es uns nicht aufgefallen ist, dass wir in unseren finanziellen Ruin gelockt wurden?«, knurrte Flood.

Artemas lächelte. »Ganz richtig. Ich rate Ihnen, sich vor allen neuen Bekanntschaften in Acht zu nehmen.«

»Nicht doch.« Glenthorpes Atem ging flach und unregelmäßig. »Nein, das kann alles gar nicht wahr sein.«

Floods Mund verkrampfte sich. »Wenn Sie Oswynn nicht umgebracht haben, Hunt, wer war es dann?«

»Eine ausgezeichnete Frage.« Artemas nippte abwesend an seinem Claret. »Und eine, die ich bald zu beantworten hoffe. Doch in der Zwischenzeit müssen wir davon ausgehen, dass der Mörder sich einen von Ihnen als nächstes Opfer aussuchen wird. Es ist durchaus möglich, dass er Sie alle beide umlegen wird. Das ist auch der Grund, weswegen ich Sie heute Abend hierher eingeladen habe. Bevor Sie in den Tod gehen, möchte ich, dass Sie beide wissen, dass Catherine Jensen Genugtuung widerfahren ist.«

Glenthorpe schüttelte hilflos den Kopf. »Aber weshalb sollte dieser Schurke uns umzubringen versuchen?«

»Aus demselben Grund, aus dem er auch Oswynn umgebracht hat. Er hofft, mich damit von einer anderen Angelegenheit abzulenken, in die ich tief verwickelt bin«, erwiderte Artemas. »Wie ich gestehen muss, ist es ihm gelungen, meine Aufmerksamkeit abzulenken. Das muss ich in Zukunft vermeiden.«

Flood musterte ihn. »Und worum handelt es sich bei dieser anderen Angelegenheit?«

»Das geht Sie nichts an«, erwiderte Artemas. »Zunächst genügt es festzuhalten, dass meine Bekanntschaft mit Glenthorpe und mit Ihnen bis auf weiteres beendet ist. Die Ereignisse haben mich gezwungen, meine Karten früher als geplant aufzudecken. Für den Moment muss ich mich damit zufrieden geben, dass bei Ihnen beiden morgen früh Ihre Schuldner vor der Tür stehen werden.«

»Ich bin ruiniert«, keuchte Glenthorpe. »Bis auf die Knochen ruiniert.«

»Wohl wahr.« Artemas bewegte sich Richtung Tür. »Doch entschädigt es noch nicht einmal ansatzweise für das, was Sie vor fünf Jahren getan haben. An langen, kalten Winternächten wird es Ihnen noch genügend Stoff zum Nachdenken liefern, vorausgesetzt natürlich, Oswynns Mörder legt Sie nicht vorher schon um.«

»Zur Hölle mit Ihnen, Sie verdammter Mistkerl«, knurrte Flood. »Damit werden Sie nicht so einfach davonkommen.«

»Falls ich in irgendeiner Weise Ihrer Ehre zugesetzt haben sollte, fühlen Sie sich frei, mich zum Duell herauszufordern.«

Flood wurde vor Wut krebsrot, schwieg jedoch.

Artemas trat in den Flur hinaus und schloss die Tür. Er hörte, wie ein Gegenstand, möglicherweise die Flasche Claret, gegen die Holzvertäfelung prallte.

Er ging die Treppe hinunter und trat in die trübe Nacht hinaus. Der Nebel hatte die Begeisterung der Menschenmenge nicht dämpfen können, doch hatten die meisten Besucher für den heutigen Abend Innenveranstaltungen gewählt. Die Lichter des Kristallpavillons leuchteten. Er ging einen sich entlangschlängelnden, von Laternen beleuchteten Weg hinunter. Keiner kam ihm entgegen.

Nun war es endlich vorbei. Fünf lange Jahre hatte er seine Zeit auf die Planung und endlose Varianten der Vorgehensweise verwandt, heute Abend war alles zu seinem Ende gekommen. Oswynn war tot, Flood und Glenthorpe waren ruiniert und mochten von ihm aus dem Schurken zum Opfer fallen, der sich als Geist von Renwick Deveridge ausgab. Das sollte reichen.

Er spürte, dass er auf etwas wartete, doch empfand er nichts. Wo war die Befriedigung? Das Gefühl, dass ihnen Gerechtigkeit widerfahren war? Wo war das Gefühl eines inneren Friedens?

Er lauschte dem Applaus, der aus dem Silberpavillon herüberdrang. Die Vorführung des Magiers war soeben zu Ende gegangen.

Es kam ihm so vor, als habe er die letzten fünf Jahre in Trance verbracht. Vielleicht hatte Madeline Recht. Vielleicht war er tatsächlich über alle Maßen absonderlich. Welcher klarsichtige Mann bei Verstand würde fünf Jahre darauf verwenden, einen Racheplan auszuhecken?

Er kannte die Antwort: ein Mann, der nichts Wichtigeres im Leben hatte als kalte Rache.

Diese bedrückende Erkenntnis lastete wie ein Fels auf seiner Seele. Er verließ die Gärten durch das Westtor und ging zu den im Schatten wartenden Kutschen. Als er jedoch eine sehr bekannte kleine schwarze Kutsche auf der Straße stehen sah, hielt er jäh inne. Die Außenlaternen schimmerten im Nebel. Der Innenraum der Kutsche war vollkommen dunkel. »Verdammt noch eins.«

Schlagartig wurde seine innere Leere von Wut überflutet. Sie hatte hier draußen nichts zu suchen.

Er trat auf die Kutsche zu. Der zusammengesunkene Koloss auf dem Kutschbock entpuppte sich als Latimer, der ihn beim Herannahen grüßte.

»Tut mir Leid, Sir. Ich habe ihr auszureden versucht, Ihnen heute Abend zu folgen, doch wollte sie nichts davon wissen.«

»Wer Ihnen Ihre Anweisungen zu geben hat, darüber werden wir uns später unterhalten, Latimer.«

Er riss die Tür auf und schwang sich in die unbeleuchtete Kutsche.

»Artemas.« Madelines Stimme war von einem seltsamen Gefühl durchdrungen, das er nicht recht zu deuten wusste. »Sie haben sich heute Abend mit diesen beiden Männern getroffen, Glenthorpe und Flood. Bemühen Sie sich nicht, es zu bestreiten.«

Er nahm ihr gegenüber Platz. Sie hatte sich ebenso verschleiert wie an dem Tag, als er sie zum ersten Mal gesehen hatte. Ihre mit Handschuhen bekleideten Hände hielt sie fest auf ihrem Schoß verschränkt. Er konnte ihren Gesichtsausdruck nicht erkennen, doch ging von ihr pures Missbehagen aus.

»Ich hatte nicht vor, es zu bestreiten«, erwiderte er.

»Wie können Sie es wagen, Sir?«

Ihre Wut verblüffte ihn. »Was in aller Welt soll das denn?«

»Sie haben noch nicht einmal die Höflichkeit besessen, mich über Ihr Vorhaben für den heutigen Abend zu informieren. Wenn Zachary nicht zufällig erwähnt hätte, dass Sie zwei Gentlemen, mit denen Sie geschäftlich zu tun haben, Briefe haben zukommen lassen, hätte ich gar nicht gewusst, wo Sie stecken. Wie konnten Sie das tun, ohne mich davon zu unterrichten?«

Verdutzt horchte er ihren zornigen Worten nach. »Meine Angelegenheiten mit Flood und Glenthorpe heute Abend gehen Sie absolut nichts an.«

»Sie haben sie über ihren finanziellen Ruin in Kenntnis gesetzt, nicht wahr?«

»Ja.«

»Verflucht, Sir, Sie hätten Ihr Leben dabei lassen können.«

»Höchst unwahrscheinlich. Ich hatte die Sache vollkommen unter Kontrolle.«

»Lieber Himmel, Artemas, Sie hatten ein letztes Gespräch mit ihren beiden schlimmsten Feinden und haben noch nicht einmal Zachary mitgenommen, um Sie zu bewachen?«

»Ich versichere Ihnen, Zacharys Anwesenheit war nicht vonnöten.«

»Sie hatten nicht das Recht, ein solches Risiko einzugehen. Wenn nun etwas schief gegangen wäre?« Ihre Stimme wurde lauter. »Was, wenn Flood oder Glenthorpe Sie zum Duell herausgefordert hätten?«

Ihre Wut erstaunte ihn einerseits, andererseits machte sie

ihn neugierig. Sie schien sich seinetwegen tatsächlich Sorgen zu machen. »Flood und Glenthorpe gehören nicht zu jenen Männern, die ihr Leben in Duellen aufs Spiel setzen. Wenn dem so wäre, so hätte ich sie bereits vor Jahren herausgefordert. Madeline, beruhigen Sie sich.«

»Mich beruhigen? Wie können Sie auch nur daran denken? Was, wenn einer der beiden die Pistole gezogen und Sie an Ort und Stelle erschossen hätte?«

»Gänzlich unvorbereitet war ich nicht«, beschwichtigte er sie. »Ich zögere, Sie an meine Schwächen zu erinnern, doch schließlich bin ich ein Vanza. Ich gehöre nicht zu den Männern, die man leicht aus der Welt schaffen kann.«

»Ihre verdammte Vanza-Ausbildung bietet keinen Schutz gegen Blei, Sir. Renwick Deveridge war Vanza, doch habe ich ihn in seinem eigenen oberen Hausflur mit einer Pistole erschossen.«

Die Kutsche fuhr zwar, doch die Stille im Inneren war so laut, dass sie die Geräusche des Wagens und der Hufe übertönte. Madeline lauschte dem Hall ihres Mordgeständnisses und fragte sich, ob sie total den Verstand verloren hatte. Nachdem sie monatelang ihr großes Geheimnis gewahrt hatte – ein Geheimnis, das sie an den Strang bringen oder zumindest zur Deportation verurteilen könnte –, war es ihr während eines Streits über die Lippen gekommen.

Artemas war nicht geschockt, er schien nur nachdenklich. »Dann entbehren die Gerüchte und Spekulationen also doch nicht der Wahrheit. Sie haben ihn erschossen.«

Die Hände in ihrem Schoß verkrampften sich. »Ja.«

»Und Ihr ständig wiederkehrender Albtraum ist demnach eine recht genaue Beschreibung der Ereignisse jenes Abends?«

»Ja. Ich habe Ihnen jedoch noch nicht den Anfang erzählt.«

»Den Teil der Geschichte, in dem Sie Deveridge erschossen haben?«

»Richtig.«

Er ließ sie nicht aus den Augen. »Noch haben Sie mir erzählt, weswegen Sie derart erpicht darauf waren, das Schlafzimmer zu öffnen, obwohl rings um sie herum Flammen loderten.«

»Bernice befand sich in dem Zimmer.« Ein kurzes Schweigen folgte.

»Verflucht auch.« Artemas schnaufte hörbar aus. »Wie kam es, dass sie dort eingeschlossen war?«, fragte er dann.

»Renwick hat sie an jenem Abend entführt, nachdem er meinen Vater vergiftet hat.« Ihre Hände schmerzten. Sie schaute hinunter und sah, dass sie sie zu Fäusten geballt hatte. »Er hat sie in sein Haus gebracht, sie geknebelt und anschließend dem Flammentod überlassen.«

»Wie haben Sie sie gefunden?«

»Als ich Papa fand, war er noch am Leben. Er sagte mir, Renwick habe Bernice entführt und würde auch nach mir suchen. Er erläuterte, eine schnelle, entschiedene Handlungsweise sei meine einzige Hoffnung. Er ermahnte mich, mich an alles zu erinnern, was er mir vom Vanza beigebracht hatte.«

»Was haben Sie gemacht?«

»Ich bin Renwick in sein Haus gefolgt. Als ich dort ankam, hatte er das Laboratorium bereits in Brand gesetzt und war gerade dabei, in der Küche ein weiteres Feuer zu legen. Ich trat in den Garten, schaute am Haus hinauf und sah Bernice' Gesicht im Fenster des Schlafzimmers. Es war ihr gelungen, sich bis ans Fenster zu schleppen, doch waren ihre Hände nach wie vor hinter dem Rücken gefesselt. Das Fenster konnte sie also nicht öffnen. Ich sah keine Möglichkeit, dort hinaufzuklettern.«

»Also sind Sie in das Haus gegangen?«

»Ja. Ich hatte keine andere Wahl.« Sie schloss die Augen, als die schrecklichen Erinnerungen in ihr aufstiegen. »Renwick hielt sich immer noch in der Küche auf und hat mich nicht gehört. Ich rannte die Treppe hinauf, dann den Flur entlang bis zum Schlafzimmer. Bis auf den Schein der Flammen auf der hinteren Treppe war es recht dunkel.«

»Das Zimmer fanden Sie verriegelt vor.«

Sie nickte. »Ich versuchte es mit einer Haarnadel. Ich konnte das Prasseln der Flammen hören und wusste, dass mir nur noch sehr wenig Zeit blieb. Dann stand er plötzlich im Flur. Er muss mich wohl auf der Treppe gesehen haben.«

»Was hat er zu Ihnen gesagt?«

»Als er mich vor dem Schlafzimmer knien sah, grinste er und hielt einen Schlüssel hoch. Dann lachte er. ›Ist es das, was du benötigst?‹, fragte er.«

»Was haben Sie geantwortet?«

»Nichts.« Sie blickte ihn wie durch einen Schleier hindurch an. »Die Pistole lag von meinen Rockfalten verborgen neben mir auf dem Fußboden. Er hat sie nicht gesehen. Papa hatte mir geraten, nicht zu zögern, da Renwick ein Vanza war. Ich sagte also gar nichts, bückte mich, griff die Pistole und schoss ihn mit einer einzigen Armbewegung und einer Kugel tot. Er stand kaum zwei Meter weit entfernt, müssen Sie wissen. Er kam auf mich zu und lachte wie der Teufel selbst. Ich konnte ihn nicht verfehlen. Ich wagte nicht, ihn zu verfehlen.«

Artemas betrachtete sie mit leuchtenden Augen. »Und dann hoben Sie den Schlüssel auf, entriegelten die Tür und retteten Ihre Tante.«

»Ja.«

»Sie sind wirklich unglaublich, meine Liebe.«

Sie starrte ihn an. »In meinem ganzen Leben hatte ich noch nie so viel Angst verspürt.«

»Ja, natürlich«, erwiderte er. »Das macht es ja alles so erstaunlich. Ich möchte Sie nicht zwingen, länger als unbedingt notwendig bei diesem Thema zu bleiben. Da Sie und Ihre Tante jedoch die Letzten waren, die Renwick am Leben gesehen haben, muss ich Sie noch einmal fragen, ob Sie sich auch ganz gewiss sind, dass er in jener Nacht ums Leben gekommen ist.«

Ihr schauderte. »Ja. Bernice hat sich auf dem Weg nach unten die Zeit genommen, das genau zu überprüfen.

Sie meinte, wir dürften keinen Fehler machen, weil er ein solch wahnsinniger und gefährlicher Mann sei.«

»Er war auch ein sehr ausgefuchster Mann.«

Sie schüttelte sich. »Fast so ausgefuchst und schlau wie Sie, Sir. Trotzdem war er nicht schlau genug, um einer Kugel auszuweichen.«

»Ich verstehe, was Sie damit sagen wollen, und danke Ihnen für Ihre Besorgnis.«

»Verflucht, Artemas, behandeln Sie mich nicht wie eine Idiotin. Ich weiß, was eine aus nächster Nähe abgefeuerte Kugel einem Menschen antun kann.«

»Ganz richtig. Und warum haben Sie diese Gelegenheit gewählt, um mir die Wahrheit über die Geschehnisse in jener Nacht zu erzählen?«

Sie versteinerte. »Ich versichere Ihnen, ich hatte nicht vor, den Mord zu gestehen.«

»Es war Notwehr.«

»Diese Einschätzung würden nicht alle mit Ihnen teilen, Artemas.«

»Ich sehe es so.«

»Verzeihen Sie mir, Sir, aber nehmen Sie die Neuigkeit, dass ich eine Mörderin bin, nicht zu sehr auf die leichte Schulter?«

Er lächelte kaum merklich. »Vermutlich, weil es sich für mich nicht um eine Neuigkeit handelt. Seit einiger Zeit schon war ich der Überzeugung, dass entweder Sie oder aber Ihre Tante Deveridge erschossen haben. Vor die Wahl gestellt, hätte ich mein Geld auf Sie gesetzt. Bernice hätte die Angelegenheit mit Gift erledigt, nicht mit einer Pistole.«

»Verstehe.« Sie blickte auf ihre zusammengekrampften Hände. »Ich weiß nicht recht, was ich dazu sagen soll.«

»Sie müssen gar nichts sagen.« Er schwieg. »Doch wenn ich der Art und Weise gedenke, in der Sie mir die Wahrheit entgegengeschleudert haben …«

»Ich kann mir auch nicht erklären, was in mich gefahren ist. Ich muss den Verstand verloren haben.« Sie legte die Stirn in Falten. »Nein, nicht den Verstand, die Beherrschung. Wie können Sie es nur *wagen,* Ihren Kopf auf diese Art und Weise zu riskieren?«

»Weshalb sind Sie so wütend auf mich?«, fragte er gleichmütig. »Fürchten Sie, falls ich von Glenthorpe oder Flood umgebracht werden sollte, nicht mehr meine Dienste in Anspruch nehmen zu können?«

Heller Zorn bemächtigte sich ihrer. »Verflucht noch mal,Artemas, Sie wissen, dass dem nicht so ist. Ich bin wütend, weil ich die Vorstellung unerträglich finde, Ihnen könne etwas zustoßen.«

»Sie wollen sagen, dass Sie mich trotz meiner Vanza-Vergangenheit zu mögen beginnen? Glauben Sie denn, Sie könnten meine Beziehungen zum Handel und Geschäftsleben verschmerzen?«

Sie warf ihm einen aufgebrachten Blick zu. »Mir ist nicht zum Spaßen zumute, Sir.«

»Mir auch nicht.« Unvermittelt streckte er sich nach ihr aus. Seine Hände umfassten ihre Schultern. »Erläutern Sie mir bitte ganz genau, weswegen Sie die Vorstellung meiner möglichen Ermordung nicht ertragen können.«

»Machen Sie sich nicht lächerlich, Sir«, zischte sie hinter zusammengebissenen Zähnen. »Sie wissen sehr wohl, weswegen ich nicht möchte, dass Sie verletzt werden oder Ihnen etwas noch Schlimmeres zustößt.«

»Wenn der Grund nicht der ist, dass es Sie viel Mühe kosten würde, einen anderen Kenner des Vanza ausfindig zu machen, ist dann vielleicht der Grund darin zu suchen, dass Ihnen die Vorstellung von noch mehr Schuld unerträglich ist? Machen Sie sich deshalb solche Sorgen um mich?«

»Verflucht, Artemas.«

»Sie befürchten, falls mir während meiner Tätigkeit für Sie etwas zustoßen sollte, Sie verpflichtet wären, die Verantwortung dafür zu übernehmen, nicht wahr?«

Plötzlich fiel ihr auf, dass er ebenfalls wütend geworden war. »Ja, das ist zum Teil der Fall. Ich bedarf keiner weiteren Schuld, vielen Dank auch.«

»Sie werden nicht die Verantwortung für mich übernehmen, gnädige Frau.« Seine Stimme war so kalt und scharf wie die einer Messerschneide. »Haben Sie das begriffen?«

»Ich werde tun und lassen, wie es mir verdammt noch mal beliebt.«

»Das werden Sie nicht.« Er ließ mit der einen Hand von ihrer Schulter ab, schlug den Schleier zurück und warf den leichten Stoff hinter ihren Kopf. »Wir sind beide gemeinsam in diese Sache verwickelt, und wir werden sie auch gemeinsam durchstehen.«

»Artemas, wenn Ihnen etwas zustoßen sollte, werde ich in der Tat den Verstand verlieren«, flüsterte sie unglücklich.

Er nahm ihr Gesicht zwischen seine Hände. »Hören Sie mir gut zu. Ich fälle meine eigenen Entscheidungen. Weder steht es Ihnen zu, noch haben Sie das Recht, die Verantwortung für das zu übernehmen, was durch diese Entscheidungen ausgelöst wird. Zum Teufel auch, Madeline, Sie tragen nicht für mich die Verantwortung!«

»Wie sonst sollte ich Ihnen gegenüber empfinden?«

»Himmel noch mal, ich bin Ihr Liebhaber. Vergessen Sie das nur nie.«

Er presste seine Lippen auf ihre und drückte sie auf die Kissen hinunter. Sein Gewicht machte sie bewegungslos. Sein Bein zerknitterte die Falten ihres Kleides.

»Artemas.«

»Vor wenigen Minuten bin ich aus den Vergnügungspavillons gekommen. Mir war, als ob ich aus einer Trance erwachen würde.« Wieder nahm er ihr Gesicht zwischen seine Hände. »Eine fünf Jahre lange Trance. Meine Rachepläne waren das Einzige, was mich die ganzen Jahre über angetrieben hat. Heute Abend habe ich zum ersten Mal gemerkt, dass es etwas viel Wichtigeres in meinem Leben gibt.«

»Und was wäre das, Artemas?«

»Sie sind es.«

Er beugte sich hinunter und küsste sie heftig und leidenschaftlich. Übermächtige Gefühle loderten in ihr auf. Sie klammerte sich an ihn und küsste ihn mit derselben Wildheit, die er ihr gegenüber zeigte.

Seine Lippen liebkosten ihren Hals. Sie fühlte seine warmen, besitzergreifenden Hände auf der nackten Haut kurz über ihren Strumpfhaltern.

Zunächst erkundete er sie mit den Fingern und versetzte sie mit nur wenigen Berührungen in wollüstige Ekstase.

»Du reagierst auf mich, als ob du für mich geschaffen worden wärst«, murmelte er mit rauchiger, zufriedener Stimme.

Sie fühlte die Spitze seiner erregten Männlichkeit an ihrer Lustperle und merkte erst jetzt, dass es ihm irgendwie gelungen war, die Hosen zu öffnen. Er nahm erst das eine, dann das andere Bein und legte beide über seine Schultern. Unter den Falten ihres Kleides und Umhangs und in dem tiefen Schatten konnte er sie unmöglich sehen, doch fühlte sie sich dennoch vollkommen entblößt. Noch nie zuvor hatte sie eine derartige Verletzlichkeit empfunden. Doch statt sie zu ängstigen, erhöhte es nur ihre Erregung.

Dann drang er mit einem einzigen, festen Stoß in sie ein und füllte sie gänzlich aus. Zunächst rang sie kurz nach Luft, und er begann sich behutsam zu bewegen, noch ehe sie sich an ihn angepasst hatte. Seine Stöße wurden schneller, drängend und unnachgiebig.

Die Anspannung in ihrem Unterleib verschwand, löste sich wellenartig, machte einem süß pulsierenden Zittern Platz, durchbebte ihren ganzen Körper und schien sie in die gleißende Helligkeit des Universums zu katapultieren.

Sie hörte Artemas' unterdrückten Aufschrei und fühlte, wie sich die Muskeln seiner Lenden anspannten. Sie klammerte sich gierig an ihn, während er sich guttural stöhnend in ihr ergoss.

Nachdem er sich bereits eine Stunde im Bett gewälzt hatte, gab Artemas den Versuch zu schlafen auf. Er schlug die Bettdecke zurück, stand auf und griff nach seinem Morgenrock.

Er durchquerte den Raum zu dem niedrigen Tisch, ließ sich auf den Teppich fallen und zündete die Meditationskerze an. Er schloss die Augen und ließ den Duft der Kräuter seine aufgeputschten Gedanken beruhigen.

Danach überprüfte er jeden Plan, jede Vorsichtsmaßnahme und jeden Schritt, den er bisher gemacht hatte, auf mögliche Mängel und Schwächen.

Doch als er sich davon überzeugt hatte, alles in seiner Macht Stehende getan zu haben, wandten sich seine Gedanken erneut Madeline zu.

Er musste sie unter allen Umständen schützen. Sie war das Zauberwesen, das ihn aus seiner bitteren Trance erweckt hatte.

19. Kapitel

Die glitzernden Kronleuchter tauchten den Ballsaal in ein funkelndes Licht. Alles, was Rang und Namen hatte, war der Einladung in das Haus Lord Clays und seiner Frau gefolgt, die ihrerseits wiederum als gute Gastgeberin bekannt war. Obwohl ihr der wahre Grund ihrer Anwesenheit am heutigen Abend wohl bewusst war, war Madeline doch etwas mulmig zumute. Vor ihrer Hochzeit hatte sie nur wenig Zeit auf Gesellschaften verbracht und danach überhaupt nicht mehr. Es war tatsächlich eine vollkommen andere Welt, ebenso sehr von schillernden Illusionen getragen wie die der Vergnügungspavillons. Mit Bernice zusammen stand sie in der Nähe der geöffneten bodenlangen Fenster und beobachtete die Frauen in den leichten, kostbaren Roben, die in den Armen von elegant gekleideten Männern Walzer tanzend vorüberschwebten. Livrierte Diener boten auf Silbertabletts Champagner- und Limonadengläser feil. Oberflächliche Unterhaltungen und künstliches Lachen wetteiferten mit der Musik um Aufmerksamkeit.

Bernice musterte Madeline von Kopf bis Fuß und strahlte zufrieden. »Heute Abend kannst du es hier mit jeder Frau aufnehmen, meine Liebe.«

Madeline blickte an ihren hellgelben Satinröcken herunter und kräuselte die Nase. »Danke.«

»Der Dank gebührt Hunt. Er hat darauf bestanden, dass du heute Abend nicht in Schwarz gehst. Auch ich bin der Auffassung, du solltest dich allmählich so kleiden, wie es einer jungen Frau deines Temperaments entspricht.«

Wie aus dem Nichts war am Nachmittag das gelbe Satinkleid zusammen mit einer Schneiderin aufgetaucht. Die Schneiderin hatte das Gewand auf Madelines Körper zugeschnitten. Passende Handschuhe und Schuhe aus feinem Ziegenleder waren ebenfalls wie aus heiterem Himmel aufgetaucht.

Bernice hatte sich so zufrieden darüber gezeigt, dass Madeline von ihrer Mithilfe in der Angelegenheit überzeugt war. Doch war es der leuchtende Blick männlichen Stolzes in Artemas' Augen gewesen, weswegen sie erwogen hatte, die Trauer für ihren Vater hinter sich zu lassen.

Es war Artemas' Idee gewesen, sich die übervolle Villa der Clays heute Abend zunutze zu machen. Eine ausgezeichnete Gelegenheit, das Arbeitszimmer des Lords zu durchsuchen, hatte Artemas dargelegt. Sie mussten herausfinden, was Clay mit der großen Menge einschläfernder Kräuter aus der Arzneimittelhandlung Moss angefangen hatte.

Mit Unbehagen blickte Madeline auf die große Treppe. Vor einer halben Stunde bereits war Artemas verschwunden, um seinen heimlichen Erkundungen nachzugehen. Seither hatten sie ihn nicht mehr zu Gesicht bekommen.

»Er ist schon recht lange weg«, raunte sie Bernice zu. »Sicher gibt es keinen Anlass zur Sorge. Hunt ist viel zu schlau, um sich beim Durchsuchen von Clays Arbeitszimmer erwischen zu lassen.«

»Ich machte mir keine Sorgen, dass er sich erwischen lassen könnte. Es ärgert mich lediglich, dass er heute den leichteren Teil der Aufgabe erledigen darf. Mir hat er den schwierigeren Teil überlassen.«

»Wovon in aller Welt redest du?«

»Ist das nicht offensichtlich? Ich bin diejenige, die all die Blicke und verstohlenen Kommentare ertragen muss. Ist dir bei unserem Eintreten in den Ballsaal nicht aufgefallen, wie Bewegung in die Gesellschaft gekommen ist? Sicher haben diese Leute nichts Besseres zu tun, als über die Tatsache zu tratschen, dass Artemas Hunt heute in Begleitung der Verruchten Witwe erschienen ist.«

Bernice kicherte. »Damit hast du sicherlich Recht, meine Liebe. Niemand hier hat etwas Besseres zu tun, als genau darüber zu reden. Deine Verbindung mit Hunt ist offenbar die neueste Klatschmeldung in der Stadt.«

»Ich komme mir wie eine Attraktion in den Vergnügungspavillons vor. Ich sollte von den Leuten Eintrittsgeld verlangen.«

»Sachte, sachte, so schlimm ist es nun auch wieder nicht.«

»Und ob es das ist. Viel lieber würde ich Clays Arbeitszimmer durchsuchen. Es würde Artemas recht geschehen, wenn er all die neugierigen Blicke würde aushalten müssen.«

»Die Gesellschaft wird schnell eines neuen Gerüchtes müde«, versicherte ihr Bernice. »Die Neuigkeit, dass du mit Hunt etwas zu tun hast, wird schon bald nicht mehr aufregend sein.«

»Hoffen wir nur, dass deine Meinung auch die ihre ist.«

»Bernice.« Die fremde Stimme täuschte Überraschung vor. »Wie schön, Sie wieder zu sehen. Es ist lange her.«

Madeline wandte sich um und sah sich einer Dame in mittleren Jahren gegenüber, in einem rosa Seidenkleid, die sie durch eine Lorgnette hindurch musterte.

»Und Sie sind Frau Deveridge, nicht wahr?«

Madeline war die Frau spontan von Herzen unsympathisch. »Sind wir schon einander vorgestellt worden, gnädige Frau?«

»Ihre Tante kann sich um die Formalitäten kümmern. Wir sind einander bekannt.«

»Lady Standish«, murmelte Bernice. »Erlauben Sie mir, Ihnen meine Nicht vorzustellen, Madeline.«

»Die Verruchte Witwe.« Lady Standishs Augen glänzten

wie nasse Kieselsteine. »Hunts Mut muss man wirklich bewundern, eine Dame Ihrer Reputation in dieses Haus mitzubringen.«

Diese Unverschämtheit verschlug Madeline die Sprache.

Bernice jedoch konnte das ihre Schlagfertigkeit nicht rauben. »Artemas Hunt gehört sicherlich nicht zu den gewöhnlichen, verzagten Gentlemen«, flötete Bernice. »Anders als Ihr Sohn Endikott, der eher eine etwas einschläfernde Gesellschaft zu bevorzugen scheint, besitzt Hunt den Hang zu Intelligenz und gutem Stil.«

Lady Standishs Lächeln wurde dünn und gemein. »Aber, aber, meine liebe Frau Deveridge, wissen Sie denn nicht, dass Ihr Name in eines jeden Gentlemans Wettbuch verzeichnet ist? Es steht eine Summe von tausend Pfund für den Mann aus, der eine Nacht mit Ihnen überlebt. Wie ich annehme, hat sich Hunt seinen Gewinn bereits abgeholt.«

Madeline stockte der Atem.

»Aber machen Sie sich keine Sorgen«, fuhr Lady Standish fort. »Vielleicht können Sie ihn ja dazu überreden, den Gewinn mit Ihnen zu teilen.«

Madeline war endgültig sprachlos.

Ganz anders Bernice. Sie maß Lady Standish mit dem kühlen Interesse eines Generals, der auf dem Kampffeld seinen Gegner einzuschätzen versuchte. »Offenbar ist es Ihnen noch nicht zu Ohren gekommen, dass unser Gastgeber in seinem Club all jene zu einem Duell herausfordern wird, die den Namen meiner Nichte auf eine Art benutzen, die Hunt als beleidigend empfindet. Es wäre wohl geraten, den jungen Endikott zu warnen. Wie ich mich entsinne, ist er Ihr einziger Erbe. Es wäre eine Schande, ihn in einem Duell um die Ehre meiner Nichte zu verlieren, nicht wahr?«

Jetzt war es Lady Standish, der es die Sprache verschlagen hatte. Entsetzen war in ihren eiskalten Augen zu lesen. »Nun, ich hätte niemals gedacht ...«

Sie drehte sich schnaubend um und verschwand ohne ein weiteres Wort in der Menge.

Madeline hatte endlich ihre Sprache wiedergefunden und fragte Bernice verdattert: »Worum ging es denn hier? Erzähl mir bloß nicht, dass Hunt tatsächlich all jene zum Duell herausfordern möchte, die meine Ehre beleidigen?«

»Nichts, weswegen du dir Sorgen machen müsstest, meine Liebe. Kein Mensch wird derart töricht sein.«

»Davon spreche ich doch gar nicht.« Madeline konnte nun ihre Wut und Panik kaum noch beherrschen. »Großer Gott, ich darf Hunt nicht gestatten, seinen Kragen auf solch lächerliche Art und Weise zu riskieren. Weshalb hat mir niemand von der Wette in den Wettbüchern erzählt?«

»Ich wusste, dass es dich nur verstören würde, meine Liebe.« Bernice tätschelte ihr die Hand. »In letzter Zeit hattest du auch so schon ausreichend Sorgen.«

»Woher weißt du denn darüber Bescheid?«

»Herr Leggett hat es wohl mir gegenüber erwähnt«, meinte Bernice fröhlich.

»Ich werde ein Wort mit ihm über diese Angelegenheit wechseln müssen.« Madeline kochte jetzt vor Wut.

»Mit Herrn Leggett?«

»Nicht doch!« Madeline kniff die Augen zusammen. »Mit Artemas.«

Just als Artemas die letzte Schublade von Clays Schreibtisch durchsucht hatte, hörte er einen Schlüssel in der Tür. Schnell löschte er die Kerze und trat hinter einen der schweren Samtvorhänge, die vor dem hohen Fenster hingen.

Er hörte, wie die Tür geöffnet wurde. Jemand betrat die Bibliothek. Artemas sah das Flackern einer Kerze, konnte jedoch niemanden erkennen.

»Ach hier bist du, Alfred«, ertönte eine Stimme auf dem Flur. »In der Küche suchen sie schon alle nach dir.«

»Sag ihnen, ich bin gleich da. Doch erst muss ich noch meine Runden drehen. Du weißt doch, wie sehr die Herrschaft seit dem Einbruch darauf drängt, ein Auge auf die Wertsachen zu halten. Heute Abend soll ich sogar besonders wachsam sein, weil das Haus voller Leute ist.«

»Nun denn. Als Einbruch würde ich es allerdings kaum bezeichnen. Das Einzige, was gestohlen wurde, war ein Gefäß mit Kräutern, die er letzten Monat aus dem Arzneimittelhandel geholt hat. Keine große Sache, wenn du mich fragst.«

»Niemand fragt dich, George.«

Das beantwortete zumindest die dringlichste Frage des Abends, dachte Artemas. Dann lauschte er, wie die Tür hinter den beiden Bediensteten geschlossen wurde. Die Schlafkräuter waren also entwendet worden. Ohne Zweifel ein mitternächtlicher Besuch des geheimnisvollen Gespenstes. Lord Clay war offenbar nicht in die Sache verwickelt.

Artemas trat hinter der Gardine hervor. Er verließ die Bibliothek und ging den Flur zur Treppe hinunter. Ein paar Minuten später schlenderte er durch den vollen Ballsaal auf Bernice und Madeline zu.

Etwas von der Enttäuschung, dass er in Clays Bibliothek nichts Nützliches hatte ausfindig machen können, verflog bei Madelines Anblick. Sie sah hinreißend aus, dachte er. Sie stellte alle anderen Frauen in den Schatten, nicht weil sie die schönste, sondern weil sie seiner Meinung nach die anziehendste aller anwesenden Frauen war.

Während er sich ihr näherte, konnte er die Augen nicht von ihr abwenden. Er hatte sich in diesem bestimmten Gelbton nicht geirrt, dachte er. Sonnengelb stand ihr ausgezeichnet.

»Guten Abend, die Damen«, grüßte er, als er neben Madeline stand. »Amüsieren wir uns alle gut?«

Madeline fuhr herum. Überrascht stellte er fest, dass ihre Augen wütend blitzten.

»Wie können Sie nur etwas derart Törichtes tun«, zischte sie ohne Umschweife. »Was in aller Welt haben Sie sich dabei gedacht? Besitzen Sie denn kein bisschen Vernunft mehr? Weshalb haben Sie etwas so Borniertes getan?«

Verblüfft und Hilfe suchend schaute Artemas Bernice an.

Diese hob lediglich die Augenbrauen, zuckte kaum merklich mit den Schultern und wandte sich scheinbar interessiert wieder den Tänzern zu. Er war ganz auf sich selbst gestellt.

Er blickte in Madelines vor Zorn funkelnde Augen. »Äh …«

»Haben Sie geglaubt, mir würde die Wahrheit nicht zu Ohren kommen?«

»Nun …«

»Ich fasse es nicht.«

»Was denn?«, erkundigte er sich vorsichtig. »Wenn es sich um meine Durchsuchung von Clays Arbeitszimmer handelt, so hatten Sie von diesem Vorhaben doch Kenntnis …«

»Darum geht es nicht, wie Sie sehr wohl wissen«, schnappte sie.

Er sah sich um und bemerkte in der Nähe eine kleine Damengruppe. Er ergriff Madelines Arm. »Ich schlage vor, in den Garten zu gehen und etwas frische Luft zu genießen.«

»Glauben Sie nur nicht, auf diese Weise das Thema wechseln zu können, Sir.«

»Zuerst müsste ich erfahren, was das Thema ist«, erwiderte er und geleitete sie durch die offenen Türen nach draußen. »Dann werde ich mir Gedanken darüber machen, wie ich es wechseln könnte.«

»Täuschen Sie nicht Unkenntnis vor.«

»Ich täusche gar nichts vor, dessen kann ich Sie versichern.« In den Schatten am Rande der Terrasse hielt er inne. »Worum geht es denn, Madeline?«

»Man hat mir erzählt, was in Ihrem Club vorgefallen ist.«

Er stöhnte. »Jemand hat Ihnen von der Wette erzählt.«

»Die Wette über tausend Pfund ist mir vollkommen gleichgültig. Von Spielern kann man schließlich nichts anderes erwarten, als dass sie auf alles eine Wette abschließen, angefangen von der Fliege an der Wand bis hin zu Boxkämpfen.«

Jetzt war er ernstlich verstört. »Wenn es nicht die Wette ist, die Sie derart aus der Fassung gebracht hat, was um Himmels willen ist es dann?«

»Ich bin soeben darüber aufgeklärt worden, dass Sie jeden Gentleman Ihres Clubs um meiner Ehre willen zum Duell herausfordern würden. Ist dem so?«

Er runzelte die Stirn. »Wer hat Ihnen das erzählt?«

»Ist dem so?«

»Madeline …«

»Darf ich Sie daran erinnern, Sir, dass wir ein Abkommen miteinander getroffen haben? Ist es wahr, dass Sie jeden Gentleman zu einem Duell auffordern werden, der mich beleidigt?«

»Ich halte es für höchst unwahrscheinlich, dass jemand Sie in meinem Beisein beleidigen wird«, versuchte er sie zu beschwichtigen. »Es gibt also nichts, worüber Sie sich Sorgen machen müssten.«

Sie trat noch dichter an ihn heran. »Artemas, wenn Sie Ihren Kopf für etwas derart Albernes wie ein Duell meiner Ehre wegen verlieren, schwöre ich, werde ich Ihnen niemals, niemals vergeben.«

Er lächelte. »Niemals, niemals?«

»Mir ist es ernst.«

Er spürte eine wohlige Wärme in sich aufsteigen. »Lieben Sie mich also doch ein wenig, Madeline? Trotz meiner Vanza-Ausbildung und meiner Verbindungen zur Geschäftswelt?«

»Ich liebe Sie mehr, als ich jemals jemanden in meinem Leben geliebt habe, Sie alberner Dummkopf. Und ich werde Ihnen diese Art von Dummheiten nicht gestatten. Habe ich mich klar ausgedrückt?«

»Vollkommen klar.« Er zog sie zu sich heran und küsste sie, noch bevor sie ihre eben gesagten Worte ganz begriffen hatte.

20. Kapitel

Der Kurze Hans zog sich den Wollschal, den Herr Hunt ihm gegeben hatte, noch enger um den Hals und beobachtete, wie die beiden Männer aus der Gaststätte traten. Der Mann auf der Linken war derjenige, den er bereits den ganzen Tag über beobachtet hatte. Laut Zachary war sein Name Glenthorpe. »Zum Teufel, mir ist ein wenig seltsam zumute.« Glenthorpe strauchelte auf den Stufen. »Eigentlich habe ich heute Abend gar nicht so viel getrunken.«

»Vermutlich haben Sie die Übersicht verloren, mein Freund.« Der blonde Mann lachte. »Aber machen Sie sich keine Sorgen, ich werde Sie sicher nach Hause bringen.«

»Sehr freundlich von Ihnen, Sir. Sehr freundlich.«

Der Kurze Hans beobachtete, wie Glenthorpe beim Hinabsteigen auf der Treppe erneut strauchelte. Der Mann wäre aufs Gesicht gefallen, hätte ihn nicht der andere, der mit dem Spazierstock, gestützt.

Der Kurze Hans fühlte Erwartung in sich aufsteigen. Die Aussicht auf ein nettes Sümmchen schwebte ihm vor Augen. Zachary hatte ihm aufgetragen, ganz besonders auf jeden Mann in Glenthorpes Begleitung zu achten.

Der Mann mit dem Spazierstock hatte die Schenke wenige Minuten nach Glenthorpe betreten, doch erweckten sie jetzt den Eindruck guter Bekannter. Der Kurze Hans ließ seine Beute nicht aus den Augen, während er das Fleischbrötchen verspeiste, das er kurz zuvor hatte mitgehen lassen. Er hatte bereits erwogen, sich in das gemütliche Zimmer oberhalb eines Stalles zurückzuziehen, das er sich mit fünf Kumpeln teilte, doch jetzt war er froh, sein Geschäft nicht aus den Augen gelassen zu haben.

Der Mann, der mit Glenthorpe gemeinsam aus der Gaststätte getreten war, blieb stehen, um sich seinen Hut aufzusetzen. Der Kurze Hans bewunderte das im Lampenlicht gold schimmernde Haar des Mannes. Man konnte meinen, es sei aus feinsten Goldfaden gesponnen. Doch war es der Spazierstock, der sein berufliches Interesse weckte. Red Jack, ein Hehler, würde ihm dafür ein nettes Sümmchen bieten.

Leider hatte es nicht den Anschein, als ob man sich des Spazierstocks umstandslos bemächtigen konnte. Zwar mochte Glenthorpe sturzbetrunken sein, doch der Mann mit dem Goldhaar wirkte hellwach und behände. Der Kurze Hans wusste weiterhin, dass solche Männer nicht selten eine Pistole bei sich trugen.

Das ist das Risiko nicht wert, sagte er sich. Ganz abgesehen davon würde Herr Hunt ihn für gute Informationen genauso hoch entlohnen wie Red Jack für den Stock. Hinzu kam, dass – anders als der Hehler – Herr Hunt für geleistete Arbeit immer prompt und gut bezahlte. Der Kurze Hans hielt sich daran, es sich mit pünktlich zahlenden Kunden nicht zu verderben.

Der Mann mit dem goldenen Haar hob den Spazierstock, um damit eine vorbeifahrende Kutsche heranzurufen. Er schob Glenthorpe in den Wagen, dann trat er vor, um mit dem Kutscher zu sprechen.

Der Kurze Hans schlich sich aus der Tür und lauschte den Anweisungen, die der blonde Mann gab.

»Crooktree Lane, guter Mann.« Die tiefe, geschmeidige Stimme hallte im Nebel.

»Sehr wohl, Sir.«

Der Kurze Hans wartete nicht länger. Crooktree Lane

kannte er gut, sie lag in unmittelbarer Nähe des Flusses. Zu dieser späten Stunde war das ein düsterer, gefährlicher Ort, der von der übelsten Rattenspezies überhaupt aufgesucht wurde: solchen Ratten nämlich, die auf zwei Beinen liefen.

Madeline saß noch wach in ihrem Schlafzimmer und beugte sich über das seltsame kleine Büchlein. Doch konnte sie sich aus den unzusammenhängenden Wörtern keinen Reim machen. Alles, woran sie denken konnte, war die tollkühne Art und Weise, in der sie Artemas gegenüber ihre Liebe eingestanden hatte. Gott sei Dank war er zu sehr Gentleman, um dieses Thema erneut anzuschneiden. Vielleicht war er ebenso entsetzt über ihre wirren Worte wie sie selbst. Eventuell waren es genau die Worte, die er am allerwenigsten von ihr zu hören wünschte.

Er nannte sich ihr Liebhaber, doch hatte er niemals behauptet, sie zu lieben.

Es klopfte an der Tür. Erleichtert über die Unterbrechung, sah Madeline auf die Uhr: Es war Mitternacht. »Herein.«

Die Tür öffnete sich, und Nellie erschien in Nachthemd und Schlafhaube. »Es tut mir Leid, gnädige Frau, doch wartet vor der Küchentür ein junger Mann. Er wünscht Zachary oder Herrn Hunt zu sprechen, doch beide sind noch nicht wieder zurückgekehrt.«

Artemas war ausgegangen, um sich in seinen diversen Clubs einen Überblick über Gerüchte zu verschaffen und Informationen zu sammeln. Zachary hatte ihn unter dem Deckmantel des Kutschers begleitet.

»Ein junger Mann, sagten Sie?«

»Sehr wohl, gnädige Frau. Es ist einer der Jungs, die für Zachary und Herrn Hunt Besorgungen erledigen. Er sagt, es sei wichtig und er müsse unbedingt mit jemandem über den Mann sprechen, den er seit zwei Tagen beobachtet.«

»Glenthorpe.« Madeline sprang auf. »Sagen Sie dem Jungen, er soll in der Küche warten. Ich ziehe mich an und komme sofort.«

»Sehr wohl, gnädige Frau.« Nellie wandte sich zum Gehen.

»Warten Sie«, rief Madeline vom Kleiderschrank aus. »Wecken Sie Latimer. Er soll eine Kutsche anheuern. Um diese Zeit sollte auf der Straße eine zu bekommen sein. Beeilen Sie sich, Nellie.«

Nellie zögerte. »Soll er denn nicht lieber Ihre eigene Kutsche bereitmachen?«

»Nein, man könnte sie erkennen.«

Nellie riss die Augen auf. »Ist die Sache denn gefährlich, gnädige Frau?«

»Möglicherweise ja. Beeilen Sie sich, Nellie.«

»Sehr wohl, gnädige Frau.« Nellie verschwand.

Madeline zog sich eilig an, schlüpfte in ein Paar Halbstiefel und stürzte zur Tür. Auf halbem Wege hielt sie inne und hastete zu der Truhe unter dem Fenster zurück. Sie riss den Deckel auf und holte die Pistole und Ersatzkugeln heraus. Dann nahm sie ein Messer, ein Geschenk ihres Vaters, heraus und befestigte den Schaft an ihrer Wade. Als sie fertig war, trat sie in den Flur, rannte die Treppen hinunter und erschien vollkommen außer Atem in der Küche. Den abgemagerten Jungen mit Augen, die für sein Alter schon viel zu abgeklärt waren, erkannte sie sofort.

»Kurzer Hans, ist alles in Ordnung?«

»Klar ist alles in Ordnung.« Die Worte waren kaum zu verstehen, denn er hatte den Mund mit einem Brötchen voll gestopft. Dennoch war sein Tonfall ablehnend. »Bin hierher gekommen, um Zachary oder Herrn Hunt Bericht zu erstatten.«

»Beide sind außer Haus, vermutlich in einem von Herrn Hunts Clubs. Berichten Sie mir, was Sie heute Abend gesehen haben.«

Er maß sie misstrauisch. »Und was ist mit meiner Bezahlung?«

»Ich werde sicherstellen, dass Sie sie bekommen.«

Während er darüber nachdachte, kräuselte er die Nase. Dann hatte er sich entschieden. »Hab gesehen, wie Glenthorpe mit einem Mann zusammen eine Kutsche bestieg. Glenthorpe war sturzbetrunken, doch der andere war nüchtern. Hab gehört, wie er Glenthorpe sagte, er würde ihn nach Hause bringen. Aber dann hab ich gehört, wie er dem Kutscher sagte, er solle sie zur Crooktree Lane fahren.«

»Wo ist das?«

»In der Nähe des Flusses, nicht weit vom südlichsten Eingang der Vergnüngungspavillons entfernt. Ich beobachte Glenthorpe jetzt schon seit zwei Tagen und kann Ihnen versichern, dass er dort nicht zu Hause ist.«

Latimer trat in die Tür und zwängte sich in seine Jacke. »Was ist los, gnädige Frau?«

Madeline wandte sich um. »Haben Sie uns eine Kutsche besorgt?«

»Schon, aber weshalb so eilig?«

»Wir müssen versuchen, Herrn Hunt in einem seiner Clubs ausfindig zu machen. Dann müssen wir sofort in die Crooktree Lane fahren. Dorthin ist Glenthorpe von einem Mann gebracht worden, der vielleicht der …« Sie hielt sich gerade noch zurück, das Wort *Mörder* auszusprechen. Sie wollte den Kurzen Hans nicht erschrecken, obwohl sie stark bezweifelte, dass dieses Straßenkind noch irgendetwas würde in Angst versetzen können. »Er ist dort von einem Mann hingefahren worden, der möglicherweise recht gefährlich ist.«

Der Kurze Hans rollte mit den Augen. »Sie spielt auf den Gentleman an, den sie neulich aus dem Wasser gezogen haben. Zachary hat mir davon erzählt.« Er nahm sich noch ein Brötchen und biss herzhaft hinein.

»Herr Hunt erwähnte bereits, etwas in dieser Richtung könne geschehen«, erläuterte Madeline. »Er meinte, das würde ihm die Möglichkeit bieten, den Schurken zu schnappen. Doch wir müssen ihn informieren.« Sie wandte sich dem Kurzen Hans zu. »Bis zu unserer Rückkehr können Sie hier bei Nellie bleiben.«

»Um mich brauchen Sie sich keine Sorgen zu machen«, erwiderte der Kurze Hans und nahm sich noch ein Brötchen. »Ich gehe nirgendwo hin, ehe ich nicht meinen Lohn bekommen habe.«

Artemas warf sich sein Cape über und eilte zur Kutsche. Es war nicht das erste Mal, dass Madeline ihn aus seinem Club geholt hatte, dachte er. Allmählich wurde es ihr zur Gewohnheit.

Er öffnete die Tür und stieg ein, während Zachary sich zu Latimer auf den Kutschbock schwang. Die Kutsche, mit der Madeline nach St.James gekommen war, verschwand im Nebel. Der Kutscher musste sich nach einem neuen Fahrgast umsehen.

»Artemas.« Madeline blickte ihn an, als er sich ihr gegenüber setzte. »Gottlob haben wir Sie so schnell ausfindig machen können.«

»Was ist los?«, erkundigte er sich, als sich die Kutsche in Bewegung setzte.

»Der Kurze Hans sah Glenthorpe mit einem Gentleman weggehen, ganz wie Sie es vorausgesagt hatten. Ihr Fahrziel war Crooktree Lane. Wie man mir sagte, ist das eine ausgesprochen zwielichtige Gegend unten am Fluss.«

»Sie gehört sicherlich nicht zu den beliebtesten Gegenden der Stadt«, räumte er ein, während er die recht belebten Straßen durch das Fenster hindurch beobachtete.

»Günstigerweise liegt die Gegend auch noch sehr dicht am südlichen Eingang der Vergnügungspavillons.«

»Günstigerweise?«

»Nahe genug, um einen Mann, nachdem man ihn erschossen hat, dorthin zu schleppen. Es würde mich nicht überraschen, wenn Oswynn ebenfalls in der Crooktree Lane ermordet wurde, bevor man seine Leiche im Geisterhaus abgelegt hat.«

»Erst Oswynn und nun Glenthorpe. Das verstehe ich nicht, Artemas. Warum macht der Schurke das? Man kann sich gar keinen Reim darauf machen.«

Von ihrer Bemerkung überrascht, blickte er sie im Dunkeln an. »Begreifen Sie denn nicht? Er hat es sich in den Kopf gesetzt, mich aus dieser Sache auszubooten. Offenbar beginne ich für ihn ein ärgerliches Hindernis zu werden.«

»Aber wie soll der Tod Ihrer Feinde Sie ihm aus dem Weg schaffen?«

»Nachdem ein voreilig ausgeführter Versuch, mich zu beseitigen, fehlgeschlagen ist, hat er offenbar die Schlussfolgerung gezogen, dass eine Konfrontation mit mir zu gefährlich ist. Also geht er jetzt das Problem von einer anderen Seite an.«

»Wie meinen Sie das?«

»Meiner Meinung nach war Oswynns Tod als eine Warnung gedacht. Doch heute Nacht versucht unser Gespenst offenbar eine etwas unmittelbarere Bedrohung. Vielleicht glaubt er, wenn er die Vergnügungspavillons in einen Mordskandal verwickeln kann, es ihm damit gelingt, meine Aufmerksamkeit abzulenken.«

»Ja, natürlich. Für Ihr Geschäft könnte es sich als ruinös erweisen, wenn die Leute erfahren, dass in einem Ihrer Gärten eine Leiche gefunden wurde.«

»Möglich. Oder auch nicht«, erwiderte Artemas grimmig und belustigt zugleich. »Meiner Erfahrung zufolge lassen sich die Menschen von den seltsamsten Attraktionen gefangen nehmen. Über die Anziehungskraft eines Vergnügungsgartens, in dem ein oder zwei Morde stattgefunden haben, lässt es sich nur mutmaßen.«

»Was für eine schaurige Vorstellung. Doch über Geschmack lässt sich nicht streiten, nicht wahr?«

»Vermutlich ist die Schädigung meiner Geschäfte für ihn gänzlich zweitrangig.«

»Was sonst könnte er bezwecken wollen?«

Artemas zögerte, doch dann entschied er sich, ihr den Rest auch noch zu erzählen. »Möglicherweise ist sein eigentliches Ziel, mich in dieser Morde zu verstricken.«

»Sie?« Ihre Augen weiteten sich. »Großer Gott, Artemas, glauben Sie wirklich, wenn eine Leiche auf dem Grundstück der Vergnügungspavillons gefunden wird, dass Sie als Eigentümer als möglicher Mörder in Erwägung gezogen werden? Das ist doch eher unwahrscheinlich.«

»So unwahrscheinlich nun auch wieder nicht, wenn man bedenkt, dass der Tote als mein Erzfeind bekannt ist und ich in einen Plan verwickelt war, um ihn finanziell zu ruinieren«, entgegnete er ruhig.

»Jetzt begreife ich, was Sie sagen wollen.« Ein Schauer lief ihr über den Rücken. »Dieser Schurke kennt offenbar Ihre tiefsten Geheimnisse. Es scheint tatsächlich, als ob er durch Mauern gehen kann.«

»Er versucht, mich aus dem Weg zu schaffen, um an Sie heranzukommen«, fuhr Artemas fort. »Offenbar glaubt er, Sie seien im Besitz des Schlüssels.«

Dank Latimers Geschick mit den Zügeln und Zacharys Ortskenntnis der weniger angesehenen Gegenden kamen sie zügig voran. Zwei Straßen vor den verschlossenen Toren des Südtors befahl Artemas Latimer, die Kutsche anzuhalten.

»Weswegen halten wir hier?«, wollte Madeline wissen.

»Um gegen alle Eventualitäten gewappnet zu sein.«

Er stieß die Tür auf und sprang auf die Straße. »Hört gut

zu, Freunde. Latimer, Sie und Madeline bleiben bei der Kutsche. Finden Sie einen Ort, von dem aus Sie unbemerkt das Südtor beobachten können.«

Madeline steckte den Kopf aus dem Fenster. »Warum müssen wir hier bleiben?«

»Im Falle, dass Zachary und ich zu spät kommen, um den Mord an Glenthorpe zu verhindern, wird der Schurke die Leiche vermutlich durch dieses Tor in den Vergnügungsgarten bringen wollen.«

»Verstehe.« Madeline fingerte in ihrer Handtasche und zog eine kleine Pistole hervor. »Latimer und ich sollen den Schurken also aufhalten, falls er Ihnen und Zachary entwischt.«

»Nein, Sie werden nicht versuchen, ihn aufzuhalten.« Artemas trat sehr dicht an das Fenster heran. »Hören Sie mir sehr gut zu, gnädige Frau. Latimer und Sie sollen beobachten, welche Richtung er nach Betreten des Gartens einschlägt. Unternehmen Sie jedoch keinerlei Versuch, ihn abzufangen. Ist das klar?«

»Aber Artemas ...«

»Der Mann ist gefährlich, Madeline. Sie werden weder Ihren noch Latimers Kopf riskieren. Beobachten Sie lediglich, welche Richtung er einschlägt, weiter nichts.«

»Und was werden Zachary und Sie tun?«

»Wir werden den Mistkerl einfangen, ehe er mir noch weitere Gefallen erweist.« Er blickte Zachary an. »Sind Sie so weit?«

»Jawohl, Sir.« Aufregung und Entschlossenheit schwangen in seiner Stimme mit, als er vom Kutschbock heruntersprang.

Madeline lehnte sich aus der Kutsche. »Artemas, Zachary und Sie müssen mir versprechen, sehr, sehr vorsichtig zu sein.«

»Natürlich«, erwiderte er.

Als er sich abwandte, lächelte er in sich hinein. Keiner von beiden hatte die spontane Liebeserklärung ihrerseits vom gestrigen Abend nochmals erwähnt. Er hatte den Eindruck gewonnen, dass sie vorzugeben wünschte, sie wäre gar nicht geschehen. Für den Moment war er gewillt, diese Scharade mitzuspielen. Sicherlich brauchte sie Zeit, um sich an die Vorstellung, ihn zu lieben, zu gewöhnen. Zweifelsohne hatte es ihr einen heftigen Schock versetzt. Sie konnte nicht wissen, wie sehr es ihm zu Herzen gegangen war.

Er trat neben Zachary. »Gehen wir.«

Artemas führte sie einen Weg hinunter, der sie zur Crooktree Lane bringen würde. Zachary folgte ihm wie ein lautloser Schatten.

Das Mondlicht und ein gelegentlich erleuchtetes Fenster reichten aus, um im Nebel den Weg zu finden. Ab und an leuchtete ihnen eine Prostituierte mit einer Lampe zu und rief ihnen etwas nach.

Ohne Zwischenfall durchquerten sie das enge Netzwerk der Straßen und Gassen in der Nähe ihres Ziels. Dann kamen sie in eine schmale, stark gebogene Straße.

»Das hier ist Crooktree Lane, Sir«, sagte Zachary. »Während meiner früheren Tätigkeit war ich häufig hier. Viele der Jungs kennen die Gegend, weil Red Jack ganz in der Nähe einen Laden besitzt. Ein guter Hehler, aber sehr eigen. Er kauft lediglich allerfeinste Ware.«

»Das glaube ich Ihnen gerne.« Artemas spähte von der Straßenmündung die Straße hinunter. »Ich hatte gehofft, hier einzutreffen, ehe die Kutsche unsere Beute abgeladen hat, doch sind wir dafür offenbar zu spät gekommen. Ich habe gar keine Kutsche gesehen ...«

Huf- und Wagengeräusche unterbrachen ihn.

»Dort«, flüsterte Zachary.

Eine Kutsche bog mit äußerster Vorsicht in die Crooktree Lane ein. Die Lampen leuchteten nur schwach. Der Kutscher schwang die Peitsche und wollte sein Pferd zum Trab anheizen, doch schien der alte Gaul keinerlei Interesse an einer solchen Anstrengung zu zeigen.

»Schneller, altes Mädchen.« Der Kutscher sprach mit rauer, drängender Stimme. »Dies ist nicht gerade die Gegend, in der wir beide uns lange aufhalten wollen.« Artemas trat auf die Straße und tat, als ob er eine Kutsche anheuern wollte. »Einen Augenblick bitte, Sir.«

»Was ist das denn?« Überrascht holte der Kutscher die Zügel ein und musterte Artemas unsicher. Als er den teuren Mantel und die glänzenden Stiefel sah, beruhigte er sich ein wenig. »Benötigen Sie eine Kutsche, Sir?«

»Ich benötige eine Auskunft, und zwar sehr schnell.« Artemas warf dem Mann eine Münze zu. »Haben Sie eben gerade ein paar Fahrgäste abgesetzt?«

»Jawohl, Sir.« Der Kutscher fing die Münze geschickt aus der Luft ab und steckte sie sich in die Tasche. »Zwei Männer, einer von ihnen so betrunken, dass er nicht mehr auf den Beinen stehen konnte. Der andere hat mir ein nettes Trinkgeld zugesteckt.«

»Wo sind sie ausgestiegen?«

»Gleich hinter der Ecke vor der Nummer zwölf.«

Artemas warf dem Kutscher eine weitere Münze zu. »Für Ihre Bemühungen.«

»Nicht der Rede wert, Sir. Werden Sie später eine Kutsche benötigen?«

»Heute nicht, danke.«

Artemas trat in die Dunkelheit zurück. Der Kutscher seufzte und zog die Zügel an. Die Kutsche polterte die Straße hinunter.

»Vielleicht kommen wir doch noch rechtzeitig.« Artemas zog die Pistole unter dem Cape hervor. »Aber wir müssen uns beeilen.«

»Sehr wohl.« Zachary überprüfte seine eigene Pistole. Artemas ging voran, wobei er sich ausschließlich im Dunkeln bewegte. Eine Welle fast väterlichen Stolzes überflutete ihn, als er Zachary sich mit ebensolcher Lautlosigkeit bewegen sah wie sich selbst. Der junge Mann lernte seine Vanza-Lektionen sehr schnell.

Aus unerfindlichem Grund dachte er darüber nach, wie es wäre, selbst einen Sohn zu haben. Vielleicht auch eine eigenwillige Tochter mit den Augen ihrer Mutter. Madelines Augen …

Er verdrängte das sehnsüchtige Gefühl. Jetzt musste er sich anderen, drängenderen Problemen stellen.

»Warum zum Teufel wollen Sie denn diese stinkende Gasse betreten, Sir?«

Artemas blieb stehen. Glenthorpe. Dann kam eine Antwort – eine sehr tiefe Männerstimme. Es war unmöglich, die genauen Worte zu vernehmen, doch war die wachsende Ungeduld deutlich herauszuhören.

Zachary blieb stehen und wartete auf Artemas' Anweisungen. Das Geräusch strauchelnder Schritte hallte durch die Nacht.

»Ich will dort nicht hineingehen«, jammerte Glenthorpe erneut. »Sie sagten, wir würden eine Gaststätte aufsuchen. Sollte man da nicht jetzt schon die Lampen sehen?«

Artemas hob seine Pistole und presste sich gegen die Steinwand am Eingang der Gasse. Er lugte um die Ecke. In dem schwachen Schein der Laterne, die Glenthorpes Begleitung in der Hand hielt, konnte er zwei dunkle Männergestalten ausmachen. Beide trugen Capes und Hüte.

»Richtig, Glenthorpe«, mischte sich Artemas kühl ein. »Eigentlich sollte man bereits die Lampen sehen können.«

Der Mann mit der Laterne fuhr herum. Aus der Entfernung und in der spärlichen Beleuchtung war es unmöglich, sein Gesicht deutlich zu erkennen, doch hatte Artemas den Eindruck feingliedriger Züge und leuchtender Augen.

»Was ist das?« Glenthorpe versuchte, das Gleichgewicht zu halten, und griff nach der Schulter seines Begleiters. »Wer ist dort?«

Erstaunlich schnell ließ der andere Mann die Laterne fallen, machte sich von Glenthorpe los und flüchtete die Gasse hinunter.

»Verfluchte Tat.« Artemas rannte ihm hinterher.

»Passen Sie auf, er wird eine Pistole haben«, rief Zachary.

Im selben Augenblick bemerkte Artemas, wie seine Beute den Arm bewegte. Ein schwaches Licht flackerte am Rohr der Waffe auf. Feuer flammte auf, als das Licht mit dem Pulver in Berührung kam. Der Schuss hallte laut in der Finsternis. Artemas hatte sich bereits geduckt und warf sich nun auf die dreckigen Pflastersteine. Er hatte ebenfalls seine Pistole gezogen, doch war ihm klar, dass der Schuss vermutlich ins Leere gehen würde, wie es bei dem des Schurken auch der Fall gewesen war. Aus dieser Entfernung waren Pistolen nicht zielgenau.

Er schnellte hoch und rannte die Gasse hinunter. Doch der Flüchtige war am Ende der Gasse bereits halb eine Wand hinaufgeklettert. Der Saum seines Capes wehte wie riesige, dunkle Schwingen.

Der Flüchtige kletterte eine Strickleiter hinauf. Jetzt wurde Artemas klar, dass der Täter sie bereits lange, bevor er Glenthorpe hierher gebracht hatte, aufgehängt haben musste. Er hatte für heute Nacht einen kaltblütigen Mord geplant und natürlich seinen Fluchtweg schon vorher geebnet.

Die Flügel des Capes waren noch einmal zu sehen, dann verschwand er durch ein Fenster.

Artemas ergriff das Ende des Seils, doch hatte der Verbrecher es bereits aus seiner Verankerung gelöst. Es fiel auf den Boden zu seinen Füßen. Die kleinen Befestigungshaken schepperten auf dem Stein.

Artemas wusste, dass seine Beute lange fort sein würde,

ehe er die Leiter wieder würde befestigen können. »Mistkerl.«

Noch nicht einmal einen Blick aus der Nähe hatte er auf den Flüchtigen werfen können.

Doch Glenthorpe hatte ihn gesehen, ermahnte er sich. Und der Kurze Hans ebenso. Noch vor Morgengrauen würde er eine recht genaue Beschreibung des Gespenstes vorliegen haben. Zum ersten Mal überhaupt würden sie ein paar handfeste Fakten aus erster Hand bekommen. Endlich ein Schritt vorwärts.

Er drehte sich um und ging schnellen Schrittes zur Mündung der Gasse zurück, wo Zachary mit einem in sich zusammengesunkenen Glenthorpe wartete.

»Flood behauptet, Sie wollten uns einschüchtern.« Glenthorpe saß, die Hände zwischen den Knien, zusammengesunken in Artemas' Bibliothek und stierte auf den Teppich. »Er meinte, es gäbe gar keinen unbekannten Täter und Oswynn sei tatsächlich von einem Straßenräuber umgebracht worden, ganz wie es auch in den Zeitungen gemeldet wurde. Seiner Meinung nach wollen Sie uns gar nicht umbringen, denn wir sollten unseren eigenen Ruin auskosten dürfen.«

Bernice hatte ihm Unmengen Tee eingeflößt, doch hatte es mehr als eine Stunde gedauert, ehe Glenthorpe wieder bei Sinnen gewesen war. Jetzt schien er bedrückt, doch hatte er endlich angefangen, in verständlichen Sätzen zu sprechen.

»Was mein Ziel betrifft, so hat Flood Recht«, erwiderte Artemas. »Aber er irrt sich bezüglich des Mörders. Sie selbst sind ihm heute Nacht begegnet. Er ist kein gewöhnlicher Straßenräuber. Ich möchte ganz genau erfahren, wie Ihr Treffen zustande gekommen ist. Wiederholen Sie jedes Wort, an das Sie sich aus Ihren Unterhaltungen mit ihm erinnern können.«

Glenthorpe verzog das Gesicht und rieb sich mit einer Hand die Schläfe. »An viel kann ich mich nicht erinnern. Ich hatte nicht übel getrunken, müssen Sie wissen. Ich wollte den Zustand meiner Finanzen vergessen. Irgendwann muss er sich wohl zu mir an den Tisch gesetzt haben. Ich erinnere mich, dass er etwas von einer Geldanlage erzählte, für die er sich interessierte.«

»Welcher Art war diese Geldanlage?«, erkundigte sich Madeline ruhig.

»Es hatte etwas mit dem Bau eines Schifffahrtkanals zu tun. An Einzelheiten kann ich mich nicht erinnern. Wir haben ein oder zwei Glas Wein zusammen getrunken, während er die Sache erläuterte. Es klang nach einer sehr günstigen Gelegenheit, eine Möglichkeit für mich, meine Verluste aus dem Goldminenvorhaben wieder wettzumachen.«

»Was hat er zu Ihnen gesagt, dass Sie mit ihm gegangen sind?«, fragte Artemas.

»Daran kann ich mich nicht genau erinnern. Irgendetwas von wegen wir müssten einen Ort finden, an dem wir ungestört unsere Geschäfte miteinander besprechen könnten. Ich muss ihm wohl gesagt haben, dass ich an Anteilen an dem Kanalbauprojekt interessiert wäre. Als Nächstes befanden wir uns in der Kutsche. Und dann in der Gasse.« Glenthorpe hob den Kopf, um Artemas anzusehen. »Dort wurde mir klar, dass etwas nicht ganz stimmte, aber ich wusste nicht, was ich dagegen unternehmen sollte. Mein Kopf war wie umnebelt.«

»Er hat Ihnen eine Droge eingeflößt«, bemerkte Bernice.

»So muss es wohl gewesen sein«, murmelte Glenthorpe.

»Er hat Ihnen nicht gesagt, wo er wohnt?«, hakte Artemas nach. »Welche Kaffeehäuser er besucht? Hat er ein Bordell oder eine Gaststätte erwähnt?«

»Ich erinnere mich nicht …« Glenthorpe brach ab und brütete vor sich hin. »Warten Sie, ich glaube, er sagte etwas, als wir an einer Gaststätte vorbeifuhren.« Artemas baute sich vor ihm auf. »Was hat er gesagt?«

Glenthorpe sackte auf seinen Stuhl zurück und schluckte mehrmals. »Ich ... ich glaube ihm versichert zu haben, mich sehr über seine Bekanntschaft zu freuen, da ich dringend einer guten Geldanlage bedürfe. Ihm war meine schlechte Finanzlage bekannt. Ich erkundigte mich, woher er das wisse.«

»Welche Erklärung hat er Ihnen gegeben?«, fragte Artemas.

»Er sah aus dem Fenster auf die Lichter der Gaststätte und meinte, es sei erstaunlich, was man lernen könne, wenn man die schäbigsten Etablissements Londons aufsuche.«

»Hat er sonst noch etwas gesagt? Hat er erwähnt, welche Gaststätten er selbst aufsucht? Hat er irgendeinen Anhaltspunkt gegeben, wo sein Domizil ist?«

Glenthorpes Gesicht verzerrte sich angestrengt. »Nein, seine Anschrift hat er nicht erwähnt. Warum sollte er auch? Aber als wir durch den kleinen Park fuhren, bemerkte er, er sei in diesem Teil der Stadt aufgewachsen.«

Madeline und Artemas tauschten wissende Blicke. Dann sah sie Glenthorpe an. »Was hat er über seine Vergangenheit erzählt?«

Glenthorpe starrte erneut auf das Teppichmuster. »Nicht viel. Nur irgendetwas darüber, wie er und sein Halbbruder in einem bestimmten Park früher zusammen gespielt hätten.«

»Goldenes Haar. Blaue Augen. Und Gesichtszüge, die einem romantischen Dichter gehören könnten.« Madeline zitterte, als sie sich von Glenthorpe entfernte und vor dem Kaminfeuer stehen blieb. »Er und sein Halbbruder haben einst zusammen in jenem Park gespielt.«

»Die Familienähnlichkeit würde erklären, weshalb Linslade ihn für Renwick hatte halten können.« Artemas hielt beim Einschenken seines Weinbrands neben ihr inne und sah sie an. »Es erklärt auch, weshalb er sich Ihnen gegenüber nicht zeigt. Er mag Renwick ähneln, doch Zwillinge waren sie nicht. Sie sagten, Renwick habe niemals einen Halbbruder erwähnt?«

»Nein.« Sie schüttelte gereizt den Kopf. »Wie gesagt, Renwick hat mich vom Tag unserer ersten Begegnung an belogen. Er erzählte uns, er sei in Italien groß geworden und sei Waise.«

»Deveridge hatte sich offenbar der Strategie der Täuschung verschrieben. Er hat eine gänzlich neue Vergangenheit für sich selbst gefunden. Er muss ein sehr geschickter Lügner gewesen sein, um Ihren Vater zu täuschen.« Artemas zögerte. »Und Sie.«

»Es war meine eigene Schuld.« Sie ballte eine Hand zur Faust. »Wenn ich mich nicht so vorschnell einem blinden Impuls hingegeben und das Gefühl für dauerhafte Zuneigung gehalten hätte, so wäre mir schon bald aufgefallen, welch ein Scharlatan er war.«

»Allerdings. Solche plötzlichen Eingebungen verursachen immer wieder Ängste.«

Sie musterte ihn verstört. »Meine Einfalt amüsiert Sie, Sir?«

Er lächelte kaum merklich. »Sie sind sich selbst gegenüber allzu streng, Madeline. Sie waren eine leichtgläubige, unerfahrene Frau, die sich von ihrer ersten ernsthaften Verliebtheit hat mitreißen lassen. Ein jeder von uns hat sich früher oder später von derartig plötzlichen Entscheidungen leiten lassen.«

»Nur wenige jedoch haben einen so hohen Preis dafür zahlen müssen«, flüsterte sie.

»Das will ich nicht in Abrede stellen. Andererseits sehen sich auch nur wenige junge Damen einer solch cleveren Schlange wie Deveridge ausgesetzt.«

Sie starrte in die Flammen. »Sie dürfen sich glücklich schätzen.«

Er setzte das Glas ab und trat hinter sie. Er legte ihr die Hände auf die Schultern und drehte sie zu sich um, so dass sie gezwungen war, ihm in die Augen zu schauen. »Das Wichtigste ist, dass Sie es sich nicht gestattet haben, sich von Deveridge täuschen zu lassen. Noch haben Sie ihm gestattet, Sie einzuschüchtern. Sie haben sich aus den Fängen der Giftschlange befreit. Und Sie haben mutig und unnachgiebig gekämpft.«

Sie musterte sein Gesicht. »Genau wie Ihre Catherine?«

»Ja.« Er zog sie fest an sich. »Schlussendlich haben Sie dem Drachen den Kopf abgeschlagen, Madeline. Das ist es, was zählt.«

Sie presste ihr Gesicht in sein Hemd. »Es tut mir so Leid, dass Ihre Catherine während ihres Kampfes gestorben ist.«

»Ich danke dem Himmel, dass Sie überlebt haben«, flüsterte er in ihr Haar.

Ein paar Sekunden lang verharrte sie regungslos in seinen Armen. Dann drängte sie die Tränen zurück, die sein Hemd zu benetzen drohten, richtete sich auf und wischte sich die Tränen an dem langen Ärmel ihres Kleides ab. Sie bemühte sich zu lächeln. »Eines kann man mit Bestimmtheit von unserem Gespenst sagen«, meinte sie. »Es teilt Renwicks Hang zum Melodramatischen.«

»Wohl wahr.«

Sie stützte die Hand auf das Kaminsims. »So können wir nicht weitermachen, Artemas. Wir müssen handeln. Einen Mann hat er bereits umgebracht. Heute Nacht hat er einen zweiten ermorden wollen, und dann hat er auf Sie geschossen, weil Sie ihn in die Enge getrieben haben. Keiner kann vorhersagen, was er als Nächstes tun wird.«

»Dem stimme ich zu. Wir kommen ihm bei jedem seiner Angriffe etwas näher, und das weiß er. Vermutlich ist er jetzt recht unruhig, vielleicht sogar verzweifelt, nachdem er heute Nacht fast dingfest gemacht worden wäre.«

»Mein Vater schätzte ein altes Vanza-Sprichwort ganz besonders: *Verzweiflung gebiert Eile, Eile gebiert Fehler.*«

»Wir müssen zugreifen, solange er noch vom heutigen Fehlschlag verstört ist«, sagte Artemas leise. »Den Köder haben wir.«

»Den Schlüssel, also das Büchlein?«

»Ja. Jetzt müssen wir unsere Falle aufstellen.«

Sie klammerte sich am Kaminsims fest. »Sie haben einen Plan?«

Er hob eine Augenbraue. »Deshalb haben Sie mich doch in Ihre Dienste genommen, nicht wahr? Ein Vanza-Plan sollte ein Vanza-Gespenst bannen?«

»Artemas, dies ist nicht der richtige Zeitpunkt, um einen alten Groll wiederzubeleben.«

»Da stimme ich zu.« Er hob eine Hand. »Mein Plan ist erst halb ausgereift, doch wenn unser Gespenst zurzeit tatsächlich so verwirrt und wütend ist, wie ich es vermute, dann haben wir gute Aussichten auf Erfolg.«

Ihre Lebensgeister waren wieder geweckt. »Erzählen Sie mir davon.«

»Der Erfolg hängt von zwei Dingen ab. Das Erste ist, dass der Schurke Glenthorpe heute Abend die Wahrheit gesagt hat, als er andeutete, er sammle seine Informationen in Wirtshäusern.«

»Und das Zweite?«

Artemas lächelte kühl. »Das hängt davon ab, ob der Schurke die entscheidende Schwäche seines Halbbruders teilt.«

»Und welche Schwäche wäre das?«

»Die Neigung, den weiblichen Teil der Menschheit zu unterschätzen.«

Ganz gegen seine Gewohnheit bezahlte der Kurze Hans für seinen Fleischkuchen. Die Versuchung, die erhaltene Münze in die Tasche zu stecken und seine Abendmahlzeit zu stehlen, wie er es normalerweise tat, war fast unwiderstehlich. Doch schließlich gewannen seine längerfristigen Geschäftsinteressen die Oberhand. Herr Hunt hatte sehr genaue Anweisungen erteilt, und der Kurze Hans wollte seinen Kunden unbedingt zufrieden stellen.

Also zahlte er für den Fleischkuchen und gönnte sich – da er sich nicht wie sonst üblich aus dem Staub machen musste – den Luxus, vor dem Stand des Verkäufers zu verweilen und ein bisschen Klatsch auszutauschen.

Der junge Mann, der den Essensstand bediente, war selbst nur wenige Jahre älter als der Kurze Hans. Er besaß einen eigenen Bekanntenkreis, und die meisten seiner Bekannten waren dem Austausch von Gerüchten in den späten Nachtstunden nicht abgeneigt.

Der Kurze Hans war nicht der Einzige, dem man eine Münze gegeben und bei Befolgung der Anweisungen eine zweite versprochen hatte. Die ganze Nacht über streunten Zacharys Augen und Ohren durch die Straßen und Gassen Londons. Manche plauderten mit den Köchen und Küchengehilfen, wenn die sich eine Pause von den heißen Öfen der Wirtshäuser gönnten. Einige riefen für angetrunkene Gentlemen die Kutschen heran. Andere klatschten mit jungen Zündholzverkäuferinnen und Taschendieben.

Und überall wurde das Gerücht über eine nette Dame in mittleren Jahren verbreitet, die Angst vor einem Geist habe und sich unbedingt eines gefährlichen Büchleins entledigen wolle, das in einer sehr seltenen fremden Sprache verfasst sei.

»Da liegt ein Fluch drauf«, erläuterte der Kurze Hans den anderen Essensverkäufern, Taschendieben, Hehlern und Geschäftspartnern düster. »Es ist sehr viel Geld wert, doch ist ein Gespenst dahinter her. Die Dame steht schreckliche Ängste aus. Sie will das Buch dem Gespenst übergeben, ehe dieses jemanden aus ihrem Haushalt umbringt.«

Paul, der seinen Lebensunterhalt damit verdiente, auf die Pferde von einigen Gentlemen aufzupassen, während diese ausgesprochen verrufene Bordelle besuchten, wirkte skeptisch. »Wie will die Dame das Gespenst wissen lassen, dass sie ihm das Buch geben will, bevor er sie in ihrem Bett ermordet?«

»Keine Ahnung«, räumte der Kurze Hans ein. »Doch behauptet sie, ihre Nerven würden es nicht mehr aushalten. Alle paar Stunden muss sie beruhigende Mittel zu sich nehmen.«

21. Kapitel

Am folgenden Tag wurde die Nachricht Bernice zugestellt. Ein Gassenjunge prallte vor dem Buchladen, in dem sie gerade Frau Yorks neuesten Kriminalroman erstanden hatte, mit ihr zusammen. Als sie nach dem unseligen Zusammenstoß ihre Röcke glatt gestrichen hatte, entdeckte sie den Brief, den man ihr in die Handtasche gesteckt hatte.

Die anschließende Aufregung drohte ihre Nerven zu zerreißen, doch gemahnte sie sich an das frisch hergestellte Nerventonikum, das in Hunts Haus auf sie wartete. Sie stieg sofort in ihre Kutsche und drängte Latimer, so schnell wie nur irgend möglich nach Hause zu fahren.

Kaum in der Eingangshalle, schleuderte sie der verblüfften Haushälterin ihre Wollmütze entgegen.

»Wo ist meine Nichte?«, verlangte sie zu wissen.

»Frau Deveridge ist mit Herrn Hunt und Herrn Leggett in der Bibliothek«, erwiderte Frau Jones.

Bernice wedelte jubelnd mit dem Brief in der Hand, während sie durch die geöffnete Tür segelte. »Der Plan ist gelungen. Der Schurke hat mir eine Nachricht zukommen lassen.«

Artemas, der hinter seinem Schreibtisch saß, blickte mit jener gelassenen Zufriedenheit auf, die ein Jäger zur Schau trägt, wenn seine Beute endlich in Reichweite ist. Madelines Reaktion war ebenso befriedigend. Sie schien erst erstaunt, dann begeistert.

Der Ausdruck des Stolzes auf Henrys Gesicht war es, der Bernice das Herz bis in den innersten Winkel erwärmte.

»Glückwunsch, Frau Reed«, meinte er. »Ihre Schauspielleistungen während der letzten beiden Tage waren einfach großartig. Wäre mir nicht Ihre Willensstärke bekannt, so hätte selbst ich Sie für eine Frau gehalten, deren Nerven bis zum Zerreißen angespannt sind.«

»Es schmeichelt mir, meine Rolle mit einer gewissen Glaubhaftigkeit gestaltet zu haben«, erwiderte Bernice bescheiden.

»Sie waren hervorragend«, versicherte ihr Henry liebevoll. »Schlichtweg hervorragend.«

»Tatsächlich jedoch war es Artemas' Plan, der hervorragend war«, fühlte sich Bernice verpflichtet zu bemerken.

»Ohne Ihre so wirkungsvolle Hilfe hätte er nicht in die Tat umgesetzt werden können«, beharrte Henry.

Artemas wechselte einen Blick mit Madeline.

Sie räusperte sich. »Die hervorragende Qualität des Plans können wir später noch erörtern. Lies uns doch den Brief vor,Tante Bernice.«

»Aber sicher doch, meine Liebe.« Bernice wusste nur zu gut, dass dies ihr großer Augenblick war. Sie schlug den Brief auf. »Er ist recht kurz gehalten«, warnte sie. »Doch enthält er meiner Ansicht nach alles, was Artemas vorausgesagt hat.«

Gnädige Frau,
sollten Sie das Büchlein gegen das Leben eines Ihnen sehr nahe stehenden Menschen tauschen wollen, so schlage ich vor, dass Sie einen Vorwand finden, um heute Abend das Theater aufzusuchen. Bringen Sie das Büchlein in Ihrer Handtasche mit. Erwähnen Sie Hunt oder Ihrer Nichte gegenüber kein Wort. Bemühen Sie sich, zu irgendeinem Zeitpunkt alleine in der Menschenmenge zu stehen. Ich werde Sie finden.
Sollten Sie sich nicht genauestens an diese Anweisungen halten, ist das Leben meiner werten Frau das dann zu leistende Pfand.

»Interessant.« Artemas lehnte sich auf seinem Stuhl zurück, streckte die Beine aus und schlug die Fesseln übereinander. »Er wünscht sich eine große Menschenmenge, damit die ihm Deckung gibt, wenn er Ihnen das Buch abnimmt, Bernice. Eine Verknüpfung der Strategie der Ablenkung mit der Strategie der Verwirrung.«

Madeline schlug die Stirn in Falten. »Wenn er eine Tarnung benutzt und sich geschickt dabei anstellt, wird er nur schwer auszumachen sein. Ganz abgesehen von der Schwierigkeit, ihn in der Menge vor dem Theater ausfindig zu machen.«

»Er wird seinen Vorstoß dann wagen, wenn ich nach der Vorstellung die Kutsche heranhole«, meinte Artemas mit beeindruckender Sicherheit.

Bernice hob die Augenbrauen. »Woher wissen Sie das?«

»Weil das die einzige Gelegenheit sein wird, die ich ihm einräumen werde«, erwiderte Artemas leise. »Weder Sie noch Madeline werde ich bis zu jenem Zeitpunkt auch nur für den Bruchteil einer Sekunde aus den Augen lassen. Dieses Mal spielen wir das Spiel nach meinen Spielregeln.«

Artemas hatte jede Möglichkeit bis auf jene durchgespielt, die sich als die unangenehmste erweisen sollte, dachte Madeline, nachdem die Vorstellung zu Ende gegangen war. Sie hatte sich so sehr mit den Details des Plans befasst, dass es ihr gar nicht in den Sinn gekommen war, sie könne Mittelpunkt einer derartigen Flut neugieriger Blicke sein. Es war schlimmer als an jenem Abend auf dem Ball im Hause Clay. Zwischen den einzelnen Akten spiegelten sich unzählige Lichter auf den Operngläsern, die wiederum allesamt in Richtung der Loge gerichtet waren, in der sie mit Artemas und Bernice zusammen saß.

Recht ungehalten stellte sie fest, dass Artemas seinerseits die vielen neugierigen Augen gar nicht wahrzunehmen schien. Sie hegte den Verdacht, anders als sie habe er mit der vielen Aufmerksamkeit gerechnet. Es schien ihn nicht im Geringsten zu stören. Er saß mit der ihm eigenen lässigen Eleganz auf seinem Sessel und sprach über die Darbietungen der Schauspieler oder bestellte Limonade für ihre Loge. Anders als viele der gut gekleideten anwesenden Männer suchte er keinen Vorwand, um bei den Gästen anderer Logen vorbeizuschauen. Als ausgezeichneter Gastgeber blieb er bei seinen Gästen.

»Was hast du erwartet?«, murmelte Bernice wenig später, als sie in der überfüllten Eingangshalle warteten, während Artemas die Kutsche holte. »Schließlich bist du die Verruchte Witwe. Hinzu kommt, dass du unter dem Dach eines fremden Mannes wohnst. Das ist ein richtig appetitlicher Skandal.«

»Deiner Vorausschätzung nach sollte die Neuigkeit meiner Verbindung mit Artemas schon bald niemanden mehr interessieren.«

»Damit ihnen das Thema langweilig wird, ist offensichtlich doch etwas mehr vonnöten, als einem Ball beizuwohnen und einen Abend im Theater zu verbringen.«

»Man könnte fast annehmen, Tante Bernice, dass du dich heute Abend sehr gut amüsierst.«

»Ich habe Neuigkeiten für dich, meine Liebe. Der Abend heute gefällt mir ausgezeichnet, nur bedaure ich, dass Henry uns heute nicht hat begleiten können.«

»Artemas meinte, er benötige Henry vor dem Theater, um nach dem Schurken Ausschau zu halten. Ganz alleine könne Zachary diese Aufgabe nicht bewältigen.«

»Ja, ich weiß. Ein solch wagemutiger Gentleman.«

»Artemas? Ja, das ist er, nicht wahr?« Madeline schob die Lippen vor. »Für mein Empfinden ein wenig zu wagemutig. Ich wünschte wirklich, er fände nicht einen solchen Gefallen an …«

»Ich sprach von Herrn Leggett, meine Liebe.«

Madeline unterdrückte ein Lächeln. »Natürlich.«

Sie schrak auf, als jemand sie am Ellenbogen rammte. Doch als sie den Kopf wandte, sah sie lediglich eine ältere Matrone mit einem rosa Turban. Ohne sie zu beachten, ging die Frau ungerührt weiter.

Der Plan war einfach. Artemas mutmaßte, dass der Schurke Bernice' Handtasche unmittelbar vor der Eingangshalle an sich reißen und dann über die mit Kutschen versperrte Straße entfliehen würde. Doch Zachary und Henry hatten sich strategisch auf Beobachtungsposten verteilt. In dem Augenblick, in dem der Schurke zuschlug, würden sie ihm durch die Menschenmenge folgen, während Artemas ihn abfing. Es war ein altes Vanza-Manöver.

»Ich frage mich, ob …« Madeline verstummte, als ihr ein harter, scharfer Gegenstand ins Kreuz gestoßen wurde.

»Schweig, liebe Schwägerin.« Die Stimme klang tief und männlich. In ihr schwang derselbe Lokalkolorit wie in der von Renwick mit, doch war es nicht Renwick. »Sie tun jetzt genau das, was ich Ihnen sage, Frau Deveridge. Mein Begleiter hat einen lästigen kleinen Straßenjungen namens Kurzer Hans in einer der Kutschen vor der Tür festgehalten. Wenn Sie und ich nicht sehr bald gemeinsam die Kutsche besteigen, so hat er Anweisung, dem Kerl die Kehle durchzuschneiden.«

Entsetzen überfiel sie. Sie wusste sich nicht zu helfen, außer stehen zu bleiben. »Wer sind Sie?«

»Ich bitte um Verzeihung, wir sind einander noch nicht vorgestellt worden, nicht wahr? Renwick ist gestorben, noch ehe Sie die restliche Familie haben kennen lernen können. Unsere Familienbande sind nicht sonderlich eng geknüpft, wie Sie sehen. Unser Name ist auch nicht Deveridge, wie Renwick Ihnen hat glaubhaft machen wollen. Der Name lautet Keston. Graydon Keston.«

»Madeline?« Bernice drehte sich zu ihr um. »Ist etwas nicht in Ordnung?«

Ihr Blick wanderte zu dem hinter Madeline stehenden Mann. »Großer Gott.«

»Händigen Sie Ihrer Nichte das Büchlein aus, gnädige Frau.«

Bernice erstarrte und umklammerte mit beiden Händen ihre Handtasche.

»Tu es, Tante Bernice«, flüsterte Bernice. »Er hat den Kurzen Hans in seiner Gewalt.«

»Und ich habe ein Messer in der Hand«, knurrte Keston. »In diesem Getümmel könnte ich es Frau Deveridge zwischen die Rippen stoßen und mich aus dem Staub gemacht haben, noch ehe sie auf dem Boden aufgeschlagen ist.«

Bernice' entsetzter Blick huschte über Madeline. Ihre fröhliche Aufregung war von einer zur anderen Minute verflogen.

»Madeline«, hauchte sie mit vor Angst bebender Stimme. »Nein.«

»Ich komme zurecht.« Sie griff nach Bernice' Handtasche.

»Sehr gut.« Keston benutzte die Messerklinge, um sie Richtung Ausgang zu steuern. »Lassen Sie uns endlich gehen, Frau Deveridge. Sie haben mir weiß Gott genügend Schwierigkeiten bereitet.«

Madeline machte einen Schritt und hielt inne, als Zachary vor ihr auftauchte. Er blickte Keston kampflustig an.

»Sie müssen wohl der Leibwächter sein«, meinte Keston ruhig. »Das hatte ich erwartet. Treten Sie zur Seite, oder ich ermorde sie unmittelbar vor Ihren Augen.«

»Bitte, Zachary, tun Sie, wie man Ihnen sagt«, flüsterte Madeline angespannt. »Er hat den Kurzen Hans in seiner Gewalt.«

Zachary zögerte. Auf seinem Gesicht spiegelte sich Verzweiflung.

»Meine liebe Schwägerin, erzählen Sie ihm von dem Messer, das ich gegen Ihre Rippen gepresst halte.«

Zacharys Mund presste sich zusammen. Er trat zurück und verschwand sofort in der Menge.

»Er wird wohl seinem Herrn mitteilen, dass sich die Pläne für heute Abend ein wenig geändert haben.« Keston drängte Madeline in die neblige Nacht hinaus. »Hat Hunt tatsächlich geglaubt, mich so einfach manipulieren zu können? Er ist nicht der Einzige, der die alten Strategiekünste studiert hat.«

Eilig drängte er sie an den Rand der lauten Menschenmenge, die sich um die Kutschen gebildet hatte. Madeline fühlte seine Hand auf ihrer Schulter. Er schubste sie zwischen mehreren dicht beieinander wartenden Kutschen hindurch. Kutscher brüllten, Pferde legten die Ohren an.

Als sie zögerte, spürte sie sofort Kestons Messerspitze in ihrem Rücken. Sie rang nach Atem, stolperte und streifte die Schulter eines sehr großen Zugpferdes. Durch die dichte Menge und die Rufe bereits verstört, brach der Gaul aus. Er legte wiehernd die Ohren an und bäumte sich halb auf. Die riesigen Hufe waren nur wenige Zentimeter von Kestons Bein entfernt. Eine Peitsche schnalzte laut in der Dunkelheit.

»Passen Sie auf, Sie kleine Närrin«, knurrte Keston.

Er manövrierte Madeline an dem unruhigen Gaul vorbei durch das Labyrinth der Kutschen, Bediensteten und zahlreichen Jungen, die sich mit dem Heranrufen von Kutschen für Besucher ohne eigenes Gefährt eine Münze zu verdienen suchten.

Nachdem sie die Straße halb hinuntergegangen waren, hieß Keston sie stehen zu bleiben.

»Wie ich sehe, haben Sie sie erwischt.« Eine mächtige Pranke zerrte sie in die Kutsche. »Hunts Mätresse, wie man sich erzählt. Das wiederum eröffnet ein paar höchst interessante Möglichkeiten.«

Madeline nahm den Weinbrandgeruch des Mannes wahr. Seine Hände packten sie grob am Arm und zogen sie auf den Sitz neben ihn. Seine Fußspitze stieß gegen ein auf dem Boden liegendes Bündel. Sie schaute stirnrunzelnd hinunter. Das von außen eindringende Licht reichte gerade aus, um ein ihr bekanntes Gesicht wahrzunehmen.

»Kurzer Hans, ist so weit alles in Ordnung?«

Er betrachtete sie mit vor Angst weit aufgerissenen Augen und nickte mit dem Kopf. Wie sie sehen konnte, war er sowohl gefesselt als auch geknebelt.

Draußen vor der Kutsche erteilte Keston dem Kutscher Anweisungen. »Nun aber los, guter Mann. Es winkt Ihnen ein nettes Sümmchen, wenn Sie uns schnell ans Ziel bringen.«

Der Peitschenhieb knallte laut durch die Nacht, und die Pferde stürmten los.

»Offenbar haben wir einen sehr energischen Mann auf dem Bock«, bemerkte Keston zufrieden, als er sich Madeline gegenüber auf den Sitz fallen ließ. Er hob sein Cape an und ließ das Messer in eine an seinem Bein befestigte Scheide gleiten. Dann richtete er sich auf, fesselte Madelines Handgelenke aneinander, zog einen Revolver aus seiner Manteltasche und richtete ihn auf sie. »Wir sollten schon bald unser Ziel erreicht haben.«

»Wenn Sie bei Verstand wären, würden Sie den Kurzen Hans und mich laufen lassen und aus dem Land fliehen, ehe Hunt Sie zu fassen bekommt«, sagte Madeline bestimmt. »Wenn Sie einem von uns beiden etwas antun, wird er nicht eher Ruhe geben, bis er Sie gefunden hat.«

Der Mann an ihrer Seite rutschte unruhig hin und her. »In einem hat sie Recht, der verdammte Hurenbock lässt niemals locker. Wer hätte schon nach all diesen Jahren geglaubt …«

»Halten Sie den Mund, Flood«, befahl Keston.

Madeline fuhr herum und starrte den neben ihr sitzenden Mann an. »Sie sind Flood?«

»Zu Ihren Diensten.« Floods Zähne leuchteten in einem kurzen, brutalen Grinsen auf. »Wenn ich es jedoch recht bedenke, so werden *sie* es sein, die mir zu Diensten sein wird.«

Sie wandte sich wieder Keston zu. »Flood war also Ihre Informationsquelle?«

Keston zuckte mit den Schultern. »Eine von vielen, ja. Aber erst in allerletzter Zeit. Die meisten Hinweise erhielt ich aus Spelunken, manche Kleinigkeit erfuhr ich aus den Aufzeichnungen meines Halbbruders.«

Angewidert blickte sie auf Flood. »Sie haben ihm also gestattet, Sie zu benutzen. Halten Sie das an Ihrer Stelle nicht für einen etwas riskanten Schachzug?«

»Er hat mich nicht benutzt«, erwiderte Flood überzeugt. »In diesem Unternehmen bin ich sein Partner.«

Keston lächelte. »Flood hat sich als äußerst hilfreich erwiesen. Ich habe ihm eine fürstliche Entlohnung versprochen. Wie es sich ergab, ist er dank Herrn Hunts Bemühungen derzeit auf Geld sehr angewiesen.«

»Nicht nur Geld wird meine Belohnung sein, wenn diese Nacht vorüber ist.« Flood musterte Madeline lüstern. »Sie sind Teil meiner Belohnung.«

»Wovon sprechen Sie, Sie Tölpel?«, empörte sich Madeline.

»Keston hat sich bereit erklärt, nach erfolgreichem Abschluss unseres heutigen nächtlichen Unternehmens, Sie an mich zu übergeben«, erläuterte Flood. »Ich werde mich ein wenig für das, was mir Hunt angetan hat, erkenntlich zeigen. Ich werde Sie ordentlich zu nutzen verstehen, meine Liebe. So wie ich auch die kleine Schauspielerin zu nutzen verstanden habe.«

»Wie höchst verblüffend«, entgegnete Madeline. »Hunt hat Sie immer als den Intelligentesten seiner drei Feinde betrachtet. Offenbar hat er sich geirrt.«

Eine Minute lang glaubte sie, er habe gar nicht bemerkt, dass er beleidigt worden war. Dann jedoch begann es in Flood und auf seinem Gesicht zu arbeiten.

Wortlos holte er mit der Hand aus und versetzte ihr eine schallende Ohrfeige. Ihr Kopf fiel zur Seite. Sie atmete tief durch.

»Wir werden mal sehen, wie vorwitzig Sie sind, wenn ich mit Ihnen fertig bin. Vielleicht springen Sie auch von einer Klippe, so wie es die andere Hure getan hat. Das würde mich amüsieren.«

»Genug jetzt«, unterbrach Keston. »Für diese Spielchen haben wir keine Zeit. Öffnen Sie die Tasche, die auf ihrem Schoß liegt. Darin sollte sich ein Büchlein befinden. Ein kleines, schmales, in rotes Kalbsleder gebundenes Bändchen.«

Flood grabschte nach der geräumigen Handtasche und fummelte sie auf. Er griff hinein, wühlte darin herum und zog ein in Stoff gewickeltes Päckchen heraus.

»Kann immer noch nicht begreifen, weswegen Sie eines solchen Büchleins wegen einen derartigen Aufwand getrieben haben«, brummte Flood.

»Mein Bestreben in dieser Angelegenheit sollte Sie nicht interessieren«, erwiderte Keston nervös. »Packen Sie den Band aus und geben Sie ihn mir. Ich möchte sichergehen, dass ich nicht betrogen worden bin.«

Madeline hörte Stoffzerreißen.

»Hier ist Ihr verdammtes Buch.« Flood händigte Keston den Band aus. Dann durchsuchte er erneut die Tasche und kramte noch etwas hervor. »Ach, was haben wir denn hier?«

Madeline blickte auf das kleine Fläschchen in seiner Hand. »Das gehört meiner Tante. Für den Notfall trägt sie immer ein wenig Weinbrand für ihre schwachen Nerven mit sich.«

»Weinbrand?« Flood entkorkte die Flasche und schnupperte neugierig. »Sicherlich einer von Hunts Allerbestem.«

Er leerte den Inhalt in einem Zuge.

Keston betrachtete ihn angewidert. »Kein Wunder, dass Hunts Plan, Ihre Finanzen zu ruinieren, so ausgezeichnet geklappt hat, Flood. Sie haben keinerlei Kontrolle über Ihre Gelüste, nicht wahr?«

Flood glotzte ihn an, während er seinen Mund mit dem Ärmel abwischte. »Sie halten sich für so verdammt schlau, doch wie weit wären Sie mit Ihren Plänen ohne mich gekommen?« Er schleuderte die Flasche aus dem Fenster. »Gar nichts hätten Sie ohne mich erreichen können, das sollten Sie nicht vergessen, Sir.«

Madeline beachtete Flood nicht. Die Kutsche fuhr sehr schnell und machte die Fahrt für die Fahrgäste äußerst beschwerlich. Nach einem besonders heftigen Stoß fühlte sie, wie der Kurze Hans auf eine Seite rollte und kurz vor ihrem Stiefel zu liegen kam. Sie stieß ihn mit dem Stiefel an, denn er sollte nach dem Messer im Futteral dicht unter dem Rocksaum suchen.

»Das ist es also, weswegen so viel Aufhebens gemacht wurde?« Keston führte Selbstgespräche, während er das Buch befühlte.

Madeline spürte seine Erregung. »Das ist der Schlüssel, nach dem Sie suchen.« Sie legte ihre Fesseln dem Kurzen Hans in die Hände. »Ich kann mir allerdings nicht vorstellen, wie es Ihnen ohne das *Buch der Geheimnisse* von Nutzen sein könnte. Sicherlich ist eines ohne das andere wertlos.«

»Ihnen sind die Gerüchte über das alte Buch also bekannt?«, erkundigte sich Keston. »Das sollte eigentlich nicht weiter überraschen. Schließlich kursieren sie bereits seit Lorrings Tod.«

»Lediglich die absonderlichsten Mitglieder der Vanza-Gemeinschaft sind der Auffassung, dass das *Buch der Geheimnisse* tatsächlich existiert«, erwiderte sie.

»Absonderlich oder nicht«, warf Keston ein, »so gibt es

doch ein paar sehr gut betuchte Mitglieder der Gemeinschaft, die für dieses kleine Bändchen ein Vermögen zahlen würden. Viele von ihnen sind der Überzeugung, das *Buch der Geheimnisse* habe das Feuer in Italien überlebt. Die Tölpel würden ihr Leben damit verschwenden, es zu suchen. In der Zwischenzeit aber zahlen sie Unsummen für den Schlüssel, denn ihrer Meinung nach bringt es sie den größten Geheimnissen des Vanza einen Schritt näher.«

In der Dunkelheit versuchte sie sein Gesicht zu erkennen. »Versuchen Sie nicht auch selbst, diesen Geheimnissen auf den Grund zu kommen?«

Keston lachte trocken auf. »Ich bin kein solcher Irrer, wie es mein Halbbruder gewesen ist, Frau Deveridge. Ich bin nicht vollkommen umnachtet, wie es so viele alte Tattergreise der Vanza-Gemeinschaft sind.«

»Für Sie bedeutete diese Angelegenheit von Anfang an also nichts anderes als eine Geldquelle? Sie sind nicht nach London gekommen, um sich für Renwick zu rächen?«

In Kestons Lachen schwang teuflische Belustigung mit.

»Meine liebe Frau Deveridge, wissen Sie denn nicht, dass laut dem Vanza alle starken Gefühle als gefährlich gelten? Rache setzt einen Grad an Leidenschaft voraus, der den Verstand vernebeln und irrationales Handeln provozieren kann. Anders als Renwick gestatte ich mir nicht, mich von meinen eigenen Leidenschaften leiten zu lassen. Und ganz sicher würde ich keinerlei Anstrengungen unternehmen, um den Narren zu rächen.«

»Aber er war doch Ihr Bruder.«

»Mein Halbbruder. Wir hatten denselben Vater, nicht aber dieselbe Mutter.« Kestons Lachen versiegte. Seine Augen glitzerten in der Dunkelheit. »Als ich Renwick das letzte Mal gesehen habe, zeichnete es sich bereits deutlich ab, dass er dem gleichen Wahn zu verfallen drohte, der auch unseren Vater heimgesucht hatte.«

»Doch Sie beide haben das Vanza studiert.«

»Weil unser Vater sehr mit dieser Philosophie verstrickt gewesen war.« Keston musterte den goldenen Griff seines Spazierstockes. »Wenn ich jetzt zurückschaue, so muss ich gestehen, dass Papa schon in frühen Jahren recht verrückt gewesen ist. Er war ganz und gar davon überzeugt, dass der Schlüssel zu den Geheimnissen der Welt in den alchemistischen Rezepturen zu suchen ist, die die dunkle Seite des Vanza ausmachen. Als wir älter wurden, hat sich Renwick total dieser Seite verschrieben. Am Schluss hat ihn seine Faszination des Okkulten zerstört.«

Die Kutsche holperte und schlingerte. Endlich fühlte Madeline, wie sich die Hände des Kurzen Hans um ihre Fußknöchel legten. Er hatte das Messerfutteral entdeckt. Keiner der beiden Männer achtete auf das Menschenbündel zu ihren Füßen. Doch um auch ganz sicherzugehen, schüttelte Madeline wie beiläufig ihr Cape so zurecht, dass dessen Saum die Bewegungen des Kurzen Hans verdeckten.

Plötzlich fiel ihr etwas ein. »Dann waren Sie es also, die meine Magd neulich Nacht entführt haben, nicht wahr?«

Keston lächelte anerkennend. »Sehr gut, meine Liebe. Ihre Logik ist für eine Frau in der Tat recht erstaunlich. Ich dachte mir, ich sollte das Mädchen ausfragen, ob in jüngster Zeit irgendwelche Bücher der Bibliothek Ihres Vaters hinzugefügt wurden. Als der Versuch jedoch fehlschlug, hielt ich es für besser, meine Bemühungen anderswo zu konzentrieren. Es dauerte eine Weile, ehe ich davon überzeugt war, dass sich der Schlüssel in Ihrem Besitz befinden musste.«

Rülpsend streckte Flood die Hand aus, um sich festzuhalten. Er schüttelte den Kopf, als ob er wieder zu Sinnen kommen wollte.

Madeline bemühte sich, den Faden der Unterhaltung weiterzuspinnen. Unter allen Umständen musste sie Kestons Aufmerksamkeit weiter auf sich richten. »Wie mir aufgefallen ist, tragen Sie einen Spazierstock bei sich, der dem Renwicks auf das Haar gleicht.«

»Richtig.« Keston lächelte, während sich seine Hand noch fester um den goldenen Griff klammerte. »Ein Geschenk von unserem närrischen Vater. Sagen Sie, Frau Deveridge, was genau ist denn in jener Nacht passiert, in der Renwick umgekommen ist? Eine gewisse Neugier muss ich eingestehen. Mir fällt es schwer zu glauben, dass ein gewöhnlicher Einbrecher ihn hat umbringen können.«

»Es war Renwicks Wahn, was ihn umgebracht hat«, erwiderte sie leise.

»Verflucht auch.« Erstaunen und Überraschung klangen in Kestons Stimme mit. »Die Gerüchte entsprechen also der Wahrheit. *Sie* haben ihn tatsächlich umgebracht, nicht wahr?«

Die Kutsche schlingerte und bebte, als sie um eine Ecke donnerten. Madeline fühlte, wie der Kurze Hans das Messer aus dem Futteral zog. *Schlaues Kerlchen.*

»Dämlicher Kutscher«, brummte Flood, als er sich festzuhalten versuchte. »Wir werden uns noch überschlagen, wenn er nicht besser aufpasst.«

»Der Mann will sich unbedingt ein Trinkgeld verdienen.« Keston legte sicherheitshalber eine Hand auf die Tür, doch der Revolver in seiner Hand richtete sich nach wie vor auf Madeline.

Flood verlor den Halt und stürzte auf den ihm gegenüberliegenden Sitz.

»Verdammter Idiot auf dem Bock«, murmelte er, als er sich wieder in seine Ecke zurückdrückte. Seine Worte klangen lallend. »Viel zu schnell. Was ist nur los mit dem Hurensohn? Sagen Sie ihm, er soll langsamer fahren, Keston.«

Keston warf ihm einen prüfenden Blick zu. »Wie viel Claret haben Sie heute Abend zu sich genommen?«

»Nur zwei Gläschen, um mich zu beruhigen.«

»Ich habe keinen Platz für einen betrunkenen Gehilfen.«

Flood rieb sich die Stirn. »Machen Sie sich keine Sorgen, ich werde die Sache schon zu Ende bringen. Ich möchte nichts dringlicher, als es Hunt heimzuzahlen. Und zum Teufel, zahlen wird er.«

»Schon bald werden Sie Gelegenheit zur Rache bekommen, allerdings nur, wenn Sie tun, wie Ihnen geheißen.« Keston spähte aus dem Fenster. »Wir sind kurz vor unserem Ziel.«

»Was haben Sie vor?« Madeline spürte nicht länger die Hände des Kurzen Hans. Sie betete, er möge die Stricke bearbeiten, mit denen seine Füße gefesselt worden waren. Kestons Lächeln wirkte gnadenlos. »Zuerst werden wir in der Nähe des südlichen Tors der Vergnügungspavillons Halt machen. Dort möchte ich eine letzte Nachricht für Herrn Hunt hinterlassen.«

»Verstehe«, erwiderte sie kühl. »Sie werden Herrn Flood ermorden und seine Leiche dort ablegen, ganz wie Sie es auch mit Oswynn gemacht haben.«

Flood schrak mit weit aufgerissenem, sabberndem Mund hoch. »Was soll das heißen, Sie wollen mich umbringen?«

»Beruhigen Sie sich, Flood.« Keston schien belustigt. »Es ist nicht Ihre Leiche, die ich in den Vergnügungspavillons hinterlegen möchte. Es wird die des Jungen sein, die Hunt auf seinem Grundstück finden wird.«

Madeline spürte, wie ihr der Schweiß den Rücken hinunterrann. »Sie dürfen den Jungen nicht ermorden. Bitte, es gibt keinerlei Grund, weswegen Sie ihm etwas zu Leide tun sollten, wie Sie sehr wohl wissen. Er kann Ihnen nichts anhaben.«

»Das wird Hunt eine Lehre sein.«

Madeline musterte Flood angestrengt, der auf seinem Sitz unsicher herumrutschte. Sie musste eine Ablenkung schaffen. Das Einzige, was ihr hierzu einfiel, war, Flood gegen Keston auszuspielen.

»Warum sagen Sie Herrn Flood nicht die Wahrheit? Er ist derjenige, den Sie ermorden wollen.«

»Wie?« Flood blinzelte, als ob er nicht mehr richtig sehen könne. »Was quatschen Sie ständig von Mord, Sie dumme Gans? In dieser Angelegenheit sind wir Partner. Wir haben einen Pakt geschlossen.«

Sie hörte, wie die Kutsche die Fahrt verlangsamte. »Begreifen Sie denn nicht, Sir? Er braucht Sie nicht länger.«

»Er kann mich nicht umbringen.« Flood versuchte sich festzuhalten. Doch als die Kutsche abrupt zum Stillstand kam, fiel er erneut vornüber. Dieses Mal landete er mit dem Gesicht nach unten auf dem gegenüberliegenden Sitz und bedeckte teilweise mit seinem Körper die Beine des Kurzen Hans. »Wir sind Partner«, brummelte er in die Kissen.

Flood machte keinerlei Anstalten, sich aufzurichten, sondern blieb merkwürdig verrenkt mitten in der Kutsche liegen. Er rülpste laut und rollte mit seinem wuchtigen Körper noch weiter auf den schmächtigen Kurzen Hans. Madeline hoffte, dass dieser noch Luft bekommen konnte. Ein paar Zuckungen seines Arms beruhigten sie.

»Meine Anerkennung, Frau Deveridge.« Mit hochgezogenen Brauen musterte Keston Flood. »Was genau befand sich in dem kleinen Fläschchen, das er aus Ihrer Tasche gezogen hat?«

»Meine Tante ist im Erstellen von Elixieren sehr bewandert.«

Sie versuchte, seinem Blick standzuhalten, denn er durfte nicht auf den Kurzen Hans hinuntersehen. »Sie dachte sich, wer auch immer sich heute Abend der Handtasche bemächtigen würde, würde vielleicht einen Schluck Weinbrand zu sich nehmen wollen.«

»Also hat sie ihn mit Gift versehen. Schau einer an. Die Neigung zur Heimtücke scheint bei Ihrer Familie im Blut zu liegen, meine Liebe. Erst ist es Ihnen gelungen, Renwick zu ermorden, was ja nicht weiter schlimm ist. Und nun hat Ihre Tante meinen so genannten Partner erledigt. Sie beide sind ein überraschend effizientes weibliches Paar.«

»Flood schläft lediglich, er ist nicht tot.«

»Welch Jammer. Ich hatte schon gehofft, Sie hätten mir die Mühe erspart, mich seiner zu entledigen. Jetzt werde ich mich wohl selbst darum kümmern müssen.« Mit der Mündung der Pistole machte er eine auffordernde Bewegung. »Öffnen Sie die Tür, meine Liebe. Und zwar schnell, ich möchte nicht noch mehr Zeit verlieren. Hunt wird sicher schon bald darauf kommen, dass ich ihm noch eine Nachricht in seinen werten Gärten hinterlassen möchte.«

Mühsam öffnete sie mit ihren gefesselten Händen die Tür.

»Ich gehe zuerst hinaus«, befahl Keston. »Sie werden mir folgen und den Jungen herausziehen. Sie brauchen sich nicht bemühen, den Kutscher zu rufen. Er weiß sehr wohl, dass ich ihm noch seinen Lohn zahlen muss. Er wird sich nicht einmischen wollen.«

Keston löste mit der einen Hand ihre Fesseln, hielt aber nach wie vor die Pistole auf Madeline gerichtet, als er sich auf die geöffnete Tür zuschob. Er sprang leichtfüßig auf den Boden, dann drehte er sich zu ihr um und streckte sich nach der unangezündeten Laterne im Wageninneren aus.

»Steigen Sie jetzt langsam aus, Frau Deveridge.« Keston zündete während des Sprechens die Laterne an.

Sie bückte sich, um den Kurzen Hans zu berühren. Er nickte einmal mit dem Kopf. Sie erhaschte einen Blick auf seine aufgeschnittenen Fußfesseln, doch steckte er immer noch unter Flood fest. Wenn sie ihm eine Möglichkeit zur Flucht verschaffen konnte, würde er Reißaus nehmen können.

»Sagen Sie, Herr Keston«, meinte sie, als sie sich auszusteigen anschickte. »Wie lange glauben Sie Herrn Hunt entkommen zu können? Einen Tag, vielleicht auch zwei?«

»Ich werde dem Mistkerl gestatten, mich zu finden, wenn ich es wünsche. Sollten wir einander noch ein einziges Mal begegnen, so werde ich ihn umbringen. Doch erst möchte ich ihn noch wissen lassen, dass ich ihn in dieser Sache habe übertrumpfen können. Er mag zwar ein Meister des Vanza sein, doch ist er mir nicht gewachsen …«

Wie aus dem Nichts senkte sich eine dunkle Wolke aus dem nächtlichen Himmel herab. Ein riesiges Cape fiel über Keston und hüllte ihn in die Falten schwerer Wolle.

»Was …?« Kestons überraschter und wütender Aufschrei wurde durch das Cape gedämpft, das ihm Kopf und Schultern bedeckte. Er schlug wie wild um sich, um sich davon zu befreien.

»Steig aus, Madeline!«, rief Artemas, der dem Cape folgte und somit ebenfalls auf Keston landete.

Beide Männer fielen mit einem widerlichen dumpfen Geräusch zu Boden. Die Pistole knallte, nachdem Keston wahllos abgedrückt hatte. Der Schuss ging ins Leere, doch bäumten sich die Pferde panisch auf und stürzten nach vorn.

»Kurzer Hans!« Madeline fahr herum, um den Jungen zu packen.

Er spürte offenbar, was gleich geschehen würde, und bemühte sich verzweifelt, aus der Kutsche zu entkommen. Seine Bewegungsfreiheit jedoch war durch seine gefesselten Hände und dem schwer auf ihm lastenden Körper Floods stark eingeschränkt.

Madeline fühlte, wie die Kutsche nach vorne schaukelte, als die verängstigten Pferde gemeinsam ein paar Schritte vorwärts sprangen, aber wieder anhielten. Der Kutscher fluchte unflätig und versuchte, die Tiere unter Kontrolle zu halten.

Sie ergriff ungelenk die Schulter des Kurzen Hans und zerrte ihn in Richtung der Tür, doch gelang es ihr nicht, ihn unter Flood hervorzuwuchten.

Der Kurze Hans starrte sie hilflos und verängstigt an. Er

wusste so gut wie sie, was geschah, wenn Pferde mit einer Kutsche samt Insassen durchbrannten. Genickbruch war keine Seltenheit.

Mittlerweile nervös geworden, beachtete Madeline die sich auf dem Boden windenden Männer nicht mehr, sondern kletterte zurück in die Kutsche. Die Pferde versuchten, sich schnaubend und schrill wiehernd ihrer Geschirre zu entledigen. Sie wusste, dass die Tiere jeden Moment durchzubrennen drohten.

Sie drückte sich gegen den Sitz, um Halt zu finden. Dann setzte sie die Sohle ihres Halbstiefels an Floods Rippen und trat so fest sie konnte zu. Die Kutsche setzte sich in Bewegung. Sie drückte fester. Endlich rührte sich Floods schwerer Körper, und es gelang dem Kurzen Hans, sich darunter hervorzuwinden. Sie packte ihn. Gemeinsam sprangen sie aus der an Fahrt gewinnenden Kutsche und rollten auf den harten Boden.

Die Kutsche donnerte nun die schmale Straße hinunter. An der Ecke bogen die Pferde nach links ab. Die schwere Kutsche schlingerte erst, dann überschlug sie sich krachend, und die Pferde rissen sich los. Wie von Sinnen preschten sie davon in die Dunkelheit. Die Räder der umgestürzten Kutsche drehten sich laut quietschend.

Madeline ergriff den Arm des Kurzen Hans, drehte sich um und sah, dass Keston sich von Artemas frei gemacht hatte. Sie erwartete, dass dieser in die Dunkelheit entfliehen würde. Stattdessen griff er in unbändiger Wut nach seinem in der Gosse liegenden Spazierstock.

Madeline glaubte, er wolle Artemas mit dem Stock einen Schlag versetzen, doch drehte er wie besessen an dessen Knauf. Im Laternenlicht sah sie eine lange, gefährliche Messerklinge heraustreten.

»Artemas!«

Doch der hatte sich bereits in Bewegung gesetzt. Halb auf

dem Boden liegend, versetzte er mit dem Stiefel Keston einen heftigen Tritt. Laut aufbrüllend fiel Keston auf den harten Stein.

In Sekundenschnelle warf sich Artemas über ihn. »O mein Gott, das Messer«, flüsterte sie.

Der Kurze Hans schlang seine Arme um sie und vergrub das Gesicht in ihrem Cape.

Der Kampf endete beängstigend abrupt. Beide Männer verharrten regungslos. Artemas lag unter Keston.

»Artemas!«, schrie Madeline. *»Artemas!«*

»O mein Gott!« Der Kurze Hans hob den Kopf und starrte die beiden Männer entsetzt an. »O mein Gott!« Es schien ihr eine Ewigkeit, bis Artemas sich rührte und sich von dem regungslosen Keston befreite. Im Laternenschein glitzerte Blut.

Madeline warf ihr Cape über den Kurzen Hans und versuchte instinktiv, ihn vor dem Anblick zu schützen. Artemas stand auf und sah zu ihr hinüber. Er schien sich des Blutes, das von dem Messer in seiner Hand troff, nicht bewusst zu sein.

»Sind Sie unverletzt?«, fragte er mit rauer Stimme.

»Ja.« Sie starrte auf das Messer. »Artemas, sind Sie ...?« Er blickte erst auf das Messer, dann auf Keston hinunter.

»Mir geht es gut«, sagte er leise.

Der Kurze Hans schob Madelines Cape beiseite. »Ist er tot?«

»Ja.« Artemas schleuderte das Messer weg, das scheppernd auf dem Boden aufschlug.

Madeline rannte auf ihn zu.

22. Kapitel

Wer hätte gedacht, Flood könne darin verwickelt sein?« Bernice schauderte. »Und ich hielt mich für besonders findig, dass ich das Schlafelixier in meine Handtasche gesteckt habe. Natürlich hätte es Keston trinken sollen und nicht Herr Flood.«

»Was zählt, ist, dass Flood es getrunken hat.« Artemas betrachtete das Glas Weinbrand, das er soeben für sich eingeschenkt hatte. »Ich für meinen Teil werde Weinbrand wohl nie wieder mit denselben Augen sehen können. Ich muss Ihnen nochmals danken, gnädige Frau. Genau wie ich Ihnen danken muss, Madeline, dass Sie den Kurzen Hans aus der Kutsche gerettet haben. Alles in allem blieb für mich herzlich wenig zu tun.«

Madeline musterte ihn. »Nehmen Sie das Geschehene nicht auf die leichte Schulter, Sir. Sie hätten dabei den Tod finden können.«

»Da wir gerade davon sprechen«, sagte Bernice, »so hoffe ich doch, Floods vorzeitiger Tod beim Aufprall der Kutsche hat Sie nicht allzu sehr verstimmt. Mir ist wohl bewusst, dass Sie ihn angesichts seiner jüngsten finanziellen Lage noch etwas hätten leiden sehen wollen.«

»An ausgefeilten Racheplänen finde ich keinen Gefallen mehr.« Artemas sah Henry an. »Wie ich festgestellt habe, bringen sie viel zu viele Verwicklungen und unvorhergesehene Folgen mit sich.«

»Eine sehr weise Entscheidung, Sir«, murmelte Henry. »Sie haben dieser Tage bessere Dinge zu tun.«

»Richtig.« Artemas betrachtete Madeline, die sich auf dem Sofa zusammengerollt hatte. »Das entspricht zweifelsohne der Wahrheit.«

Madeline schaute von dem Schlüssel-Büchlein auf, in dem sie gelesen hatte. »Und was ist mit den einschläfernden Kräutern?«

»Die Überreste dessen, was Keston aus Lord Clays Bibliothek gestohlen hatte, habe ich heute Morgen in seinen Räumen gefunden«, erwiderte Artemas. »Außerdem habe ich noch kleinere Mengen anderer Kräuter gefunden, mit denen er seine Opfer betäubt haben musste.«

»Haben Sie sonst noch etwas Aufschlussreiches gefunden?«, erkundigte sich Madeline.

»Ja, Kestons Tagebuch. Um die Sache kurz zu machen, seitdem er vor mehreren Monaten von der Existenz des Schlüssel-Büchleins erfahren hatte, begann seine Suche danach. Es dauerte eine Weile, ehe er dessen Weg bis nach London verfolgen konnte. Nach seiner Ankunft hier hat er die Suche auf diejenigen Mitglieder der Vanza-Gemeinschaft beschränkt, die am ehesten in der Lage waren, es zu übersetzen. Danach durchsuchte er systematisch deren Bibliotheken.«

»Es muss ihm einen Schock versetzt haben, als er Linslade in der Nacht begegnet ist«, meinte Madeline.

»Richtig. Aber es hat ihn auf die Idee gebracht zu behaupten, er sei der Geist seines Halbbruders. Später – nachdem er erfahren hatte, dass Sie im Besitz des Büchleins waren – hat er diese Scharade benutzt, um Sie zu ängstigen.«

Henry schwenkte den Weinbrand in seinem Glas. »Zu der Zeit jedoch befand sich Madeline bereits sicher in Ihrem Haus.«

»Genau. Deshalb hat er auch eingangs den Versuch unternommen, mich aus dem Weg zu räumen.«

Madeline runzelte die Stirn. »Das war in der Nacht, als Sie auf der Straße überfallen wurden.«

Artemas nippte an dem Weinbrand und nickte. »Nachdem sich das als Fehlschlag erwiesen hatte, war ihm klar, dass sich die Sache nicht ganz einfach gestalten würde.«

»Das wiederum«, meinte Madeline amüsiert, »war die Untertreibung des Jahres.«

»Also hatte er es darauf abgesehen, dass ich mich aus der Angelegenheit zurückziehe, indem er mein Vorhaben gegen Oswynn, Flood und Glenthorpe torpedieren wollte und mir damit drohte, Leichen auf dem Gelände der Vergnügungspavillons zu hinterlegen.«

»Das andererseits hätte dazu geführt, dass Ihre Eigenschaft als deren Eigentümer bekannt geworden wäre«, bemerkte Bernice.

Artemas lächelte. »Er war ganz und gar davon überzeugt, dass ich unter allen Umständen meine Geschäftstätigkeit geheim halten wollte. Er ging davon aus, mir sei die gesellschaftliche Anerkennung sehr wichtig.«

»In Wirklichkeit aber lag Ihnen ausschließlich Ihre Rache am Herzen«, fasste Madeline zusammen.

Artemas sah ihr in die Augen. »Er konnte nicht ahnen, dass ich im Begriff war, sehr schnell das Interesse daran zu verlieren.«

Sie lächelte. »Sie sind wirklich ein ganz außergewöhnlicher Mann, Artemas.«

»Obwohl ich ein Vanza bin?«, hakte er höflich nach.

»Nicht jeder Gentleman der Vanza-Gemeinschaft ist ein Hohlkopf«, gab sie edelmütig zurück.

»Vielen Dank, meine Liebe. Es ist ausgesprochen beruhigend zu erfahren, dass ich in Ihrer Achtung doch noch über den Grad eines Hohlkopfes hinausgewachsen bin.«

Henry kicherte. Bernice schien belustigt.

Madeline errötete. Sie wedelte mit dem kleinen Büchlein in ihrer Hand. »Und der Schlüssel, Sir?«

»Was soll damit sein?«

»Wir müssen überlegen, was wir damit machen.«

»Richtig.« Seine Antwort war eindeutig. »Ohne das *Buch der Geheimnisse* bietet es uns keinerlei Nutzen, aber es wird weiterhin Ärger mit sich bringen.«

»Darin stimme ich mit Ihnen überein. Doch handelt es sich hier um Wissen. Es würde gegen alles verstoßen, was mein Vater mir beigebracht hat, nämlich Wissen niemals mutwillig zu zerstören. Wer kann schon wissen, welchen Nutzen jene daraus ziehen werden, die nach uns kommen?«

»Was schlagen Sie also vor, was wir damit tun sollten?«

»Das *Buch der Geheimnisse*, sollte es denn jemals gefunden werden, gehört in die Tempelgärten in Vanzagara«, sagte sie langsam. »Meiner Ansicht nach gehört der Schlüssel zu diesem Text ebenfalls dorthin.«

Eine Minute dachte Artemas darüber nach. »Damit mögen Sie Recht haben.«

»Es entbehrt nicht einer gewissen Logik«, stimmte Henry zu.

»Je weiter weg von England es liegt, umso besser«, fügte Bernice mit Nachdruck hinzu.

»Es stellt sich lediglich die Frage, wie man es sicher zurück nach Vanzagara bringen könnte«, fuhr Madeline fort.

Artemas lächelte. »Ich kenne keine sicherere Beförderung als mit einem von Edison Stokes' Frachtschiffen. Seine Fregatten legen regelmäßig in Vanzagara an. Soll er die Verantwortung dafür übernehmen, es während der Überfahrt zu schützen. Was auch immer damit passiert, wir jedenfalls wären das verdammte Buch los.«

23. Kapitel

Er gelobte sich selbst, die Angelegenheit nicht noch einen weiteren Tag zu verschieben. Er musste eine Antwort erhalten, sonst würde er tatsächlich so verrückt werden, wie die verschrobensten Gestalten der Vanza-Gemeinschaft es tatsächlich waren.

Doch konnte er die Frage nicht innerhalb des Hauses stellen. Vielleicht hatte es etwas mit seiner Vanza-Ausbildung zu tun, jedenfalls wollte er das schützende Dunkel der Nacht um sich wissen.

Madeline runzelte die Stirn, als er sie bat, ihn auf einem Gang durch den Garten zu begleiten.

»Sind Sie von Sinnen?«, fragte sie. »Heute Abend ist es ausgesprochen kalt, und der Nebel ist ebenfalls sehr dicht. Wir könnten uns leicht erkälten.«

Er biss die Zähne aufeinander. »Ich verspreche Ihnen, wir werden uns nicht lange draußen aufhalten.«

Sie öffnete den Mund, und er spürte, wie sich ein neuer Widerspruch in ihr formte. Er wappnete sich gegen die nächste Runde ihrer Einwände. Dann jedoch warf sie ihm einen eigenartigen Blick zu. Wortlos legte sie das Buch, in dem sie gelesen hatte, zur Seite und erhob sich.

»Geben Sie mir eine Minute, um mein Cape zu holen«, sagte sie und ging an ihm vorbei in die Eingangshalle.

Er holte zwischenzeitlich sein Cape und wartete auf sie. Als sie wiederkam, gingen sie gemeinsam bis zum Ende der Halle, er öffnete die Tür, und sie traten in die Nacht hinaus.

Nebel lag über dem Garten, doch war die Nacht nicht so

kalt, wie Artemas es erwartet hatte. Vielleicht war er zu abgelenkt von dem, was vor ihm lag.

»Meine Tante und Herr Leggett werden sich im Theater heute Abend wohl gut amüsieren«, sagte Madeline in einem vergnügten Tonfall, der jedoch merkwürdig brüchig klang. »Sie bilden ein sehr reizvolles Paar, finden Sie nicht auch? Wer hätte das vorhersagen können?«

»Hmm.« Die blühende Romanze, die sich zwischen Bernice und Henry entwickelt hatte, war das Allerletzte, worüber Artemas jetzt reden wollte. Er hatte eine eigene Romanze, über die er sich Gedanken machen musste.

»Ich nehme an, Sie möchten mit mir darüber reden, wie Sie sich Ihrer Hausgäste wieder entledigen können, nicht wahr, Sir?« Madeline zog sich die Kapuze ihres Capes über den Kopf. »Mir ist wohl bewusst, welche Bürde wir Ihnen gewesen sind. Ich versichere Ihnen, dass Tante Bernice und ich morgen in der Frühe zusammenpacken werden.«

»Es besteht kein Grund zur Eile. Mein Haushalt scheint sich recht gut an Ihre Anwesenheit gewöhnt zu haben.«

»Es ist schon in Ordnung, Artemas, das versichere ich Ihnen. Morgen Mittag werden wir das Haus verlassen haben.«

»Ich habe Sie nicht nach draußen gebeten, um mit Ihnen Ihre Abreise zu besprechen. Ich wollte ...«

»Wir sind Ihnen beide wirklich sehr zu Dank verpflichtet, Sir. Es wäre nicht auszumalen, was wir ohne Ihre Hilfe getan hätten. Ich hoffe, Sie waren mit Ihrer Entlohnung zufrieden.«

»Mit dem Journal Ihres Vaters bin ich sehr zufrieden, vielen Dank«, knurrte er. »Doch ist es nicht Ihre verdammte Dankbarkeit, die ich haben möchte.«

Sie verschränkte die Hände auf dem Rücken. »Vor meiner Abreise jedoch möchte ich mich für die paar Male entschuldigen, bei denen ich angedeutet habe, Sie seien ein klein wenig absonderlich.«

»Ich *bin* absonderlich. Vermutlich sogar um einiges mehr als nur ein klein wenig.«

»Ganz sicher habe ich Sie niemals für einen Hohlkopf gehalten.« In der Dunkelheit schimmerten ihre Augen ernst. »Das möchte ich hiermit klar und deutlich zum Ausdruck bringen. Im Gegenteil, in letzter Zeit habe ich feststellen müssen, dass eine gewisse Absonderlichkeit auch in meiner Familie in ausreichendem Maße vorhanden ist, und ich will mich davon nicht ausschließen.«

»Hmm. Nun, ein Körnchen Wahrheit ist mit dabei. Vielen Dank, mich daran zu erinnern.«

»Sie müssen sich mit Ihrer Zustimmung nicht ganz so sehr beeilen, Artemas.«

»Zu Beginn unserer Bekanntschaft erwähnten Sie, von der Logik überzeugt zu sein, man müsse Feuer mit Feuer, Diebe mit Dieben und so weiter und so weiter bekämpfen. Was halten Sie von der Behauptung, ein Exzentriker bedarf wiederum eines Exzentrikers?«

Sie musterte ihn wachsam. »Worauf wollen Sie hinaus?«

»Wenn man Ihrer Beweisführung folgt, möchte man meinen, die Ehe zwischen zwei Sonderlingen könne sich als für beide Seiten zufrieden stellend erweisen.«

Sie räusperte sich. »Die Ehe?«

»Immer vorausgesetzt natürlich, dass die unterschiedlichen Absonderlichkeiten sich als miteinander verträglich erweisen.«

»Natürlich«, erwiderte sie zögernd.

»Ich bin der Auffassung, dass Sie und ich ein paar miteinander verträgliche Absonderlichkeiten teilen«, fuhr er unbeirrt fort. »Gelegentlich haben Sie mir Grund zu der Annahme gegeben, dass Sie dieser Ansicht zustimmen würden.«

Im Schatten der hohen Mauer erstarrte sie. Unter der Kapuze ihres Capes war der Ausdruck ihrer Augen nicht zu deuten. Er spürte, wie er den Atem anhielt.

»Lieber Himmel, Artemas, ist Ihre eigentliche Frage die, ob ich Sie heiraten möchte?«

»Wie Ihnen bereits aufgefallen ist, habe ich als Ehemann einige Nachteile vorzuweisen. Ich bin ein Vanza, ich bin absonderlich, ich bin Geschäftsmann …«

»Ja, ja, das weiß ich alles.« Sie räusperte sich. »Ich war niemals der Ansicht, dass Ihre geschäftlichen Tätigkeiten ein Hindernis bilden würden. Was Ihre Verbindung zum Vanza und Ihre Absonderlichkeiten betrifft, nun, davon habe ich meinerseits auch einige zu bieten. Ich kann mich also kaum beschweren.«

»Dennoch haben Sie sich beschwert.«

»Wirklich, Artemas, wenn Sie mir jede kleine Bemerkung, die ich in der Vergangenheit gemacht haben sollte, verübeln …«

»Abgesehen von Ihren Gefühlen gegenüber dem Vanza gibt es noch ein paar andere Schwierigkeiten. Ich habe viel zu lange für mich alleine gelebt und eine Rache gehegt, mit der ich bereits vor Jahren hätte abschließen sollen. Ich gehe davon aus, dass derlei Dinge ihre Spuren hinterlassen haben.«

»Wir alle tragen Spuren mit uns herum, die die Vergangenheit hinterlassen hat, Artemas.«

»Ich bin kein junger Mann mehr und besitze nicht mehr dieses Maß an jugendlicher Unbekümmertheit.« Er hielt inne. »Ich bin mir auch nicht sicher, jemals das erfahren zu haben, was man als Unbekümmertheit bezeichnet.«

»Sie werden sich kaum als alten Mann beschreiben wollen, Artemas.« Sie hüstelte. »Im Gegenteil, für mich stellen Sie eine ausgezeichnete Verknüpfung zwischen Reife und Beweglichkeit dar.«

»Reife und Beweglichkeit?«

»Richtig. Und wie es sich fügt, ist auch mir nicht das gegeben, was man bei jungen Frauen als fröhliche Unbekümmertheit bezeichnet. Wie Sie sehen, passen wir in dieser Hinsicht also durchaus gut zusammen.«

»Wollen Sie mich heiraten, Madeline?« Sie schwieg.

»Um Himmels willen, Madeline, willst du mich heiraten?«

Sie stöhnte auf. »Zuerst sollten Sie erwähnen, dass Sie mich lieben.«

»Ich soll ...?« Er nahm sie an den Schultern und sagte: »Zum Teufel noch eins, junge Frau, hast du deshalb gezögert und fast mein Herz zum Stillstand gebracht? Weil ich vergessen habe, dir zu versichern, dass ich dich liebe?«

»Das ist keine Kleinigkeit, die Sie übersehen haben, Artemas.«

Er sah sie an. »Wie kannst du nur nicht wissen, dass ich dich liebe, wie ich noch niemanden zuvor geliebt habe?«

Sie lächelte. »Vermutlich weil du versäumt hast, es zu erwähnen.«

»Nun, jetzt erwähne ich es.« Er presste sie an sich und küsste sie leidenschaftlich.

Als sie atemlos nach Luft schnappte, hob er den Kopf. »Wirst du mich heiraten?«

»Natürlich werde ich dich heiraten.« Sie schlang ihre Arme noch fester um seinen Hals und gluckste bewundernd: »Reife, aber immer noch bewegliche Gentlemen sind nicht so dicht gesät, dass eine Frau in meiner Position wählerisch sein könnte.«

Er tauchte tief in ihre strahlenden Augen. Heiße Glücksgefühle durchströmten ihn. »Wie schön für mich.«

Sie nahm sein Gesicht zwischen ihre Hände und küsste ihn, dass sein Herz zu singen begann und sein Blut in Wallung geriet.

»Ich liebe dich, Artemas.«

Er zog sie noch näher an sich und genoss dieses unendlich süße Gefühl der Freude und des Glücks, auf das er sein Leben lang gewartet hatte, ohne es zu wissen.

»Nur eine Kleinigkeit ist da noch«, sagte sie bestimmt.

»Alles, was du willst, meine Süße.«

»Duelle darf es keine geben. Gilt das als abgemacht?«

»Ich sagte dir doch bereits, es ist äußerst unwahrscheinlich, dass jemand es wagen würde ...«

Sie schüttelte heftig den Kopf. »Nein, du musst es mir versprechen,Artemas. Überhaupt gar keine Duelle.«

Nun, sollte ein solches Problem auftauchen, so würde es andere Möglichkeiten geben, es zu lösen, sagte sich Artemas. Wenn es nötig war, konnte er nachgeben. »Also gut, keine Duelle.«

Sie lachte. Das wunderschöne, perlende Geräusch stieg in dem ummauerten Garten auf, so beschwingt wie das Glück und so wahrhaftig wie die Liebe.